KB269306

푸른 망고의 집
❶

푸른 망고의 집

푸른 망고의 집 ①

The house of blue mangoes

데이비드 데이비다르 지음 | 공경희 옮김

문이당

THE HOUSE OF BLUE MANGOES
by
David Davidar

이 작품은 소설이므로 등장인물과 장소, 사건은 작가의 상상이거나 가상으로 가공한 것이다. 비슷한 실제 인물이나 사건, 배경이 있다면 완전히 우연이다. 이 말을 하고 보니, 두어 가지 분명히 해두고 싶은 점이 있다.

피어메이드에 있는 차 재배 지역 등 여러 곳에서 보낸 목가적인 어린 시절의 추억을 회상하기 위해 이 책을 썼다. 나의 아버지는 그곳에서 일했고, 나게르코일과 파답파이에는 조부모님의 집이 있었다. 또 친할아버지가 가문을 일으켰고, 그것이 대단한 성과인 듯해서 내 소설의 출발점이 되었다. 이 소설은 완전히 꾸민 이야기이다. 자서전도 아니고, 허구를 가장한 가족사도 아니다. 솔로몬, 다니엘, 아론, 칸난을 비롯한 도라이 가문은 내가 상상한 인물들이며, 내가 알고 있는 사람과 비슷한 점이 전혀 없다. 도라이푸람, 체바타르, 풀리메드, 킬라나드 지역도 마찬가지다.

이런 곳에 대해 관심을 가진 독자가 있다면, 그들에게는 이 소설에 처음 등장하는 대목에서 서술한 것보다 더 잘 설명할 수 없을 것 같다. 킬라나드는 마드라스 관할 구역에서 가장 작은 지역으로, 1899년에는 세금 징수 구역이 두 부분뿐이었다(그다음으로 작은 지역은, 세금 징수 구역이 세 부분인 닐기리스였다). 화살촉처럼 생긴 킬라나드의 북쪽 경계는 틴네벨리 구역(지금은 티루네벨리)이고, 서쪽으로는 트라반코르(지금은 케랄라 주) 왕국이 있었다. 동쪽으로는 벵골 만이, 2킬로미터 남쪽으로는 코모린 곶이 있다. 타므라파라니 강의 존재하지 않는 지류인 체바타르 강은 이 지역의 가운데를 지나 마을 인근의 벵골 만으로 흘러든다.

좀 더 설명하면 킬라나드에 대해 충분한 요약이 될 것이다. 그곳은 폭 65마일, 길이 86마일, 넓이 489제곱마일인 지역으로, 세 읍과, 마흔여덟 마을이 있으며 총인구는 12만 3천 명이다. 중심 읍은 멜루르이며, 낭구네리-나게르코일 간 인근에는 1만 6천아흔아홉 명이 거주한다. 징세관이 거주하는 곳도 여기다. 마리암만 대사원이 있고 1년에 두 차례 유명한 우시장이 열린다. 두 번째로 큰 읍은 라니부르(인구 1만 2백쉰 명)로, 관내 사령부들과 관내의 다른 읍인 바닷가의 미낙시코일과 같은 거리에 위치한다. 라니부르는 귀신을 쫓는 기적을 지녔다는 성 누가에게 바쳐진 교회로 유명하다. 20세기 초반에 사령부가 된 미낙시코일에는 미낙시 여신에게 바쳐진 18세기 사원이 있다. 이 사원을 지은 사람은 이 지역의 마지막 영주 쿨라 마루두였다. 미낙시 사원은 체바타르 마을의 강 건너에 있는 무루간 사원이다.

트라반코르 구릉 지대의 경계를 지나서 있는 풀리메드에 대해서는 덧붙일 게 별로 없다. 다만 피어메이드와 반디페리야르 사이에 있는 상상의 차 재배지라는 것만을 밝힌다.

이 책에는 카스트 계급에 대한 말이 나온다. 안다바르(현재 안다반스와미갈의 추종자들과는 전혀 관계없다), 베다르(베다, 베탄, 베두바르와 혼동하지 말 것), 마루다르는 K. S. 싱이 펴낸 열세 권의 《인도 민족의 인류학적 조사》(옥스포드 대학교 출판부, 1997)에 나오는 수백 가지의 카스트와 하위 카스트에 나오지 않는다. 수 세기에 걸쳐 국가와 타밀 나두, 케랄라 주 모두에 해를 입힌 카스트 분쟁을 나까지 나서서 심화시키고 싶지 않아, 소설에 나오는 세 가지 카스트를 만들었다. 여기서 말할 것은, 세 가지 카스트가 남부의 카스트들과 전혀 관계없다는 점이다.

이 소설에 나오는 역사적인 사건과 인물들은 거의 잘 알려져 있으니 설명이 필요 없을 듯하다. 부연 설명할 것은 로버트 윌리엄 데스코트 애쉬의 살해이다. 그 암살 사건은 역사적으로 기록된 사실이다. 그의 암살범으로 기소된 사람 중에는 닐라칸타 브라흐마차리와 반치 아이에르가 포함된다. 아론 도라이는 포함되지 않는다.

마지막으로 그 시기의 철자법을 유지했다는 점을 지적한다. '티루넬베리'는 '틴네벨리'로 '마두라이'는 '마두라'로, '첸나이'는 '마드라스'로 썼다.

데이비드 데이비다르

　인도. 어느덧 우리는 '인도' 하면 공통적으로 떠올리는 이미지를 갖게 되었다. 그곳을 여행하고 돌아와 '가난하지만 정신이 있는 땅'으로 인도의 이미지를 퍼뜨린 글들 때문일까. 어쨌거나 '인도' 하면 영혼이 깊게 배어 있는 곳, 평화를 찾을 수 있는 곳이라는 선입견이 있다. 하지만 어느 곳이나 그렇듯 낭만적인 이미지만으로는 그 실체가 손에 잡히지 않는다. 그저 '삶과 죽음을 가르지 않는 사람들이 현실에 각박하게 얽매이지 않고 살아가는 곳' 정도로는 충분히 그 땅과 사람들을 알 수 없다. 이번에 출간하는 《푸른 망고의 집》은 그런 갈증을 풀어 주는 소설이다. 땅과 사람으로 이루어진 마을에서 역사와 종교라는 문화를 토대로 삼아, 3대에 걸쳐 사랑하고 미워하고 성공하고 실패하는 가족의 이야기가 서사시처럼 펼쳐진다.

　영국의 식민 통치를 받던 시기. 마을 앞으로 강이 흐르고, 소작농들이 농사짓는 논밭이 있고, 마을 뒤로는 망고와 야자 숲이 펼쳐진 전형적인 남인도의 마을. 마을의 대표적인 지주이자 족장인 도라이 가문이 다스리는 이 마을의 주민은 두 부류의 카스트이다. 물론 큰길로 다닐 수조차 없는 천민들이 마을 언저리에 살고 있다. 마을에는 영국인 신부가 주재하는 성공회 교회와 힌두교 사찰이 있다. 두 종류의 카스트와 종교가 공존하는 마을에는 불안의 씨앗이 늘 자리 잡고 있다. 게다가 과거의 질서 속에 현대화라는 새로운 물결이 조금씩 밀려드는 와중이어서, 태풍의 눈 속에 있는 듯 팽팽한 긴장이 흐른다. 이런 마을 풍경만으로도 우리는 19세기 중반에서 20세기 중반까지의 인도를 읽을 수 있다.

기독교 신자인 솔로몬 도라이는 합리적인 면모를 갖춘 사람이지만, 한 마을을 다스리는 족장으로서 카스트 제도를 견지하면서 전통적인 질서를 지키려고 노력한다. 많은 땅과 야자나무를 소유하고 여러 소작농들을 거느린 그는, 힌두교 신자이자 다른 카스트의 지도자와 어릴 적부터 맞수였다. 두 지도자의 불화와 자존심 싸움으로 갈등의 골이 깊어지던 어느 날, 두 카스트 간에는 집단 싸움이 벌어지고 솔로몬 도라이는 목숨을 잃게 된다.

솔로몬에게는 아들이 둘 있었다. 아버지 같은 강인한 족장의 이미지보다는 의학에 관심이 많은 장남. 아버지를 닮아 운동과 싸움에 능하며 강한 기질을 지닌 차남. 아버지의 죽음으로 두 아들의 삶도 달라진다. 장남은 고향을 떠나 의학 공부를 하고, 차남은 배회하며 지내다가 뜻하지 않게 인도 독립 운동에 발을 들인다. 의사가 되어 미백 연고를 개발한 장남은 거부가 되자 집안을 다시 일으키겠다는 꿈을 펼친다. 한편 독립 운동을 하다가 구속되어 옥고를 치르던 차남은 결국 꿈을 펼치지 못하고 세상을 떠난다. 아버지와 다른 기질을 타고나고, 아버지의 신뢰를 받지 못했던 아들이 아버지의 꿈을 이어받는 가족사에는 삶의 아이러니가 고스란히 담겨 있다.

솔로몬의 손자인 도라이 가문의 3대에 와서는 현대화되는 인도의 풍경이 펼쳐진다. 기숙학교에서 영어를 배우고 자유 연애를 하는 세대. 봉건적인 질서보다는 개인의 삶에 치중하는 세대가 백인이 통치하는 고국에서 살아가는 모습이 재현된다. 솔로몬의 손자는 인도인과 백인 혼혈인 여자와 사랑에 빠져 집안의 반대를 무릅쓰고 결혼한다. 그리고 영국인이 운영하는 차 재배 농장의 관리인으로 취직해서 백인들 속에서 살아간다. 혼혈인과 부부가 되어 영국인들 속에 살면서 인도인 일꾼들을 관리하는 그는 정체성을 갖기가 쉽지 않다. 백인들 속에서 백인 비슷한 대접을 받으면서도 늘 허전한 구석이 있다. 혼혈인 그의 아내는 더욱더 인도의 전통 문화에 적응하지 못한다. 결국 아내와 결별하고 인도인이라는 본 모습을 깨달은 그는 아버지가 이룩한 푸른 망고가 있는 고향 마을로 돌아간다. 솔로몬에서 아들 세대를 거쳐 손자에 이르기까지 3대에 걸친 삶이 하나의 원을 이룬다. 그들의 삶은 다양하지만 하나의 원을 이루어 굴러가는 인도의 모습을 그대로 투영한다.

　그들의 이야기는 강하고 향기롭다. 마치 우리 조상들이 살던 마을로 들어가는 기분이다. 거기서 펼쳐지는 개인의 삶과 공동체의 역사를 따라가다 보면, 어느덧 감상적인 인도와는 사뭇 다른 인도를 이해하게 될 것이다. 또 다른 인도를 공감하게 된 것, 작가로 데뷔한 데이비드 데이비다르가 독자에게 품은 가장 큰 바람이었을 것이다.

2003년 10월

공　경　희

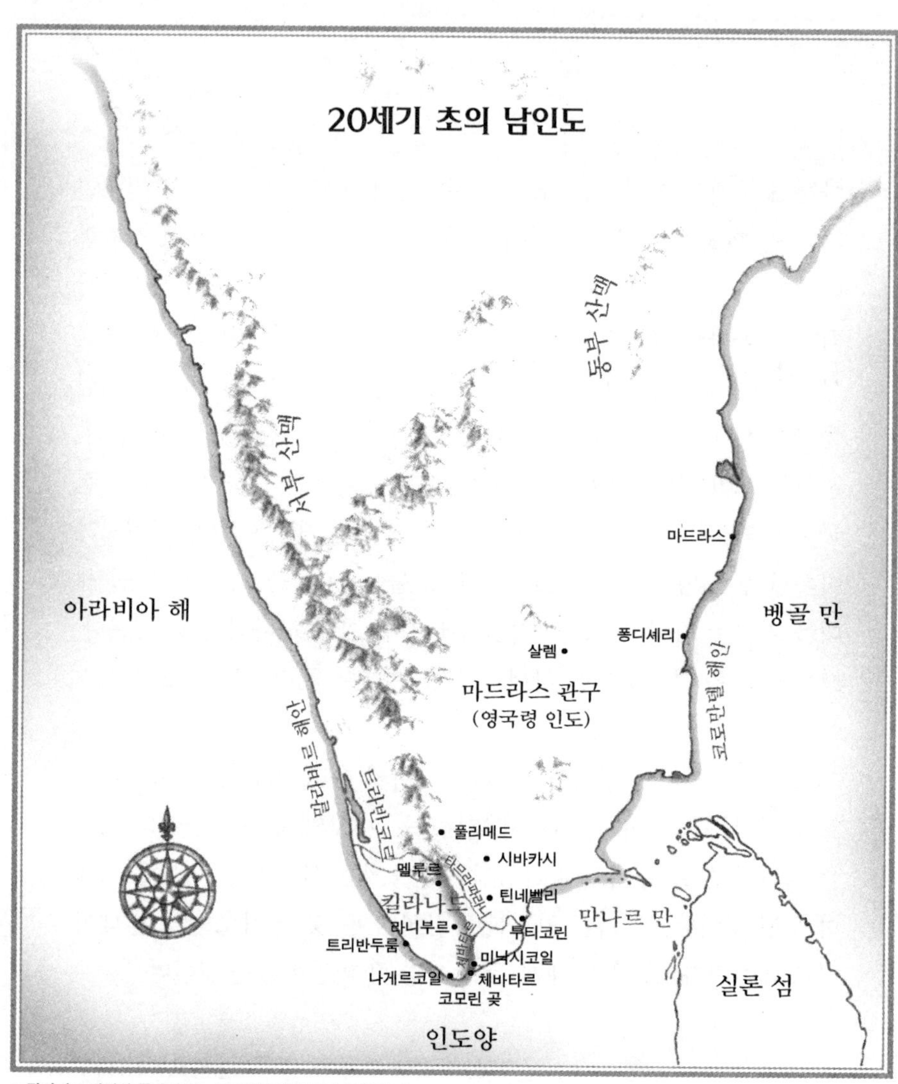

* 킬라나드 지역과 풀리메드는 허구임(축척을 하지 않은 지도).

차례 / 푸른 망고의 집 ①

가계도

솔로몬 도라이 ─ 채러티 패키암
다니엘 ─ 릴리　아론　레이첼 ─ 람도스　미리암 ─ 아룰
(네 자녀)
제이슨　스텔라　말리가이
샨티 ─ 데반　우샤 ─ 저스틴　칸난 ─ 헬렌
(두 자녀)
다니엘 2세　락슈미　리라

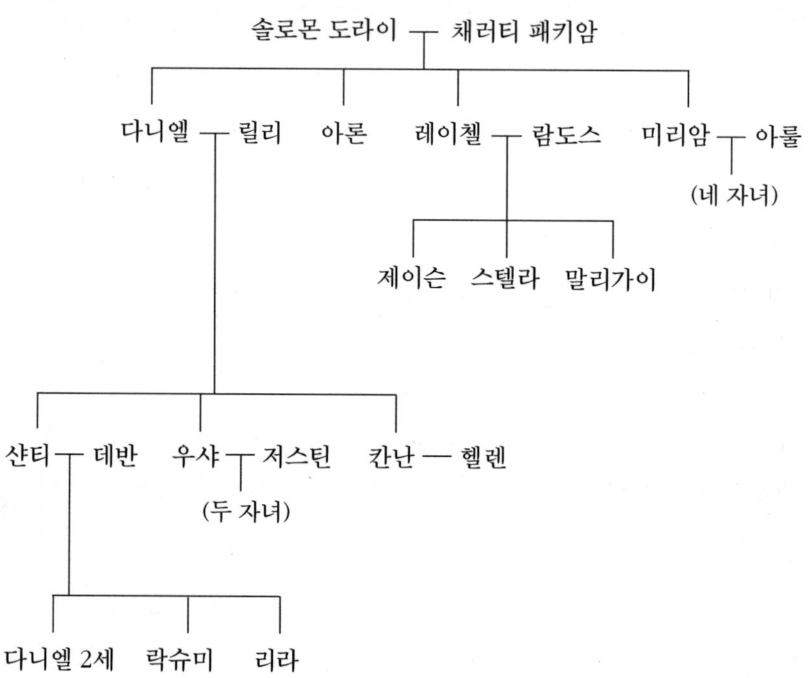

기적과 불의 땅

— 마리나 츠베타예바

1부
체바타르

1

1899년 봄. 코로만델 해안에 싸한 새벽 기운이 감돌면서 집들이 옹기종기 모여 있는 마을이 눈에 들어온다. 붉은 하늘을 제외하면 사방이 적요하다. 서쪽으로 코코넛 야자수가 무성히 자란 거대한 곶이 바다 쪽으로 불쑥 튀어나와 있다. 인적 없는 해안이 펼쳐진 바다에는 유리처럼 맑고 맨들맨들한 큰 물결이 소리 없이 출렁인다. 해안 너머 강 어귀의 물 위에 하늘의 붉은 기운이 감돈다. 인도 최남단에 흐르고 있는 체바타르 강이다. 마을의 이름도 강 이름에서 따 붙였다. 체바타르 강은 이곳에서 바다로 흘러든다.

강 어귀가 내려다보이는 절벽에 자란 코코넛 야자수 사이에 작은 교회가 있다. 마을은 그곳부터 2킬로미터에 걸쳐 펼쳐지다가, 강 맞은편의 다리 앞에서 끝난다. 그곳이 미낙시코일 읍내이다.

붉은 대지에 난 상처처럼 타르를 입힌 도로가 마을을 지나간다. 이 길은 체바타르의 중요한 곳을 모두 연결한다. 도로를 따라 북쪽으로 베다르 집성촌이 있고, 18세기의 흙 요새 유적, 흰 벽이 둘려 있는 바킬 페루말의 2층 주택, 암만과 무루간 사원이 있다. 또 약간 높은 곳에, 카수아리나나무와 코코넛 야자수 수풀에 가려 잘 보이지는 않지만 마을 족장 솔로몬 도라이의 집이 있다. 이 지역에선 보기 힘든 몇 그루의 나무가 '대갓집' 담장 주위에 심겨 있다. 우산 모양의 키 큰 모감주나무, 잎이 초록빛 별 모양인 빵나무, 밑동에 뾰족한 열매가 달린 인도 빵나무 여러 그루가 보기 좋게 자라 있다. 이 나무들을 심고 가꾼 사람은 타지 출신인 채러티 도라이 부인이었다. 그녀는 향수병을 달래 볼 심산으로 고향에서 나무를 가져와 심기 시작했다. 스무 해가 흐른 지금, 이 나무들이 체바타르의 풍경을 바꾸어 놓았다.

대갓집 아래로 흐르는 강변에는 체바타르 닐람이라는, 남부가 원산지인 망고나무숲이 있다. 이 희귀한 잡종 망고나무들은 놀라울 정도로 아름답다. 반들거리는 파란 과실과 짙은 초록색 잎이 어우러진 모습은 장관이다. 인근 주민들이 말하길, 도라이 가문을 유명하게 만든 이 체바타르 닐람 망고는 달아서 맛을 보면 적어도 사흘간은 설탕을 먹어도 단맛을 느끼지 못한다고들 한다.

마을의 나머지 부분은 간단히 설명할 수 있다. 코코넛 야자수가 있고, 남쪽 밑으로는 이발사 마을이 있으며, 도로 가까이에 안다바르 소작농들의 농가가 있다. 열두어 군데 우물과 물탱크가 아침 햇살에 반사되어 눈을 뜨지 못하게 한다.

마을 사람들은 보통 일찌감치 일어나지만, 모내기철이 아니기 때문에 남자들은 아직 일어나기 전이다. 아낙들만 동트기 전에 일어나서 자질구레한 집안일을 마치느라 분주하다. 오늘 마을에 팡구니 우티람 축제가 있기 때문에, 여자들은 축제 시장에 들를 짬이 생기기를 바라고 있다. 무루간 사원 담을 따라 싸구려 물건 좌판이 벌어진다.

타르 입힌 도로에 움직임이 있다. 소녀 두 명이 장에 가는 길이다. 한 명은 열세 살로 결혼을 앞두고 있고, 또 한 명은 열두 살로 둘은 사촌 간이다. 두 소녀는 갖고 있는 옷 중 제일 좋은 옷을 입고 있다. 열세 살 난 소녀는 보랏빛 반사리 차림에, 기름을 발라 땋아 늘인 머리엔 재스민을 꽂고 있고, 사촌 동생은 화려한 분홍색 치마 차림이다. 둘은 이마에 백단 반죽을 바르고 있다. 동트기 전에 그들은 예배를 드렸던 암만 사원에서 이마에 백단과 심황의 틸락 그리고 재로 장식했다. 무척 이른 시간이지만 둘은 잰걸음으로 걷는다. 서늘한 도로에 닿는 발걸음이 가볍다. 얼른 장에 가고 싶다. 언니인 발리는 어머니에게 4안나를 받은 참이다. 적은 돈이지만, 지금껏 받은 것 중 제일 많은 용돈이다. 마음에 드는 물건을 살 생각을 하면 흥분이 되어 심장이 뛴다. 팔찌를 살까? 귀고리를 살까? 블라우스감 비단은 너무 비싸려나? 발리는 사촌 동생을 따라잡기 위해 부지런히 걸음을 옮긴다.

두 소녀는 비바람에 씻겨 반질반질해진 화강암 석상 앞을 지난다. 코끼리 이마같이 둥근 모양의 회색 석상이다. '아나이칼'이라는 이 석상은 아이들의 술래잡기 장소로 인기가 높지만, 서둘러 걷는 두 자매에게는 이 익숙한 석상도 눈에 들어오지 않는다. 그들은 반얀나무가 줄지어 선 골목에 들어선다. 그 길 너머가 장으로 접어드는 길이다.

그때 동생이 남자들을 발견한다.

「저기 봐.」

바킬 페루말의 집에 그늘을 드리운 거대한 타마린드나무 밑에서 청년 넷이 어슬렁대는 것을 발리도 본다. 작은 고장이나 오지 마을에 사는 젊은 여인네는 누구나 그렇듯, 두 소녀 역시 본능적으로 남자들이 의식된다. 눈을 내리깔긴 해도 묘하게 은근한 즐거움을 맛보는 때도 있긴 하다. 하지만 남자가 위험할 때도 자주 있다. 젊은 여자나 심지어 중년 여성까지도 음탕하게 보고 모욕적인 말을 던지고 거칠게 더듬는 사내가 있어서 안전하지 않다. 그러니 여자들은 불쾌한 꼴을 당하기 전에 슬쩍 피해야 한다는 것을 어릴 때부터 배운다.

두 소녀는 얼른 상황을 가늠한다. 남자들은 50미터쯤 떨어진 곳에 있고 위협적으로 느껴지지 않는다. 하지만 주위에 다른 사람이 없다. 몸을 돌려 얼른 안전하게 집으로 가야 한다는 것을 둘은 잘 알고 있지만 새 팔찌를 사고 싶은 욕심이 너무도 강하다. 몇 미터만 가면 장터로 들어가는 흙길이 나오는데…….

타마린드나무 밑에 있던 사내들이 다가오기 시작하자, 자매는 깜짝 놀란다. 얼른 몸을 돌려 집으로 향하지만 이미 늦었다. 쫓아오는 발걸음들이 빨라지자 둘은 뛰기 시작한다. 공포감이 밀려든다. 매일 보아 온 광경이 또렷하게 눈에 들어온다. 흰 벽에 비치는 붉은 열대꽃…… 길가의 납가새나무의 반들반들한 초록색 잎새…… 길에 날아다니는 주황색 나비……. 순간 모든 게 흐릿해지기 시작한다.

동생은 정신을 차리고 올바른 선택을 한다. 도로를 벗어나지 않고 힘껏 내달려, 백 미터도 안 떨어진 소작농 마을로 피한 것이다. 하지만 언니 발리는 길을 벗어나 강에서 멀어지다가 아카시아 수풀로 들어간다. 무루간 사원 옆의 버려진 땅이다. 발뒤꿈치가 딱딱해서 거친 땅바닥을 달릴 수는 있었지만, 쫓아오는 청년들의 속도를 감당할 수는 없었다. 그들은 가차없이 발리에게 달려들었다. 옷이 찢겨 나가고, 거친 욕설이 귓가에 맴돌았다. 그녀는 비틀거리다가 바닥에 나동그라졌다.

2

두 소녀가 갈라져 달아나기 시작했던 지점에서 4백 미터쯤 떨어진 곳에서는 마을 족장 솔로몬 도라이 안다바르가 자기 집 베란다에 앉아 있었다. 그는 딱따구리의 익살스러운 몸짓에 흠뻑 빠져 있었다. 전에도 생각했던 바지만, 딱따구리가 부리로 둥그렇게 돌아가면서 홈을 파내는 모양새는 일꾼들이 야자수액을 채취하러 높은 팔미라 야자나무에 올라가는 모습과 기막히게 똑같았다.

화려한 빛깔의 룽기[1]를 두른 솔로몬 도라이는 티크나무 조각상처럼 보였다. 마흔 살인 몸집에 군살이라곤 한 점도 없고, 새치조차 없는 숱 많은 머리와 콧수염은 보기에 더없이 좋았다. 그는 여러 해 전부터 일요일과 축일 아침에는 위급한 일이 아니라면, 마을일이나 집안일의 방해를 받지 않는다는 방침을 지켜 왔다. 사람들은 이 명령을 잘 지켰다. 시키는 대로 하지 않으면 불똥이 떨어질까 겁난다는 것도 무시할 수 없는 이유였다. 이날 아침, 그는 평소처럼 동트기 전에 일어나 우물가에서 세수를 한 다음, 마당을 거닐며 나무 잔가지를 잘라 씹었다. 그는 세상의 부산함조차 잠잠한 이 어두운 시간의 정적을 사랑했다. 곧 붉은빛이 검은 기운을 삼키고, 이어서 그가 좋아하는 광경이 펼쳐졌다. 나무와 건초더미를 비롯한 익숙한 것들이 어둠을 떨치고 모습을 드러냈고, 울안 구석에 있는 타수아리나나무 사이에서 까마귀 울음소리가 들렸다. 읍내 쪽에서는 여기저기서 개 짖는 소리가 울렸고, 닭 우는 소리와 젖을 짜내고 싶어하는 젖소들의 음매 소리, 세상의 잡다한 소음이 편안하게 들렸다.

커피의 짙은 향이 퍼지는 것으로 봐서 아내 채러티가 소리 없이 와

---

1) lungi. 미얀마, 인도 등지에서 남녀가 쓰는 허리두르개.

커피를 놓고 갔을 것이다. 그녀는 늘 베란다의 그 자리에 커피를 놓고 갔다. 솔로몬은 커피를 워낙 뜨겁게 마시기 때문에 룽기 자락으로 컵을 쥐어야 했다. 조심스레 잔을 입술에 대고 홀짝거렸다. 여느 때와 마찬가지로 맛이 좋았다. 그런데 불쑥, 이렇다 할 아무 이유도 없이 마음이 불편해졌다.

이발사가 면도해 주러 오기까지는 아직 얼마간 시간이 남아서, 그는 마음이 불편한 원인을 찾아보기로 했다. 어쩌면 강가에 내려갈 수 있으리라. 어쨌든 새로 심은 망고나무를 살펴보고, 무루간 사원까지 산책을 하면서 아무 일도 없는지 조사해 볼 수 있을 터였다. 경비원은 술을 마시고 곯아떨어져, 낯선 사람이 마을을 돌아다녀도 막을 재간이 없으리라. 부관이 체바타르와 읍내를 잇는 신작로를 내자고 주장한 이후로는 아무리 조심해도 불안했다. 솔로몬은 커피를 마저 마시고 일어났다. 나귀 울음소리가 바람결에 실려 오자, 그는 싱긋 웃었다. 나귀 울음은 좋은 징조였다. 어쩌면 무거운 마음은 아무 근거도 없는 기분이리라. 다리 운동을 하는 것도 좋을 터였다. 그가 마당을 지날 무렵, 초록과 노란 빛이 번뜩이는가 했더니 딱따구리가 날아가 버렸다. 그는 잠시 서서 새의 빠른 움직임을 지켜보다가, 강가로 내려갔다.

솔로몬이 체바타르 강에 닿을 무렵, 낯선 자들은 이미 오래전에 마을을 빠져나갔다. 한 사람의 얼굴에 발리의 손톱 자국이 석 줄이나 그어져 있었다. 그들은 다리를 피해서 얕은 강을 지나기로 했다. 일단 강을 건넌 그들은 시골 풍경 속으로 사라져 버렸다. 마을에 그들이 다녀간 유일한 흔적은, 아카시아 숲 후미진 곳에 숨어 있는 소녀뿐이었다. 발리는 거의 의식을 잃고 널브러져 있었다.

솔로몬은 강 어귀에 서서 걱정스럽게 수염을 쓰다듬었다. 그의 초조한 마음은 발리와는 무관했다. 한 시간이나 지난 후에야 그녀가 발견되어 그 소식이 족장 솔로몬에게 전해질 터였다. 눈앞에 펼쳐진 광경이 그의 마음을 어지럽혔다. 1876년에서 86년에 이르는 대기근 이후, 체바타르 강줄기가 이렇게 마른 것은 처음이었다. 바위가 수면 밖으로 튀어나와 담배에 거무죽죽하게 난 이빨 자국 같았다. 강 한가운데만 물줄기가 느릿느릿 흘렀다. 또 가뭄이 든다면 감당할 수가 없었다. 비가 내리지 않는다면, 그와 인근 마을 사람들은 고초를 겪을 터였다. 지금은 마을이 푸르고 비옥해 보이지만, 순식간에 모든 게 변할 수 있다는 것을 그는 경험으로 알고 있었다. 이틀 전만 해도, 관리가 찾아와서 농토에 염분이 있다고 알려 주었다. 늘 그게 골치였다. 강과 시원한 물줄기는 줄어들고, 바닷물이 자꾸 스며들었다. 물이 부족해지면 농토 절반을 잃을 수도 있었다. 그것도 영원히. 가뭄과 기근이 들면, 그 후에는 전염병의 위험이 도사리고 있었다.

솔로몬의 생각은 어느덧 21년 전으로 내달렸다. 당시 가뭄과 기근으로 지역 인구의 10분의 1인 8천 명이 목숨을 잃었다. 그 후 천연두가 퍼져서 1만 명의 목숨을 더 앗아 갔다. 그중에는 그의 부모와 형, 두 여동생, 숙부 둘과 그들의 가족이 포함되어 있었다. 그의 세계를 이루던 가족 열일곱이 전염병의 제물이 되었다. 직계 가족 중 살아남은 사람은 어린 아내 채러티와 남동생 아브라함, 여동생 카말람발, 사랑하는 사촌 여호수아뿐이었다. 솔로몬은 스무 살도 안 된 나이에 가장이 되었다. 이 지역에는 그런 젊은이가 많았다.

마을로서는 다행스럽게도 그 후 15년 동안 전염병이 돌지 않았다. 비도 꾸준히 내려서 천천히 회복이 되었다. 하지만 비가 다시 오지 않기 시작하자, 상황이 좀처럼 예전으로 돌아가지 않았다. 지난 3년간 계절풍—남서풍과 북동풍—이 평균 이하로 불었고, 정부는 다시 가뭄 구제 사업을 시작했다. 정부만 믿고 있을 수 없는 사람들은 절에서, 회교 사원에서, 교회에서, 길가 신전에서, 가족 예배소에서 기도에 박차를 가했다. 솔로몬은 '이 나라에서는 사람들이 배를 채우는 것을 포함한 모든 일을 종교에 의존한다'고 씁쓸하게 생각했다.

그는 발걸음을 돌려 새로 심어 놓은 망고나무들이 있는 곳으로 갔다. 평소에 이 나무들을 보면 기운이 났지만, 이날 아침만큼은 그런 마법이 일어나지 않았다. 계절풍이 제대로 불지 않는 것 때문은 아닌 듯했다.

가까운 장래에 계급 갈등이 있으려나? 솔로몬은 허리를 굽혀 망고나무에 달린 건강한 푸른 잎을 살피면서 생각했다. 이 지역의 주도 세력인 두 집단—솔로몬이 속한 안다바르 계급과 베다르 계급—은 오래전부터 다툼이 심했다. 멜루르 부근 북쪽 지대의 분쟁 지역에서 소요가 있을 거라는 소문을 들은 적이 있었다. 솔로몬은 이곳에서는 어떤 조짐도 발견하지 못했지만, 오늘 중으로 베다르 마을의 지도자 무투 베다르를 만나서 염려할 사태인지 확인해야겠다고 마음먹었다. 도라이 가문은 여러 세대에 걸쳐 마을에서 계급 투쟁을 추방해 왔다. 솔로몬은 그가 족장을 맡고 있는 상황에서 그런 전통이 변하는 것을 원치 않았다. 이제 날이 밝은 지 꽤 지났으므로 지름길로 집에 돌아가기로 했다.

집에 당도해 보니 이발사가 아직도 도착하지 않아서 짜증스러웠다. 아버지가 남긴 몇 가지 가르침 중에는, 마을의 족장으로서 단정한 용모가 중요하다는 내용도 있었다. 매일 면도를 해야 된다는 뜻이었다. 보통 마을 사람은 며칠에 한 번으로 족했지만 족장인 그는 그럴 수 없었다. 하인에게 냉큼 가서 약속을 안 지키는 이발사를 찾아오라고 소리 지르는데, 귀에 거슬리는 소리가 났다. 그는 인상을 찌푸렸다.

　몸을 돌려 소리 나는 방향을 보니, 몹시 언짢은 광경이 펼쳐지고 있었다. 우마차 석 대가 한가롭게 자갈 깔린 길로 오고 있었다. 축일에는 읍내에서 마차가 들어오지 못한다는 그의 명령을 거역하는 꼴을 보자 어이가 없었다. 부관 녀석의 소행이라는 생각이 들었다. 창녀의 아들놈이 아니라면 감히 누가 족장인 그의 명령을 거역한단 말인가! 화가 솟구쳤다. 부관 베다르가 지방 관료이긴 하지만, 마을을 다스리는 사람은 솔로몬 도라이였다. 멍청한 젊은 놈이 제가 뭐라고 감히 족장을 무시할까? 처음에는 마을을 지나는 신작로를 놓더니, 이제는 돈을 버는 데 혈안이 되어 족장의 명령을 깔아뭉개다니. 솔로몬은 잠시 어쩌지 못하고 서 있다가, 잰걸음으로 집에 들어가 방으로 갔다. 벽에는 소중한 물건, 웨블리 앤드 스콧 12구경 권총이 걸려 있었다. 솔로몬은 총을 내린 다음, 나무 상자를 열고 총알 상자를 꺼냈다. 총을 내려놓고 탄창 두 개를 채워서 총에 끼운 후, 대문으로 나갔다. 우마차들이 백 미터도 떨어지지 않은 곳까지 오자, 그는 총을 어깨 높이로 들고 쏘았다. 그의 고함과 함께 총소리가 요란하게 퍼졌다. 솔로몬은 총을 들고 마차꾼을 향해 달렸다. 룽기가 펄럭였다. 족장의 성난 모습에 마차꾼들은 겁을 잔뜩 먹었다. 그들은 느릿느릿 움직이는 마차에서 뛰어내려 달아나려다가, 솔로몬의 우렁찬 목소리에 걸음을 멈추었다.

　「달아났다간 에미 없는 개처럼 쏴버릴 테다!」

　마차꾼들은 족장의 명령을 무시한 게 아니라고 둘러댔다. 미낙시코일의 가장 큰 야자 거래상 쿨라세카란의 지시에 따랐을 뿐이라고. 그들은 해변에 가서 흰 모래 세 마차를 실어 오라는 지시를 받고 가는 길이라고 했다. 결혼식과 종교 행사 때 고운 흰 모래를 바닥에 까는 것이 유행이었다. 마차꾼들의 말에 솔로몬은 더 화가 났다. 쿨라세카란이라니! 부족 사람이 족장인 그의 명령을 무시하다니!

솔로몬은 마차꾼들에게, 상인에게 1주일간 마을에 들어오는 걸 금지한다고 전하라고 시켰다. 그런 다음 집으로 들어갔지만 점점 더 화가 났다. 목욕을 마치자마자 읍내로 들어가서 부관놈이랑 담판을 지어야 했다. 그런 생각을 하는데 이발사가 아직 안 왔다는 생각이 문득 머리를 스쳤다. 먼저 면도를 해야 목욕을 할 수 있었다. 하층민인 이발사의 손이 몸에 닿으면 반드시 씻어야 했으니까.

솔로몬은 화를 내면서 총을 제자리에 걸고 마당으로 나갔다. 성큼성큼 걷기를 몇 분쯤 지났을까. 더는 참을 수가 없었다. 시간이 많이 지났으므로, 면도를 하든 안 하든 씻어야 했다. 무슨 죄를 지었기에, 부족민이 족장의 명령을 멋대로 무시하는 이 패역한 시대에 태어났을까? 모두 그를 왕처럼 생각하는 이 고장에서!

3

그날 아침, 채러티 도라이는 평소와 똑같은 일과를 시작했다. 날이 밝기 전 목욕하고 기도하고, 커피를 만들고 그날 스무 명의 식솔이 먹을 식량을 꺼냈다. 솔로몬의 집에 머무르는 사람은 일정하지 않아서, 누가 잠자리와 먹을 것을 청하느냐에 따라 수가 늘기도 하고 줄기도 했다. 1주일간 머무르겠다며 찾아와서 6개월 후에도 떠나지 않는 손님도 있었다. 그래도 아무도 신경 쓰지 않았다. 솔로몬의 집은 5대 조부 때부터 종가여서, 은혜나 보호가 필요한 가족은 누구라도 받아들였다.

채러티는 넓은 부엌에서 분주하게 움직이며, 장작을 땔 때는 화덕 다섯 개 중 세 곳의 불을 간수했다. 불이 타올라 새까만 벽에 그을음을 더하기 시작했다. 시누이가 함께 일을 했다. 2년 전 과부가 된 솔로몬의 누이 카말람발은 통통하고 성격 좋은 여자였다. 사이 좋은 채러티와 카말람발이 함께 살림을 꾸려 갔다. 카말람발이 젖 짜는 것을 감독하러 나가자, 채러티는 부엌 하녀 둘에게 지시를 내리기 시작했다. 손아래 동서 카베리는 부엌에 나오지 않았지만, 몸이 약해 자주 병석에 눕기 때문에 그러려니 했다. 솔로몬의 동생 아브라함은 아내 카베리를 자주 때렸고, 그럴 때면 그녀는 몸져누웠다. 하지만 아브라함은 집안의 땅을 돌아보러 출타 중이니, 카베리는 그냥 아파서 일어나지 못하는 것일 터였다.

채러티는 생선 요리를 만들 계획이었다. 지난 20년간 축일이면 늘 그랬다. 일찌감치 갖은 양념과 향신료를 갈아서 섞어 놓아야 했다. 하지만 푸투와 국으로 조반을 준비하는 일도 소홀히 할 순 없었다. 이미 푸투 시루와 대나무통, 잘 닦아 놓은 커다란 무쇠솥은 불에 올릴 준비가 되어 있었다.

채러티 도라이는 아름다운 여인이었다. 흰 얼굴을 미모의 으뜸으로 치는 고장인지라, 모두 그녀가 시집을 잘 갈 거라 기대했고 실제로 그렇게 되었다. 그녀의 미모에 대한 소문이 도라이 가문까지 들어갔고, 결국 사촌끼리 혼인하는 안다바르 전통까지 깨면서 산맥을 넘어 나게르코일까지 찾아갔다. 그녀의 부친은 교장이었다. 도라이 집안에서는 지참금 없이 그녀를 받아들였고, 결혼 비용 전부를 댔다.

그녀가 잘하는 생선 요리 비르야니는, 대갓집으로 시집오면서 소개한 음식이었다. 시댁 식구들은 그 음식을 좋아했다. 다들 입맛에 맞아서, 축일 때마다 만들어 달라고 채근했다. 어부가 바다로 나가지 못하는 장마 기간에는 생선 대신 염소 고기로 비르야니를 준비하곤 했다.

하녀들이 닦아서 기름을 먹인 커다란 무쇠솥에 채러티는 정확하고
잰 솜씨로 재료를 담기 시작했다. 두툼하게 썬 싱싱하고 윤기 나는
생선살, 씻어서 받쳐 놓은 반들반들한 쌀, 양파, 고추, 마늘, 생강, 고
수, 빨간 고추, 심황, 응유, 박하 잎, 계피, 생강, 정향, 육두구, 아니스
열매, 커민 씨앗, 육두구 껍질(모두 갈면 요리의 독특한 맛을 내는 양념
이 되었다), 사프란 조금과 농도 짙고 냄새가 고소한 버터 기름까지
넣었다. 처음 시집와서, 친정에서 쓰던 재료를 대신할 식재료를 찾느
라 실험을 하던 생각을 하니 웃음이 나왔다. 친정의 이웃집에 살던
마필라이 부인은 친절한 사람이어서 엄마 없이 자란 채러티를 딸처
럼 대해 많은 걸 가르치고 먹여 주었고, 말라바 북쪽 지방의 음식 비
법까지 전수해 주었다.

채러티는 생선 요리를 준비하면서도, 저쪽에서 조반을 준비하는
하녀들에게 눈을 떼지 않았다. 부엌 구석에서 한 하녀가 푸투 시루에
쌀가루와 코코넛을 켜켜이 얹고 있었다. 한 시간 후면 솔로몬에게 조
반을 들여가야 했다. 그는 동생 아브라함이 출타 중일 때는 늘 혼자
서 식사를 했다. 그 후에는 아이 열두엇에게 아침밥을 먹여야 했다.
서둘러야 했다. 20년간 매일 아침 해온 일이지만, 아직도 잘못되어
하루 일과에 차질이 생길까 봐 걱정스러웠다. 이제 커다란 부엌에는
음식 준비하는 소리와 냄새가 넘쳐났다. 구석에서는 쇠방망이로 쌀
을 빻는 소리가 났고, 다른 쪽에서는 절구에 향신료와 허브 가는 소
리가 요란했다. 사촌의 아들이 졸린 얼굴로 부엌을 돌아다녔다. 채러
티는 아이에게 오이 한 쪽을 주면서 엄마한테 가보라고 보냈다.

10분 후, 채러티와 카말람발은 거의 두 시간 만에 처음으로 한숨
돌렸다. 소 젖을 짰고, 하녀들에게 할 일을 시켰고, 아침 식사 준비가
끝났다. 이제 다시 바빠질 때까지 한 시간 아니 조금 더 쉴 수 있었

다. 햇볕이 아직 뜨겁지 않아서, 두 여인은 뒷마당의 널찍한 흙 계단
에 앉았다. 큰딸 레이첼이 채러티의 발치에 앉아 있었다. 채러티는
숙련된 솜씨로 딸의 두피를 문질러 기름을 바르고 검은 머리를 땋아
내려갔다.

곧 레이첼을 결혼시켜야 한다는 생각이 들었다. 딸은 열세 살이 다
됐는데 아직 결혼을 못하고 있었다. 채러티는 열네 살이 되기 다섯
달 전에 결혼했는데 다들 결혼이 늦다고 했었다. 시대가 변했지만,
여자는 적령기에 혼인을 해야 되지 않던가. 하나뿐인 친정 오빠 스테
판에게 아들이 없는 게 유감이었다. 스테판은 딸 셋을 두었다. 두 아
들 다니엘과 아론이 각각 사촌누이와 약혼하면 좋으련만. 레이첼이
신랑감을 찾으면 두 아들이 혼례식을 치를 수 있을 테고, 그러면 도
라이 가문은 한 달 동안 성대한 혼인 잔치를 벌여 근방에 소문이 자
자할 것을!

여자들이 앉아 있는 곳에서 뒷마당의 흙담까지는 땅이 완만하게
낮아졌다. 대갓집은 솔로몬의 증조부가 1백 년 전에 지은 후 마을에
서 가장 큰 집이었다. 그때 지은 초가집이 아직도 남아 있었다. 지난
1백 년 동안 필요와 욕심에 따라 집을 넓혀서, 지금은 방이 열댓 개나
됐고 그중에는 쓰지 않는 방도 있었다. 채러티는 처음 시집와서 가축
우리가 넓은 데 놀랐다. 지금은 외양간이 서쪽 구석에 있었다. 2년
전 바킬 페루말이 지은 집이 마을에서 유일한 2층 가옥이었다. 채러
티는 남편이 바킬 페루말의 욕심을 힐난한 일이 떠올라 웃음이 나왔
다. 높은 지위와 부를 지닌 솔로몬이었지만, 가끔 유치하게 분통을
터뜨렸다.

대갓집 뒷마당에서는 정연하게 아침 일과가 진행되었다. 하녀가
모링가나무들 바로 옆 숲에서 푸른 잎 몇 장을 따왔다. 한 줄로 늘어

선 모링가나무에 달린 기다란 초록 과실은 집시의 귀고리처럼 바람에 흔들리고 있었다. 수탉이 이따금 걸음을 멈추고 땅을 쪼다가, 멍청한 눈으로 파헤친 흙을 쳐다보곤 했다. 총소리가 뒷마당에도 들렸지만, 채러티는 동요하지 않았다. 솔로몬과 작은 아들 아론은 기분이 날 때면 비둘기 같은 새를 사냥하곤 했다. 다만 집에서 너무 가까운 곳에서 총소리가 난 것이 마음에 켕겼다.

「오늘 저녁에는 뭘 먹게 될지 궁금하네.」

그녀가 웃음을 터뜨렸다. 우물가에서 하녀가 삐걱거리면서 권양기로 물을 길어 올리는 소리가 고요한 아침 대기에 울려 퍼졌다. 흰 점이 박인 검은 염소가 고개를 숙이고 느릿느릿 걷다가 갑자기 물 긷던 하녀에게 달려들었다. 하녀는 비명을 지르며 양동이가 매달린 밧줄을 놓고 달아났다. 염소가 쫓아갔다.

「저 녀석, 얌전히 굴지 않으면 잡아먹어 버려야겠어. 새끼 때부터 저렇게 말썽을 피운다니까. 라트남, 어디 있어, 라트남?」

채러티가 소리쳤다. 얼굴에 얽은 자국이 있는 사내가 외양간에서 고개를 내밀자, 채러티는 염소를 찾아서 묶어 놓으라고 시켰다. 개두어 마리가 깨서 짖는 바람에 사방이 더 소란스러워졌다.

그때 채러티는 뒷담에 난 구멍으로 머리가 센 노파가 지나가는 것을 보았다.

「이렇게 일찍 셀비가 오다니, 무슨 소식이 있나 보군.」

채러티가 느릿느릿 말했다. 그녀는 머리 단장이 끝났다는 뜻으로, 딸의 머리를 정감 있게 살짝 밀었다. 레이첼이 집 안으로 사라질 무렵, 셀비가 숨을 몰아쉬며 들어와서 아래 계단에 털썩 주저앉았다.

「마님, 방금 무슨 일이 있었는지 믿지 못하실 겁니다요……」

스무 명의 남자가 안다바르 소작 농가들에 침입해서(노파는 마흔

명이라고 했지만 채러티는 반은 감하고 들었다), 세 사람을 죽이고 아
가씨 다섯을 강간했다고 했다. 자세히 얘기해 보라고 했지만, 노파는
더 자세한 내용은 말하지 못했다. 아는 내용을 과장해서 설명할 수
있을 뿐이었다.

4

목욕을 마치고 집에 돌아온 솔로몬은, 아내가 베란다에서 기다리
고 있자 놀랐다. 평소 그는 아내가 조반 시중을 들 때에야 그날 처음
으로 눈길을 주었다. 채러티는 솔로몬의 기분이 언짢은 것을 알았
고, 그것이 총소리와 상관이 있을 것 같아 걱정스러웠다. 그녀는 남
편에게 고민거리를 더해 주기가 뭐해서 머뭇거리다가, 결국 사정을
털어놓았다. 다만 상세한 부분은 감하고 대강의 줄거리만 설명했다.
「둘 중 한 사람은 결혼할 예정이라고 했소?」
솔로몬이 아내의 말허리를 끊고 물었다.
「네. 발리가 그렇지요.」
「지참금 문제 때문일 수도 있을까?」
「셀비 말로는 그렇지 않다네요. 두 아이가 마을 바깥에서 들어온
낯선 사람들한테 당했다던데요!」
아침나절 내내 마음이 불편했던 이유가 이 때문일까? 솔로몬은 궁
금했다. 하지만 성급히 결론을 내리지 않아야 했다. 셀비는 믿지 못
할 정보를 많이 물고 오는 노파였으므로, 정확한 소식이 들어올 때까
지 기다려야 할 터였다. 그래도 아내에게 꼬치꼬치 캐물었다.
「다친 아이들은 지금 어딨지?」
「저도 모르겠어요. 셀비가 확실히 아는 게 아니라서…….」

채러티가 말끝을 흐렸다.

「셀비가 전하는 말은 전부 믿을 건 못 되지. 이 후레자식이 어디 있는지 아오?」

채러티는 남편이 이발사를 찾는다고 짐작하고, 사람을 보내 데려오겠다고 말했다.

「그럴 것 없소. 이미 목욕을 했는걸.」

솔로몬은 힘없이 말하고 방으로 들어갔다.

그날 아침 주민 대표단이 대갓집에 찾아와서, 솔로몬은 새벽에 벌어진 사건에 대해 정확히 들을 수 있었다. 발리의 아버지 쿠판은 믿음직한 소작농으로 손꼽히는 사람이었다. 5에이커의 땅에 이모작 벼농사와 3에이커의 땅에 코코넛 농사를 지었다. 그는 소작료를 제때 지불했고, 마을에서 제일 부지런히 일하는 사람이었다. 그런 쿠판의 얼굴에 땀과 눈물이 뒤범벅된 것을 보자, 솔로몬의 굳은 얼굴이 안쓰러운 마음에 너그러운 표정이 되었다. 족장인 그는 하소연과 불평을 듣는 게 일이었지만, 쿠판의 사연은 마음에 찡했다. 연민과 걱정이 밀려왔고 한편 분노도 치솟았다. 또 내색하지 않았지만 마음이 무척 아팠다.

발리의 사촌 동생이 집에 와서 상황을 애기했고, 사람들이 발리를 결국 아카시아 수풀에서 찾아냈다. 발리는 상처받은 동물처럼 사람의 발길이 닿지 않는 곳을 피난처로 삼고 있었다. 사리가 찢기고 블라우스는 너덜너덜했다. 아이는 알아들을 수 있는 말은 한마디도 하지 못했다.

「지금 딸은 상태가 어떤가?」

솔로몬이 물었다.

분노한 아버지는 질문을 듣지 못한 듯 계속 같은 말을 되뇌었다.

「딸 말일세…… 상태가 어떠냐고?」

「족장님, 어떻게 말해야 할까요? 아이는 듣지도 말하지도 못합니다. 머리가 잘린 염소 몸뚱이처럼 널브러져 있어요. 제 평생 보지 못한 그런 눈빛을 하고 있습니다. 이런 일을 겪었으니 죽는 편이 차라리 나으련만. 그러면 편할 것을…….」

「그런 말 말게. 사건이 잘 처리될 거야……. 일이 벌어진 곳을 내게 보여 주게나.」

솔로몬은 화난 내색을 하지 않으려고 조심했다. 폭발 직전인 사람을 자극할까 신경이 쓰였다. 그는 쿠판의 팔을 잡았다. 범인일 가능성이 있는 자들을 떠올리느라 머릿속이 복잡했다. 무투 베다르가 심히 수상했지만, 설마 그렇게 빤한 짓을 저질렀을까? 혹시 외지인일까? 하지만 낯선 자들이 일을 꾸미려고 어슬렁대면 마을 사람들이 알았을 텐데. 비밀이라곤 없는 마을 아닌가.

발리의 사촌 여동생 파바티도 따라왔기에, 솔로몬은 아나이칼로 걸어가면서 아이에게 물었다.

「그래, 아는 얼굴이 없었니?」

「네, 족장님.」

파바티가 대답했다.

'외지인이구먼.' 그는 속으로 중얼댔다. 신작로를 통해 마을로 들어온 불량배의 짓거리였다. 이른 아침 마음이 불편했을 때, 강변으로 내려가지 말고 아나이칼 주위를 돌아봐야 했는데 그러지 못한 것이 애석했다. 나쁜 놈들을 잡거나 적어도 누군지 파악할 수는 있었으련만. 솔로몬은 마을 경비에게 사건을 알리고, 자세한 내용을 파악해서 곧 읍내로 나가겠다고 전하게 했다.

목적지에 가까워지자, 벵골 보리수 거목들 사이로 햇살이 비쳐들어 길바닥에는 호피 무늬처럼 밝은 부분과 검은 그림자가 번갈아 드리워졌다. 아름다웠지만 솔로몬은 그런 마음이 생기지 않았다. 부근에 숨을 곳이 많다는 생각이 들었다. 나쁜 작자들이 보리수나무 사이에 얼마든지 숨었을 수도 있었다. 고개를 드니, 바킬 페루말이 자기 집 뒷마당에 서 있는 광경이 눈에 들어왔다. 거기서는 소녀들이 당한 곳이 내려다보였다.

솔로몬은 바킬 페루말이 싫었다. 변호사인 바킬은, 3년 전 우울한 이 동네로 오기 전에는 세일럼에서 성공한 변호사로 지냈다고 늘 이야기했다. 또 족장의 결정을 비판할 기회를 놓치는 법이 없었다. 솔로몬은 바킬이 대들 때마다 속으로 '내 증조부, 아니 부친 시절만 해도 너 같은 놈은 마을에서 내쫓겼다'고 되뇌었다.

바킬 페루만이 진지한 말투로 입을 열었다.

「이건 유린 행위입니다. 안다바르 전체의 치욕이에요. 순수한 얼굴을 가진 마을의 오점이며, 족장님의 역량에 대한 도전입니다.」

변호사 바킬은 얼굴이 통통했지만 몸은 말랐다.

「아네. 그래서 직접 문제를 조사하러 나온 거야.」

「그들이 왜 이런 짓을 벌이는지 아십니까?」

솔로몬은 변호사놈이 또 무슨 수작을 부리는지 가늠이 되지 않았다. 그래서 되물었다.

「누구 말인가?」

「우리의 신분을 수치스러워하게 만들려는 겁니다. 그래서 그런 짓을 하는 거예요, 모르시겠습니까?」

솔로몬은 간결하게 대답했다.

「아니, 모르겠는데. 두 소녀가 이 부근에서 당했네. 그거랑 무슨 관계가 있다고…….」

바킬이 말허리를 끊었다. 소 목살처럼 살이 늘어진 바킬은 연기하듯 아나이칼을 손짓하며 말했다.

「저들이 하려는 짓을 알고도 모른 체해서는 안 됩니다.」

솔로몬은 변호사가 손짓하는 곳을 바라보았다. 누군가 화강암에 새겨 놓은 문구가 눈에 들어왔다.

'1859년의 가슴 전쟁을 기억하라. 하층민 개들이 저희 있을 곳을 알지 못하면, 그들의 아내와 자매가 곧 그런 사실을 알게 해줄 것이다.'

솔로몬은 벼락을 맞은 기분이었다. 전날 이 바위 앞을 지날 때만 해도 못 보던 글귀였다. 변호사가 뭐라 지껄이고 있었지만 귀에 들어오지 않았다. 심각한 사태였다. 족장이 된 이후 일어난 어떤 일보다도 심각했다. 전염병, 가뭄, 불화와 다툼…… 그 어떤 일보다도. 외지인들이 그의 부족민을 괴롭힌 것만으로도 보통 큰일이 아닌데, 이것이 카스트 계급 갈등의 시작이라면 몹시 안 좋은 때에 일이 벌어진 셈이었다.

솔로몬은 바위에 적힌 불경한 문구를 보자, 고함치면서 화내고 주먹을 흔들어 대며 날뛰고 싶었다. 순간적으로 소년 시절로 되돌아가고 싶었다. 책임을 짊어지지 않던 그 시절로. 자제심과 무력감이 함께 밀려들었다. 그는 마음을 가라앉혔다.

5

솔로몬은 어머니에게 그 유명한 가슴 전쟁에 대해 처음 들었고, 나중에 아버지와 숙부들에게 들었다. 후세의 역사가들이 '가슴가리개 투쟁'이라고 표현한 이 갈등은, 남부 지방에서 카스트 제도 갈등이 최고조로 심화된 사건이었다. 트라반코르 왕국의 작은 마을과 읍에서 시작되었지만, 결국 이웃한 마드라스 통할 구역으로 퍼져 나갔다. 19세기 중반 마드라스 구역은 영국령 인도에서 가장 크고 인구가 많은 축에 들었다. 체바타르가 속한 틴네벨리와 킬라나드가 마드라스 구역에서 가장 심한 타격을 입은 두 지역이었다.

폭동은 한동안 무르익었다. 안다바르와 나다르 같은 비(非)브라만 계층이 부와 경제력을 얻으면서, 걸맞은 사회적 종교적 지위를 요구했다. 그들보다 높은 카스트[2] 계급은 그 요구를 묵살했다.

다른 지역과 달리 남부 지방의 카스트 계보는 브라만 계급, 비브라만 계급, 그 범위 밖의 계급, 이 세 등급으로 구성되었다. 원래는 나다르와 안다바르, 테바르, 마라바르, 베다르, 벨라라 같은 강력한 비브라만 계층끼리 갈등이 심했다. 브라만 계층은 도시와 큰 사원이 있는 고장에 집중되어 살았고, 후에 전쟁의 불길이 거세어졌을 때에야 문제가 되었다.

불화를 일으킨 것은 17세기부터 활동한 기독교 선교였다. 비브라만 계급 수만 명이, 특히 최남단 지역에서 예수의 복음을 받아들였고, 새로 믿은 종교에서 말하는 '모든 인간은 신 앞에 평등하다'는 신조를 주장하기 위해 반대자들을 밀쳐 내려 했다. 문제된 관습 중 한 가지가 옷차림이었다. 지금까지 카스트 제도에서는 자기보다 높은 계급 앞에서는 가슴을 드러내는 관습이 지켜졌다. 말하자면 개코원숭이가 복종의 의미로 엉덩이를 보이는 것과 비슷했다. 따라서 불가촉민인 최하

---

2) 인도 특유의 사회 제도로 브라만(신궁), 크샤트리아(무사), 바이샤(서민), 수드라(노비)로 구성되며 최하위 집단인 하리잔(불가촉민)이라는 아웃 카스트가 있다. 이외에도 직업, 지역, 집단 등에 따라 복잡한 체계의 서브 카스트(소 카스트) 제도가 만들어졌다.

위 집단은 그 위 집단인 노비 계급 앞에서 가슴을 드러냈고, 노비 계급은 서민 앞에서 가슴을 드러내는 식이었다. 그렇게 위로 올라가서 브라만 계급은 왕 앞에서만 가슴을 드러냈다. 이런 상황에서 선교사들의 채근에 힘입어 안다바르와 나다르 여인네들이 가슴을 가리기 시작했다. 그러자 상위 카스트 계층, 특히 남자들이 화를 내고 불안감을 느꼈다. 가슴을 가린 안다바르와 나다르 여인네는 대중 앞에서 해코지와 구타를 당하기도 했다. 결국 중간 카스트들이 못 참고 격렬한 반응을 보였다. 급기야 1858년 트라반코르의 한 지주는 '우리는 너희 더러운 가슴을 쳐다볼 신성한 권리를 갖고 있으며, 너희는 우리가 쳐다봐 주면 기분 좋아한다. 그 가슴은 우리가 보고 즐길 것이다. 너희가 새로 믿게 된 종교가 어떤 도움을 주는지 모르지만, 이건 그것과는 상관없는 일이다'라고 천명했다. 그는 최근 기독교로 개종한 아리따운 안다바르 여인의 블라우스를 찢었다. 그 사건 이후 이 지역에 폭동이 일어났다. 정부에서 상황을 무마하려고 노력했지만 왕국에는 계속 긴장감이 팽배했고, 트라반코르와 경계 지대가 길게 잇닿은 마드라스 통할 구역까지도 그런 분위기가 퍼졌다.

정부에서 재빨리 손을 쓰지 않으면 대규모 폭동이 일어날 게 자명해졌다. 그럼에도 영국이나 트라반코르 토후국 왕은 한동안 아무 조치도 취하지 않았다.

1년 전쯤 영국 통치에 반대하는 첫 봉기가 일어났는데, 무장한 인도 군인 일부가 앞장섰었다. 1857년 분쟁(사람에 따라 '독립 전쟁'이라고도 하고 '인도 폭동' 혹은 '세포이 반란'이라고도 부르는)은 통치자들이 지역 카스트 제도와 종교적인 터부를 무시한 데서 비롯되었다. 그 후 몇 년간 영국은 인도 관습과 전통에 간섭하기를 주저했다.

지배자들이 조치를 취하지 않자, 사람들은 직접 문제를 해결하려

했다. 1859년 1월, 트라반코르 전역에 일어난 폭동이 며칠간 계속되었다. 처음부터 통치권을 주장한 지역 관리가 나다르 여인 몇 명의 상의를 벗긴 것이 발단이었다. 그리고 킬라나드의 주도(州都)인 멜루르의 안다바르 여인네도 상의를 벗기는 일을 당했다. 재빨리 보복이 감행되었다. 안다바르의 부랑자 일단이 베다르 지구에 들어가 날뛰고 다니면서 약탈과 화재를 일삼았다. 정부의 신속한 대응에 폭력은 잠재워졌지만, 다른 곳에서는 상황이 순식간에 격렬해졌다.

국경선 넘어 트라반코르의 최남단 지역에서는 2백 명의 무장 시위대가 나게르코일 부근 마을로 내려왔다. 두어 해 후 채러티 도라이가 태어날 곳에서 5킬로미터도 떨어지지 않은 지역이었다. 그들은 거기 사는 기독교도 안다바르 인들을 공격하고 집을 불태우고 약탈했다. 여인네들의 가슴가리개와 상의를 벗겼다. 안다바르도 복수를 시작했다. 트라반코르 법정은 전통과 관습을 존중하는 것에 대해 명확한 판결을 내리지 못하고 애매한 말만 했다. 모든 게 너무 늦어 버렸다. 트라반코르 토후국 왕이 문제를 해결하지 못하자, 선교사와 관심 있는 시민들은 남부의 통치자에게 청원했다. 영국 총독은 찰스 트레벨리언 경이었다. 그는 통치 구역에서 폭동이 일어날 것과 빅토리아 여왕이 여성이라는 점을 감안해서, 트라반코르는 안다바르 여인들의 가슴을 벗기는 일을 금해야 한다는 지시를 내렸다. 트라반코르의 사태가 가라앉자, 마드라스 통할 구역의 긴장을 누그러뜨리는 효과가 있었다.

1859년 가슴 전쟁에 대한 기억은 관련된 모든 카스트 계층의 마음에 남았다. 그런데 누군가가 그 끔찍한 나날을 되살리려고 수작을 부리다니……

솔로몬이 이런 생각을 하는 동안, 바킬 페루만은 쉬지 않고 떠들어 댔다.

「저기 적힌 글귀의 문법이 정확한 걸로 봐서, 이번 사건의 책임자는 틀림없이 교육받은 자라는 것을 알 수 있습니다. 마을 사람은 아니라는 뜻이기도 하지요.」

변호사의 지적에 솔로몬도 인정했다.

그가 선 곳에서는 벅적대는 시장의 활기가 느껴졌다. 원색의 옷을 입은 집시들이 점잖은 차림의 마을 사람들 사이를 누볐고, 장신구와 먹거리를 파는 노점상 좌판이 펼쳐져 있었다. 무서운 미래가 다가올 것은 전혀 눈치 채지 못한 채, 세상은 예전과 다름없이 돌아가고 있었다.

「저녁에 마을 의회를 소집해야겠군.」

솔로몬은 그렇게 말하고 걸음을 옮기기 시작했다. 바킬 페루말이 뭐라고 낮게 중얼거렸지만 솔로몬은 무슨 소린지 알아듣지 못했다. 바킬이 큰 소리로 되뇌었다.

「적어도 이번에는 족장님의 더 나은 지도력을 보게 되길 바랍니다.」

솔로몬은 자제심을 잃었다. 자기도 모르게 바킬에게 다가가서 멱살을 잡고 그 퉁퉁한 얼굴에 대고 쏘아붙였다.

「내 앞에서나 뒤에서 그런 식으로 입을 놀리면 가만 안 놔두겠다. 내 귀에 한 번만 더 들려오면 네놈을 절단 내버리겠어.」

솔로몬은 멱살을 놓고 읍내로 걸음을 옮겼다. 몇 분 후, 뒤에서 달음박질 소리가 들리자 그는 천천히 몸을 돌렸다. 막내 아론이었다. 그가 가장 사랑하는 아론이 머리카락을 날리며 튼튼한 다리로 성큼 다가오고 있었다. 그는 아버지 앞까지 달려와 걱정스럽게 말했다.

「아버지, 방금 들었는데…….」

「그래, 아론, 사정이 썩 좋아 보이지 않는구나.」

「제가 친구들이랑 가서 이런 짓을 한 놈들을 잡을 수 있어요. 놈들이 이 세상에 태어난 것을 후회하게 만들어 줄래요…….」

「아니다, 폭력은 안 돼. 오늘 저녁 마을 의회를 소집해서 어떻게 할지 결정할 거야.」

「그런데 아버지, 들으셨을지 모르지만…… 미낙시코일에서 여호수아 작은아버지를 본 사람이 있대요.」

솔로몬은 미소 지었다. 사실이라면 하루 종일 들은 소식 중 가장 반가운 소식이었다. 그는 친형제보다도 사촌 여호수아와 더 친했다. 이즈음 여호수아의 그 우정과 후원이 절실하던 참이었다. 10년간 연락이 없던 여호수아가 체바타르에 돌아왔을까?

「누가 봤다더냐?」

솔로몬이 진지하게 물었다.

「저기 남비가 그러는데, 자기 친구가 여호수아 작은아버지를 봤다는 말을 들었다고…….」

솔로몬은 웃음을 거두었다. 그렇다면 맥없는 소문일 터!

6

지방 공무원인 산무가 베다르 부관은 스스로를 높이 평가하는 인물이었다. 미낙시코일 읍내에서 가장 번잡한 곳에 있는 사무실에 편히 앉아 있노라면 어깨가 더 으쓱해졌다. 2제곱미터도 안 되는 대단할 것도 없는 사무실에 가구도 별로 없었지만, 그는 사무실이 주는 권위를 즐겼다. 여기 있으면, 마드라스 통할 구역 중 가장 작은 지역으로 전혀 중요할 것 없는 고장인 킬라나드에 처박혀 있다는 사실을 잊을 수 있었다.

사실 책상에 앉아 있자면, 지역의 최고위직인 집세관에 이르는 지휘 계통에서 한 자리를 차지한 그의 모습이 똑똑히 보였다. 아니, 그 위 통할 구역 최고 통치자인 총독까지 이어지는 지휘 체계의 일부로 느껴졌다. 운이 따라 주고 상관에게 로비가 먹혀든다면, 미낙시코일은 곧 제구실을 톡톡히 하는 고장이 되고 그는 대표관으로 승진할 터였다. 대표관 S. 베다르! 이름도 근사하여라! 그는 그렇게 되려고 공부했었다. 그 자리를 바라보고 연이어 시험을 치렀고, 마을 최초로 대학 교육을 받은 것도 그 때문이었다. 바로 그것이 그를 가치 있는 인간으로 만들어 주었다. 이 책상, 이 의자, 이해하기 힘든 내용이 가득 담긴 누런 문서가 켜켜이 쌓인 서류함…… 그런 것들이 그의 가치를 드높여 주었다.

사무실로 들어오는 솔로몬 도라이가 창문으로 보이자, 베다르는 생각을 멈추었다. 족장을 대할 준비를 하기 시작했다. 꼿꼿이 앉은 자세를 취하고 수염을 쓰다듬었다. 바쁘게 보이려고 책상에 서류철을 펼쳐 놓았다. 문이 열리고 족장이 성큼성큼 들어오자 베다르는 적잖이 짜증이 났다. 직원은 상관인 그에게 족장이 찾아온 용건을 알리지도 않고 사무실로 들여보낸 것이었다. 사실 부하 직원의 잘못만은 아니었다. 베다르 자신도 족장 솔로몬을 어떻게 대해야 좋을지 확신이 서지 않았다. 부대표관쯤 되니 지위는 밀리지 않았다. 그 점은 논란의 여지가 없었다. 하지만 한편으로 그는 솔로몬에게 신세를 지는 처지였다. 이 지역에서 가장 부유한 솔로몬은 세금과 임대료를 가장 많이 내는 주민이었으니까. 1년 반 전, 솔로몬은 체바타르 북쪽의 면화 재배 마을을 손에 넣었으며, 체바타르의 많은 토지를 소유하거나 소작 주는 데다가 마을 세 곳을 소유한 셈이었다. 왜 솔로몬은 다른 지주처럼 지내지 못할까? 남부의 유력한 지주들처럼 부를 누리면서 살면 그만이지 뭣 때문에 행정에 간섭을 할까? 족장이란 지위는 부대표관보다 아래였다. 그런데 왜 그리 신경을 쓰는가? 한번은 베다르가 용기를 내서 그렇게 묻자 솔로몬은 무뚝뚝하게 대답했다. 4대 할아버지부터 내리 마을 족장을 해오고 있다고. 사실 아무 일도 없었다면 별문제 없이 그럭저럭 지냈을 터였다. 베다르나 솔로몬이나 신경 쓸 일이 많았으니까. 하지만 최근 신작로 문제 때문에 부딪쳤다. 베다르는 뜻대로 밀고 나갔지만 갈등이 생겼고 잘 해결되지 않았다.

족장이 사무실로 들어오자, 베다르는 일어나서 맞이했다. 그대로 앉아서 인사를 받고 싶은 마음이었지만, 족장 앞에 있으면 학교 사환이 된 것처럼 이상스레 주눅이 들었다.

「베다르 부대표.」

솔로몬은 베다르가 미낙시코일에 온 직후 지역 주민들이 부른 대로 '부대표'라고 간단히 불렀다.

베다르가 인사를 하자, 솔로몬은 지체하지 않고 용건으로 들어갔다. 그는 베다르가 아는 사실에 몇 가지 사항을 더해 말했다.

「오늘 저녁에 마을 의회를 소집하였소. 이번 일이 카스트 계급 분쟁이 된다면 대비를 해야 하오. 당신도 그 자리에 참석해 주길 바라오…….」

「네, 알겠습니다. 가겠습니다.」

두 사람은 잠시 몇 마디 말을 나누었고, 족장은 떠났다. 신작로 얘기가 나오지 않아 베다르로서는 다행스러웠지만, 저녁에 열릴 회의 생각을 하니 안도감이 이내 사라졌다. 족장이 뭐라고 말할지 귀에 쟁쟁했다. '신작로가 없었다면, 나쁜 놈들이 들키지 않고 마을로 들

어올 수 없었을 거고, 질서가 무너지는 일도 없었을 것이다…….'
베다르도 솔로몬 못지않게 카스트 계급 분쟁이 두려웠다. 하지만 마을이 1백 년 전과 똑같이 무지와 가난에 찌들어 있어야 된다는 것은 어처구니없는 발상이었다. 솔로몬 도라이 같은 작자는 언제쯤에나 변화를 피할 수 없는 현실을 인정할까?

신작로는 정부의 세금 수입을 늘려 주었다. 토지세와 임대세 외에 주요 세금은 만 연안의 염전에서 나왔다. 더 많은 사유지가 염전으로 징발되고 있고 생산량이 증가되었지만 하급 노동자들이 머리에 소금 부대를 이고 강을 건너는 데 의존할 수밖에 없는 처지였다. 베다르 부대표관은 강에 돌로 배수로를 놓아 읍내와 마을을 잇는 길을 만들자고 제안했다.

처음에는 솔로몬을 제외한 체바타르 마을 주민 전원이 신작로를 놓는 것을 환영했다. 그때 솔로몬이 왜 반대했는지 베다르는 알 수 없었다. 주민들은 읍내를 통과하는 도로를 봤고, 마을에도 비슷한 길을 갖기를 원했다. 하지만 베다르가 제안하는 신작로가 솔로몬의 집에서 다리까지 직선으로 이어져 염전으로 연결된다는 사실을 알자 급히 반대 의견이 퍼져 나갔다. 무투 베다르, 바킬 페루말을 비롯한 무루간 사원 승려들은 마을에서의 지위가, 길이 자기 집 앞을 통과하느냐 여부로 결정된다고 보았다. 그들은 정부가 개인의 욕심을 채워 주기 위해 길을 늘여 주지 않으리란 것을 알자, 곧 신작로 사업에 반대하기 시작했다. 신작로가 생기면 주민뿐 아니라 마을에 멋대로 들어올 수 있는 외지인들, 특히 불가촉민과 최하층민이 마을의 주요 도로 근처에 얼씬대서, 길을 더럽혀서는 안 된다는 전통을 깰 거라고 주장했다.

베다르 부대표관으로서는 길을 만들려면 반대 의견을 묵살해야 했다. 그는 주요 카스트 계급인 브라만(무루간 사원을 지키는 세 가족),

안다바르, 베다르의 대표를 소집해서 회의를 열었다. 최하층민은 제외했다. 첫 대표 회의는 고함 속에서 끝이 났고, 두 번째 회의가 소집되었다. 이번 역시 결론을 내지 못했다. 그 후 여러 번 회의가 열렸다. 8개월 동안 모두 심사숙고했는데도 길을 어떻게 놓을 것인지 합의를 볼 수가 없었다. 솔로몬은 정말 난처했다. 베다르 부대표관을 지지하면 동료 마을 사람들이 화를 낼 터였다. 그렇다고 부대표관을 막아서는 모습을 보이고 싶지도 않았다. 결국 난처해진 베다르는 모든 결정을 미뤘다. 6개월 후, 그는 다시 신작로 만드는 일을 들고 나왔다. 논의는 지구 저쪽에서 몇십 년 전에 벌어진 사건에서 비롯되었다.

미국 남북 전쟁으로 인해 랑카셔로 가는 면화의 수급에 문제가 생겼다. 격전이 남부의 면화 재배지에 집중되었기 때문이다. 하지만 면직물 생산을 중단할 수는 없었다. 미국에서 면화를 공급받을 수 없다면, 다른 지역에서 공급받아야 했다. 그래서 인도 틴네벨리의 면화가 영국으로 가게 되었다. '니티' 면으로 알려진 이 면화는 품질이 대단히 뛰어났다. 갑자기 인도 남부 지역인 틴네벨리, 킬라나드, 비루두나가르, 안드라의 면화 재배지가 엄청난 재화와 부를 만들기 시작했다. 남북 전쟁이 끝나고 미국의 면화 무역이 재개되었지만, 인도 면화의 자리를 밀어내지 못했다. 영국과 인도에서의 수요는 계속 늘어났다.

킬라나드 지역의 면화 재배지 중 한 곳이 체바타르 강 북쪽에 있었다. 체바타르로 이송된 면화는 무게를 재고 검사를 마친 뒤 하층 노동자들이 머리에 이고 미낙시코일로 옮겼다. 마침내 베다르 부대표관이 신작로를 놓기로 결정하자, 지역 당국에서는 많은 양의 면화 주문을 보장했다. 베다르는 지방 관리들과 함께 면화를 빨리 확보해야 했다. 그는 솔로몬에게, 신작로와 배수로를 놓으려면 우기가 시작되기 전에 일을 시작해야 한다고 설명했다. 두 사람 다 이번에는 물러설 수 없다는 것을 알고 있었다.

며칠 고심한 끝에 솔로몬은 베다르를 찾아가 협상안을 내놓았다. 길은 베다르 지역을 통과하되 바킬 페루말의 집과 무루간 사원을 지나게 해서 마을 유지들의 욕심을 채워 줘야 했다. 하지만 이것은 정부가 내는 길이었으므로 모든 계급이 사용할 권리를 가지되, 카스트 규율을 해치지 않는 한도에서 족장인 그가 알아서 하기로 했다. 이런 방안이 완벽한 해결책은 아니었지만, 그로서는 최선의 방안이었다. 사실 이제 일을 되돌릴 수가 없었다.

부대표관을 만나고 집으로 걸어오면서 솔로몬은, 신작로로 인해 벌어진 여러 문제에 대해 생각했다. 길을 놓는 여름 내내 그는 불길한 예감을 느꼈다. 일단 길이 생기면 예전과 같지 않으리란 생각이 들었다. 그런 예감은 맞아떨어졌다. 길이 개통되고 1년 동안, 길과 직접 관련된 사고가 적어도 두 건은 일어났다.

길이 마무리되자, 퐁갈 축제 동안 어린 소녀들이 다리를 건넛마을로 들어온 술 취한 젊은이들에게 괴롭힘을 당한 일이 있었다. 마을 사람들이 놈들을 쫓아냈지만, 솔로몬과 부대표관에게 비난이 쏟아졌었다. 4개월 후, 최하층민 한 사람이 베다르 남자들에게 죽을 정도로 얻어터졌다. 담배를 피우면서 터번을 머리에 단단히 두른 채 베다르 거주지를 어슬렁댔다는 이유 때문이었다. 낮은 계급은 높은 계급 앞에서 머리에 두른 터번을 벗어서 허리에 매는 것이 관습이었다. 하층민은 솔로몬에게 판가름을 내려 달라고 쫓아왔다. 그 하층민은 말했다. 신작로는 정부가 낸 도로이니 카스트 제도의 제한을 둬서는 안 되며 누구나 마음대로 길을 걸을 수 있는 게 아니냐고 했다. 물론 문제를 일으킬 의도는 없었다고. 목숨과 모든 것이 주인님들 손에 달려 있지만, 이건 불공평하다고 하소연했다. 솔로몬은 하층민이 좀 지나쳤다고 생각했지만 한 가지 결정만 내려야 했다. 결국 모든 사람이 제재당하지 않고 정부의 도로를 사용할 수 있다고 판결을 내렸다. 물론 더러운 하층민은 가능한 한 법규를 지켜야 했다. 더 높은 카스트 계급의 그림자 위에 그림자를 드리울 수 없었고, 높은 계급 앞에서는 터번을 풀어야 했다. 또 마을에서 가장 높은 계급과는 서른두 발자국 떨어져 있어야 했고, 항상 룽기를 무릎 위에서 겹치게 해야 했다. 놀랍게도 솔로몬의 판결에 반대 의견이 거의 없었고 그 후 신작로는 자유롭게 이용되었다.

하지만 확고한 태도를 취해 폭풍우는 지나갔다 해도, 솔로몬 도라이는 문제가 거기서 끝나지 않았음을 알고 있었다. 그는 평생 이 땅에서 살아왔고, 조상 대대로 관습과 전통을 지켜 왔다. 마을의 87가구 중 34가구가 그처럼 기독교인 안다바르 계급이지만, 솔로몬은 브라만이든 안다바르나 베다르든 그 밑의 계급이든 힌두 마을을 기독교식으로 다스리지 않으려 했다. 그는 무루간 사원에도 상당한 시주를 했고, 축제 기간 중 브라만 승려들에게 음식 공양을 할 때는 카스트 법규를 지켜서 날것만 대접했다. 더 높은 카스트 계급에게 조리한 음식을 주는 것은 금지되어 있었다. 그는 전통을 그다지 신봉하지 않는 사람도 있음을 알고 있었다. 하지만 체바타르에서는(그가 소유한 다른 마을에서도) 계급 분쟁이 일어나지 않게 해왔다. 신작로가 생겨서 질서를 뒤흔들기 전까지는.

8일 전 람 나바미 날에 무루간 사원에 들어가려던 안다바르 사내 둘이 붙잡히는 소동이 일어났다. 솔로몬은 안다바르에게 불리한 판결을 내렸다. 안다바르는 그들의 사원인 암만코일에 출입해야 하며, 무루간 사원에 들어가려고 베다르와 다퉈 봤자 이득이 없는 일이라고 일장 연설을 했다. 결국 안다바르 원로들도 동의할 수밖에 없었다. 특히 그중 대다수가 솔로몬의 소작농이기에 도리가 없었다. 베다르의 지도자이며 솔로몬과는 라이벌인 무투 베다르는, 그의 분명한 조치에 중립적인 자세를 취했다.

솔로몬은 타마린드 숲을 거닐다가, 문득 나무 흔들리는 소리에 상념에서 벗어났다. 고개를 드니 커다란 새 한 마리가 있었다. 흰 바탕에 붉은 기운이 도는 새는 앉아 있던 나뭇가지에서 날아올랐다. 새는 공중에 떠오르자 몸짓이 단아해지면서 점점 품위 있는 자태로 변해 갔다. 솔로몬은 아마추어 조류학자인 마을 교회 신부가 산책길에 그 새를 보고 했던 말을 떠올렸다. 애시워스 신부[3]는 새들까지도 카스트 계급이 있는 것 같다면서, 그 늠름한 새는 '브라만 솔개'고 볼품없는 솔개는 '파리아 솔개'라고 농담했다. 모든 것에 카스트 제도가 스며들어 있다는 신부의 말이 옳은 듯했다.

솔개가 온난 기류를 타고 날아가는 광경을 보자니, 저 위에서 마을을 내려다보면 어떨까 궁금해졌다. 넓은 야자 숲과 채러티가 가꾼 독특한 나무숲과 오두막집, 강, 다리……. 새가 더 높이 날아오르면 마을의 모양이 흐릿해지면서 다른 모습이 드러나리라. 희미한 광경이 없어지면서 곧 또렷한 모습이 시야에 들어오겠지. 오래된 마을에 그물처럼 길이 나 있었다. 이유도 없이 시작됐다가 뚝 끊기는 길도 있고, 빙 둘러 난 길도 있었다. 아이들이 소와 염소, 코뿔소 등의 가축을 몰고 다녀서 땅이 푹 꺼진 곳도 있었다. 하지만 솔로몬은 길들이 시사하는 바를 알았다. 길들이 더러움과 카스트 제도 규칙을 확인시켜 주었다. 예를 들어, 천민 주거지에서 나오는 길은 마을의 가장 남

---

3) 영국 성공회 신부.

쪽에서 시작되어 마을을 빙 돌아, 다리 앞에서 끝이 났다. 천민 주거지에 사는 사람들은 브라만 계급보다 두 배를 걸어야 마을을 지날 수 있었다. 주거 단지와 배변과 목욕을 하는 곳, 강을 건널 때와 논도 비슷했다. 가장 높은 계급이 가장 좋은 물길을 차지했고, 천민은 소금물로 변하기 직전의 하류 물을 쓰게 되어 있었다. 매사가 그런 식이었고, 그럼에도 체바타르에는 아름답고 교묘한 평온이 흘렀다. 인근 마을들과 마찬가지로 카스트 제도와 전통이 오랫동안 굳건히 지켜지고 있는 고장이었다. 그런데 신작로, 그 망할 놈의 길이 생겨서 균형이 깨져 버렸다.

집 뒷마당에 들어서니 흙빛 비둘기 떼가 땅에 내려와 흙을 파면서 먹이를 찾기 시작했다. 얼굴이 기다란 개가 기대감에 들떠서 새 떼를 덮치자 놀란 비둘기들이 푸드득 날아올랐다. 개는 마구 날뛰었다. 솔로몬은 신작로도 마을의 영원한 리듬 속에 녹아들 거라는 생각을 했다. 수백 년이 흐르면서 모든 새로운 영향과 사상이 그랬듯이. 하지만 받아들이기가 쉽지 않으리라. 정립된 질서를 없애는 것은 무엇이든 분노와 고통을 낳았고 그 후에야 치유 과정이 시작되었다. 그리고 최선의 방식으로 변화를 이끄는 몫은 솔로몬 같은 사람에게 달려 있었다. 그는 꺼끌꺼끌한 턱을 짜증스레 문지르면서 중얼댔다.

「하나님이 내게 그렇게 할 힘을 주신다.」

7

성 베드로 교회는 오각형 모양의 건물이었다. 지붕에 얹은 붉은 기와는 세월이 흐르면서 짙어졌고, 회벽은 희게 반짝거렸다. 교회 단지에는 건물 셋이 더 있었다. 학교, 작은 양호실과 늙은 야자수 사이에 감춰진 사제관. 하나님의 집은 주위 건물이나 신자의 주거지보다 낮아선 안 된다는 성경 내용에 따라 예배당 첨탑만 나무 위로 솟아 있었다. 교회는 두 번 다시 세워졌다. 한 번은 1837년 화재로 부분 소실되어 다시 지었고, 30년 후 갑자기 폭풍이 밀어닥친 뒤 또다시 지었다. 하지만 기본 건축 구조는 그대로 남아 있었다. 겉모양은 선교사들이 지은 다른 교회와 다를 바가 없었지만, 내부는 득특했다.

1837년 화재 발생 몇 달 후, 교회를 개축하면서 천민 계층 주민 열다섯 명이 기독교인으로 개종했다. 당시 족장이었던 솔로몬 도라이의 조부는, 그들이 교회에서 예배를 드릴 수 없다는 단호한 태도를 취했다. 괴팍한 스코틀랜드 인 신부는 그 주장에 맞섰다. 족장이 해결책을 제안하자 상황이 극도로 악화되었다. 신부가 부주의하게 천민 집단을 편애하지 못하도록 교회 문간에서 제단까지 가벽을 세우자고 족장이 제안한 것이었다. 신부가 벽을 지나 앞으로 나와 회중 앞에 서서(안다바르 계급 신자들은 상석인 오른쪽에 자리를 잡고 앉았다) 예배를 집전할 수 있을 터였다. 성찬 식탁도 따로 차려져서, 안다바르 계급과 천민 계급은 떡과 포도주를 나눠 먹고 마시지 않았다. 오랜 세월 함께 예배를 보면서도 양쪽 집단은 눈길을 부딪치지 않았다. 낮은 계급은 예배가 끝난 직후 옆으로 난 문으로 예배당을 빠져나갔으니까.

그 후 62년 동안, 체바타르에 온 신부들은 가벽을 허물려고 노력했지만 소용이 없었다. 지금의 신부는 누구보다 공평한 사람인 솔로몬이 가벽을 치우는 데 반대하는 것을 안타깝게 생각했다. 기독교 정신은 카스트 제도를 인정하지 않는다는 논리가 무시되자, 애시워스 신부도 몇 년간의 설득 끝에 포기하고 말았다.

폴 애시워스 신부는 작달막한 사람으로, 회색 머리칼 몇 올을 제외하면 대머리였다. 얼굴이 햇살에 발갛게 그을려서 눈이 유독 파랗게 보였다. 오늘 그의 얼굴에는 평소보다 짙은 홍조가 감돌았다. 아침 내내 솔로몬의 장남 다니엘과 해변을 거닐던 참이었다.

애시워스 신부는 다니엘과 지내기를 즐겨 해서, 시간이 날 때면 둘은 가벼운 탐험을 떠나곤 했다. 해안을 따라 거닐면서 희귀한 조개와 해양 생물을 줍거나, 코코넛과 아카시아 수풀을 헤매면서 약초와 이국적인 식물을 채집했다. 두 사람 모두 약초에 관심이 많았고, 가끔 전문가에게 표본을 보내서 어떤 치료 효과가 있는지 알아보기도 했다.

평소 같으면 탐험은 꽤 이른 시간에 시작되었지만, 이날 아침은 해가 뜬 지 한참 후에 해변으로 나갔고 이미 무척 더웠다. 하지만 부서지는 파도 소리에 이끌려서 그들은 해안을 걷기 시작했다. 파도 소리에 귀가 먹먹해졌다. 튀어나온 바위마다 걸음을 멈추고, 맑은 물 밑에 희귀한 조개가 있는지 살펴보곤 했다. 한 시간쯤 지났을 때 상당한 양이 모였다. 그때 애시워스 신부는 큼직한 소용돌이 모양의 희귀한 고둥을 찾아냈다. 전에 보지 못했던 모양이었다. 주거니 받거니 하듯 다니엘도 술탄의 터번처럼 생긴 빨강과 금색의 고둥과 연보랏빛 등딱지가 있는 바다달팽이 두 개를 찾아냈다. 귀한 종류를 얻자 기운이 난 두 사람은 활기를 되찾아 바다 생물을 찾아다녔다. 환상적인 모양의 적자색 뿔 조개와 물결 무늬가 난 수주고둥, 고운 딸깃빛 소라를 비롯해 그들이 가장 좋아하는 별보배고둥도 찾았다. 1천 년 전에는 인도에서 화폐로 사용되기도 했던 종류였다. 이날은 수확이 상당했다. 평범한 별보배고둥뿐 아니라, 애시워스 신부는 귀고리처럼 반짝이는 희귀한 이사벨 종을 찾았고 다니엘은 크림색과 갈색 띠에 검은 점이 있는 종류도 찾아냈다. 크림색 점 대신 붉은 기 도는 평범한 종류도 있었다. 파도가 부서지며 밀려가자, 애시워스 신부의 눈이 휘둥그레졌다.

「화폐 고등이 있네. 수십 개는 되겠는걸. 우리 부자 됐다.」

「이제 제가 멜루르에 가서 의사가 될 수 있겠네요. 신부님이 저를 보내 주실 수 있겠어요?」

다니엘도 파도 소리에 묻히지 않게 크게 소리쳤다.

「그러면 얼마나 좋을까, 다니엘. 그럴 수 있다면 좋겠지.」

신부는 허리를 굽히고 고등을 모으면서 혼잣말처럼 중얼댔다.

애시워스 신부는 터벅터벅 집으로 돌아오면서 살그머니 소년을 살폈다. 섬세한 얼굴선과 성냥개비처럼 가는 팔, 표정이 풍부한 큼직한 눈은 사제에 어울리는 분위기를 자아냈다. 학구적이고 부드럽고, 어머니와 고모의 손에 응석받이로 자라난 다니엘은 남성스러운 도라이 일가에는 어울리지 않았다. 솔로몬 세대의 도라이 남자들은 교회 학교에서 제공하는 초등학교 교육 이상을 받은 사람이 없었다. 애시워스의 적극적인 후원 덕분에 다니엘은 아버지를 설득해서 미낙시코일에 있는 공립 중학교에 다닐 수 있었다(아론은 형처럼 하느라 마지못해 중학교에 진학했다가 2년 후에 중퇴했다). 다니엘은 더 공부해서 의사나 최소한 식물학자가 되고 싶다고 분명히 밝혔다. 하지만 그와 신부가 그 문제를 꺼낼 때마다 솔로몬은 허락하지 않았다. 지난주만 해도 솔로몬은 다니엘 앞에서 신부에게 말했다.

「우리는 농부이고, 책에서 날씨를 배울 수는 없지요.」

하지만 다니엘은 꿈을 포기하지 않았다. 소년의 어딘가에 도라이 가문의 강철 같은 기질이 숨 쉬고 있다고 신부는 생각했다. 겉모습은 집안 남자들과 다르지만 부드러운 태도 밑에는 쉽게 물러서지 않는 단호함과 고집이 배어 있었다.

신부는 아이의 사정을 생각하니 시무룩해졌다. 우울하게 교회 창밖으로 만나르 만을 내려다보았다. 바다는 잔잔한 잿빛이었고, 하늘은 흐렸다. 어부들이 바다에 나갔다 저녁에 물고기를 잡아 돌아올 때를 제외하면, 언제나 바다는 비어 있었다. 그때 교회지기가 들어와서, 솔로몬 도라이가 왔다고 알렸다. 예상치 못한 방문이었다. 신부는 서둘러 일어나서 가벽을 따라 걸어 나가 손님을 맞았다.

족장 솔로몬은 근심 어린 표정이었다. 그날의 사건을 다 듣고 나자, 신부는 이유를 알 수 있었다. 오랜 세월 그는, 솔로몬의 강철 같은 의지와 명석한 판단력 덕분에 마을에 카스트와 종교 갈등이 없었다며 감탄해 왔다.

「부대표관 베다르와 나는 가능한 최강의 조치를 취해야 한다는 데 동의합니다. 이곳과 틴네벨리 주민 모두에게 카스트 분쟁이 예상되니 경계하라고 지시했습니다. 하지만 체바타르에서 왜 그런 일이 일어나야 할까요? 다른 지역이 소용돌이에 휘말려도 우리는 그런 문제를 겪지 않고 살아왔는데요.」

솔로몬이 우울하게 말했다.

「시대가 그러니까요, 형제님.」

신부가 말했다. 한 가지 생각이 그의 머리를 스치고 지나갔다.

「《바가바탐》에 나오는 이야기 중 빌루파투[4] 연주자들이 퐁갈 축제에 온 대목이 기억납니까?」

「어떤 부분을 말씀하시는 건가요?」

족장이 심란한 표정으로 물었다.

「신들이 만다라 산과 뱀 바수키를 이용해서 바다를 마구 휘젓는 대

---

4) 인도의 민속극.

목 말입니다.」

「네, 그럼요. 그래서요?」

「신들은 불로영생의 생명수인 아므리타를 찾고 있었지요. 아므리타는 악마들과의 전쟁에서 지키기 위하여 바다 깊이 숨겨져 있었고요. 나라야나는 신들에게 아므리타를 찾을 수 있는 길은 바다를 휘젓는 것뿐이라고⋯⋯.」

「저도 그 얘기를 압니다.」

「한데 단완타리가 바다 밑바닥에서 아므리타가 담긴 황금색 병을 들고 나타나기 전에 무슨 일이 있었는지 기억하십니까?」

「네, 기억하지요. 성스러운 소 카마데누가 나타나고, 다음에는 머리가 넷인 엄니 난 코끼리 아이라바타, 그다음에는 생명의 나무 파리자타가 나타나고 다음에는 뭔지 잊었지만⋯⋯ 그게 체바타르를 오염시키는 독소랑 무슨 관계가 있지요?」

신부는 묘하게 승리한 듯한 어조로 대꾸했다.

「독소⋯⋯ 바로 그거지요. 바다가 휘저어졌을 때 처음 나타난 것은 독약인 할라할라였습니다. 그것은 닿는 것마다 죽였지요. 오늘날에도 그런 일이 벌어지고 있어요. 불만과 질시, 불행이 이 땅의 모든 카스트 계급과 사회, 신앙을 휘젓고 있지요. 피할 수 없는 독소, 증오, 질시가 일어나게 될 겁니다. 하지만 우리가 굳건함을 지키고 신의 눈에 옳은 일을 한다면, 결국 미덕과 선이 퍼질 겁니다. 평화와 번영이⋯⋯.」

신부가 무슨 말을 더 하려 했는지 모르지만, 솔로몬이 일어서는 바람에 말이 끊겼다.

「신부님, 죄송하지만 가봐야겠습니다. 부대표관 베다르에게 관련자는 모두 조사를 해보겠다고 말했거든요.」

그는 몸을 굽혀 속이 빈 가벽으로 들어가다가 큰 소리로 말했다.
「오늘 저녁에 공동 회의가 있습니다. 신부님이 오실 수 있으면 좋겠는데요.」

솔로몬이 떠난 후, 신부는 창가 자리로 갔다. 바다가 햇빛을 받아 금비늘처럼 반짝였지만, 그 광경을 보고도 기분이 좋아지지 않았다. 솔로몬 도라이가 저렇게 초조해하는 것을 보니 마음이 편치 않았다. 하지만 족장 솔로몬이 긴장할 만했다. 신부는 위로받으려고 온 그에게 그렇게 해주지 못한 자신이 한심스러웠다.

아침나절을 창가에서 보내니, 눈앞에 펼쳐진 멋진 풍경이 위안이 되면서 마음이 가라앉기 시작했다. 눈 닿는 끝에는 황금빛 바다와 맞닿은 하늘이 여린 베이지색으로 보였다. 수평선이 아주 가느다란 선으로만 보였다. 외국인 탐험가와 여행자들이 그 심연에서 빠져나와 인도의 풍요에 이끌려 이곳으로 왔다. 메가스테네스, 플리니, 스트라보, 유세비우스, 마르코 폴로, 이븐 바투타, 와사피, 라시드 우드 딘, 케사르 프레더릭, 바스코 다 가마와 같은 당대의 가장 위대한 항해가들과 작가들은 코로만델 해안 국가들의 위대함과 풍요로움을 알고 있었다. 로버트 클라이브와 존 컴퍼니가 인도에서 큰 돈을 버는 꿈을 꾸기 훨씬 전이었다.

애시워스 신부는 이 마을을 자기 집으로 여겼다. 영국에 가본 지가 7년이 넘었다. 생존한 유일한 친척인 늙은 숙모는 버킹엄셔에 있는 양로원에 살았는데 치매에 걸려서 지난번 찾아갔을 때는 그를 알아보지 못했다. 더군다나 영국의 어둡고 비 내리는 날씨도 싫었다. 사우스햄프턴에서 마드라스 행 증기선에 오르자 안도감이 밀려왔다. 52년 생애 중 17년을 체바타르에서 살았다. 여기서 일하고 싶었고, 하나님의 은총으로 이곳에서 죽고 싶었다.

신부의 생각이 솔로몬이 직면한 고민거리로 되돌아갔다. 25년 전 인도에 처음 왔을 때 그는 무엇보다 카스트 제도 때문에 경악했다. 이제는 그 제도에 대해 좀 알지만, 그 야만성에 화가 날 뿐이었다. 정신이 제대로 박힌 자비심 있는 인간이라면, 어떻게 카스트 제도와 종교를 핑계로 같은 인간에게 그런 차별을 가할 수 있을까? 그들은 훌륭한 종교 경전을 저 좋을 대로 해석했다. 유일한 해결법은 경전을 없애는 게 아니라 재해석하는 거라고 믿었다. 핵심적인 독특한 진실은 유지하고 나머지는 버려야 했다. 마누스므리티(마누 법전), 구약을 비롯해 수십 종의 경전을 현명하게 편집하고 해석할 수 있을 터였다. 하지만 그런 일이 가능할까? 신부는 자신이 학자의 능력도, 그런 과업을 시도할 두뇌도 없다는 걸 알았다. 종교계의 석학과 최고의 몽상가들이나 할 수 있는 일이었다.

한편 그는 이해를 넓힐 목적으로, 힌두교와 기독교의 숭고한 진실들을 대조하고 비교하는 책을 쓰기 시작한 터였다. 글솜씨도 없고 사상가로서의 능력도 떨어져서 집필 작업은 느릿느릿 진행되었다. 하지만 수많은 문제에 관심이 있었다. 그는 '힌두—기독교 만남에 대한 단상들'이라는 원고가 놓인 성찬 테이블을 힐끗 보았다. 이제 집필 작업을 시작해야 되리라. 그러면 생각을 정리하는 데 도움이 되고, 솔로몬에게 도움이 될 통찰력이 생길 수도 있었다.

8

체바타르에서는 사내아이가 태어나면, 숙모와 누이들이 곡을 했다. 장송가처럼 들렸지만, 사실은 넘쳐 오르는 환희의 표현이었다. 아들을 낳은 어머니는 복받은 여인이었다. 아들이 태어난 가족은 복

받은 사람들이었다. 아들이 대를 잇고, 나중에 지참금과 행운과 신의 축복을 얻게 될 테니까. 한편 딸이 태어나면 주변 사람들의 얼굴이 일그러졌다. 딸은 슬픔을 의미할 뿐이었다. 생산력도 없는 먹는 입 하나만 늘릴 뿐이었고 가족에게 부담만 주는 존재였다—지참금이며 혼사 비용이며, 시댁에서는 딸을 데려가는 은전을 베풀었다며 끝없는 요구를 해댔다. 낙심한 어머니들은 복 없는 아이의 목숨을 끊기도 했다. 특히 딸을 줄줄이 낳았는데 또 딸이 태어나면, 아이를 질식시키든가, 독초나 독이 든 뿌리를 먹였다. 혹은 거친 쌀겨를 먹여서 아기의 소화 기관에 구멍이 뚫려 죽게 만들기도 했다. 여자 아기는 목숨을 건진다 해도 전생의 죄를 닦는다는 점을 늘 일깨우며 살아야 했다. 힌두의 세 위대한 신 브라흐마, 나라야나, 마헤슈와라[5]의 진수를 모아서, 그들이 처리하지 못하는 사악한 세계를 없애려고 창조한 어머니 여신 데비를 최고의 신으로 치는 곳에서 그런 일이 일어나고 있었다.

마을의 여자는 신분이 높은 집 딸이더라도 자기 위치를 곧 알아차렸다. 채러티는 처음 대갓집으로 시집와서, 커피가 알맞게 따끈하지 않다며 솔로몬에게 구타를 당하고 큰 충격에 휩싸였다. 그녀는 눈물을 흘리며 부엌으로 돌아갔다. 사정을 들은 시어머니 탄감말은 사리 자락으로 눈물을 닦아 주면서, 잊지 못할 말을 해주었다.

「아가, 이 지역에서는 여자들이 남편에게 매 맞을 준비를 하고 있어야 한단다. 좋은 남자는 그다지 많이 때리지 않고 또 이유 없이 때리지도 않는단다. 우린 참을 수밖에 없어. 세상이 그렇게 돌아가는걸. 처음 결혼하면 지참금을 많이 가져오지 않았다고 맞고, 아기

를 낳으면 대를 이을 아들을 낳지 못했다고 맞고, 아들을 낳은 사
람도 아들만 낳지 딸을 낳았다고 맞는단다. 아이를 많이 낳으면 미
모와 젊음을 잃었다고 맞지.」
「하지만 친정에서는 안 그랬어요.」
「넌 친정에 있는 게 아니잖니.」
「하지만 어머니, 이건 잘못된 거예요.」
「잘잘못을 가릴 문제가 아니란다. 내 아들은 좋은 아이야. 자, 다시
커피를 가져다 주렴.」

　체바타르 마을에서는 발리가 당한 일을 두고도 남녀가 다르게 받
아들였다. 남자들이 증오심을 드러내며 서로 신뢰하지 못하는 반면,
여자들은 발리의 상처를 자기 아픔으로 받아들이고 여자로 태어난
불운을 되새겼다.
　처음 사건 내용을 들으며 느꼈던 충격이 가라앉자, 채러티는 몹시
마음이 불편해졌다. 신경이 곤두서서, 시누이와 동서에게 짜증을 냈
고, 하인들에게 소리를 질렀다. 특히 큰딸 레이첼에게 심하게 굴었
다. 채러티는 처음에는 놀랐지만, 이내 걱정스러운 상황임을 깨달았
다. 일을 당한 여자는 레이첼 또래였고 혼인하기 직전이었다. 사랑하
는 딸 레이첼이 당했을 수도 있었다. 그랬다 해도 어머니인 그녀는
아무런 보호도 하지 못하고 무력할 수밖에 없었을 터였다. 내 딸은
아무 일도 당하지 않았다고 되뇌어 보았지만, 종일 근심스러웠고, 딸
에게 이런 감정을 쏟아 냈다. 썰어 놓은 양파를 물에 담그는 걸 잊었
다고 냅다 레이첼의 뺨을 갈겼고, 하녀와 수다를 떤다고 또 때렸다.
두 번째 때렸을 때는 레이첼이 울음을 터뜨렸다. 채러티는 얼른 딸을
달랬다. 마음을 진정시켜야 했다. 저녁에 있을 공동 회의 시간에 맞

춰 끝내야 할 수십 가지 일에 정신을 쏟아야 했다.

지루하기 짝이 없는 아침나절 내내, 대갓집으로 소식이 속속 들어왔고, 채러티도 모든 정황을 알았다. 발리의 생일 별자리뿐 아니라 탄생 별자리에 문제가 있다는 소문이 쫙 퍼졌다. 한참 후에는 별자리 때문이 아니라는 말이 돌았다. 몇몇 부인은 발리의 사타구니 부근에 커다란 코브라 모양으로 허연 부위를 봤는데, 이것은 보이지 않는 뱀이 발리의 자궁에 들어가 처음 성교하는 남자를 죽게 하려는 거라고 말했다. 부모는 딸이 시집가지 못할까 봐 두려워서 이런 속사정을 감추고 있었다는 말도 있었다. 어떤 사람들은 별자리와는 아무 관계도 없다고, 발리를 욕보인 자는 그녀에게 차였던 애인이라고 했다.

채러티는 발리의 가족을 만난 적이 없었지만, 정오쯤 돼선 그들의 사정을 죄다 알게 되었다. 정확한 얘기도 있고 사람들이 지어낸 얘기도 있었다. 채러티는, 발리 어머니 폰나말이 최근에 아홉 번째 아이를 출산했다는 소식을 들었다. 출산을 끝냈어야 하는 30대 후반인데 아기를 낳았다는 것이었다. 두어 마을 너머 사는 처남이 발리 아버지에게 빚을 안 갚는다며 저주를 퍼부었는데, 그 일 때문에 가족에게 불행이 닥쳤다는 얘기도 있었다. 이런저런 얘기가 돌수록 극도로 공상적인 얘기로 변했고, 아침나절에 느꼈던 공포감도 가라앉기 시작했다.

채러티는 남편의 점심 식사를 준비하기 시작했다. 일손을 움직이면서, 남편과 이 사건에 대해 의논할 수 있기를 바랐지만, 때를 잘 맞춰야 한다는 것을 오랜 경험으로 아는 그녀였다. 그녀의 일은 집안 살림이 순조롭게 돌아가게 하는 것이지, 마을일에 참견하는 게 아님을 벌써 20년 전에 똑똑히 알았다. 혹시 딴마음이 들면 처음 시집왔을 때 있었던 사건이 그런 생각을 싹 없애 주었다. 당시 소작인 두 명의 부인들이 와서 토지 분쟁의 중재를 요청하자, 채러티는 남편에게 말해보겠다고 약속했다. 그녀가 저녁 식사를 대접하면서 그 이야기를 꺼내자, 솔로몬은 결혼 후 두 번째로 손찌검을 했다. 충격을 받고 겁에 질린 그녀는 상관없는 일에 다시는 참견하지 않겠다고 다짐했다.

그 후 어떤 일에 영향을 미치고 싶을 때 기회를 기다리는 법을 배웠다. 또 넌지시 말하는 법도 배웠다. 기회가 오면 상냥하게 조르고, 매력을 발산하고, 할 말을 에둘러서 해야 했다. 점심때는 말을 꺼낼 때가 아님이 분명했다. 솔로몬은 그녀를 무뚝뚝하게 대했고, 음식에는 손도 대지 않았다. 그는 더 먹으라는 권유를 사양하고 손을 씻고 가버렸다. 채러티는 남편의 조용한 태도가 마음에 걸렸다. 그를 돕고 싶었지만 무슨 일을 할 수 있단 말인가? 그녀는 조용히 앉아서 식사를 했지만 음식 맛을 느낄 수가 없었다.

마음의 결정을 내리고, 햇볕이 가장 뜨거운 시간이 되어 모두 나른해져서 집안이 조용해지기를 기다렸다. 그녀가 하려는 일을 솔로몬은 좋아하지 않을 테지만, 어쨌든 그가 모르고 지나갈 터였다. 채러티는 볕을 가리고 또 얼굴도 가릴 겸 사리 자락으로 머리를 잘 싸매고 안다바르 주거지로 갔다.

낮은 초가집들이 늘어선 길로 접어드니, 발리의 집이 어디 있는지 모른다는 생각이 났다. 안다바르 지역에 마지막으로 들어왔던 게 언제인지 기억이 나지 않았다. 5년쯤 됐을까, 아니 10년쯤 됐을 터였다. 길에는 사람이 거의 없었다. 햇볕에 숨 막힌 파리 떼가 도랑에 우글거렸다. 때가 꼬질꼬질한 아이들의 얼굴에도 파리 떼가 몰려들었다. 아이들은 힘이 빠져서 잎이 성긴 코코넛 야자수 그늘에 앉아 있다가 족장의 부인을 보고 주변으로 몰려들었다. 그때 채러티는 잘 아는 여인을 발견했는데, 그녀는 자기 집 문간에 쭈그리고 앉아 딸의 머리에서 이를 잡아 주고 있었다. 아낙네는 채러티를 보자 벌떡 일어났다. 그리고 발리의 집으로 안내했다. 바로 두어 집 건너였다.

「발리는 의사가 준 물약을 먹고 자고 있는데요. 하지만 약도 소용 없을 겁니다, 마님. 깨어나면 아까와 다름없이 상처받은 상태일 거예요. 약을 먹어 봤자 아무 소용도 없을 것을…….」

채러티는 아낙네에게 고맙다고 말하고 몸을 숙여 오두막집으로 들어갔다.

창이 없는 집이라 어두워서, 돗자리에 낡은 사리를 덮고 누운 발리의 몸만 어렴풋이 구분할 수 있었다. 소녀는 얕은 숨을 쉬면서 깊이 잠들어 있었다. 문간에 발리의 어머니가 앉아서, 아기에게 젖을 물리고 있었다. 이웃 아낙 둘이 나직이 수다를 떨면서 소녀의 입가에 모여든 파리 떼를 가끔씩 쫓았다.

이웃 아낙들은 채러티를 보자 이내 생기를 띤 얼굴로 다투듯 인사를 하고, 최근 소식을 전했다. 발리의 어머니는 아무 말 없이 채러티를 쳐다보기만 했다. 눈물도 감정도 희망도 말라 버린 상태였다. 채러티는 다시 초조해졌다. 이 어머니, 이 가족이 겪은 공포가 밀려들었다. 하지만 그들이 겪은 고초를 그녀가 정말로 알 수 있을까? 일을 당한 사람들의 아픔은 미뤄 두고 자기 걱정을 하는 게 죄스럽고 부끄러웠다. 슬픔을 넘어 아무도 닿지 못할 멍한 곳에 빠져든 이 여인을 위해 할 수 있는 일은 없겠지만, 찾아온 것이 다행스럽게 생각되었다.

「족장님을 대신해서 이곳에 왔습니다. 족장님은 도움이 될 일이 있는지 궁금해하세요.」

채러티가 어물쩍 거짓말을 했다.

발리의 어머니는 대꾸가 없었다. 채러티가 다시 말하려 할 때, 이웃 아낙이 입을 열었다.

「할 일은 없습니다. 이미 일은 일어났으니, 누구도 이 아이의 운명
을 바꿀 수 없지요. 그저 이 애의 고통이 쉽게 아물기를 바랄 뿐입
니다.」

채러티는 몸을 반쯤 돌려 그녀를 보았다. 아낙네는 머리를 약간 갸
우뚱하면서 계속 말했다. 발리가 나쁜 별자리를 타고났으며 과거의
업을 닦는 거라고, 앞으로는 사정이 좋아질 거라고……. 갑갑한 어
둠 속에서 쉼 없이 말이 나왔다. 아낙네는 한참 말한 후 입을 다물었
다. 약 기운에 잠든 소녀의 거친 호흡 소리만 들렸다. 강한 의지력으
로만 깊은 잠에서 나올 수 있을 것 같았다. 젖을 먹던 아기가 부산대
는 소리가 났다.

채러티는 자신이 할 일은 없겠다는 생각을 했다. 아낙들은 이미 움
직이기 시작했다. 그녀보다는 그들이 이 모녀를 잘 도울 수 있을 터
였다. 여기서는 분노가 무섭게 쏟아지지는 않았다. 신화 속의 칸나기
가 괴롭히는 자들을 태워 버리게 되는 그런 분노의 기미는 없었다.
마을 여인들은 현실적으로 처신했다. 어쩌면 그것이 그들에게 남은
유일한 길이리라. 좋은 것과 나쁜 것이 있기 마련이고, 세상이 균형
을 잡고 굴러 가려면 선악이 다 필요했다. 그걸 이해하지 못할 때만
운명을 한탄하지 않는가. 그러니 상황을 인정하고 계속 나아가는 게
최선이었다. 물론 채러티도 그것을 잘 알았다. 하지만 그녀는 레이첼
을 염려하느라 그걸 깜빡했었다. 채러티는 재빨리 일어나면서 위로
의 말을 몇 마디 건네고, 사리 자락을 뒤적여 동전 몇 닢을 꺼내 발리
와 가장 가까이 있는 아낙네의 손에 쥐여 주었다. 몸을 숙이고 초가
에서 나올 때, 그녀가 일으킨 바람에 아기에게 몰려들었던 파리 떼가
흩어졌다. 파리 떼는 느릿느릿 날다가 다시 모여들었다.

9

저녁이 깊어지면서 하던 일을 마무리 짓자, 애시워스 신부는 마음이 한결 차분해져서 해변을 산책하기로 했다. 체바타르의 석양은 동틀 녘처럼 아름다웠고, 이날 저녁도 여느 때처럼 보기 좋았다. 해가 바다로 잦아들면서, 놀라운 빛과 색이 떠올랐다. 오렌지빛, 빨강, 황금색과 고운 라일락빛이 사방으로 번졌다. 낚시하는 뗏목배들이 해안을 향하면서, 검고 길쭉한 투사체가 황동색 파도 사이로 들어왔다. 어부 한 명이 노를 저어 배의 방향을 잡고, 다른 한 명은 버티고 서서 파도 탈 준비를 하리라. 그 정확하고 리듬감 넘치는 동작은, 바다처럼 고전적이고 우아했다. 지는 해 아래서 귀환하는 배들을 보자 신부의 마음에 깊은 향수가 밀려들었다. 최근 벌어진 사건들과는 무관한 감정이었다. 하루의 이 무렵이면 자주 느끼는 감상일 뿐이었다. 밤이 내리면 묘하게도 실망감보다는 모든 게 닫히는 느낌, 하루가 마무리되는 느낌이 밀려왔다. 승리감과 사악함, 고통과 쾌감이 닫히는 기분이랄까. 지금은 빛과 어둠이 구분되는 순간이었다. 여기에는 태초부터 내려온 힘과 웅장함이 깃들어 있었다. 하나님의 영이 바다에 임한 때부터 그래 왔고, 앞으로도 오랜 세월 그러하리라. 전도서의 한 구절이 떠올랐다.

한 대는 가고 한 세대는 오되 땅은 영원히 있도다.
해는 떴다가 지며 그 떴던 곳으로 빨리 돌아가고……

애시워스 신부는 체바타르 강이 어귀에서 벗어나 모래더미 사이를 뚫고 만나르 만으로 유입되는 곳까지 걸어갔다. 성경에서 좋아하는 부분인 전도서의 몇 구절이 머릿속에 떠올랐다.

모든 강물은 다 바다로 흐르되 바다를 채우지 못하며 어느 곳으로 흐르든지 그리로 연하여 흐르느니라…….

그가 암송하지 못해도 다음 대목은 정말로 아름다웠다.

이미 있던 것이 후에 다시 있겠고 이미 한 일을 후에 다시 할지라. 해 아래 새것은 없나니.

이제 낚싯배가 거의 들어왔고, 태양은 뒤떨어진 배의 물길을 붉게 물들였다. 튼튼하지 않은 배와 노동으로 단단해진 어부들의 마른 몸, 힘껏 퍼지는 해변의 힘…… 그런 것은 시간이 흘러도 변하지 않았다. 갈릴리 바닷가도 이랬으리라. 주님은 이 소박한 일꾼들을 불러 사람을 낚는 어부가 되게 했다. 예수님이 이곳에 왔다면 편안함을 느꼈을 거라는 생각이 들었다. 그를 따랐던 목수와 농부들은 체바타르의 소작농들과 다를 바 없었다. 그들은 작렬하는 태양 아래 살고 일했으며, 식민지의 속박에서 고초를 겪었다. 또 악마와 분쟁, 강간과 살해의 괴롭힘을 받아야 했고……. 신부는 어부들이 배를 해안으로 끌어올리는 광경을 지켜보면서, 예수님이 인도에서 살면서 설교했다면 어떤 메시지를 전했을지 생각해 봤다. 가르침의 핵심은 변하지 않았을 테고, 변할 수도 없었을 터였다. 하나님의 아들이 처했던 처지는 체바타르에서도 똑같았을 테니까. 그러나 예로 든 우화는 달랐을 터였다. 포도와 무화과나무 대신 쌀과 망고나무 얘기가 나왔을 테고, 포도주 대신 야자주가, 선한 사마리아 인 대신 선한 마루다르가 나왔겠지.

해변을 쭉 따라 걷다가, 서녘의 태양과 마주 선 기다란 형체를 보았

다. 희미한 몸에 노란색을 휘감고 있는 것을 보자, 더 이상 보지 않아
도 누군지 짐작이 갔다. 무루간 사원의 고승이었다. 석양이 아니라
동틀 무렵이었다면, 그는 황송하게도 신이 인간에게 전해 준 진언 중
에서도 가장 강력한 축에 드는 가야트리를 독송했을 터였다. 노승이
일과 세상에서 물러나기 전, 이 기독교 사제에게 가르쳐 준 진언이
바로 그것이었다.

순간, 애시워스 신부는 마음이 복잡해졌다. 불가촉민과 최하위 카
스트 계급은 성스러운 진언을 듣는 것조차 금지되어 있다는 말을 들
은 적이 있었다. 만일 듣는다면 귀에 납 녹인 물을 붓는다고 했다. 그
는 생각했다. 이제 내 집이 된 이 나라에서 적응할 수 있을까? 하나
님, 제가 당신이 뜻하시는 능력 있는 그릇이 되겠나이까?

족장의 집에 갈 시간이었다. 길을 나서자니, 시편 137편의 구절이
머릿속에 떠올랐다. ‘우리가 이방(異邦)에 있어서 어찌 여호와의 노
래를 부를꼬.’

애시워스 신부가 대갓집에 닿을 무렵에는 이미 사방이 어두워졌
다. 베란다에는 불이 밝혀 있지 않았다. 그는 채러티와 카말람발을
볼 수 있을까 해서 조용히 뒷마당으로 갔다. 자주 오는 손님이라서,
개도 짖으려다가 다른 손님에게 관심을 돌려 버렸다. 마당에는 다니
엘만 있었다. 소년은 흙 계단에 뭔가 놓고 놀고 있었다. 신부가 다가
가자, 다니엘이 고개를 들더니 얼굴을 찌푸렸다가 이내 씩 웃었다.

「제가 오늘 아침, 집에 오다가 뭘 찾았는지 보세요, 신부님. 강가의
　큰 물탱크에서 발견했어요.」

애시워스 신부는 고개를 숙이고 작은 남생이 두 마리를 보았다. 검
은 등에 불꽃 문양이 있는 엄지손가락만 한 남생이가 흙 계단 위를

기어가고 있었다.

「멋있구나. 어떤 종류인지 알아봐야겠다.」

「더 크게 자랄까요?」

「안 그럴 것 같은데. 어떤 곳에는 엄청난 크기로 자라는 자라가 있다는 얘기는 들었다만, 내 보기에 이건 자라 같진 않구나.」

「아버지가 오늘 기분이 굉장히 안 좋으세요.」

다니엘이 불쑥 화제를 바꾸어 말했다.

「나도 알아. 그럴 만하시지.」

「여기서 회의가 열린대요.」

「그래. 어머니와 고모가 어디 계신지 아니?」

「부엌에요. 제가 가서 신부님이 오셨다고 말할까요?」

「아니, 됐다. 내가 둘러보지, 뭐. 곧 회의가 시작될 테니까.」

10

회의가 시작될 무렵에는 날이 어두워졌다. 등잔불이 밝혀져, 모인 사람들을 비췄다. 앞마당과 베란다에 이 지방에서 짠 색색의 돗자리가 깔려 있었다. 애시워스 신부가 뒤쪽에 자리 잡고 앉아 보니, 족장 솔로몬은 무루간 사원의 책임자인 수브라마니아 사스트리갈과 대화 중이었다. 솔로몬이 승려에게 베다르 족 사이의 평화를 유지하라고 채근하는 듯했다. 애시워스 신부는 바닥에 앉자 관절이 시큰거렸다. 처음 체바타르에 왔을 때는 바닥에 앉는 습관을 들이느라 몇 달이 걸렸지만, 그 후 가구에 앉는 것보다 더 익숙해졌다. 한데 최근에는 관절이 시려서 가끔은 편한 의자에 앉고 싶은 기분이 들었다. 어슴푸레 드러나는 면면을 둘러보았다. 늘 흰옷 차림인 바킬 페루말, 베다르 공동체의 지도자이며 솔로몬 다음가는 부와 지위를 누리는 키 큰 무투 베다르, 승려의 아들로 실제 무루간 사원 운영자인 스와미나단. 그리고 마을 관리와 소작농들이 흩어 앉았고, 그 사이에 욕을 당한 처녀의 아버지 쿠판도 있었다. 곡물상으로 지금은 다리 너머 읍내에 사는 초칼링감도 와 있었고, 파라얀 대표 몇 명을 비롯해 너덧 명이 더 있었다.

그때 부대표관이 마당으로 들어오자 잠시 소란스러워졌다. 솔로몬은 승려와 나누던 대화를 멈추고 나가서 부대표관의 손을 잡으며 맞이했다. 그도 족장에게 인사하고, 다른 사람들에게도 눈인사를 건넨 다음, 솔로몬 옆자리에 대중과 마주 보고 앉았다.

하인들이 다과가 담긴 야자 잎 접시를 내왔다. 지역 특산물인 벌집 모양의 쿠쿠스를 비롯해 검은 밀 과자와 도톰하고 파삭파삭한 바나나 칩이 나왔다. 애시워스 신부는, 브라만 승려들은 음식 대접을 받지 않는 것과 떨어져서 앉아 있는 하층 계급 파라얀 대표가 가장 마지막에 대접받는다는 것을 알아차렸다. 다른 사람들은 도기에 담긴 버터밀크를 대접받았지만, 파라얀에게는 야자 잎 컵에 담긴 버터밀크가 돌아갔다. 솔로몬은 항상 빈틈없이 카스트 제도를 지키는 사람이구먼!

다과를 들면서 간단한 인사가 오가자, 솔로몬이 입을 열었다.

「친구, 형제, 그리고 체바타르 땅에서 난 여러분, 이 성스러운 팡구니 우티람 축일에, 우리 공동체에 카스트 계급과 종교적인 폭력이 들이닥쳤다는 말을 하게 되어 유감입니다. 우리 모두 몇 가지 사실을 알고 있지만, 내가 아는 모든 것을 여러분께 알려 드리고 싶어서 모이시라고 했습니다. 우리 마을에서 악을 모두 함께 몰아내야 하기 때문입니다.」

솔로몬의 목소리가 똑똑히 들렸다. 청중들은 미동도 하지 않고 조용히 그의 말에 귀를 기울였다. 등잔불이 그들의 얼굴에 황금색을 드리웠다.

「지난주 람 나바미에서 안다바르 사람 두 명이 무루간 사원에 기도하러 들어가려다가 스와미나단에게 붙들렸습니다. 그들은 다른 참배객들에게 얻어맞았고 나는 그렇게 때린 것도 비난하지만, 오랜 전통과 관습을 깨고 그곳에 들어가려는 짓을 한 사람들 역시 비난합니다.」

이때 바킬 페루말이 끼어들었다.

「전통과 관습은 하찮은 인간과 고집불통 성직자들이 만든 겁니다.」

변호사 바킬 뒤에서 누군가 중얼거리듯 말했다.

「더러운 카스트들은 제 주제를 알아야 합니다.」

젊은 브라만 승려 스와미나단이 한 말이었다. 바킬 페루말은 휙 돌아보며 대꾸했다.

「그럼 글도 모르는 바보인 그대는 뭘 그렇게 안다는 거요? 학술 경전에 익숙한 사람이라면, 위대한 선각자들은 브라만이 아닌 다른 계급 출신이었음을 압니다. 그들은 혈통이 아니라 처신으로 우월성을 입증한 겁니다. 크리슈나 경은 아르주나에게 그렇게 말했고, 모든 성스러운 글에는 다 나와 있습니다. 사람은 출생이 아니라 처신으로 알려지는 겁니다.」

「그리고 당신이 사생아라는 것은 모르는 사람이 없지.」

젊은 승려가 쏘아붙였다. 바킬 페루말은 벌떡 일어나더니 그에게 다가섰지만, 솔로몬의 엄격한 음성에 더 이상 나가지 못했다.

「여러분이 원로답게 위엄 있는 행동을 하지 못하는데, 이 마을이 나쁜 놈들에게 피해를 입지 않을 도리가 있소이까? 이제 조용히

「하시오. 안 그러면 내가 역정을 낼 것이오.」

좌중이 조용해졌다. 야자수가 어둠 속에서 바스락거리는 소리를 냈다. 2분쯤 흐르자 솔로몬은 다시 말을 시작했다.

「모두 알다시피 오늘 아침, 우리 형제 쿠판의 곧 혼인할 딸이 몹쓸 일을 당했소이다.」

발리의 아버지는 얼굴 표정 하나 변하지 않고 돌부처처럼 앉아 있었다. 족장이 말을 이었다.

「오늘 아침 그의 딸은 아나이칼 부근에서 네 명의 치한에게 당했습니다. 함께 있던 처녀는 놈들이 누군지 알아보지 못했지만 외지인이라고 생각했소이다. 한데 아나이칼에서 발칙한 글귀가 발견되어 문제는 훨씬 심각해졌습니다. 여기 있는 누군가가 우리 자매와 어머니, 딸의 명예를 더럽혀서 우리 마을의 평화와 형제애를 깨려 하고 있습니다.」

솔로몬은 이 말을 하면서 무투 베다르를 똑바로 쳐다봤다. 참석자 모두가 그 의미를 알아차렸다. 무투는 재빨리 대응했다. 그는 거구답지 않게 발딱 일어났다.

「내가 무슨 비난받을 일이라도 했소이까?」

「당신을 비난하는 게 아니니 자리에 앉으시오, 무투.」

「아니, 당신의 모욕을 받으며 앉아 있고 싶지 않소.」

「난 당신을 모욕한 적이 없소.」

솔로몬이 냉정하게 말했다.

「그럼 내 상상일 뿐이란 거요?」

큰 체구인 데다 눈을 번뜩이며 분노하자 더 무서워 보였다. 그가 덧붙였다.

「당신이 나를 지목해서 비난하지 않았지만, 꼭 말을 해야 아는 것은 아니오. 됐소, 난 이 어처구니없는 회합에 참여하지 않겠소.」

그는 곧장 걸어 나갔다. 회의에 참석했던 베다르 농부 두엇이 지도자를 따라 밖으로 나갔다.

한참 침묵이 흐른 후, 솔로몬이 입을 열었다.

「지금은 타락의 시대요. 불법이 한 발로 절름대고, 사악함과 악이 땅 위를 휘젓고 걸어다니고 있소.」

그가 말을 멈추었다가, 새로이 확신에 찬 어조로 다시 시작했다.

「하지만 분명히 해둡시다. 이 땅에 태어난 자로서, 또 이 마을의 정부 대표로서 나는 누구든 이 잔악 행위를 저지른 자를 가만두지 않을 거외다. 부대표관 티루 샨무가 베다르와도 이 문제에 대해 논의했소. 그도 범인을 엄벌에 처하겠다고 말했소이다.」

할 말을 전하자 솔로몬은 부대표관에게 발언권을 넘겼다. 부대표관은 짧고 무겁게 말했다. 정부는 카스트 계급과 지역의 폭력을 예의 주시하고 있다고 했다. 더 이상의 폭력이 생기면, 폭동 진압대를 파견해 달라고 요청할 것이며, 그 비용은 마을에서 물어야 될 거라고. 덧붙여서, 문제를 해결하지 못하면 마을에 막대한 세금이 부과될 거라고 했다. 경찰이 욕보인 처녀를 심문하고 있으며, 범인들이 체포되면 엄벌이 내려질 거라고 했다. 또 이런 불상사를 저지른 장본인이 외지인이기를 바란다고 말했다.

다른 원로들이 의견과 근심을 말하면서 회의가 이어졌지만, 무투 베다르가 자리를 뜬 일이 회의 분위기를 무겁게 했다. 그가 족장에게 불공평한 취급을 받은 희생자라는 의혹이 커질 터였다. 일이 어디서 끝날 것인가? 애시워스 신부는 우울했다. 다음 문제는 또 어디서 터질꼬?

11

회의가 끝나자 솔로몬 도라이는 아내가 만든 별미인 생선 요리를 아무 맛도 모르고 먹었다. 퉁명스러운 태도는 아니었지만 더 먹기를 사양했다. 채러티가 간곡히 권하자 그가 말했다.

「오늘 밤에는 입맛이 없구먼.」

「다른 걸 갖다 드릴까요?」

그가 고개를 저었고 채러티가 물러가려는 순간, 솔로몬이 그 자리에 있으라고 했다. 극히 드문 일이었다. 그는 식사 때 아내가 곁에 있는 걸 싫어했다. 채러티가 다 먹은 바나나 껍질을 치웠고 솔로몬은 식사를 마친 후 손을 씻었다. 그녀가 돗자리에 앉았다. 그녀는 잠시, 오후에 외출했던 일을 얘기할까 망설였지만 하지 않기로 했다. 두 사람은 한동안 말없이 앉아 있었고, 마침내 솔로몬이 입을 열었다.

「회의가 안 좋게 끝났소. 무투가 화가 나서 나가 버렸지. 그는 내가 자기에게 죄를 씌운다고 생각하고 있소.」

솔로몬은 피곤하고 지겨운 기색이었다.

「이번 일을 속수무책으로 내버려 둘 순 없소. 그랬다간 체바타르는 끝장날 테니까.」

「무투와 얘기를 잘해 보지 그러세요.」

채러티는 이렇게 말하고 솔로몬의 찌푸려진 얼굴을 보자마자 곧 후회했다. 그러나 놀랍게도 그가 곧 고개를 끄덕이는 것이었다.

「그래야지, 곧 가서 만나야지.」

부부가 한동안 조용히 앉아 있다가 불쑥 솔로몬이 말했다.

「이제는 머리에 재스민을 꽂지 않는구먼.」

채러티는 고개를 외로 꼬았다. 그녀의 눈이 반짝였다.

솔로몬은 새로 방을 들인 2년 전부터 혼자 잤고, 채러티는 딸들과 한방을 썼다. 마지막으로 밤에 둘이 이야기를 나눈 게 언제였는지 기억도 나지 않았다.

솔로몬은 아무 말 하지 않았지만, 아내가 나가는 모습을 보자 근심이 사라지는 것 같았다.

나중에 채러티는 부엌일을 마치자, 살그머니 뒷마당으로 갔다. 담장 옆에 재스민 몇 그루가 있어서 서늘한 밤 공기에 향기가 퍼져 나갔다. 그녀는 날렵한 솜씨로 꽃을 뜯어서 머리에 꽂을 화환을 만들기 시작했다.

12

욕을 당한 지 이틀 후, 발리는 안다바르 거주지 끄트머리에 있는 나무에 목을 맸다. 마을 여인네들은 애도했다. 잠시 여자로 태어난 서글픔을 새삼 통감했다. 발리가 제 목숨을 끊은 일이 애달파서, 다음 생에는 복 있게 태어나기를 기도했다. 하지만 긴장이 해소되고 생활이 좀 편안해지리라는 희망에 슬픔이 잦아들었다. 매일의 현실이 척박한 곳에서, 소작농의 딸 하나 죽은 게 무슨 큰 뜻이 있을까? 하지만 그게 아니어서 모두들 놀랐다.

농사 준비에 들어가기 전, 지역 전체가 증오와 낙심으로 얼룩져 불안한 때 그런 일이 일어나자, 발리의 죽음은 그녀를 평범한 처녀에서 마을에 분열과 증오를 깊게 할 무기로 변화시켰다.

자살 소식을 들은 솔로몬은, 무투 베다르를 만나러 가야겠다는 생각을 지워 버렸다. 대신 부대표관에게 가서, 경찰 두어 명을 마을에 배치하도록 설득했다. 경찰은 긴급 상황에 대비해 스나이더 카빈총으로 무장했다. 한 사람은 안다바르 주거지를, 다른 사람은 베다르 주거지를 지켰다. 이런 조치에 무투 베다르는 즉시 분노 어린 반응을 보였다. 마을 회의 때 받은 모욕감을 아직도 떨칠 수가 없었다. 그는 같은 베다르인 부대표관에게 분통을 터뜨렸다.

「자네가 그를 제어할 수 없다면 내가 손보지.」

부대표관은 눈도 꿈쩍하지 않았다. 그는 예의를 갖춰 말했다.

「저는 정부의 지시를 받습니다, 무투. 당장은 법과 질서가 최우선이므로, 마을에 문제가 생기도록 방치할 수는 없습니다.」

「그러니까 자네는 처녀가 욕을 당한 사건이 내 책임이라고 믿고 있군?」

「그렇지 않습니다. 그럼 제 믿음을 보여 드리기 위해 경찰관을 이 댁 부근으로 이동 배치하겠습니다. 이렇게 강력한 지도자가 평화를 지키시려 하는데 뭘 걱정하겠습니까?」

부대표관은 상냥하게 말했다. 아첨에 넘어갈 무투가 아니었지만, 그래도 기분은 좀 나아졌다. 무투는 언짢은 마음으로 마을로 돌아갔지만, 폭력과 파괴를 저지르고 싶은 기분은 가셨다.

그날 밤, 아내에게 낮에 들은 소문을 전해 들은 무투는 기분이 나빴다. 그의 아내는 베다르 유지급 부인 두엇과 뒷마당의 물탱크에서 목욕을 했다. 부근에서 하인들과 친척들이 수다를 떨기도 하고 싸움을 벌이기도 했다. 거기서 들은 소문에 의하면, 족장의 측근이 말하기를, 솔로몬이 네 명의 건달을 시켜서 발리를 욕보이게 했고, 바위에 글귀를 적게 했다는 것이었다. 무투의 소행으로 몰아 그를 화나게 해서, 그가 어떤 조치를 취하면 체포할 꼬투리를 잡거나 마을에서 내쫓을 심산에서 꾸민 사건이란 얘기였다. 무투는 평소 같았으면 말도 안 되는 억측이라고 여겼을 테지만, 이번에는 곰곰 따져 봤다. 하지만 점점 그런 생각은 사라졌다. 그는 솔로몬을 오랫동안 알았다. 솔로몬이 싫긴 했지만, 그런 음모를 꾀할 사람이 아니라는 건 알았다. 그 교활한 살렘 출신의 변호사라면 몰라도, 솔로몬은 그럴 사람이 아니었다. 적수인 솔로몬에게 면죄부를 주긴 했지만, 그렇다고 반감까지 사라진 것은 아니었다.

13

무투 베다르와 솔로몬 도라이는 어린 시절부터 앙숙이었다. 열여덟 살 무렵 무투는 한 살 어린 솔로몬보다 키가 25센티미터는 더 컸지만, '실람부―아탐'이라는 막대기 싸움에서 그를 이기지 못했다. 마을 젊은이들은 그 싸움을 얼마나 잘하느냐로 평가받았다. 솔로몬은 키 작은 열세를 속도와 힘으로 만회했고, 매번 무투는 어린 숙적에게 패배를 인정해야 했다.

두 사람은 결혼도 1년 사이에 했는데, 무투는 아쉽게도 딸만 줄줄이 본 반면, 솔로몬은 아들들을 보았다. 무투는 세 번째에 아들을 얻었지만, 이번에도 솔로몬은 아들을 낳았다. 솔로몬의 맏아들이 아버지의 강인한 기질을 닮지 않아서 무투는 내심 좋아했지만, 둘째 아들 아론은 아버지보다도 운동 감각이 뛰어나서 무투는 이내 실망했다.

두 사람의 경쟁 관계는 땅과 마을까지 뻗쳤다. 솔로몬 도라이의 집안과는 달리, 무투 베다르의 가족은 체바타르에 뿌리 내린 지 얼마 되지 않았다. 그의 가문은 코르카이 북쪽 지방 출신이었다. 그의 증조부는 차남이어서, 고향을 버리고 남녘을 떠돌며 집안을 일굴 만한 곳을 물색했다. 결국 그는 틴네벨리 지역과 이웃한 자민다르[6] 밑에

6) 영국 정부에 지세를 바치고 토지 사유권을 확보한 대지주―원주.

서 일을 봤다. 부를 축적한 그는 킬라나드로 이주해서 땅을 사고, 미낙시코일 변두리의 베다르 주거지에 집을 지었다.

집안이 번성해서 2대 만에 강 양쪽에 52에이커나 되는 논과 코코넛과 바나나 숲을 갖게 되었다. 그즈음 미낙시코일 읍이 점점 커져서, 베다르의 땅까지 뻗쳐 오기 시작했다. 무투의 아버지 마헤슈와라 베다르가 강 건너 공터에 직접 새집을 짓겠다고 발표하자 가족은 모두 놀랐다. 사람들이 보기에 미친 것까지는 아니어도 아주 괴팍한 짓거리였다. 어떻게 안전한 베다르 주거지를 떠나서, 악마와 도적 떼, 카스트 하층민들이 날뛰는 곳에서 혼자 산단 말인가? 그 무리들이 지체 없이 습격해 올 텐데? 하지만 마헤슈와라는 막무가내였다. 그는 같은 계급민 둘에게 뇌물 공세를 해서 동참하게 만들었다. 땅과 지세 면제를 약속했던 것이다. 그리고 더 낮은 카스트 계급들을 불러서 그의 집이 보이는 곳 안에 공짜로 집을 짓게 해주자, 모두 아연실색했다. 한 세대가 지나면서 신분이 낮은 계급은 다른 곳으로 이동했고, 베다르 계급이 대규모로 강을 건너 이사 왔다. 그러면서 안다바르 계급과 직접 부딪치게 되었다. 하지만 솔로몬의 아버지 갸나프라카삼 안다바르와 무투의 아버지 마헤슈와라 베다르는 가까운 친구는 아니어도 서로 존중하는 사이였다. 양가가 적대 관계가 된 것은 무투가 상속을 받은 후였다. 솔로몬이 무투가 자기 소유라고 주장하는 강변의 땅 7에이커에 농사를 짓기 시작하자 양가의 적대감은 더욱 커졌다. 최근 벌어진 안다바르와 베다르의 계급 충돌이 두 사람 사이의 긴장감을 더 팽팽하게 만들었다. 하지만 평화는 유지되고 있었다. 아직까지는.

지난 며칠간 무투는 지나치다 싶을 정도로 솔로몬을 누를 방법을 궁리하는 데 매달렸다. 오늘 아침 목욕을 마친 후에는 솔로몬을 찾아

가서 결투를 신청할까 하는 생각까지 했다. 싸워서 진 쪽이 영원히
마을을 떠나자고 제의할까. 그 생각은 이내 사라졌다. 이제 인도는
결투의 땅이 아니었다. 전사들과 왕자를 영웅으로 떠받드는 땅이 아
니었다. 당국에서는 그런 짓에 이맛살을 찌푸렸다. 하지만 무투는 싸
울 생각에서 물러선 이유가 비단 그뿐은 아님을 잘 알고 있었다. 사
실 이길 자신이 없었다. 집으로 가는 무투의 표정이 안 좋자 모두들
그를 피했다. 그는 계속 고민했다. 무투 역시 체바타르의 족장이 부
럽지 않은 사람이었다. 이 지역에서 두 번째 부농이라(솔로몬이 소유
하거나 소작 임대한 땅이 223에이커, 무투가 117에이커였다) 부와 특
권을 누렸다. 솔로몬과 부딪치지 않으려면, 그 소유의 다른 마을로
얼마든지 이사할 수도 있었다. 하지만 오랜 경쟁 관계 때문에라도 그
렇게 피할 수는 없는 노릇이었다.

그는 매일같이 선처나 돈, 충고를 구하려고 모여드는 사람들을 모
른 체하고 대문에 이어진 계단을 올랐다. 지난번 솔로몬과 부딪친 후
벌써 여러 번째 해보는 생각이 떠올랐다. 그놈의 도라이 가문을 체바
타르에서 내몰 방도가 있으려나.

그의 계급은 안다바르 계급처럼 이 땅에서 번성할 수 있는 운명이
아닐 터였다. 자기 특성에 맞는 땅을 찾지 못하는 사람은 번성할 수
없다는 사실을 마을 사람이라면 다 알았다. 브라만 계급은 강 어귀의
삼각주 같은 비옥한 땅을 차지해서 부를 누린다. 하지만 수브라마니
아 사스트리갈과 그의 야심만만한 아들이 체바타르 같은 땅에서는
큰 소득을 올리지 못하는 것도 그런 이유 때문이었다. 그들은 징징대
면서 도라이 가문에 도리깨를 휘두를지 몰라도, 솔로몬 도라이가 고
함 한 번 지르면 단박에 옴츠러들 터였다. 무루간 사원의 젊은 승려
가, 베다르 계급은 비옥하지도 그렇다고 척박하지도 않고, 소금기는

없지만 그리 좋지 않은 체바타르의 땅—농사꾼과 장인에게 어울리
는 땅—과 맞는다고 말했지만, 그 멍청이가 잊은 게 한 가지 있었다.
솔로몬도 무투 같은 농사꾼이고 장인이라는 사실. 솔로몬과 그 가문
은 여러 대에 걸쳐 이곳에서 번성했으니, 이 땅과 제일 잘 맞는다는
보다 확실한 증거가 있을까? 아니, 체바타르의 붉은 흙은 솔로몬을
몰아내는 데 하등 도움이 되지 않을 터였다. 무투가 성공하려면 더
대담하고 단호한 조치가 필요했다.

14

변호사 바킬 페루말의 뛰어난 머리는 인내심이 없는 성격 때문에
빛을 잃는 일이 허다했다. 중요한 사건에서 다 이겼다가, 그가 재판
과정에서 흥미를 잃거나 상대방을 모욕하거나 중요한 논쟁거리를 잊
는 바람에, 운 나쁜 의뢰인이 감옥에 가거나 무거운 벌을 받는 일이
거듭 벌어졌다. 그는 아버지에게 상당한 재산을 상속받자 더욱 무책
임해졌다. 그러다가 마루다르 계급 의뢰인이 무장 강도짓을 했다고
고발당한 사건을 맡게 되었다. 바킬 페루말은 뛰어난 변호를 해서 의
뢰인을 석방시킬 단계였지만 거만한 태도로 검찰 측 목격자에게 노
골적으로 뇌물 공세를 했다. 영국인 판사는 못마땅해했고, 바킬 페루
말은 변호사 자격을 박탈당할 지경이었지만, 법률적인 궤변을 그럴
싸하게 늘어놓은 덕분에 그것만은 면했다. 의뢰인은 그런 복이나마
없었다. 결국 그 죄목의 최고형을 언도받았다. 의뢰인은 끌려가면서
소리쳤다.
「내가 저 변호사 자식을 작살내면, 살렘의 돼지들도 저 자식을 처
먹지 않을 거야!」

바킬 페루말은 그자가 무슨 짓을 저지르기 전에 아내와 두 딸을 데리고 떠났다. 소동이 가라앉기를 기다리기에는 아내의 먼 친척이 사는 체바타르가 맞춤해 보였다.

그는 마을에 도착하자 곧 존재를 부각시키려 노력했다. 살렘처럼 활기찬 고장에서 산 그로서는, 느리고 촌스러운 체바타르를 견디기 힘들었다. 도피 기간을 메울 방법은 사방을 휘젓고 다니는 것뿐이었다. 그는 마을일에 영향력을 미치리라 확신했다. 돈도 있고 머리도 있고, 도시에서 자라서 세련된 그가 이런 촌동네 유지가 되는 것쯤이야 식은 죽 먹기가 아닐까? 하지만 그것은 본인의 자질을 고려하지 않은 착각이었다. 참을성 없고 허영 많은 기질 때문에 그는 중요한 인물 모두와 적이 되었다. 무투 베다르는 바킬 페루말로부터 '멍청한 소 같은 자'라고 욕하는 소리를 듣고, 바킬의 아내와 자식들 앞에서 그를 때렸다. 또 솔로몬의 통치 방식을 참견하다 화나게 만들었다. 주민들은 바킬 페루말의 부유함과 2층집과 특별히 만든 옥외 변소에 깊은 인상을 받았지만, 솔로몬은 시큰둥했다. 바킬 페루말의 계획으로 볼 때, 무투와 등질 심산이면 족장 솔로몬을 끌어들이는 게 중요했다. 족장이 무투를 밀어내거나 누르면, 바킬 페루말이 자동으로 마을의 이인자가 될 터였다. 솔로몬도 그의 말을 들을 수밖에 없으리라. 결국 바킬 페루말 자신이 족장을 밀어낼 준비를 할 테고. 그는 명목상으로 안다바르 계급이었지만, 자기 계급에 대한 충성심 같은 건 없었다. 그에게 중요한 것은 오직 본인의 행복뿐이므로, 같은 계급을 밀어낼 음모에 대한 양심의 가책 따위는 없었다.

그런데 계획대로 일이 풀리지 않으니, 바킬 페루말로서는 몹시 난감했다. 최근에 저지른 일까지도 엉망으로 끝나고 말았다. 발리란 처녀를 욕보일 의도는 없었다. 원래는 불량배들을 시켜 안다바르 사내들이 사원에서 구타당한 사건의 보복으로 베다르 여자를 욕보인 것처럼 보이려는 의도였다. 일단 사건이 일어나면, 양 집단 사이에 긴장감이 커져서 모든 상황이 천재적인 그에게 유리하게 될 줄 알았다. 한데 그렇게 되지 않았다. 그래도 상황을 바로잡을 수 있었는데, 일은 계속 엉뚱하게 흘러갔다. 아나이칼에 불경한 글을 적어 놓았지만 아무 소득도 없었다. 솔로몬과 무투, 두 멍청이가 이렇게 소심할 줄 누가 알았는가? 며칠간은 대치 상황이 되는가 했고, 바킬 페루말이 이용할 만한 기회가 오는가 했다. 한데 이제 싸움 따윈 일어날 것 같지 않았다. 솔로몬이 무투를 누르기 위해 불량배를 시켜 꾸민 일이라는 소문을 마을에 퍼뜨려 봤지만 소용이 없었다. 그는 무투가 화가 머리끝까지 뻗쳐서 도끼를 휘두를 거라고 반쯤 장담했다. 한데 그런 일은 일어나지 않았고 그는 적잖이 실망했다. 그래도 바킬 페루말은 실패를 오래 생각하는 사람이 아니어서, 벌써 다른 계획을 세우기 시작했다.

그는 체바타르에 정착한 후 곧 애시워스 신부와 가까워질 궁리를 했었다. 하지만 신부가 인도에 깊은 관심이 있는 사람임을 알자, 신경 쓸 가치가 없다는 결정을 내렸다. 신부는 다른 영국인처럼 원주민을 경멸하는 타입이 아니었다. 그러므로 애시워스 신부는 이용 가치가 없는 인물이라고 계산을 놨었다. 한데 이제 이용할 수 있는 인물은 이 영국 신부만 남았다. 도리 없이 신부에게 잘하기로 했다.

그는 신문에서 다음날이 부활절이라는 기사를 읽다가 애시워스 신부 생각을 했다. 기사를 반쯤 읽었을 때 좋은 생각이 떠올랐다. 그는 소리쳐서 아내 카말라를 불렀다. 부인이 방에 들어오자, 그가 흥분하며 말했다.

「기독교도가 돼야겠어.」

좀 둔감한 카말라는 남편이 갑자기 흥분하는 데 이골이 나서, 무덤

덤하게 대꾸했다.

「왜요? 저는 우리가 힌두교도로 잘 지내고 있다고 생각했는데요.」

「그건 그래. 하지만 내일이 부활절이라구.」

「그게 어때서요?」

「이 멍청한 여자야, 예수 그리스도, 그러니까 기독교의 신이 다시 태어난 날이라구.」

「나라야나의 구현 같은 건가 보죠?」

「아니, 그게 아니라, 이 정신 나간 여자하고는! 오늘부터 당신은 메리고 나는 예수 그리스도야.」

신문 기사에 나온 기독교식 이름은 그 둘뿐이었다. 그때 작은 딸 바산티가 방에 들어왔다.

「그럼 저 아이는 어떡해요?」

카말라가 물었다. 그는 순간 당황하더니, 잠시 후 가벼운 목소리로 대답했다.

「또 메리라고 지어도 괜찮겠지!」

「그럼 니르말라는요, 그 애도 메리인가요?」

「아니, 그 애는 메리가 아냐. 내가 이름을 찾아보지. 가서 셔츠랑 바지를 가져와. 신부를 찾아가 봐야겠으니까.」

애시워스 신부는 사제관 응접실에서 그를 맞이했다. 바킬 페루말이 인사를 건넸다.

「안녕하십니까, 저는 예수 그리스도입니다.」

신부는 제대로 들었는지 의아해서 화제를 돌렸다.

「차를 드릴까요?」

한참 수수께끼 같은 대화가 오간 후에야, 애시워스 신부는 변호사가 찾아온 목적을 알았다. 마을 사람이 세례를 받겠다고 찾아온 게

까마득한 일이어서, 바킬 페루말의 청을 이해하는 데 한참 걸렸다. 그는 상황을 알자 의심스러워졌다. 지금껏 변호사는 기독교 신앙에 관심을 보이지 않았다. 신부는 질문하기 시작했고, 의심은 점점 깊어졌다. 바킬 페루말은 기독교 신앙에 대해서는 조금도 모르는 눈치였다. 신부의 적대감을 알아차린 그는 재빨리 당장 예배소에 예수 그리스도의 상을 설치하겠다고 말했다. 가족이 그 상에 절하고 예배하겠다고.

「기독교에서는 그런 식의 예배를 권하지 않습니다.」

신부의 말에 바킬 페루말은 당황하면서 대답했다.

「네, 네, 절은 하지 않겠습니다.」

그를 보내려고 일어나려는 순간, 예수님이 산에서 제자들에게 가르치신 설교 내용이 마음에 떠올랐다. '비판을 받지 아니하려거든 비판하지 말라…….' 애시워스 신부는 앞에 있는 사내를 바라보며, 그의 안 좋은 처신에도 불구하고 이런 말을 했다.

「세례받아서 참된 신앙에 들어가는 것은, 인간이 받을 수 있는 가장 큰 선물입니다.」

변호사에게 이런 말을 할 때 신부의 마음에 한 가지 장면이 떠올랐다. 다메섹으로 가는 길에 서 있는 사울……. 변호사에게 내리치는 빛은 없지만, 영광스러운 예수의 사랑은 가장 나쁜 인간도 변화시켰다. 앞에 있는 이 사내에게 주님이 낡은 옷을 벗고 예수의 옷을 입으라 권하신다면, 인간을 잘 낚지 못하는 어부인 폴 애시워스가 어찌 거부할 수 있을까? 또 주교가 기뻐할 터였다. 오랜 개종자 가뭄 끝에 홍수가(변호사는 가족과 더불어 열 명이 더 기독교도로 개종할 거라고 말했다) 나게 생겼으니 주교가 얼마나 반가워하리요.

변호사가 떠나기 전, 애시워스 신부는 가족과 다음날 열리는 부활

절 예배에 참여하라고 청하고, 신약 성서 두 권을 주었다. 또 기독교
도 이름을 선택하게 해서, 예수 그리스도란 이름은 쓰지 못하게 말렸
다. 결국 두 사람은 바킬 페루말은 '피터 예수'로, 카말라는 '메리'로,
바산티와 니르말라는 각각 '마사'와 '한나'라는 이름으로 고치기로 결
정했다.

바킬 페루말은 아침에 일을 잘 처리한 것을 흐뭇해하며 집으로 돌
아왔다. 안다바르 처녀가 일을 당하게 된 배후가 자기라고 충동적으
로 고백하고 싶었지만 하지 않은 게 다행이었다. 기독교도는 사제에
게 고백을 한다는 얘기를 얼핏 들은 적이 있었지만, 신부가 솔로몬에
게 말하면 그땐 어쩌랴? 신부가 당장 세례를 해주지 않아 실망스러
웠지만, 2주일 후면 정식 기독교인으로 입교할 수 있다고 했다.
바킬 페루말은 아침 일은 미뤄 두고, 부활절 관련 기사를 읽느라
손을 놓았던 일을 다시 시작했다. 신문 〈힌두〉에 보내는 편지였다.
이것이 쉰네 번째 편지였고, 그는 2주일마다 한 통씩 신문사에 편지
를 보냈다. 딱 한 번만 신문에 실렸지만 그는 낙심하지 않았다. 이것
도 그의 계획 중 하나였고, 신문사에서 글을 정기적으로 실어 줄 때
까지 계속 기고할 예정이었다.
오늘의 편지는 다른 쉰세 통의 주제와 달랐다. 편지 내용은 이랬다.

존경하는 귀하, 바킬 페루말이 씁니다.
훌륭한 귀 신문의 출중하신 독자들께서 '안다바르'로 알려진 집단
에 일어난 괴이한 분노에 관심을 돌려 주시길 바라는 바입니다. 타밀
종족이라면 모두 알다시피, 안다바르의 기원은 베다르 신들의 수장
인 인드라까지 거슬러 올라갑니다. 이 신들이 안다바르 지배자들을

만들어 냈습니다. 안다바르라면 누구나 알듯이 몇 세기 뒤에는 안다바르 왕들이, 지금은 타오르는 붉은 모래 속에 묻혀 버린 강력한 왕국들을 통치했습니다. 페허를 발굴하면 날마다 이런 믿음을 증명해 주는 결과가 나타납니다. 비열한 속임수와 전략들 때문에, 우리 위대한 종족의 선조들이 테룰구 나야크라는 북방의 이방인들에게 패배를 당해 추방되었습니다. 땅과 특권을 빼앗기고, 위험한 침략자들에 의해 낮은 카스트 계급으로 낙인찍힌 안다바르는 예전의 세련된 생활에서 준비되지 않은 여러 일을 해야 했습니다. 한편 그들의 적은 자기들이 높고 안다바르가 낮다는 사실을 보여 주는 증거를 마련하느라 바빴습니다. 동시에 안다바르가 서열 1위인 제왕들의 직계임을 증명하는 역사 기록을 없앴지요. 우리에게 불행이 일어나고 있습니다. 하지만 우리가 다시 타밀 영토를 지배할 것이므로, 안다바르의 적들은 조심해야 할 것입니다…….

이런 식의 글이 두 장이나 더 계속되면서, 논점은 점점 흐려지고 표현은 과장되었다.

그는 말미에 '킬라나드 구역 미낙시코일 사서함, 체바타르 마을의 글쓴이로부터'라고 쓰고 멋들어지게 서명했다. 피터 예수 페루말. 그는 기독교도 이름으로 서명했으므로 이 편지가 신문에 게재될 거라고 예상했다.

15

바킬 페루말의 개종에 대해 족장 솔로몬이 반응할 일을 생각하다 보니, 애시워스 신부는 잠을 놓쳐 버렸다. 솔로몬이 반기지 않으리란

것은 그도 알고 있었다. 그래서 족장에게 말하는 것을 미루었고, 이
제 교회 문 앞에서 부활절 예배가 시작되기를 기다리고 서 있노라니
초조했다. 예배를 시작하는 성가도 그에게는 스트레스였다. 곡조는
없지만 활발하게 불러야 했다. 애시워스 신부는 조명이 밝지 않은 칸
막이 안쪽으로 걸어갔다.

다시 사신 주
사망 권세 모두 이기시었네
흰 옷 입은 천사 돌을 옮겼고
누우셨던 곳은 비어 있었네
주님께 영광 다시 사신 주
사망 권세 모두 이기시었네.

마지막 '이기시었네'가 울려 퍼지자, 애시워스 신부는 칸막이에서
나와 짧은 기도문을 읽었다. 예배가 부활절에 어울리는 익숙한 분위
기를 띠어 가자, 그는 마음을 놓기 시작했다.

품위 없는 신부 같으면 일부러 아무도 모르는 애매한 성가를 선택
해서 성도들이 당황하는 것을 은밀히 즐겼을 거라는 생각이 머리를
스쳤다. 첫 줄에 앉아서 그를 잔뜩 노려보는 솔로몬과 눈이 마주치
자, 신부는 웃으려다가 이내 자제했다. 솔로몬이 짜증을 내는 이유는
분명했다. 최근까지만 해도 바킬 페루말이었던 피터 예수 페루말이
두 줄 뒤에 아내와 딸들을 거느리고 앉아 있으니……. 그들은 사리
와 치마를 잘 차려 입고 손에 성경을 들고 뻣뻣하게 앉아 있었다. 바
킬 페루말은 평소처럼 새하얀 바지와 셔츠 차림이었다.

뒤쪽에서 덜거덕 소리가 났지만 예배는 잘 진행되었다. 바람이 불

어와 야자 잎이 바스락거렸고, 예배당의 열기가 한풀 꺾였다. 땀방울
이 마르기 시작하자, 애시워스 신부는 엉뚱한 생각을 하기 시작했다.
3백만 년 전에는 아시아와 아프리카가 극지방에서 얼음에 갇힌 반면
유럽과 북미는 적도에서 더위에 허덕였다. 가까운 장래에 세상이 다
시 그렇게 편성되면 멋지지 않을까? 부활절에 서늘하기만 하다면 체
바타르는 완벽한 곳이 될 텐데. 그런 생각이 지나가자, 예배가 끝난
후에 솔로몬에게 뭐라고 말해야 할지 걱정되기 시작했다.

니케아 신조가 끝나자, 애시워스 신부는 조심스레 솔로몬의 눈길
을 피하면서 광고를 하기 시작했다. 교회 활동과 출생과 결혼 소식을
상세히 알린 후 그가 소개했다.

「여러분, 피터 예수 페루말과 메리 페루말, 마사 페루말, 한나 페루
말을 환영해 주시기 바랍니다.」

마지막 이름까지 읽고 나서 신부는 솔로몬 쪽을 응시했지만, 족장
은 얼굴을 찌푸리고 바닥을 내려다보고 있었다. 이제 설교를 해야 했
다. 신부는 잠시 눈을 감고, 아름다운 영원한 진리 속으로 빠져들었
다. 비로소 당장의 혼란스러움에서 벗어나 설교를 시작할 수 있었다.
그가 지금껏 한 설교 중 가장 좋은 설교였다. 안다바르, 베다르, 브라
만, 마루다르 같은 말을 거론하지 않으면서, 하나님의 평화와 사랑을
잃은 인간들의 분열을 질타했다.

「새사람을 입으십시오. 우리가 창조하신 분의 형상을 입었다는 사
실을 새로이 알아야 합니다. 거기에는 헬라 인도 유대인도 없고,
할례받은 자와 할례받지 않은 자도 없으며, 야만인도 스키타이 인
도 없으며, 노예도 자유인도 구분이 없습니다. 그리스도만이 모든
것입니다.」

애시워스 신부는 베드로 사도의 말을 전했다.

그는 이제 솔로몬의 눈길에 위축되지 않고, 인간의 자만심을 통렬히 질타했다. 하나님께 이르는 길은 여러 가지가 있다는 사실을 말하면서, 부활의 정신으로 걸어 나가라고 요구했다. 새로 온 페루말 일가까지도 이 순간이 특별하다는 것을 알아차릴 정도였다.

「싸울 일이 있어도 서로 참고 서로 용서하십시오. 예수님이 여러분을 용서하셨듯이 여러분도 서로 용서하십시오.」

말씀이 흘러나왔다. 신부도 자기 안에 그런 말씀이 고여 있는 줄 몰랐다. 준비한 설교는 밀쳐 버렸다. 그를 통해 말씀하시는 창조주를 보는 느낌이었다.

예배가 끝날 무렵까지 계속 바람이 불어왔다. 예배당 부근의 야자수 잎들이 코끼리 귀처럼 바람에 흩날렸다. 커다란 나무 그늘에서는 부인들이 채러티의 감독하에 점심 식사를 준비하고 있었다. 돗자리가 석 줄 길게 깔렸다. 성도들이 자리에 앉자, 각자 앞에 바나나 잎이 놓여졌다. 음식을 나르는 소년들이 다가오자, 손님들은 잎을 들고 잔에 든 물로 손을 닦았다. 오래전부터 성 베드로 교회에서는 부활절에 큰 잔치를 베풀었다. 두 가지 종류의 죽과 망고, 양고기 카레라이스, 떡 등이 나왔지만, 올해는 주 요리로 양고기 요리 한 가지만 나왔다. 그래도 육두구, 정향, 캐슈넛으로 양념한 밥과 양고기 육질이 부드러워 흠잡을 데 없이 맛이 좋았다. 음식 냄새가 퍼지자 성도들은 더위도 잊고, 파리 떼와 열기가 가득한 음식 위에 몸을 굽히고 식사를 시작했다.

솔로몬은 예배당 담장 곁에 서서 바다를 내다보고 있었다. 금색 수놓인 터번을 두르고, 칼라에 검은 단추가 달린 새 흰 셔츠로 격식을 갖춘 차림이었다. 구두까지 신고 있었다. 애시워스 신부가 다가가서 부활절 인사를 건네자, 그는 기계적으로 인사를 받고, 햇살을 받아 반짝이는 바다를 응시했다. 바다는 금빛과 초록빛을 쏟아 냈다.

마침내 솔로몬이 입을 열었다.

「어째서 그들을 교회에 받아들이셨습니까?」

「하나님의 말씀에 따라, 허기진 사람인지 아닌지 판단하는 것은 우리의 일이 아닙니다.」

「바킬 페루말은 저 잘난 체하는 것을 빼면 아무것에도 허기진 사람이 아닙니다.」

「우리 주 예수 그리스도께서는 사명을 다하기 위해 가장 비천하고 가장 어울리지 않는 그릇을 쓰지 않으셨던가요?」

「우리 주님께서 바킬 페루말을 쓰실 수 있을지 의심스럽군요. 그자가 자기 목적을 위해 주님을 이용한다면 놀랄 일이 아니겠지만요. 그 작자는 거짓말을 잘하고 성품이 비뚤어진 나쁜 자입니다. 신부님이나 저로서는 이번 일이 앞으로 어떤 결과를 맺을지 상상조차 못할 겁니다.」

대화 대상인 바킬 페루말은 길을 잃은 사람 같은 표정을 짓고 있었다. 그는 적잖이 초조하게 사방을 둘러보았다. 애시워스 신부가 미소를 지어 주자, 바킬 페루말은 무리에서 빠져나와 그들에게 다가왔다. 신부는 다정하게 인사를 건넸고, 솔로몬은 뻣뻣하게 인사했다.

「이제 솔로몬님을 진정한 형제로 부를 수 있게 되어 정말로 기쁩니다.」

변호사가 아첨하듯 말했다. 이번에 처녀를 욕보인 사건의 배후가 그임을 알면 족장은 어떤 조치를 취할까. 그 생각을 하자 몸이 떨렸다. 하지만 고무줄처럼 마음대로 늘이고 줄일 수 있는 양심을 가진 바킬 페루말이기에 얼른 자기 합리화를 했다. 불량배놈들이 부탁도 하지 않은 엉뚱한 처녀를 욕보인 것까지 그의 책임은 아니지 않은가!

그는 거기서 생각을 접고 애시워스 신부에게 말했다.

「가장 멋진 설교였습니다, 신부님. 용서해야 한다는 것은, 솔로몬님과 제가 과거를 지우고 진실한 하나님의 형제가 될 수 있음을 말해 주는 것이겠죠. 사실 솔로몬 족장님과 의논하고 싶었던 것이 있는데…….」

솔로몬은 톡 쏘아 줄 말을 억지로 참았지만 표정까지 감추기는 어려웠다. 그는 바킬 페루말의 존재에 대한 불쾌감을 감추려 하지 않았다. 솔로몬은 신부를 노려보고는, 바킬의 말을 못 들은 체하고 몸을 돌려 가족에게 갔다. 바킬 페루말의 얼굴이 일그러지더니 분노하는 표정으로 변했다.

도라이 일가가 부활절 식사도 하지 않고 자리를 뜨자, 애시워스 신부의 마음은 더욱 무거워졌다.

16

유전 공학이나 전기, 관개 기술이 발달되기 이전, 인도 남부에서는 우기에 맞춰 살았다. 대부분의 지역에서는 1년에 한 번만 추수했으므로, 반년은 정신없이 바쁜 농번기이고, 반년은 일이 없는 농한기인 셈이었다. 6월 인도양에서 생긴, 우기를 알리는 구름이 서쪽 산맥에 밀려들어 농토에 비를 뿌렸다. 트라반코르 왕국과 남서쪽 지역이 우기의 덕을 보는 최적지였지만, 강우량에 따라 킬라나드의 농사는 풍작과 흉작이 판가름났다. 게다가 산맥에 비가 많이 내리면, 체바타르 강처럼 비가 내려야 강물이 많아지는 강들이 생기를 되찾았다.

우기의 첫비가 내리자, 농부들은 논을 갈고 씨 뿌릴 준비를 했다. 솔로몬 같은 부유한 지주들은 논을 갈 가축을 소유했지만, 소작농들은 황소를 임대할 수밖에 없었고 따라서 빚이 늘었다. 강한 빗줄기가 자주 내리자, 마을 아낙들이 모심기를 했다. 모심기는 등이 휘어지는 힘든 일이었지만, 이웃 부인네들과 떠드는 수다와 노래가 큰 위로가 되었다. 비가 충분히 오면, 곧 벼가 파랗게 자라서 논은 초록빛 바다처럼 보였다.

벼가 익을 무렵 북서풍이 불기 시작했다. 이즈음 농부들은 비 때문에 추수에 피해가 없기를 기도했다. 마침내 벼가 황금빛이 되면 충분히 익어서 추수할 때가 된 셈이었다. 마을은 분주하게 움직였다. 추수 때가 되면 할 일이 태산처럼 많았다. 돌이나 나무 맷돌로 마지막 낟알까지 탈곡했고, 짐을 잔뜩 실은 우마차는 반얀나무가 그림자를 드리운 흙길을 달렸다. 마당과 들판에 노적가리가 어마어마하게 쌓이고……. 풍작을 거두면 1월은 축하의 절기였다. 가장 활기찬 축제인 퐁갈 기간에 주민들은 새 옷을 입고 선물을 하고, 노래와 춤을 즐겼고 예배를 드렸다. 아기의 숨결처럼 향기롭고 달콤한, 갓 추수한 쌀로 새로 밥을 짓는 일이 가장 전통적인 행사였다. 퐁갈의 흥분이 지나갈 즈음 짧은 봄이 시작되었고, 풍년이 계속되어 돈 사정이 넉넉해서 인심이 좋은 해에는 다들 3, 4월의 축제인 람 나와미와 퐁구니 우티람을 기대했다. 이어 타밀력 새해와 부활절, 마두라 슈리 미낙시의 결혼, 모후르람 같은 축일이 이어지며 1년의 상반기를 마칠 터였다. 4월, 만월이 되는 날에는 드라마틱한 치트라 푸르나미 축제가 열렸다. 사정이 좋을 때는 마을 사람들의 마음에 기쁨과 온정, 신앙심이 넘쳐났다. 사정이 나빠서 곡물 창고가 텅텅 비는 해에는 분노와 허기, 절망이 드리워졌다. 그럴 때는 축제가 싸움과 폭력, 피를 뿌리는 현장이 되었다.

솔로몬은 4, 5월 건기에, 소유한 마을 전부를 둘러보면서 다가올 우기 준비가 잘되어 있는지 확인하는 것이 관례였다. 하지만 올해는 남동쪽 토지로 동생 아브라함을 보냈다. 그는 북쪽과 서쪽을 둘러볼 예정이었다.

4월에 접어들자, 여러 사원에서 북소리가 울렸다. 치트라 푸르나미 축제가 가까워지면서 북소리는 더욱 커졌다. 평소 같으면 우기 시작 전에 첫비가 내려서, 메마른 농토와 바닥이 드러난 강을 적실 시기였다. 그것을 신호로 농부들은 쌀농사 지을 준비에 부산해졌다. 하지만 올해는 하늘에 구름이 자욱하긴 해도 비가 내리진 않았다. 4월 마지막 주가 되었는데도 비가 내리지 않자, 솔로몬은 걱정이 되기 시작했다. 한 차례 더 가뭄을 겪으면, 정부에 우물을 파는 데 도움을 달라는 청원을 해야 했고, 그래 봤자 도움을 얻지 못하리란 것을 그는 뻔히 알고 있었다. 솔로몬은 운이 좋았다. 여러 작물을 농사짓기에 한 가지 작물이 잘 안 되어도 다른 작물로 손실을 메울 수 있었다. 하지만 비가 내리지 않으면 망고 숲과 벼, 면화가 타격을 입을 터였다. 그의 땅에서 소작 농사를 하는 사람들을 다 어떻게 구제한단 말인가? 그가 다스리는 마을 사람들까지 다 돌봐야 하지 않던가?

다행히도 무투는 평화를 유지했고, 바킬 페루말인지 피터 예수 페루말인지 하는 자도 문제를 일으키지 않고 있었다. 동생 아브라함은 마을을 둘러보고 돌아와서 걱정스러운 보고를 했다. 솔로몬은 충동적으로 다음날 직접 나가서 농지를 둘러보겠다는 결정을 했다. 그는 애시워스 신부에게 바킬 페루말이 세례를 받을 그 주일 후반까지는 돌아오겠다고 약속했다.

방문할 여러 마을의 족장과 관리자에게 미리 알릴 여유가 없었지만 상관없을 터였다. 상황이 얼마나 안 좋은지 직접 확인할 수 있을 테니까. 그는 동트기 전에 출발할 수 있도록 덮개 씌운 우마차 세 대를 준비하라고 지시했다.

날이 밝기 전, 마을을 떠나는데 뇌조가 울었다. 마차는 덜거덕 소리를 내며 잠든 세상을 뚫고 나갔다. 금세 자갈 깔린 길에 접어들었고, 곧 체바타르 강에 놓인 다리에 닿았다. 미낙시코일에 들어서자 하층민이 키우는 개 몇 마리가 사납게 짖어 댔지만 이내 조용해졌다. 일행은 중앙로를 지나 읍내를 벗어나서 북쪽으로 향했다. 담요를 뒤집어쓴 솔로몬은 톡 쏘는 소 냄새를 맡을 수 있었다. 당당한 소들의 머리에는 서로 포옹하는 듯한 모양으로 뿔이 솟아 있었다. 그가 마부에게 뭐라고 속삭이자, 마부는 가만히 소 꼬리를 뒤틀었다. 그러자 소들은 걷는 속도가 상당히 빨라지더니 이내 달리듯 걸었다. 솔로몬은 기분이 좋아졌다. 살을 에는 아침 공기와 소 냄새와 뛰다시피 걷는 리듬감에 살맛이 났다.

보름달이 하늘에 낮게 떠 있었다. 한 시간 반은 지나야 동이 틀 터였다. 2마일쯤 달리자 중앙로를 벗어나서 흙길로 접어들었다. 비가 오면 소택지로 변할 길이지만 지금은 쌀가루처럼 보송보송해서, 마차가 지나자 흙먼지가 길게 공중에 날렸다. 마차의 움직임이 둔해지긴 했지만 크게 느려지지는 않았다. 소들이 아는 길이어서, 약간만 채근해서 길을 잡아 주면 그뿐이었다. 그들은 외진 초가집 몇 채를 지나서, 잠든 마을을 지나쳤다. 아직도 달빛이 아스라이 비치었다.

길을 가면서 가끔 체바타르 강을 만났고, 갈라진 강바닥을 보자 솔로몬은 마음이 아팠다. 20년 전, 사촌 여호수아와 그가 강의 원류를 추적해 보기로 했던 일이 떠올랐다. 우기였고 16킬로쯤 올라가자, 체바타르 강은 물길을 벗어나려고 발버둥을 치는 듯 요동 치며 거세게 흘러내렸다. 강이 강둑 위로 넘쳐 길이 막혀, 그들의 여정도 거기서 끝났다. 돌아올 수밖에 없었다. 두 사람은 다음 해에 다시 물길을 쫓아가자고 다짐했지만, 그 약속은 지켜지지 않았다.

우마차가 메마른 강변을 지날 때, 솔로몬은 거센 타므라파라니 강의 지류가 시작되는 체바타르 강을 그려 보려 애썼다. 그들은 소년 시절, 타므라파라니 강의 상류에 가보려는 야심을 품었다. 강줄기는 말라이 산기슭에서 시작됐다. 북부의 위대한 현자 아가스티아르가 타밀 지방에 언어를 준 후, 이 산에서 은둔 생활을 했다. 수대에 걸친 사제들과 학자들, 필경사들은 그 언어와 문법, 신화, 전설을 연구했다. 그는 항아리에서 카베리를 꺼내 주었고, 악마와 아수라 떼를 물리쳤으며, 바닷물을 다 마셔서, 데바가 물 밑에 사는 원수들을 모두 처치하게 했다. 빈디야스에게는 그가 남부 체류를 마치고 돌아갈 때까지 커지지 말고 기다리라고 명령했지만 그는 돌아가지 못했다. 여호수아와 솔로몬은 그 강의 원류부터 남부 산맥을 지나, 틴네벨리 평원을 지나 만나르 만까지 물길을 탐사할 계획을 세웠다. 진주의 강인 타므라파라니 강은 길이가 112킬로밖에 안 되지만, 고대에는 언제나 숭앙받았던 강이어서 고대인들의 상상 속에 굳건히 자리 잡고 있었다. 물론 체바타르도 마찬가지였다. 길이가 45킬로인 작은 강줄기에 불과했지만, 지금도 그들의 강이었다. 여정을 다 마치지 못한 것이 늘 후회스러웠다. 여호수아가 돌아온다면 이제라도 여정을 마무리할 수 있을 것을.

일행은 돌투성이 길에서 우회전했다. 길이 가팔라지기 시작했지만, 소들은 가뿐하게 오르막길을 올랐고 곧 정상에 도착했다. 주변에는 개발이 안 된 세상이 펼쳐졌다. 지푸라기가 나뒹구는 죽은 들판에는 아카시아가 사방에 뻗쳐 있고, 편마암과 화강암이 툭툭 튀어나와 있었다. 언젠가 솔로몬은 라니부르 출신의 젊은 대리 징세관에게 이 지역의 돌이 세계에서 가장 오래됐다는 말을 들은 적이 있었다. 그는 말없는 목격자인 돌들은 무슨 사연을 간직하고 있을까 생각했다. 소달구지 길이 가늘어지면서 어디에 돌이 박혀 있을지 모르기 때문에, 지금부터는 조심해야 했다. 마차 바퀴가 빠지거나 더 운이 나쁘면 축이 상할 수도 있었다. 일행은 천천히 나아갔다. 사방이 밝아지면서 마을이 눈에 들어왔다. 몇 년 전, 이 지역에서 잠시 카스트 계급 분쟁이 일어나 네 명이 목숨을 잃었지만 지금은 평온해 보였다. 마차 일행이 마을을 지나는데, 닭 울음소리와 개 짖는 소리가 터져 나왔다. 마을 사람 몇 명이 오두막집에서 나와 우마차 행렬을 말없이 지켜보았다. 마차는 그들 앞을 지났다.

앞에 거대한 팔미라 야자나무 숲이 펼쳐졌다. 야자수는 키가 크고 곧았다. 87에이커 넓이의 이 숲이 도라이 가문의 부의 기반이었다. 주변에는 붉은 흙 땅만 눈에 띄었다. 여름의 뙤약볕이 땅 깊이 파고 들어가 영원히 그 안에 있는 것처럼 흙이 붉었다.

진홍빛 하늘이 팔미라 야자나무 숲에 걸려 있었다. 솔로몬은, 하늘이 조금만 더 낮았다면 뾰족한 야자수 끝이 쑥쑥 뚫고 들어가겠다는 생각을 했다. 야자수액 채취꾼들이 벌써 일을 시작하고 있었다. 뜨거운 여름과 우기 몇 달 동안 수액을 채취할 때는 잠시라도 나무 곁을 떠날 수가 없었다. 솔로몬은 마차에서 내려 채취꾼이 나무를 타는 광경을 지켜보았다. 키가 작고 비쩍 마른 사내는 야자수 껍질처럼 몸이 까맸다. 그는 밧줄 고리를 발목에 매더니, 허벅지 사이에 나무를 끼우고 뒤꿈치를 나무 껍질에 밀착시키면서 조금씩 뛰어 나무 위로 올랐다. 그의 강한 팔 근육이 비단처럼 출렁거렸다. 나무를 꽉 붙든 사내는 몇 차례 연속 동작으로 나무를 타고 올라갔다. 그 동작이 평평한 땅 위에서 걷는 사람 같았다. 나무 꼭대기에 오르자, 그는 큰 화포에 칼로 작은 상처를 냈다. 그리고 룽기에서 작은 토기를 꺼내서 수액을 받았다. 수액 채취가 끝나자 나무에서 내려왔다. 수액 채취 절기에는, 매일 나무 한 그루에서 3, 4리터의 달콤한 야자수액이 나왔다. 이 소중한 '신들의 음료'는 발효시켜서 마을 특산품인 독주를 만들거나, 아낙들이 냄비에 끓여서 맛 좋은 야자즙 엿을 만들었다.

수액 채취꾼 몇 명이 솔로몬을 알아보고 다가왔다. 그들은 터번을 풀어 허리에 매고 상체를 깊이 숙여 절했다. 한 사람이 뭐라고 소리치니, 누군가 야자 잎으로 솜씨 좋게 만든 컵을 가져왔다. 다른 사람이 막 짠 수액을 가져와서 솔로몬의 컵에 따라 주었다. 발효시키지 않은 수액은 달짝지근했다. 솔로몬이 컵을 들고 쭉 마셨다. 맛이 혀끝에서 퍼졌다. 그는 야자액을 한 잔 더 받으면서 채취꾼들에게 말했다. 올해는 수액이 아주 많이 나고 있지만, 비가 내리지 않으면 다음 수확을 자신할 수 없다고. 팔미라 야자수는 강한 수종이라(흙이 붉은 황무지에서 잘 자랄 수 있는 종류였다) 땅 밑으로 12미터나 뿌리를 내려 물을 빨아들이지만, 그래도 빗물이 필요했다.

야자수 사이로 드문드문 빨간 불이 보였다. 아낙들이 수액으로 조당을 만들고 있었다. 부근이 다 비슷한 광경일 터였다. 옷차림이 허술한 사내들이 나무를 타고, 아낙네들은 땅에서 그들을 도왔다. 거대한 팔미라 야자나무를 오르는 일은 힘들고 위험해서, 떨어져 중상을 입는 일이 허다했다. 어떤 때는 즉사하는 경우도 있었다. 사실 솔로몬이 부리는 일꾼 가운데 가장 어려운 일을 하는 사람들이 바로 이들이었다. 추수 기간에는 진흙과 짚으로 대충 지은 집에서 살아야 했지만, 이들이야말로 다가올 흉작기에 솔로몬 일가를 지탱해 줄 버팀목이었다.

솔로몬은 팔미라 야자나무 숲에서 두어 시간을 보낸 다음, 반나절

이상 걸리는 가장 북쪽의 소유지로 출발했다. 정오쯤 일행은 다시 강을 끼고 달리게 됐다. 이 부근에서 강은 큰 바위들 밑에서 웅덩이를 이루었다. 솔로몬이 10년 전에 만든 댐 덕분에 커다란 웅덩이가 생겼고, 최소한 2미터 깊이의 물이 있었다. 물가에 서 있는 금련화 꽃잎이 황금색으로 빛났다.

비쩍 마른 소 떼가 나무 그늘에서 되새김질하고 있었다. 소 떼를 돌보는 소년들은 웅덩이에서 헤엄치고 있었다. 솔로몬은 생각할 겨를도 없이 마차를 세우더니, 셔츠와 룽기를 벗어 던지고 물가로 달려갔다. 그는 물보라를 일으키며 웅덩이의 가장 깊은 곳으로 들어갔다. 소년들은 낯선 어른의 출현에 놀라는가 싶더니, 누군지도 모르고 키득대며 솔로몬의 얼굴에 물을 뿌리고 헤엄쳐 달아났다. 솔로몬은 웅덩이 여기저기를 헤엄쳐 다니면서 햇살과 시원한 물의 감촉에 근심이 사라짐을 느꼈다. 어릴 적 추억이 밀려들었다. 다른 동네 아이들과 연못이나 우물가에서 물장난하던 일, 달아나는 물고기를 맨손으로 잡으려 했던 일, 추수가 끝난 후 몇 달 동안 막대기 싸움에 열중했던 일. 어린 시절처럼 춤출 수 있는 환경만 된다면, 중년의 사내도 얼마든지 그럴 수 있으련만. 그는 잠시 후 물에서 나와 햇볕에 몸을 말렸다. 소 떼와 조금 떨어진 나무 밑에 돗자리를 깔았다. 식사를 하려다가 문득 우두머리 마부를 소리쳐 불렀다. 20년간 솔로몬 밑에서 일하는 사내였다. 솔로몬은 마부에게 음식을 바꿔 먹자고 제의했다. 그는 채러티가 싸준 양고기 카레와 밥을 내주고, 마부의 밥과 망고 피클을 받았다. 어릴 때 즐겨 먹던 음식이었다. 카스트며 계급이며 지위 같은 것이 그를 이 땅에서 떼어 놓지 않았던 그 시절에.

북쪽으로 걸음을 옮기는 그들을 오후의 마법이 휘감았다. 휴식을 취한 소들은 빨리 걸었다. 거친 돌길과 황무지를 두어 시간쯤 지나자, 다시 개화된 마을이 눈에 들어왔고, 어느 마을에서나 그렇듯 개들이 사납게 짖어 댔다. 그들 앞에 비둘기 떼가 날아들었다. 먼지 낀 듯한 색깔이어서 멀리서는 잘 구분되지 않았다. 솔로몬은 이런 길을 떠날 때는 늘 갖고 다니는 총을 꺼내어 두어 발 쏘았다. 그렇게 잡은 비둘기 세 마리는 괜찮은 저녁 식삿감이 될 터였다.

 늦은 저녁, 검은 흙을 밟게 되었다. 반 시간쯤 달리면 목적지에 도착할 터였다. 마부들이 우우 소리를 내면서 꼬리를 비틀자 소들이 속력을 내기 시작했다. 주변 시골 풍경은 밋밋했고, 사방으로 목화밭이 펼쳐져 있었다. 석양이 물든 하늘에 까마귀 떼가 휙 날아들었다. 몇 분 후, 그들은 마을로 들어갔다. 마차 바퀴 자국이 깊이 팬 길 양쪽으로 진흙과 야자수와 짚으로 지은 집 열여섯 채가 있었다. 이장의 집은 다른 집보다 약간 큰 벽돌집이었지만, 마을에 있는 솔로몬 소유의 아담한 집하고는 비교가 되지 않게 초라했다. 솔로몬은 벽돌과 모르타르로 지은 방 세 칸짜리 집을 소유하고 있었다. 한때 면화가 붐을 일으켰지만 마을의 사정은 큰 변화가 없었다. 비가 적게 내려서 계속 수확이 형편없었기 때문이었다. 마을에서는 솔로몬 일행이 올 것을 예상하지 못했다. 이장 집으로 향하는 일행을 코를 줄줄 흘리는 동네 애들과 개들이 졸졸 따라다녔다. 솔로몬은 곧장 이장의 집으로 들어갔다. 마을 이장인 아파 안다바르는 지주가 올 줄은 짐작도 못한 터라, 더러운 룽기 차림이었다. 솔로몬을 보자, 돗자리에 앉아 있던 그는 얼른 일어났다.

 이장은 또 가문 한 해를 맞이할 걱정이 컸다. 흉년이면 식솔과 마을 사람들을 다 어떻게 먹이겠느냐고 한숨을 지었다. 솔로몬은 최선을 다해 아파 안다바르를 위로하려고 애썼다. 이곳은 안다바르 마을이어서, 이장은 안다바르 처녀가 욕을 당한 일을 알고 있었다. 다만 열일곱 명의 여자가 베다르와 마루다르 놈들에게 당했다고 잘못 알고 있었다. 솔로몬은 그 사건에 개인적으로 신경을 쓰고 있으니 걱정할 필요 없다고 말했다. 솔로몬이 사양할 새도 없이 염소를 잡았다. 마을 주민들은 귀한 손님을 융숭하게 대접해야 했다. 한참 후 그는 이장을 비롯한 마을 원로들과 밥과 얇게 저민 염소 카레로 식사를 했다. 사실 카레는 심황을 너무 많이 넣어 독했다. 그가 잡아 온 비둘기도 구웠지만 먹을 만한 맛은 아니었다. 아파 안다바르 부인의 음식 솜씨가 너무 형편없었다. 솔로몬은 예의를 갖춰서 야자주를 사양했다. 그가 마시지 않으면 다른 사람들 모두 마시지 못한다는 것을 알았지만, 갑자기 너무 피로가 몰려와서 어쩔 수가 없었다. 또 다음날 맑은 정신으로 일어나고 싶기도 했다.

그는 일찍 잠자리에 들었다. 집 안은 덥고 답답해서 벽돌 계단에 돗자리를 깔고 누웠다. 보름달이 높은 밤하늘에서 빛나고 있었다. 별들이 반짝이는 파도처럼 일렁거렸다. 얇은 은색 줄이 오닉스처럼 반짝이는 검은 하늘 위에 상처를 남기고 재빨리 사라지곤 했다. 오랜만에 맛보는 편안함이었다. 그는 곤히 잤다. 꿈속에서 교회 옆 바닷가에 금잔화가 줄지어 서 있었다. 바킬 페루말의 얼굴을 한 신부가 다급히 뭐라 말하고 있었지만, 솔로몬은 너무 피곤해서 주의를 기울일 수 없었다.

17

일을 마친 애시워스 신부는 평소처럼 해 지는 바닷가로 내려가 게들의 장난을 보고 싶었다. 게들은 파도가 밀려오면 허둥지둥 달아났다가 파도가 빠져나가면 멈추고, 다시 파도가 밀려들기를 기다렸다.

파도는 게들의 춤에 신경 쓰지 않았다. 게들은 용기를 내서 해변으로 나가 잠시 동안 하얗게 빛나는 모래사장을 뒤덮었다. 그런 다음 빠르거나 느리게 뒤로 물러갔다. 게들의 움직임은 물때나 파도, 날씨에 따라 달라졌다.

이날 저녁, 파도와 장난하는 게들을 바라보면서 신부는 점점 생각에 잠기게 됐다. 눈으로는 해안으로 밀려들었다가 다시 나가는 파도를 쫓았다. 침입자들이 꼭 그렇다는 생각이 들었다. 해안선을 바꿔 놓는 파도처럼 정복자들도 마찬가지였다. 그들은 잠시 머물거나 상대가 싫어할 때까지 오래 머물지만, 그들이 사라지고 난 오랜 후에도 흔적은 남는다. 영국인들이 이 나라에 언제까지 남아 있을지 알 수 없지만, 분명한 영향을 미쳤다. 그중 한 가지가 시간 개념이었다.

애시워스 신부는 처음 인도에 왔을 때 힌두식 시간 개념에 흠뻑 매력을 느꼈다. 힌두교에서는 우주가 생성과 파멸의 순환을 끝없이 겪는다고 믿었다. 각각의 주기는 창조자인 브라흐마의 생인 1백 년과 맞먹으며, 각 주기가 끝날 때는 브라흐마와 함께 우주 전체가 큰 변화 속에서 파괴된다는 것이다. 혼란기인 1백 년이 흐른 다음에는 새 브라흐마가 일어나고 주기가 다시 시작됐다. 이 주요 순환 속에 여러 부차적인 부분이 있었다. 그중 브라흐마의 생에서 하루는 지상에서의 43억 2천만 년과 맞먹는다고 했다. 브라흐마가 깨자마자 세상이 만들어졌다. 그가 잠자리에 눕자마자 세상이 파괴되었다. 브라흐마의 하루는 1천 마하유가 또는 광대한 시대로 나누어졌고, 이것이 유가[7]로 크리타, 트레타, 드바파라, 칼리로 구분되었다. 칼리유가는 기원전 3102년 2월 18일에 시작되어서 43만 2천 년간 계속될 터였다.

---

7) 힌두교의 창조설에서는 생성에서 괴멸까지를 4기로 나눈다. 그 한 기를 '유가'라고 한다.

애시워스 신부는 이 나라의 무한한 시간 개념에서 통찰력을 얻었다.

하지만 사정이 변하고 있었다. 이제 시간의 주기는 직선이고 태양과 관계되어 변하는 것이 되었다. 가끔 옛날식 시간 개념이 사라지는 느낌이 들었다. 그게 아니라면 인도인들이 1899년을 다른 나라 사람들과 똑같이 히스테릭하게 맞이한다는 사실을 어떻게 설명하겠는가?

애시워스 신부는 그런 생각에 잠겼다. 일상에 민감한 신과 변하는 혹성이 내재한 아대륙에서는 외지의 미신이 금방 뿌리를 내렸다. 그레고리안력으로 19세기 말은 수많은 인도인들의 정신에 의식, 무의식적으로 참기 어려운 무게로 짓누르기 시작했다. 20세기에는 어떤 무서운 영향력을 받게 될까?

새 세기가 다가온다는 사실 때문에 의식과 축제에 힘이 실렸다. 사제들과 점술가들만 이득을 볼 뿐, 보통 사람에게는 아무런 득이 없었다. 땅의 정신은 메마르고 바삭바삭해졌다. 성냥만 그어 대면 일은 벌어질 터였다. 결국 사건이 터졌다. 남부에 폭동이 일어나서, 카우베리와 바이가이의 곡창 지대를 비롯한 산맥 주변까지 번졌다. 킬라나드와 이웃 틴네벨리 구역이 최악의 지역이었다. 킬라나드의 주도인 멜루르 인근 마을에서 안다바르와 테바르의 계급 충돌이 있었다. 여름이 깊어지면서, 이 지역 최대 사건이 시바카시에서 일어나리라는 보도가 있었다. 시바카시에서는 나다르와 마라바르가 수십 년간 충돌했는데, 마지막 일전을 준비하고 있다고 했다.

킬라나드의 징세관 홀과 틴네벨리의 책임자는 걱정이 많았다. 다른 지역 책임자들도 불똥이 자기 관할 구역으로 튈까 걱정했다. 그런 염려를 전해 들은 총독은 회의를 소집했다. 마드라스에서 이틀 밤낮에 걸쳐 심사숙고한 후, 영국 여왕이 파견한 관리들에게 포고령이 내려졌다. 전보, 인편, 우편을 통해 각지에 지시 사항이 전달되었다.

1899년 5월 17일, 〈힌두〉 지의 주간은 '제어 불가능해지기 전에 조치를 취하는 것이 여왕이 파견한 사람들의 의무이다'라는 글을 게재했다. 이 신문은 며칠 후 체바타르의 사제관에 배달되었고, 애시워스 신부는 사설을 읽으며 한숨을 지었다. 도대체 어떻게 되는 걸까? 하지만 그는 세상사에 신경 쓸 시간이 별로 없었다. 여러 차례 연기한 끝에 피터 예수 페루말과 가족이 다음날 세례를 받게 되어 있었다. 신부는 마음속으로 다른 생각을 했다. 이 개종자는 오랫동안 성경 공부를 마친 후에 요청을 했다. 바킬 페루말은 커피를 마시면서, 기독교가 우상 숭배를 금지한다는 사실을 알고 있지만, 대부분의 마을 사람처럼 집에 가족 신전을 만들면 좋겠다고 했다. 하지만 다른 사람들이 시조나 다른 조상이나 지역 신을 섬기는 것과는 달리, 그는 우주의 아버지인 예수 그리스도에게 신전을 바치고 싶다고 했다. 평범한 일이 아님을 알지만, 새로 믿게 된 신앙에 열정적으로 빠져서 만방에 그 사실을 공포하고 싶다는 것이었다.

바킬 페루말의 진지하고 열성적인 태도에 신부는 점점 감탄하게 되었다. 체바타르의 기독교인이 예배소를 갖는 게 무슨 문제가 되겠는가? 유럽과 다른 기독교 국가에서는 흔한 일이었다. 그가 예수의 석판화를 주자, 바킬 페루말은 십자가를 새겨서 신전에 모시겠다고 말했다. 그는 애시워스 신부에게 예배소 봉헌식을 해달라고 공손하게 청했다. 세례식에 맞춰서 예배소를 준비하겠다고 했다. 신부는 그러겠다고 했다. 새 개종자의 열성에 솔로몬이 무척 놀랄 터였다. 그가 성 베드로 교회의 새 신자의 이런 열성에 감명받지 않는다면, 어떤 일도 그의 마음을 움직이지 못할 터였다.

세례식에 참석한 사람은 페루말 가족 외에 족장 솔로몬뿐이었다. 식이 끝나자, 그들은 페루말의 예배소로 향했다. 거기서 몇 사람이 기다리고 있었다. 흙과 돌로 지은 건축물의 높이는 120센티미터쯤 됐고, 변호사 집 맞은편의 반얀나무 아래 있었다. 예수 석판화가 예배소 안에 걸려 있고, 작은 램프들로 불을 밝히고 있었다. 애시워스 신부는 이 예배소가 마을에 있는 수백 개의 신전과 다르다는 것을 알아차리고 감탄 어린 미소를 지었다. 이 오래된 땅에서 주님은 얼마나 아름다운 일을 도모하시는가. 그는 봉헌 의식을 시작했다. 잠시 후 짧은 기도로 의식은 끝이 났다. 고개를 들 무렵, 매일 아침 마을에서 나는 소음이 그들을 에워쌌다. 다람쥐와 비둘기가 요란한 소리를 내면서 붉게 익은 반얀나무 열매를 서로 빼앗으려 했다. 가까이서 까마귀 떼가 날아갔다. 애시워스 신부는 성호를 긋고 참석한 사람들을 축복했다. 이제 **P. J.** 페루말은 가족 예배소를 갖게 되었다.

18

치트라 푸르나미 축제일 저녁, 인도 반도의 끝이자 처녀 여신 쿠마리의 거처인 이곳에선 장관을 목격하게 된다. 붉은색과 흰색, 검은색 모래가 깔린 해변에 모여든 수만 명의 구경꾼 눈앞에서 태양이 세 바다가 합해지는 곳으로 빠지는 순간, 바다가 핏빛으로 얼룩진다. 바로 그 순간, 보름달이 떠올라 서늘하고 부드럽게 빛난다. 불과 서리라는 신의 양면이 모두 드러난다. 주민들은 이것을 독특한 현상이라고 말한다. 하지만 코로만델 해안의 체바타르를 비롯해 열댓 군데 마을에서는, 그런 주장을 비웃는다. 그 마을 사람들은 치트라 푸르나미를 축하하러 굳이 코모린 곳까지 가지 않는다. 자기 마을 해변에 모여서, 이 마을의 모래가 가장 깨끗하며 일몰 광경 또한 으뜸이라고 뽐낸다.

무루간 사원의 책임자 수브라마니아 사스트리갈은 이해가 축제를 공식 집전하는 마지막 해였다. 일흔일곱 살인 그는 쉬지 않고 신의 자비를 명상하는 일에만 몰두하고 싶었다. 수브라마니옴! 수브라마니옴! 수브라마니옴! 그의 아들 스와미나단이 11년째 축제 집전을 거들었으니 다음 해부터는 혼자서 해낼 수 있을 터였다.

이틀 낮과 사흘 밤 동안 아주 잠시 쉬는 것을 제외하면 계속 경배자들과 승려들의 노랫소리와 함께 북이 울렸고, 사원의 종소리가 울렸다. 체바타르의 무루간을 모시는 예배는 유명해서, 사방에서 구경꾼이 몰려들었다. 오늘은 신들린 사람들이 사원까지 무루간 신을 모시는 행렬을 인도하는 날이었다. 행렬은 마을을 통과해 지나면서, 인간 형상을 취한 무루간 신을 지켜보는 신자들에게 축복을 내릴 터였다.

애시워스 신부는 신들린 사람들이 창과 '알라쿠'라는 금속 고리로 몸을 뚫는 것을 처음 봤을 때는 기절할 것 같았다. 그다음에는 매혹을 느꼈다. 그가 본 어떤 신앙 행위도 이렇게 확실히 눈에 보이는 것은 없었고, 그 광경을 볼 때마다 감명을 받았다. 하지만 그렇게 보지 않는 사람도 있음을 알기에, 무루간 축제 기간에는 교인들과 조심스레 거리를 두었다. 그러나 신들린 사람들이 연출하는 장관은 17년 동안 봤지만 지금도 정신을 아득하게 만들었다.

세기말이라 자비로운 신의 위로를 구하는 사람이 엄청나게 늘어나서, 올해는 열네 명이 알라쿠를 몸에 꿰었다. 그들은 2주 동안 성관계나 다른 사람들과의 접촉을 삼가며 신에게 완전히 집중하면서 순결을 지켰다. 이제 체바타르 강둑에 모인 군중의 중심에 이 열네 명이 있었다. 마을 남자 전원과 늙은 아낙 몇 명(젊은 여인은 의식에서 순결하지 않다고 간주됐다)이 참석했다. 다른 때와 달리 30, 40명쯤 되는 손님이 함께했다.

수브라마니아 사스트리갈은 열네 명 앞에 서서, 무루가를 찬미하는 독송을 했고, 그의 아들이 곁에서 북을 쳤다. 매년 이맘때 찾아오는 알라쿠를 뚫는 전문가도 옆에 있었다. 해가 높이 떠오르자, 신을 불러내는 주문과 북소리가 뜨거운 열기에 뒤섞여서, 소리의 성전을 연출해 냈다. 그 속에 뻣뻣하게 서 있던 열네 명의 남자는 천천히 황홀경 속으로 빠져들었다. 가운데 있던 사람은 다리를 떨더니 곧 황홀한 감각이 몸 위로 뻗치기 시작했다. 수브라마니아 사스트리갈이 알라쿠 뚫는 사람과 조수들에게 시작하라는 신호를 보냈다. 멜루르 출신의 중년 남자인 알라쿠 전문가는 잠시도 지체하지 않고, 2미터 길이의 창을 들고 황홀경에 빠진 남자에게 다가갔다. 조수들이 양팔을 붙들자 신들린 남자는 꼼짝 않고 똑바로 섰다. 알라쿠 전문가는 남자의 양 뺨을 눌러서 입이 금붕어처럼 튀어나오게 만들더니, 창을 들고 재빠른 솜씨로 정확히 뺨에 찔렀다. 나뭇잎 모양의 창 끝으로 뺨을 뚫은 그는 창을 쭉쭉 밀어 균형이 잡히게 했다.

신들린 사람은 눈을 뜨고 과정을 지켜봤지만 불편한 기색을 보이지 않았고 출혈도 없었다. 이제 여섯 사람이 몸을 떨며 황홀경에 빠졌다. 네 사람 더 창을 찌르면 한 사람이 신의 수레를 끌고 사원으로 행진할 터였다. 다른 여덟 사람은 몸에 고리를 꿰고, 화환을 걸고 성스러운 재를 몸에 바를 터였다.

알라쿠 전문가와 조수들은 민첩하게 움직였다. 창을 찌르고 싶어했던 어떤 사람은 황홀경에 빠지지 못했다. 충분히 성스럽지 않았거나 누군가의 시샘의 희생자가 됐기 때문이었다. 고리를 뀐 여섯 명은 (두 명은 그러지 못했다) 반짝이는 금속 고리로 몸을 장식하고 있었

다. 한 사람은 등가죽에 꿴 고리를 흙으로 만든 신상이 안치된 작은
수레에 걸었다. 이제 행렬은 앞으로 나갈 준비가 갖춰졌다. 구경꾼들
은 흥분의 도가니에 빠졌다. 열한 명이 접신을 했고 이렇게 많은 수
가 신들린 것은 처음 있는 일이었다. 무루간 신이 신자들을 좋게 본
다는 증거였다.

맨가슴에 성스러운 재를 잔뜩 바른 신들린 사람들이 행렬을 이끌
었다. 그들은 먼저 베다르 거주 지역으로 들어가서 무투 베다르의 집
앞에서 멈추었다. 무투의 부인 사라스와티가 그들의 발을 씻긴 다음,
무릎을 꿇고 앉아 이마를 진흙투성이 땅에 댔다. 승려들은 바나나,
코코넛 등 전통적으로 신에게 바치는 음식 접시를 받았다. 스와미나
단은 날렵하게 코코넛을 쪼개서 무투의 가족에게 돌려주었다. 음식
접시는 신들린 신자들 앞으로 돌려지다가 결국 무투 베다르의 가족
에게 돌아왔다. 이제 성스러운 프라사담[8]이 된 것이었다. 한 여인이
수레를 끄는 신들린 자 카티레사 마루다르의 귀에 대고, 어린 아들이
몹시 아프다고 간절히 속삭였다.

「걱정하지 마시오. 신께서 그대와 그대 가족과 함께 계십니다. 신
  께서 그대의 아들을 보살펴 주실 것이오.」

그가 손바닥에 재를 담아 주자, 그녀는 이마에 재를 발랐다. 행렬은
천천히 좁은 골목을 내려갔고, 집집마다 부인들이 나와서 사라스와
티 베다르처럼 신들린 자들을 경배했다.

애시워스 신부는 10년째, 강독에 나가는 대신 아나이칼을 거닐며
행렬이 마지막으로 사원에 접어드는 광경을 지켜보기를 좋아했다. 몇

---

8) 신 또는 성자에게 바치는 음식물. 특히 과일. 이것을 먹는 사람은 축복을 받
는다고 함.

년째, 행렬이 잘 보이는 곳에 솔로몬과 함께 나와서 구경해 왔다. 신부는 족장의 집으로 가서, 함께 행렬 구경을 가자고 청하기로 했다.

솔로몬은 베란다에서 그를 기다리고 있었고, 두 사람은 한가로이 거닐었다. 그들은 아나이칼로 접어드는 굽이를 막 돌다가 우뚝 멈춰 섰다. 거의 동시에, 길을 막은 구조물을 보았다. 순간 어리둥절했지만, 그들은 앞에 뭐가 있는지 알게 되었다. 그 순간, 두 몸이 한 몸인 듯 내달리기 시작했다. 애시워스 신부는 이렇게 달릴 수 있으리라고는 짐작도 못했을 정도로 빠르게 50미터쯤 달렸다. 밤에 급히 대나무와 짚으로 만들어진 칸막이가 바킬 페루말의 집에서 건너편 예배소까지 가로막고 있었다. 아무도 그 길로 지나가지 못하도록 막은 것이었다. 애시워스 신부는 밀려드는 공포감을 느끼며, 바킬 페루말 일가가 왜 그렇게 개종하려고 안달했는지 처음으로 알아차렸다. 솔로몬이 먼저 예배소에 닿았다. 하지만 이미 늦어 버린 듯했다. 분노에 찬 목소리들이 터져 나오고 있었다. 그들이 장벽을 돌아간 순간, 덩치가 큰 무투 베다르가 바킬 페루말을 후려갈기는 광경이 눈에 들어왔다. 변호사 편 두어 명이 달려갔지만 무투는 그들을 밀치고 땅에 나뒹구는 바킬 페루말에게 손을 뻗었다. 그 순간, 솔로몬이 다급히 소리쳤다.

그들 뒤에는 치트라 푸르나미 행렬이 멈춰 서 있었다. 솔로몬은 즉시 조치를 취해야 했다.

「그 자식 때문에 그럴 것 없소. 내가 처리하겠소.」

솔로몬이 소리쳤다.

무투가 족장의 제안을 심사숙고하는 것만이 긴장을 해소할 최선의 방책이었지만, 그는 자제심을 잃었다.

「이 천하디천한 자식, 내가 너와 네 더러운 가족들의 뼈를 갈아 마시지 않으면 성을 갈겠다.」

무투가 분노를 터뜨렸다. 그는 족장에게 침을 뱉었다. 느릿느릿 시간이 흘렀다. 침이 솔로몬의 셔츠에 천천히 흡수되었다. 아무도 움직이지 않았다. 오랜 세월에 걸쳐 원한이 쌓인 무투는 벼락같이 소리치면서 솔로몬에게 달려들었다.

무투는 한 걸음 떨어진 곳에 있었고 체구가 건장했지만, 솔로몬의 잽싼 몸놀림은 여전했다. 솔로몬은 무투가 달려들자 살짝 피하며 그를 밀었다. 무투는 앞으로 나가던 힘과 솔로몬의 밀침 때문에 길바닥에 얼굴을 박고 말았다. 곧 솔로몬이 그에게 다가가 멱살을 쥐고 제압했다. 그는 무투의 귀에 대고 조용히 말했다.

「이 검은 코뿔소 같은 자식아, 오랜 세월 너와 네 밑에서 일하는 늑대 같은 놈들을 두고 보며 참은 것은, 평화를 유지하고 싶었기 때문이다. 너는 온 마을 사람들 앞에서 나를 모욕했으니, 그 대가를 톡톡히 치를 것이다. 너와 무리들에게 떠날 준비를 할 시간을 한 달 주겠다. 그때까지 떠나지 않으면, 네가 네 창녀 에미 자궁에서 나온 것을 후회하게 해주겠다.」

무투는 빽 소리를 질렀다. 입에서 지근지근거리며 모래가 씹히고, 시큼한 굴욕감이 밀려들었다.

「내 너를 뼛가루로 만들겠다고 말했으니, 꼭 그렇게 해주겠다. 난 이 마을에서 떠나지 않아. 너와 구린내 나는 네 식구들이 떠나지 않으면 끝장날 줄 알아.」

「누가 떠나고, 누가 까마귀와 늑대를 위해 축제를 여는지 두고 보자구.」

모든 일이 너무 빨리 일어나서, 누구도 끼어들 틈이 없었다. 감히 끼어들 자도 없었지만. 솔로몬은 무투의 멱살을 놓고 일어나, 뒤도 돌아보지 않고 바킬 페루말이 서 있는 장벽으로 갔다. 족장은 한마디 말도 없이 변호사를 후려갈겼다.

「넌 우리 카스트 계급과 마을의 불명예야. 너와 가족이 해 질 녘까지 가산을 챙겨서 떠나지 않으면 내쫓길 줄 알아.」

솔로몬은 신들린 자들을 뒤쫓던 무리 중 몇 사람에게 장벽을 거두라는 신호를 보냈다. 장벽이 무너지자, 그는 예의를 갖춰 승려들과 행렬에게 축제를 계속하도록 권했다. 다시 북소리가 울리기 시작했고, 창과 고리를 꿴 신들린 사람들과 행렬은 예배소를 비켜서 무루간 사원으로 행진했다. 그중에는 심통난 무투 베다르도 끼여 있었다.

그날 저녁, 체바타르에 온 후 처음으로 애시워스 신부는 치트라 푸르나미의 월출을 보러 해변으로 내려가지 않았다. 대신 안전한 사제관에서 달 구경을 하기로 했다. 아침나절의 충돌은 다른 사람에게도 경고가 됐는지, 해변에 나온 사람 수가 적었다. 풍경만은 대장관이었다. 해가 바다의 목구멍 속으로 쑥 들어가자, 사람이 만든 것 같은 커다란 달이 하늘 위에 매달렸다.

19

그해 체바타르에는 여름이 빨리 찾아왔다. 이른 아침부터 허연 해가 하늘과 밀밭이 이글이글 타오를 때까지 뙤약볕을 내리쬐었다. 그런 후에는, 화풍(火風)이라고 알려진 바람이 황무지에서 불기 시작해, 실려 온 모래와 열기 때문에 숨 쉬기도 힘들 지경이었다. 아침나절인데도 뜨거운 공기 속에서 나무와 바위, 건물은 화염에 휩싸인 듯 이글거렸다. 염소 떼까지 더위를 피할 곳을 찾아서 더러운 물 웅덩이에 몸을 4분의 3쯤 담그고 앉아 있거나, 나무 그늘에 웅크리고 있었다. 타는 것 같은 풍경 속에서 유일하게 움직이는 것은 검은 전갈과 몸이 긴 불개미와 검은 개미뿐이었다. 그것에 물리면 남자 어른도 눈물을 흘렸다.

짧은 밤이 약간의 휴식을 주었다. 밤이면 낮에 달궈진 흙과 바위에서 열기가 더운 공기로 빠져나갔다. 그리고 새벽 여섯시면, 해가 다시 나와 이글거리기 시작했다.

부대표관 베다르는 5월 대부분을 무투와 솔로몬 사이를 오가면서 화해시키려고 노력했다. 다행스럽게도 솔로몬이 정한 기일인 월말이 지나갔다. 바킬 페루말이 치트라 푸르나미 축일 직후에 체바타르에서 종적을 감춘 이후 다시 나타나지 않은 것이 도움이 됐다. 애시워스 신부도 족장이 협박을 이행하지 않도록 설득했고, 별 탈이 없자 부대표관만큼이나 안도했다.

1899년 6월 6일, 체바타르의 이웃 지역인 시바카시 읍 관내에서 가장 큰 사건이 벌어졌다. 체바타르에도 한층 긴장감이 고조되었다.

무투 베다르는 솔로몬 도라이에게 최후통첩을 보냈다. 6월 15일 해 질 녘까지 마을을 떠나지 않으면, 베다르 계급에게 톡톡히 당하리라는 통고였다. 솔로몬은 전갈을 가져온 사람을 쓰러지지 않을 정도로 때렸다. 그리고 사람을 시켜 비슷한 내용의 최후통첩을 보냈다. 무투가 6월 15일 이후에도 체바타르에 남아 있다간 후회하게 될 거라고.

무투는 예상했던 반응이어서 준비를 시작했다. 그를 지지하는 이웃 마을의 여러 카스트 계급 마루다르, 팔란, 테바르에게 합세하자고 청했다. 그는 땅과 전리품을 주겠다고 약속했다. 무투는 동족인 부대표관 베다르와 만났다. 부대표관에게, 시킨 대로 하지 않으면 체바타르 족장과 같은 운명에 놓일 거라고 포고했다.

홀 징세관은 작은 마을을 돌아보고 멜루르로 막 돌아온 순간, 주교에게서 급한 전갈을 받았다. 체바타르 교구 책임자로부터, 곧 조치를 취하지 않으면 시바카시처럼 무서운 폭동이 마을에서 일어날 거라는 소식을 들었다는 내용이었다. 홀 징세관은 그 구역의 경찰서장과 경찰관과 하인을 각각 두 명씩 거느리고 출발했다. 체바타르까지 여정의 3분의 1쯤 갔을 때 무슨 일인지 우마차 행렬이 좁은 길을 꽉 막고 있었다.

키가 크고 후리후리한 체격에 얼굴에 검버섯이 핀 너새니얼 홀은 말에 앉아서 분통을 터뜨렸다. 길 양쪽에 바위들이 튀어나와서 장애물을 돌아서 갈 수도 없었다. 경찰서장이 부하 둘을 미리 보내 마차 행렬을 치우려 했다. 더위가 심했다. 홀의 목덜미에 땀이 흘러 옷깃이 다 젖었다. 카키색 셔츠의 등판과 겨드랑이가 땀투성이였고 얼굴에도 땀이 비 오듯 줄줄 흘렀다. 맙소사, 정말이지 이 나라가 싫었다! 여기 머문 지난 7년간 매순간마다 이 나라를 끔찍해하며 보냈다. 더위도 파리 떼도, 추하게 생긴 시꺼먼 사람들도, 일도 동료도 다 싫었다. 커다란 파리 한 마리가 얼굴 주위를 맴돌더니 얼굴에 살짝 내려앉았다. 홀은 사나운 손짓으로 파리를 쫓았다. 바로 그때 앞에 있는 소가 꼬리를 들더니 연이어 푸르뎅뎅한 똥을 흘리는 것이었다. 고약한 냄새가 코를 찌르자, 그나마 남아 있던 자제력이 한계를 넘었다. 그는 말에 앉아 있는 인도 경찰관 두 명에게 몸을 획 돌리며 쏘아붙였다.

「당장 움직이게 하라! 소 한두 마리를 쏴버리면 어떻게 해야 할지 알게 될 테지.」

경찰서장 프랭클린이 침착하게 말했다.

「인도에서는 소에게 총을 쏘면 안 됩니다.」

머리칼이 누런 프랭클린은 인도에서 사반세기를 지내며 이 나라의 리듬에 푹 빠진 사람이었다. 그는 좀체 언쟁을 벌이지 않고 목소리를 높이는 법도 없었다. 겉으로는 침착하지만 속은 대단한 성질의 소유자라는 소문이 자자했다. 홀은 프랭클린과 가까이 있을 때는 조심했다. 그는 곧 명령을 바꿨다.

우마차들이 갑자기 움직이기 시작하자, 홀은 말을 앞으로 나가게 했다. 체바타르에 닿으려면 말을 타고 이틀을 가야 했고, 홀은 재수가 더럽게 없다고 불평했다. 하필 관할 지역 중 가장 끄트머리에서 문제가 일어날 건 뭔가? 게다가 원주민이 수백 명 죽는다고 퉁퉁한 두꺼비처럼 생긴 총독이 왜 마음을 쓸까! 홍수, 가뭄, 기근, 전염병, 폭동이 끊임없이 일어나며 사람들이 죽는 마당에. 어찌 보면 비참하게 연명하느니 죽는 게 나을 수도 있는 것을.

20

그들은 타마린드나무숲에서 한낮의 더위를 피해 쉬기로 했다. 하인들이 접이식 식탁과 의자를 펴서 영국인 상관들에게 점심 식사를 차려 주었다. 프랭클린은 성품이 과묵한 사람이었고 홀은 말할 기분이 아니어서, 식사 내내 조용했다. 식사를 마치자 프랭클린은 저녁거리를 구할까 해서 총을 들고 숲을 돌아다녔고, 홀은 남아서 상념에 잠겼다. 나뭇잎의 움직임조차 없이 햇빛이 땅에 사정없이 내리꽂혔다. 징세관은 얼굴을 찌푸렸다. 그러니까 이렇게 되려고 30년을 발버둥쳤구나. 그간의 모든 분노와 절망과 불행이 고작 여기까지 이끌고 온 셈이구나!

마침내 킬라나드 징세관으로 승진됐을 때 홀은 무척 기뻤다. 잉글랜드의 4분의 1 크기인 지역의 수십만 인구를 다스리게 되었으니. 하지만 환상은 오래가지 못했다. 주도인 멜루르는 형편없는 곳이었고, 킬라나드는 정부에서 중요하게 꼽는 지역이 아니었다. 그곳에는 마음이 잘 맞는 영국인 동료도 없었다. 이제 딱 1년 동안 버텼지만 고문이 따로 없었다. 사직서를 던지고 영국으로 돌아가지 않는 것은, 그렇게 하면 패배를 인정하게 된다는 생각 때문이었다.

옥스포드에서 인도청 수습 기간을 마친 직후인 스물세 살에, 홀은 아버지에게 편지를 썼다. 아버지는 1년에 8개월간 보슬비가 내리는 켄트의 작은 교구 신부였다. '아버지의 패배의 땅인 영국에 돌아올 의사가 없으므로, 다시는 저를 보지 못하실 겁니다. 안녕히 계십시오. 지긋지긋한 고국의 기쁨을 누리시길.'

심한 내용이었지만, 홀은 이런 편지를 쓰는 게 옳은 일이라고 믿었었다. 고국을 떠난 후 휴가 때 한 번도 영국에 돌아가지 않았다. 심지어 잠시 방문한 적도 없었다. 그에게 창피를 주고 망하게 한 나라에 가고 싶은 마음이 없었다.

너새니얼 홀은 지독히 가난한 오스틴 홀 신부의 집안에서 태어난 것이 불운의 시작이라고 생각했다. 출생 이후 한결같이 끔찍했다. 불우한 어린 시절, 그가 싫어했던 두 명의 형제자매, 싫었던 초등학교 시절. 학교에서 친구를 한 명도 사귀지 못했고 선생들은 그를 좋아하지 않았다. 하지만 반에서 일등을 하겠다는 의지로 열심히 공부해서, 크라이스츠 호스피털 사립 학교에 장학생으로 들어갔다. 그는 파란 교복과 노란 스타킹 차림으로 감사하며 학교에 다녔다. 학교에서 처음으로 인도를 알게 되었다. 하지만 인도 폭동과 식민지 건설의 무용담은 순간적인 인상만 남겼을 뿐이었다. 크라이스츠 호스피털에 입학한 후 3주일쯤 지났을 때 영국의 계급 제도는 다시 한 번 그에게 방어적인 태도를 취하게 했다. 장학생은 진짜 학생 취급을 받지 못했

으며, 크리켓이나 축구를 잘하지 않으면 곧 왕따가 되어 남학생들만
이 만들어 낼 수 있는 교묘한 괴롭힘을 당했다. 매일 자신의 불우한
처지를 되새기게 된 홀은 다시 한 번 복수심으로 책에 매달렸다. 학창
시절 내내 일등인 공붓벌레가 되었고, 열여덟 살 때는 케임브리지 대
학의 지저스 칼리지의 고전학과 장학생이 되었다. 비참한 가족이 그
의 이런 모습을 보기를 바랐지만, 물론 가족에게 보여 주지 않았다.

　불행히도 케임브리지 역시 그를 대단한 인물로 보지 않았다. 계급
의식이 어느 곳보다 심한 곳이었으니까. 인도에 가겠다는 생각이 신
의 계시처럼 떠오른 곳도 바로 케임브리지에서였다. 인도청은 여전
히 엄청난 특권을 누렸고, 세계에서 가장 높은 봉급을 받는 관청이었
으며, 너새니얼 홀로서는 영국 탈출 기회를 얻을 수 있었다. 게다가
백인을 경배할 맹종적인 원주민들 위에 군림할 수 있다는 것이 무엇
보다 큰 장점이었다. 그는 기말고사를 아주 잘 치렀지만 기회를 얻지
못했다. 몇 년 전, 인도청이 중산층 출신에게도 지원 자격을 주자 주
입식으로 입시 공부를 시키는 교사들이 생겨났다. 그들은 경쟁이 심
한 시험에 통과하기를 간절히 원하는 지원자들을 관리했다. 홀은 여
름 방학 동안 일을 해서 모은 돈으로 런던의 '렌 학원'에 등록했다. 렌
은 필기 시험 통과자를 많이 내는 입시 학원이었다. 홀은 높은 점수
를 땄지만, 구술 시험에서 탈락할 뻔했다. 누구나 받는 질문인 '왜 인
도청에 들어오고 싶은가'라는 질문에 솔직하게 '돈을 벌고, 영국을 떠
나고, 원주민을 함부로 대하기 위해서'라고 대답할 뻔했다. 하지만
한평생이 걸린 중요한 시기에 운이 닿았는지 그런 말이 나오지 않았
다. 그는 시험관들이 듣고 싶어하는 대로 대답했다. 인도에서 할 일
이 많으며, 인도청의 영광스러운 전통을 힘껏 지키고 싶다고. 통과가
되었다.

옥스퍼드에서의 수습기가 이어졌고, 그 기간 동안 홀은 인도어 발음과 법률, 고대 인도 역사를 열심히 공부했지만, 이상하게도 인도의 행정 제도에 대해서는 별로 공부하지 않았다. 이미 목표를 달성했으니, 그런 과목을 공부할 마음이 들지 않았다. 홀은 '케임브리지는 옥스퍼드에서 보낸 사람들에 의해 세워졌다'라든가 '케임브리지 사람은 세상이 자기 것인 양 활보하고, 옥스퍼드 사람은 세상을 소유한 사람들을 아랑곳하지 않고 걷는다'라는 지방색 어린 비방에는 반응하지 않았다. 이제 곧 이런 멍청이들을 뒤로하고 떠날 터였다. 1천 명이수억 인구를 다스리는 나라 인도에는 그따위 인간들은 보지 않게 될터였다. 귀찮은 점이 있다면 승마 수업을 받아야 한다는 사실이었다. 그는 딱딱한 말 잔등이 싫었다. 매번 말은 장애물에 부딪쳐서 그를 골탕먹였다. 그런 사실이 곧 인도청 승마장에 보고됐지만, 다행히 인도에 파견되는 요건에 장애물 넘기는 들어가지 않았다. 나중에도 승마가 좋아지지 않았고, 그가 업무를 싫어하는 이유가 되었다.

승마를 잘 못하니 말에서 내려올 때마다 마음이 놓였다. 그래서 라니부르 외곽의 엉성한 오두막집들이 보이자, 홀 징세관은 반가웠다. 점심 식사 후 더위 때문에 완전히 기진맥진했지만 한참을 더 달려 여기까지 왔다. 일행 모두 씻고 먹고 쉬고 싶은 마음이 간절했다. 그들은 말을 채근해서 복잡한 길을 달렸다. 마침내 혼잡과 먼지에서 벗어나자, 속력을 늦춰서 회벽한 벽돌 건물 단지를 지났다. 그곳에 대리 징세관을 비롯해 그의 직속 부하들의 사무실이 모여 있었다. 몇백 미터 떨어진 곳에는 돌무덤처럼 허연 감옥도 있었다.

대리 징세관 크리스 쿡이 관사에서 일행을 맞이했다. 그는 홀의 취향대로 모든 게 편안히 갖춰지도록 준비하기로 했다. 쿡은 혼자서 살기에는 크다 싶은 넓은 방갈로에 살았다. 하지만 널찍한 거실과 식당, 네 개의 침실은 손님을 맞을 경우에 유용했다. 하급직인 그가 이런 관사를 가진 것이 드문 일이긴 했지만, 쿡은 그 지역에서 유일한 유럽 인 관료여서 이런 방갈로를 관사로 쓸 자격이 있었다. 다른 지역에서 영국인 지역 관료들이 누리는 생활과 비교할 때, 그의 유일한 특권은 큰 관사뿐이었다. 하지만 쿡은 불행하지 않았다. 그는 지역의 역사와 고고학적인 측면에 관심이 많았고, 함께 일하는 인도인들이나 주민들과 잘 지내고 싶어했다. 쿡은 공정하게 일하려고 노력했고, 많은 영국인들과는 달리 인도인을 좋아하고 존중했다. 휴가 때 고향에 가고 크리스마스에 마드라스나 봄베이에서 1주일간 머물며 젊은 영국인들과 어울리는 것으로 유럽 인들과 함께 지내고 싶은 욕구는 충족되고도 남았다. 세계 어느 곳에서도 찾아볼 수 없는 인도의 다양한 구경거리에 그는 푹 빠졌다. 쿡은 최대한 많이 인도에 동화되고 싶었다.

징세관의 방문은 중요한 사건이었다. 홀 일행이 라니부르에서 겨우 하룻밤 묵어가지만, 쿡은 어떻게 접대해야 할지 고민했다. 홀을 알기에 관료 클럽을 주선할 수 없었다. 이 지역의 관료 클럽은 인종 분리가 되지 않는 모임이었으니까. 손님들이 편안하게 묵어가도록 주인 역할을 해야 했다. 유명한 라니부르 교회의 담당 신부는 부인이 병이 나서 올 수 없다고 미리 말했고, 그의 부하 직원은 여행 중이었다. 키드라는 영국-인도 혼혈인 경관은 20킬로미터 떨어진 마을에서 일어난 살인 사건을 조사하러 나가 있었다. 그러니 쿡 혼자 손님을 접대해야 되는 셈이었다. 하긴 다른 사람들이 있다 해도, 징세관이 인도인들과 시간을 보내는 것을 좋아할지는 의문이었지만.

그들은 저녁 식사를 위해 옷을 갈아입었다. 쿡은 라니부르처럼 더운 곳에서 정장을 하고 식사하는 게 어처구니없는 짓이라고 생각했지만, 홀은 정장을 하고 싶어했다. '2주간의 기밀 보고'가 무리 없이 통과되려면, 쿡은 징세관이 원하는 대로 해주는 게 상책일 터였다. 일곱시 30분 정각, 밖은 아직도 훤한 가운데(식당에 두꺼운 커튼을 치고) 그들은 멋지게 조각된 티크 식탁에 둘러앉았다. 쿡이 감옥에 의뢰해서 만들어 온 것이었다. 첫 코스가 나올 즈음, 정장 재킷과 검은 타이를 맨 그들은 땀을 흘리기 시작했다. 관사의 요리사는 쿡이 전임자에게 인계받은 인도인이었는데, 유럽 음식을 잘 만들었고 카레 수프 솜씨도 아주 뛰어났다. 음식 접시를 치우자, 쿡은 어색한 분위기를 무마시킬 심산으로, 남자 모임의 단골 화제인 사냥 이야기를 꺼냈다. 그는, 지난달에 쿠다파 지역에서 호랑이 한 마리가 마을 사람을 물어서 마구 흔들다 공중에 던졌는데, 그 사람이 나뭇가지에 부딪쳐서 앞니가 부러졌다는 이야기를 하기 시작했다.

「다행히 나무에 꼭 매달려서 목숨은 구했다고 합니다.」

「쿠다파는 훌륭한 사냥 지역이지요.」

프랭클린이 거들었다. 이 호리호리한 경관은 사냥을 좋아해서 점점 말수가 많아졌고, 그들은 돌아가면서 다양한 사냥 관련 이야기를 하기 시작했다. 몇 분 지나자 쿡은, 홀이 자신이 말할 차례가 오면 점점 짜증스러워한다는 걸 알아차렸다. 홀은 유머 감각을 발휘하려고, 이웃 주에 사는 괴짜 치안 판사와 관련된 사건들을 이야기했다. 판사는 뱀을 어찌나 무서워하는지 낮에도 하인한테 등불을 들고 앞에서 걷게 한다고 했다.

「그걸로도 모자라서, 하인의 발자국만 밟는다니까!」

쿡이 씩 웃으며 말했다.

프랭클린이 말했다.

「그 말씀을 들으니, 관사의 쥐를 무서워한 한 징세관 얘기가 생각나는군요. 그 양반은 고양이를 많이 들여놓기로 작정했답니다. 한데 막상 고양이들을 데려다 풀어놓으니, 이놈들이 쥐 잡는 데는 관심이 없고 닭이나 오리 같은 걸 더 좋아했지요. 그리고 가장 좋아하는 것은 코코넛이었대요. 그래서 쥐 잡는 일을 그만뒀을까요? 그렇지는 않았다더군요. 저번에 들은 바로는, 그 양반은 고양이와 쥐 모두를 해결할 수 있는 커다란 올빼미를 어디서 구할 수 있는지 알아내려고 애쓰고 있답니다……」

쿡은 킬킬 웃고 나서, 여행하다가 함께 방갈로에서 잠을 잔 어느 판사의 잠자리 습관에 대한 이야기를 꺼내려는 순간, 홀의 꾹 다문 입매를 보고는 아차 했다. 한동안 침묵이 흐르자 쿡은 참기 힘들었다. 옥스퍼드에서 공부한 과목 중에 고고학이 있었는데, 화제로 삼을 만할 것 같았다.

「틴네벨리에 있는 아디칼라누르를 방문해 보신 적이 있으십니까?」

「아니.」

홀이 짧게 대꾸했다.

「저는 가봤는데 매혹적이더군요. 출토된 단지들 속에 동전과 공예품, 보석류가 들어 있었습니다. 사람들이 이 땅에서 살다가 떠난 지 수세기가 흐른 후에도 기억에 남겨지는 것을 보면 흥미롭지요. 고고학자들과 인류학자들은 회색 석기 문명이다, 적과 흑 도자기 시대다, 그런 말을 하지만…… 이렇게 일상생활에 쓰이며 관심을 끌지 않던 것들이 우리보다 훨씬 오래도록 이 땅에 남게 되는 것을 보면 우습지요.」

쿡은 더듬더듬 말을 이었다.

「지금부터 일 세기 후에 사람들이 우리를 어떻게 기억하게 될지 궁금합니다. 어쩌면……」

그는 들고 있던 포크를 뒤집어 보면서 말했다.

「'셰필드 철기 문화'라고 부를지 모르지요.」

그는 웃음을 터뜨렸다. 재치 있게 말해 놓고 너무 크게 웃은 듯했다. 고개를 드니, 홀은 못마땅한 기색이 역력한 표정이었다.

너새니얼 홀은 이 젊은 부하 직원이 늘 맘에 들지 않았다. 쿡은 그가 전에 움찔했던 모든 것을 드러냈다. 윈체스터, 옥스퍼드, 인도청 제3세대, 편안하고 영특하게 잘생긴 외모, 인도에 흠뻑 빠진 일면, 뛰어난 일 솜씨, 훌륭한 승마 솜씨, 부하들에게 인기 있고 상사들에게 좋은 평가를 받고. 홀은 쿡과 근무할 때, 아무리 애써도 그의 잘못을 찾을 수 없었다. 쿡은 기밀 보고서를 정확하게 잘 썼고, 관할 구역을 잘 다스렸으며, 보기 좋게 공손했다. 하지만 그렇다고 좋게 보이지 않았다. 특히 이런 때는. 셰필드 철기 문화라니!

「쿡, 체바타르 상황을 어떻게 평가하는지 말해 줄 수 있을 것 같은데?」

「네, 물론입니다. 아시는 바와 같이 저희가 걱정한 것은 체바타르 문제가, 오십 년대 트라반코르에서 일어났던 어처구니없는 사건으로 폭발할 수 있다는 점이었습니다. 아시겠지만, 천민인 수드라 계급이 관습을 부정한다면서 수드라 하부 카스트 계급 여성들의 상의를 찢으며 돌아다녔던 사건이 있지 않습니까. 당연히 시바카시 총독님도 그걸 걱정하시겠지요!」

「그럼, 당연히 다 알지.」

홀이 퉁명스레 대답했다.

쿡은 홀 징세관이 식사 때마다 상대를 불편하게 만드는 사람인지 궁금했다.

「간략히 말씀드리자면, 제가 보는 바로는 그 지역의 유지 가족과

라이벌 가족 사이에 일어난 우위 다툼인 듯합니다. 토지 문제까지 관련된다고 믿습니다. 카스트 계급 충돌이니 하는 것은 진짜 문제를 가리기 위한 연막에 불과합니다. 부대표관은 갈등이 곧 터질 거라고 생각합니다. 특히 족장은 헛수작을 참지 않을 사람이기에 그렇습니다. 부대표관은 족장 집안인 도라이 일가 덕분에 체바타르에 계급 폭력 사건이 없었다고 말했습니다. 저도 족장 솔로몬을 몇 차례 만나 본 적이 있는데, 상당히 깊은 인상을 받았다고 말씀드리지 않을 수 없습니다. 저희가 거기 가는 것은 힘을 보여 주기 위해서입니다. 물론 최근 사건에 대한 조사도 해야겠지요.」

홀이 대꾸했다.

「우린 사실을 파악하지 못할 거야. 원주민들은 하나같이 멀쩡한 얼굴로 거짓말을 하니까. 어쨌든 거기 있는 우리 쪽 사람이 상황을 제대로 파악하면 좋겠구먼. 시바카시 총독께서 몹시 심려하시니까. 틴네벨리 징세관이 사임했고 그 지역에 일이 터질 상황이어서 군대가 급파되었지. 설마 여기서도 그렇게 되길 원하진 않겠지.」

세 사람은 이곳 상황을 생각하자 우울해졌다. 한참 포크와 나이프가 그릇에 부딪치는 소리만 흐른 후, 홀이 입을 열었다.

「자네는 체바타르에 있는 우리 쪽 사람을 믿나? 부대표관이라는 자 말이야.」

「네, 믿습니다. 영리하고 야심 찬 사람입니다. 파벌 의식과 계급 의식의 편견을 가지지 않은 사람으로 생각됩니다.」

「나도 그러리라 생각하네. 영국 정부를 위해 일하는 사람은 카스트 계급에 공감해서는 안 되지. 이게 다 무슨 일인지 몰라! 형편없는 무리의 원주민이 제멋대로 수많은 신 중 하나를 핑계 대면서 온갖 종류의 환상적인 규칙을 만들어서, 똑같이 형편없는 다른 무리의

원주민을 찍어 누르다니. 평생 이렇게 쓸데없는 짓거리는 처음 들
어 본다니까.」

쿡은 한마디 해주고 싶었지만, 저녁 내내 징세관의 비위를 많이 상
하게 했으니 그냥 입을 다물었다.

홀은 엷은 미소를 지었다. 그가 식탁을 둘러보며 말했다.

「자네도 수습 기간 중에 서스턴의 '남부 인도의 카스트 계급과 부
족'을 읽어야 했나? 아홉 권짜리 책이었지. 대단한 책이었어. 원주
민 대부분은 난교를 벌일 거야. 어떤 관습은 상당히 지저분하지만,
난교라는 멋진 관습 한 가지가 나머지 것들을 상쇄하고도 남는다
니까!」

홀은 캐러멜 커스터드를 먹기 시작했다. 쿡은 '정말 불쾌한 인종 차
별주의자!'라고 속으로 외쳤다. 저러니 인도 폭동이 일어났지.

잠시 침묵이 흐른 후, 홀이 다시 말했다.

「한데 아주 이상한 것은, 수염을 기르고 이마에 카스트 표시를 찍
은 높은 카스트 계급이 감히 우리 영국인들을 더럽다고 생각한다
지 뭔가! 이 나라 때문에 많이 놀란다니까.」

쿡은 화가 났지만 이유를 제대로 모르니까 그런다고 생각했다. 그
는 어렵사리 입을 다물고 있었다. 다행히 홀은 심술이 쑥 들어갔는지
별말이 없다가 잠자리에 들었다.

21

오전 열한시경, 홀 징세관은 미낙시코일의 부대표관 사무실 책상
에 자리 잡고 앉았다. 여기까지 오면서 그의 기분은 나아지지 않았
다. 그는 프랭클린, 쿡과 함께 긴 시간 동안 부대표관을 조사했고, 체

바타르가 모든 면에서 잘 관리되고 있다고 안심했다. 홀은, 조사가 금방 종결될 수 있을 테니 끔찍한 이곳을 떠나 더위와 먼지와 파리 떼를 피할 수 있겠다고 생각했다.

먼저 애시워스 신부가 소환되었다. 그는 흰 사제복 차림으로 나타났다. 가장 좋은 옷이었지만, 이럴 때 어울리는 차림이 아니었다. 그가 방에 들어서자 쿡은 웃으면서 맞이했다. 그는 애시워스 신부를 좋아해서, 이 지역에 올 때면 함께 시간을 보내려고 애썼다. 쿡은 신부가 상당히 아는 게 많다는 것을 알았다. 홀의 반응은 완전히 반대였다. 그는 전에 관할 구역을 순회할 때 신부를 만난 적이 있었다. 애시워스 신부가 인도인들에게 연민을 가진 것도 마음에 들지 않았지만, 신부에 대한 타고난 반감을 가졌기에 더군다나 싫었다. 게다가 관료의 공통점이기도 하지만, 홀 징세관은 애시워스 같은 사제들이 지역 일에 참견하고 인도인들을 기독교인으로 개종시켜서 통치를 더 어렵게 만든다고 믿었다. 그 밖에 무슨 일을 하는지야 하나님만 알 테고. 이교도들은 미신 속에 빠져 살고 죽게 되어 있다. 여기서 주님의 언약이 무슨 소용이 있을까? 그들을 세련되게 만들 수 있을까? 백인으로 만들 수 있을까? 홀은 애시워스 신부의 사제복이 찢긴 것을 알아챘다. 또 신부에게서 카레 냄새가 풍겼다. 카레를 먹는 신부라니! 신부가 의자에 앉자, 가벼운 인사도 없이 절차가 시작되었다. 신부는 아는 대로 사건을 순차적으로 설명했다. 안다바르 남자 둘이 무루간 사원에 들어가려 한 일, 복수로 안다바르 아가씨가 욕을 당한 일, 그 결과 아가씨가 자결한 일, 치트라 푸르나미 축제 사건, 그리고 6월 15일로 예정된 임박한 충돌. 홀은 애시워스의 걱정을 조소했지만, 신부의 말소리는 점점 격렬해졌다. 결국 관료들은 다른 참고인 조사가 끝난 후 그와 다시 면담하겠다고 말했다.

다음으로 소환된 사람은 솔로몬 도라이였다. 그는 일곱 사람을 대동했다. 그 많은 사람이 작은 방에서 움직일 수도 없었기에, 징세관은 관리들과 조사 대상자를 제외한 사람들을 내쫓았다. 남은 사람들이 자리를 잡자, 쿡이 족장에게 가족의 안부를 물었다. 그는 솔로몬의 큰아들이 머리가 뛰어나다는 것을 기억했다. 쿡은 상관이 조바심내는 것을 눈치 채자 얼른 잡담을 마무리 짓고 조사를 시작했다. 솔로몬은 신부와 같은 말을 했다. 한 가지 중요한 내용만 달랐다. 그는 체바타르에서 더 이상의 문제는 없을 거라고 단언했다. 아무리 찔러봐도 그의 말은 달라지지 않을 것 같았다. 더군다나 부대표관의 지원을 받고 있으니, 그의 견해를 반박하려는 사람이 없었다.

무투 베다르가 들어오자, 사무실 천장이 낮아서 머리가 닿을 듯했다. 말끔하게 손질한 옷차림을 한 그는 당당해 보였다. 족장처럼 그역시 무리를 이끌고 왔지만, 이제 조사받는 사람만 사무실에 들어갈수 있다는 지시가 내려진 터였다. 무투의 묵직하고 반듯한 태도는 조사관들의 호감을 끌어냈다.

정오가 되자, 무투의 조사를 마친 영국인들은 더위가 덜한 오후 늦게까지 쉬기로 했다. 그들은 읍내 외곽의 코코넛 숲에 친 천막으로 돌아갔다. 하인들이 말을 데려가자 그들은 씻고 점심을 먹으려고 앉았다. 닭고기 구이와 그레이비 소스, 감자에 캐러멜 커스터드가 준비됐다.

디저트를 먹으면서 홀이 쿡에게 물었다.

「그래, 자네 생각에는 누가 거짓말을 하는 것 같은가?」

「신부의 걱정이 공연한 것은 아닌 듯합니다.」

쿡이 조심스레 대답했다.

「그렇긴 해. 하지만 그자는 멍청이야. 열대 지역에 너무 오래 살아서 머리가 아둔해졌다구. 내 견해로는 어느 쪽도 완전한 진실을 말하지 않지만, 그건 대수가 아니지. 수대에 걸쳐 함께 살면서, 늙은 부부처럼 아옹다옹하고 때로는 난투를 벌여서 원한을 해소하기도 할 거야.」

징세관의 말에 프랭클린이 나섰다.

「하지만 애시워스 신부는 대규모 폭동이 일어날 거라고 확신했습니다.」

「난 그렇게 안 보는데. 프랭클린, 내 말을 잘 들으시오. 당신 휘하의 경관을 보내서 문제가 있는지 잘 감시하게 하시오. 그러면 될 거요. 이 괴상망측한 동네가 폭발하는 일은 없을 거야.」

「저는 하루나 이틀쯤 더 머무르면서, 상황을 파악하겠습니다.」

「그럴 필요까지 없을 것 같은데. 이유는 모르겠지만, 그 신부는 두어 건의 개별적인 사건을 연결 지어 지나치게 생각하고 있소. 족장도 라이벌도 신부의 견해를 지지하지 않는 게 흥미롭더구먼. 자, 오늘 오후에는 누가 오기로 되어 있지?」

쿡은 수첩을 펼쳤다.

「족장에게 살해당할 거라는 증거를 가졌다고 주장하는 변호사입니다.」

「그건 다음 출장 때 자네가 처리하면 안 되겠나? 곧 이쪽에 와봐야 하잖아?」

「그렇긴 합니다만, 변호사가 폭동이 예상되는 것과 관련이 있다고 주장해서요.」

「그렇다면 잘됐구먼.」

네시인데도 여전히 더웠다. 바킬 페루말의 이름이 불리자, 그는 조사관들 앞에 섰다. 초라한 행색으로 면도도 하지 않은 그는 색깔이 얼룩덜룩한 터번을 두르고 있었다. 가까이서 보니, 그는 때 묻은 붕대를 처매고 있었다. 피가 많이 묻어 있었다.

「존경하는 여러분, 저는 지난달 내내 두려움 속에서 살았습니다. 족장은 수백 명의 증인 앞에서, 이 땅에서 저를 없애 버리겠다고 말했습니다. 저희가 마을에서 도망했는데도, 그는 자기 말대로 하려 했습니다. 하지만 신의 은총으로 이렇게 살아났습니다. 여러분께서 저희를 보호해 주시기를 간청합니다.」

변호사는 그렇게 말하면서 문을 활짝 열었다. 문 뒤에는 부상 정도가 심한 다섯 사람이 서 있었다. 젊은 남자는 팔에 부목을 대고 머리에는 핏자국이 선연한 붕대를 처매고 있었다. 나이 든 여인네는 땅바닥에서 발로 짓이겨진 듯, 퍼런 사리를 입은 뚱뚱한 중년 아낙의 부축을 받았다. 바킬 페루말의 대단히 예쁜 두 어린 딸은 두 여인네를 부축했다.

「존경하는 각하님들, 이들은 제 가까운 가족들로, 솔로몬 도라이의 부하들에게 심한 공격을 당했습니다. 그들은 제 나이 든 모친과 다니러 온 제 질녀도 가만두지 않았습니다. 사려 깊으신 신사분들께 간구하오니, 제발 여왕님의 힘으로 저희를 도와주십시오. 그리고 우리 주 예수 그리스도의 힘으로 보호하소서.」

홀은 변호사의 입담에 어찌할 줄 몰랐지만, 쿡은 몸을 앞으로 숙여 바킬 페루말을 빤히 쳐다봤다. 쿡이 인상을 쓰자 그의 이마에 주름이 잡혔다. 지난 크리스마스 휴가 중 마드라스의 보트 클럽에서 식사를 하며 믿기 힘든 얘기들을 주고받을 때 소아메스가 뭐라고 했더라? 바킬 페루말이 다시 하소연을 시작했지만, 쿡은 기억을 떠올리는 데 신경을 써서 한마디도 듣지 않았다. 갑자기 모든 게 분명해졌다.

「저자의 붕대를 벗겨 보시오……. 저들의 붕대도 다 벗기시오.」

쿡이 경관에게 지시했다. 조사관들이 놀라서 그를 바라보았다. 조사관들만큼이나 놀란 변호사는 경관이 다가와 머리에서 붕대를 벗기자 저항했다. 곧 바킬 페루말의 멀쩡한 모습이 드러났고, 조사관들은 어안이 벙벙해졌다.

쿡이 기세 좋게 말했다.

「염소 피입니다. 한 동료에게 그 관내에서도 비슷한 일이 있었다는 얘기를 들은 적이 있습니다.」

갑자기 흘은 모든 게 더는 참을 수가 없었다. 소음, 열기, 이런 인간들, 속임수……. 그는 벌떡 일어나서 변호사와 가족들에게 말했다.

「너희 모두 사형시킬 수 있으면 좋겠지만, 불운하게도 법적으로 그렇게 할 수가 없다. 너희는 거짓말 모리배들이다. 하나같이 모두. 그러니 처벌을 받아 마땅하다. 쿡, 자네가 절차를 맡아 주게. 이 자들에게 법정 최고형을 주게. 또 모두 비버 기름을 충분히 먹여서 자기 배설물에 옴짝달싹 못하게 만들게.」

바킬 페루말의 속임수가 발각됐을 때의 소란이 징세관의 호통에 일순간 조용해졌다. 흘이 성큼성큼 나가자 하인과 마을 경비원이 따라나섰다.

쿡과 프랭클린은 재빨리 절차를 진행했다. 바킬 페루말과 가족은 전원 2주에서 3개월까지 감옥형을 선고받았다. 쿡이 내릴 수 있는 최고형이었다. 또 사기꾼에게는 비버 기름을 먹이게 되어 있었다.

관리들은 더 이상 소환하지 않고 조사를 종결 지었다. 그들은 무투와 솔로몬을 억류할지 여부를 놓고 격론을 벌였다. 사건이 잠잠해질 때까지 가두자는 견해도 있었지만, 부대표관의 조언으로 그냥 놔두기로 했다.

쿡의 부하 직원이 서류를 정리하기 시작할 무렵, 애시워스 신부가 사제복을 휘날리며 방으로 뛰어 들어왔다.

그가 말했다.

「충돌의 위험이 없다고 생각한다면 여러분은 엄청난 실수를 저지르는 겁니다. 여러분이 바킬 페루말의 말을 믿고 결론을 내린다면 틀렸습니다. 그는 중요한 인물이 아니라 신경에 거슬리는 인물일 뿐입니다. 하지만 여러분은 위험 인물들을 그냥 풀어 주었습니다. 무투 베다르를 억류할 수 없을까요? 솔로몬 도라이까지도 억류하면 안 됩니까?」

쿡이 참을성 있게 물었다.

「어떤 근거로요? 그들은 범죄를 저지르지 않았는데요.」

「처녀를 강간한 것은 어떻습니까?」

「피해 처녀랑 동행한 사람을 심문할 수가 없었습니다. 다른 마을의 친척집으로 보내졌다 합니다. 증인도 없고 용의자도 없으니, 조사를 진행할 수가 없어요.」

「치트라 푸르나미 축제 때의 소동은 어떻습니까?」

「작은 일이고, 족장의 신속한 조처로 빨리 해결됐습니다. 설마 일을 제대로 했다는 이유로 사람을 가두고 싶으시진 않겠지요? 걱정하실 것 없습니다. 부대표관이 계속 예의 주시하겠다고 약속했습니다. 부대표관은 아무 문제 없을 거라고 생각합니다.」

「그렇다면 틀림없이 그도 음모에 관여했을 겁니다. 저는 양측이 협박할 때를 목격했습니다. 무투가 솔로몬에게 최후통첩을 보냈다는 사실을 압니다. 벌써 여러분에게 날짜도 제시했습니다. 부탁입니다…… 그들을 제 앞에서 심문하십시오……. 제발…… 무슨 일이 벌어질지 저는 알고 있습니다……. 여러분이 중지시켜 주셔야 합니다.」

쿡의 인내심과 좋은 감정도 사라져 버렸다.

「애시워스 신부님, 저도 참을 만큼 참았으니 이제 그만 하십시오. 안 그러시면……..」

하지만 애시워스 신부는 이미 몸을 돌린 뒤였다. 문간에서 그는 걸음을 멈추고 말했다.

「지금부터 이틀 뒤, 여러분이 손에 무고한 사람들의 피를 묻히고 얼마나 편하게 자게 될지 궁금하군요.」

프랭클린과 쿡이 천막에 도착해 보니, 홀이 소지품을 갖고 떠난 뒤였다. 그는 라니부르에서 밤을 보내고, 다음날 일찍 멜루르로 출발하겠다는 말을 남겼다.

홀은 멜루르에 도착해 천천히 오래 목욕한 다음 트렁크를 꾸렸다. 다음날 아침, 사무실로 가서 사직서를 적어 총독에게 보냈다. 그리고 관할 구역 판사에게 메모를 보내, 이틀쯤 관내를 맡아 달라고 부탁했다. 그는 첫 기차로 마드라스로 가서 싱가폴 행 배표를 예약했다. 너새니얼 홀은 그렇게 인도와 끝을 냈다.

22

19세기 중반 이후, 마드라스 지역은 1853~54년, 1865~56년, 1876~78년, 1888~89년, 1891~92년, 1896~97년, 1899~1900년, 이렇게 일곱 차례의 기근을 겪었다. 최악은 1876~78년의 대기근으로 22개월간 계속되면서 관할 22개 구역 중 15개 지역이(킬라나드 포함) 피해를 입었으며, 350만 명이 죽었다. 기근 해소에만 6천5백만 루피가 투입됐다. 정부가 지출한 비용 대부분이 피해 지역에 새 물탱크를 만들고 우물을 파고, 기존에 있던 것들을 손보는 데 들어갔다.

킬라나드 지역의 농부와 족장들은 10년 넘게 걸려서 287개의 우물과 물탱크를 만들었다. 대부분 정부 지원금으로 만들어졌다. 새 우물 가에는 모르타르와 돌로 벽을 쌓았고, 기존의 흙담은 돌담으로 대체했다. 특히 가장 메마른 지역에 물을 대는 우물 몇 곳은 아주 크고 깊었다.

솔로몬 도라이는 마을이 1876~78년 같은 끔찍한 가뭄을 겪지 않게 하겠다는 각오로, 기금을 마련해서 가능한 한 모든 곳에 우물과 물탱크를 세웠다. 땅에 오목하게 자국을 낸 정도의 크기부터 안다바르 소작민 거주 지역 입구에 있는 거대한 것까지 크기가 다양했다.

킬라나드 지역에 우물이 많아지자 예상치 못한 일이 벌어졌다. 우물 넘기라는 경기가 생겨난 것이었다. 마드라스 관할지의 다른 지역에는 알려지지 않은 경기였다. 아니, 인도에는 없는 경기였다. 한동안 퐁갈과 디파발리 사이에 우물 넘기 경기가 열리기도 했지만, 군침돌 만한 상도 아니었고 너무 따분한 행사라며 뛰어난 선수들이 시큰둥해했다.

지름 3.6미터가 넘는 우물을 뛰어넘으려면 대단한 능력과 용기가 필요했다. 특히 우물 주위에 높이가 60센티미터나 되는 돌담이 있으면 더욱 힘들었다. 큰 우물의 경우 한 번만 시도할 수 있었다. 실패할 경우 그나마 운이 좋은 경우에만 다치지 않고 물속으로 곤두박질치기 때문이었다. 선수가 다리나 팔이 부러지거나 뇌진탕에 걸리는 경우도 있었다. 또는 깊은 우물에 뚝 떨어졌는데 사람들이 재빨리 조치를 취하지 않아서 의식을 잃는 경우도 있었다.

1896년은 우물 넘기 선수들에게는 안 좋은 해였다. 지역에서 열한 명이 죽었고, 스무 명 넘게 심한 부상을 입었다. 몇몇 족장과 대표들의 채근으로 홀 징세관의 전임자는 우물 넘기를 금지했다. 하지만 비밀리에 경기가 열렸고, 이제는 법을 어기는 맛까지 생겨서 더욱 스릴 넘치게 되었다. 1897년, 열여섯 명이 죽었다. 1898년에는 사망자가 세 명으로 뚝 떨어졌고, 1899년에는 지금까지 청년 둘만 목숨을 잃었다. 당국과 행정관들이 할 수 있는 일은 잘 지켜보면서 최대한 방심하지 않고 감시하는 것뿐이었다.

솔로몬 도라이의 차남 아론은 최고의 우물 넘기 선수에 끼였다. 그는 체바타르와 인근 마을에 있는 주요 우물 전부를 뛰어넘었다. 거기에는 파나카두 마을에 있는 4.5미터짜리 우물도 포함되었다. 1년 전쯤 그 우물을 넘을 때가 아론의 인생에서 가장 스릴 넘치고 만족스러운 때였다. 괴물 같은 우물을 넘으면서 그는 모든 기록을 깼다. 그보다 나은 사람이 있다면, 한창때 4.8미터짜리 우물을 넘은 여호수아 도라이 숙부 한 사람뿐이었다. 아론은 여호수아 숙부를 존경했다.

체바타르의 안다바르 거주지에 있는 우물이 우물 넘기 선수들에게 도전 목표가 된 지는 오래됐지만, 폭 5.1미터에 90센티미터 높이로 돌이 쌓인 이 우물을 넘을 수 있는 사람은 없었다. 자주 치기 어린 젊은이가 시도해서 킬라나드 최고의 선수가 되겠다고 큰소리쳤지만, 차마 시도할 용기를 내지 못하기 일쑤였다.

우물은 경기하기 맞춤한 곳에 있었다. 공터라서 선수가 충분한 거리를 뛰는 데 장애가 없었다. 땅은 단단해서 지렛대 구실을 제대로 해냈고, 힘껏 달려서 도움닫기를 하는 지점의 땅은 특히 단단했다. 다녀간 지 1주일도 안 됐는데 우물 부근에 줄이 그어진 걸 보면, 누군가 시도할 의향이 있었지만, 차마 용기가 없었던 모양이었다.

아론은 당장 안다바르 우물을 시도해야 된다는 결정을 내렸다. 동네 사람들이 모두 알고 올 거라는 불안감 때문에 팔이나 다리를 부러

뜨려 다시는 큰 우물을 뛰어넘을 수 없게 될 수도 있었다.

　시도하기로 한 날 아침, 아론은 세 친구와 함께 장소에 일찍 도착했다. 벌써 몇 주일째 연습했고, 부근 상태를 세세히 알고 있었다. 점프 연습을 두 번, 힘껏 달리기 연습을 한 번 하기로 마음먹었다. 우물 난간에 걸터앉아 있으려니, 허벅지에 닿는 돌과 모르타르의 차가운 감촉이 느껴졌다. 긴장이 풀리고, 몸이 유연해졌다. 그는 점차 생각을 모아 하려는 일에만 초점을 맞췄다. 밤이 물러가고 동이 트자, 그는 난간에서 내려와 발로 붉은 흙을 팠다. 도약 지점인 흰 선에서 달리기 시작할 지점까지 성큼성큼 뛰어 봤다. 그리고 도약할 지점에 쭈그리고 앉았다가 옆으로 비켜나서 점프 연습을 하기 시작했다. 친구들이 착지 지점을 넉넉히 잡아서 그 부근까지 미리 흙바닥을 다져 놓았다. 순간, 아론은 여호수아 숙부를 생각했다. 초조했다. 예상했던 것보다 훨씬 긴장됐다. 흥분과 공포가 뒤섞인 감정을 적절히 이용해서 상황을 극복하는 방법을 알았고, 어려운 시도를 많이 해본 그였지만 초조했다. 그의 영웅인 여호수아 숙부가 곁에 있다면 얼마나 용기가 될까. 그는 여호수아 숙부를 마음에서 밀어내고 무릎 굽혀 펴기를 몇 차례 한 후, 달리기 시작했다. 처음에는 천천히 뛰다가 도약 지점 부근에서는 뛰어난 우물 넘기 선수 특유의 뻣뻣하고 팅기는 듯한 뛰는 자세가 되었다. 도약 지점 바로 앞에서 공중으로 솟구쳐 올라, 다리를 몸에 바싹 끌어당기고 몸을 앞으로 굽혔다. 몸이 나가는 속도가 느려지자 그는 다리를 벌리고 착지했다. 발이 선에 걸린 것만 빼면 완벽했다. 만일 우물을 넘었다면 우물 난간에 걸려 양다리가 부러졌을 터였다. 그는 눈을 감은 채 쭈그리고 앉아 있었다. 갑자기 몸이 후들후들 떨렸다.

　어깨에 손길이 느껴졌다. 누군가 강한 손길로 웃통을 벗은 어깻죽지를 잡았다. 아론은 고개를 든 순간 꿈을 꾸는 기분을 느꼈다.

「여호수아 숙부! 언제 도착하셨어요?」

「어제. 네 친구가 오늘 아침 일을 얘기해 줬지만, 너한테 말하지 말라고 일렀지. 네 집중력을 흐트러뜨리고 싶지 않다고.」

「아버지는…….」

「형님은 내가 여기 온 걸 모르신다. 놀라게 해드리고 싶구나. 그리고 걱정 마라, 네 아버지에게는 말씀드리지 않을 테니까…….」

「말씀드리는 게 나을지도 몰라요. 제가 해낼 수 없을 것 같거든요. 제가 뛰기 연습 하는 걸 보셨어요? 실제 상황이었다면 우물에 처박혔을 거예요.」

「그래, 굉장히 아팠겠지.」

여호수아는 차분히 말했다. 그는 다리를 절었다. 우물 넘기를 하다가 다리 부상을 입었고, 이후 우물 넘기는 하지 못했다.

「우물이 너무 넓어서 성공하지 못할 것 같아요, 숙부님.」

아론이 머리를 저으며 말했다. 그가 벌떡 일어났다. 아론은 키가 여호수아만 했다. 둘은 닮지 않았지만, 체구는 비슷했다. 키가 크고 팔다리가 굳건하고, 호리호리하고 엉덩이가 올라붙어 넓이뛰기를 잘하게 생긴 몸매였다.

여호수아 숙부가 느릿느릿 말했다.

「아론, 넌 우물을 넘을 수 있어. 도약 지점 앞에서 구십 센티미터쯤 뛰어올랐으니 조금만 더 뛰면 되잖니.」

「그렇지만 이 우물이 제게는 너무 넓어요. 겁이 나서…….」

「아론, 여기서 그냥 돌아가면 '그때 뛰어 봤으면 어떻게 됐을까'라고 궁금해하면서 평생 살게 될 거다. 우리가 받은 재능을 최대한 이용할 수 있는 시기는 아주 짧단다. 너는 이 지역 최고의 우물 넘기 선수가 될 수 있고, 나는 그걸 봤어. 그냥 가버려도 되지만…….」
「숙부님이 지켜봐 주시겠죠…….」
「그래서 네 집중력이 흐려지지 않는다면.」
「안 그래요, 숙부님. 여기 계시면 제게 도움이 될 거예요.」
「좋다, 여기 있으마. 네가 마음에 담을 것은 딱 한 가지임을 명심해라. 다른 것은 다 비워 내라. 네 자신, 뛰기 연습, 우물, 친구 들 모두 다……. 완벽하게 도약해야 되고, 제대로 뛰었다고 느껴지면, 그때는 긴장을 풀고 완벽한 점프를 즐기면 되는 거야.」
「제대로 뛰지 못하면요?」
「잘될 거야. 기억하려무나. 도약해 공중으로 몸이 올라가면 너는 새가 되는 거야. 한 번에 대양을 건너는 전설 속의 새가 되는 거야.」
여호수아가 담담하게 말했다.

두 번째 점프 연습은 완벽했다. 도약 타이밍이 절묘했고, 평생 가장 멋진 점프를 해서 목표 지점보다 45센티미터나 많이 뛰었다. 여호수아가 잘했다는 의미로 고개를 끄덕였다. 아론이 다가가자, 그는 우물까지 달리기 연습을 생략하고 곧장 우물 넘기를 하라고 말했다.

아론도 동의하고 출발 지점으로 걸어갔다. 등과 어깨에 산들바람이 불어왔다. 눈이 뻐근해질 때까지 우물 주둥이의 흰 테에만 정신을 쏟다가 긴장을 풀고 잠시 제자리뛰기를 했다. 몸이 날렵해지고 마음이 비워졌다. 그러자 차츰차츰 우물의 흰 테에 몰두하기 시작했다. 집중력이 강해지면서 멀리 있는 체바타르의 진흙이 점점 분명해졌다. 땅바닥이라는 현실이 그의 의식 속으로 들어왔다. 그때 아론은 달리기 시작했다. 팔과 다리의 움직임이 완벽했다. 흰 테가 점점 넓게 보이기 시작했다. 한 걸음 한 걸음 다가가자 석회석 입자로 된 흰 테가 계속 넓어지다가 이제는 바다처럼 보였다. 하얀 바다가 그를 점점 끌어당겼다. 바다가 너무 넓어서 자칫 균형이 흐트러지면 그 속으로 빨려 들어갈 것 같았다. 조금만 더 나가면 우물 주둥이에서, 흰 줄 속으로 삼켜질 것 같았다. 그는 유연하게 도약해서 공중 위로 떠올랐다. 하늘에 둥그스름한 칼 같은 선을 그었다. 구경꾼들은 조용했다. 거대한 침묵과 희미한 새벽빛과 반짝이는 파란 것이 빙빙 도는 소리만 있었다. 공중에 뜬 물체를 본능적으로 움켜쥔 다음 착지했다. 하늘에 떠 있는 멋진 피조물에서 강인하고 인물이 훤칠한 열여섯 살 청년으로 돌아왔다. 두려움 없이 사뿐히 땅에 내려섰다. 최고의 우물 넘기 선수가 되어서.

여호수아가 어색한 걸음걸이로 서둘러 다가왔고, 아론의 친구들이 이상스레 조용히 뒤따라왔다. 아직도 허리를 굽히고 있던 아론이 고개를 들어 숙부를 보았다. 그들은 말이 없었다. 아론은 천천히 움켜쥔 주먹을 들었다. 손가락 사이로 파란 것이 퍼덕거렸다. 그는 천천히 주먹을 폈다. 손바닥에 작은 물총새 한 마리가 있었다. 새는 햇살에 눈을 뜨지 못했다. 갑자기 감옥이 열리자 정신이 없는 것 같았다. 그 순간, 새의 날개가 제자리를 찾더니, 물총새는 아론의 보드라운 손바닥에서 몇 걸음 통통 뛰다가 하늘로 날아올랐다. 푸른 하늘에 푸르름이 더해졌다. 멀리 날아가는 새가, 전설이 될 이 아침을 더욱 완벽하게 만들어 주었다.

23

여호수아 도라이는 장애가 있으면서도 아무 어려움 없이 사뿐사뿐 걸었다. 사실 그를 땅에 발붙이게 만드는 것은 저는 다리뿐이었다. 장애가 없었다면 그는, 구름이 해를 가릴 때마다 드리워지는 어두운 그림자가 되었을 터였다. 그는 여전히 체격이 좋았고, 중년의 흔적은 거의 없었다. 눈과 입가의 피부가 약간 늘어지고, 숱 많은 검은 머리에 새치가 조금 있을 뿐이었다.

어린 시절 여호수아와 솔로몬은 뗄 수 없는 사이였다. 사촌 동생이 체바타르를 떠나던 날, 솔로몬은 그럴 수 있을까 싶게 고독했다. 그가 남의 얘기를 듣고 마음을 털어놓는 상대는 여호수아 한 사람뿐이었다. 막대기 싸움에서 보복의 두려움 없이 그를 찔러 대는 사람도 여호수아뿐이었고……. 그가 솔로몬의 어린 시절에서 워낙 큰 부분을 차지했기에, 그가 떠나자 솔로몬은 어린 시절이 불쑥 끝나 버렸다고 느꼈을 정도였다. 여호수아가 다시 체바타르에 돌아온 것은 떠난 지 10여 년 만이었다. 말레이 반도의 습한 고무나무 농장에서 사는 그는 부유하지도 가난하지도 않고, 들뜨지도 불행하지도 않은 옛 모습 그대로였다. 솔로몬이 고향에 머무르라고 채근했지만, 여호수아는 정착에 관심이 없는 듯했다. 몇 달 지낸 후에는 또 좀이 쑤신지 떠나 버렸다. 그게 10년 전이었다. 이제 여호수아가 다시 돌아왔다. 조카들에게 줄 우림 지역에서 나는 단단한 나무에 조각된 장난감과, 형수와 여자 조카들에게 줄 정오의 바다처럼 푸른 비단을 안고서. 형 솔로몬의 선물은 바티크 셔츠였다.

솔로몬은 온종일 여호수아를 독점했다. 두 형제는 베란다에 앉아서 어린 시절의 추억을 되새겼다. 여호수아는 애시워스 신부 안부를 물었다. 여호수아가 교회에 무관심해서 신부의 애를 태우긴 했지만, 둘은 잘 아는 사이였다.

「그 노인네의 타밀 어는 어때요? 옛날에는 입에 자갈을 물고 있는 것처럼 발음이 이상했는데!」

「신부님의 타밀 어 실력은 이제 아주 뛰어나단다. 지역 관습과 전

통에 대해 권위자가 되었지. 이곳 대부분의 사람들보다도 아는 게
많다니까.」

솔로몬이 말했다.

「그래요, 대단히 부지런한 분이죠.」

여호수아는 말을 끊더니 웃음을 터뜨리고 말을 이었다.

「아론이 나한테, 신부 얼굴이 원숭이 엉덩이 같다고 말한 일이 아
직도 기억나요. 아론은 신부의 눈이 파란 유리로 만들어졌냐고 묻
더니, 신부가 잘 때 눈을 빼가도 되냐고 했어요. 솔직히 눈을 훔칠
계획까지 세웠다니까요.」

솔로몬도 웃었다. 집 안쪽에서 일하던 채러티는 남편의 웃음소리
를 듣자 마음이 놓였다. 솔로몬은 여러 날 만에 처음으로 편안하게
웃었다.

한참 후 솔로몬이 말했다.

「요즘 신부님은 나 때문에 근심이 많아.」

「왜요?」

「그 양반은 내가 평화를 유지해야 된다고 생각하니까.」

「그러고 싶으세요?」

「모르겠어. 싸움이 몰고 올 고통과 파괴에 대해 계속 생각 중이야.
어쩌면 무투를 찾아가서 대화해야겠지.」

「그는 형님 말을 듣지 않을걸요. 형님을 체바타르에서 몰아낼 때까
지는 마음을 놓지 못할 위인이라구요.」

「나도 안다.」

형제는 한동안 말이 없었다. 갑자기 분위기가 무거워졌다. 그러다
가 솔로몬이 물었다.

「너는 내가 어떻게 해야 한다고 생각하니?」

여호수아는 곧 대답하지 않았다. 잠시 후 그가 조용히 말했다.

「싸워야 된다고 생각합니다. 무투의 머리를 베지 않으면, 형님의 손자가 고통을 받을 거예요.」

「끔찍한 해결책이구나. 하지만 너는 항상 그런 식이지.」

솔로몬이 건조하게 말했다.

「그래야만 해요. 형님은 평화를 유지하기 위해 모든 방법을 동원했을 겁니다. 하지만 이제는 선택의 여지가 없어요, 형님. 그건 형님께서도 저만큼이나 잘 아실걸요!」

「여호수아, 말해 보려무나. 무투는 왜 우리를 싫어할까? 우리를 이 땅에서 없애 버리는 게 그의 유일한 목표인 것 같으니 말이다.」

「방금 우리가 말한 것 외에 다른 이유는 생각나지 않는데요. 그는 체바타르를 다스려야 직성이 풀릴 거예요. 그러려고 노력하다가 죽을 겁니다. 단점이 많은 인간이지만, 우리처럼 자긍심이 높고 고집이 센 사람이에요……..」

그는 입을 다물었다가 말을 이었다.

「형님에게 말씀드리지 않겠다고 약속한 일이 있는데, 말씀드릴 테니 듣고 잊어버리세요. 오늘 아침 아론이 안다바르 주거지 초입에 있는 큰 우물을 넘었어요.」

「큰 우물을?」

솔로몬이 놀라서 되물었다. 그는 좀 화난 목소리로 덧붙였다.

「그런데 넌 아이를 말리지 않았고! 불법 행위라는 걸 알잖니.」

「누가 그런 걸 신경 쓴다고 그러세요, 형님. 하지만 형님의 아들은 대단했어요. 세계 최고의 우물 넘기 선수가 됐지만, 중요한 것은 그게 아니지요. 승리의 순간 그는 세상에서 빠져나갔어요. 생활에 파묻혀 말하고 행동하는 사소한 것들이 우리를 무기력한 벌레로 만들어 버리지요. 결국 임종 자리에서 늘 하고 싶었으나 용기를 내지 못했던 일들을 떠올리고 슬퍼하고요. 그 생각을 해보세요, 형님. 아무리 자비심이 많거나 정직하거나 승리하는 생을 살았다 해도 그건 낭비예요. 솔직히 어둠 속으로 들어가는 마지막 순간에 하지 못해 아쉬운 일을 생각하면서 죽고 싶으세요? 형님은 싸우실 겁니다. 싸우셔야 해요. 싸우지 않고 죽으면, 무투에게 항복하면, 다음 생에도 후회할 겁니다. 우리는 누구에게도 고개 숙이지 않아요, 솔로몬 형님. 형님과 저는 조용히 고개 숙이는 사람들이 아닙니다.」

「맞는 말이야. 하지만 피를 뿌리지 않고 이 문제를 해결할 방법이 있기를 바란단다. 여호수아, 가끔 나는 아버지가 그렇게 일찍 돌아가시지 않았으면 좋았을 거라는 생각을 한단다. 아버지가 더 많은 힘과 큰 지혜를 내게 주실 수 있었다면, 나는 만반의 준비를 갖춘 상태에서 족장이 됐을 텐데.」

여호수아는 고개를 끄덕였다.

「형님은 벌써 아무도 갖지 못한 힘과 지혜를 가지셨어요. 게다가 형님에게는 제가 있잖아요. 그만하면 복이 많다고 생각하지 않으세요?」

여호수아가 웃음을 터뜨렸다.

솔로몬이 빙그레 웃으며 대답했다.

「물론이지, 물론이야. 하지만 궁금하구나. 이번에 네가 왜 이곳에 오게 됐는지 말이다.」

「가족 모두를 만나려구요.」

여호수아는 가볍게 대답하더니 덧붙였다.

「사실 서부에서 만난 친척한테 멜루르와 시바카시 지역에 일어난 일을 듣고, 이곳까지 여파가 미칠까 봐 걱정이 됐어요. 그게 돌아올 그럴듯한 구실이 됐지요……」

「여긴 사정이 달라. 무투만 문제가 아니란다. 온 지역에 고달픔이 번져 있어. 가뭄, 세금, 분쟁. 세상의 밤이 우리한테 밀어닥친 것 같아, 여호수아.」

「제가 가본 곳마다 아픔과 긴장감이 있었어요. 세상은 지쳤어요, 형님. 너무 오래 그래서, 우리를 아주 무겁게 짓누르고 있지요.」

「무겁게 짓누르지. 눈 돌리는 곳마다 멍청이와 적들이 있으니. 바킬 페루말 얘기는 했지? 놈이 감옥에 있어 큰 문제를 일으킬 수 없으니 다행도 그런 다행이 없지. 그리고 무투는 네가 잘 알 거고……」

「이곳은 폭력적인 곳이에요, 형님. 형님보다 무투가 더 강한 지방색을 지니고 있지요.」

「슬픈 일이 아니냐? 알력과 괴롭힘이 당연시되다니.」

「그렇지요. 하지만 세상은 그렇게 돌아갑니다. 모든 게 흩어져 버린 것 같아요. 백인들은 지휘권을 잃고, 권위자가 없으니 아주 사소한 자들까지도 군주를 자처하지요.」

여호수아가 말했다.

「정말로 백인이 지휘권을 잃고 있다고 생각하는 거냐?」

「지휘권을 잃는 것만 문제가 아니라, 이 나라의 문제에 무관심하다는 사실이 더 문제지요. 영국은 여기 지배하러 온 게 아니라 얻을 수 있는 걸 빼가려고 왔으니까. 이제 본색이 드러나는 짓거리를 하는 셈이지요.」

「하지만 개중에 좋은 사람도 있잖니.」

「항상 예외는 있기 마련이지만, 그런 사람이 너무 드물어 아쉽지요. 우리 문제는 우리가 직접 해결책을 찾아야 되는 이유도 거기 있고요.」

여호수아가 대답했다.

점심 식사 후, 두 사람은 다시 베란다에 자리를 잡았다. 아침의 심각한 분위기는 사라지고 여호수아는 평소처럼 수다스러워져서, 여행하면서 보고 들은 놀라운 이야기로 솔로몬을 즐겁게 해주었다. 마드라스의 복잡한 거리, 애시워스 신부와는 사뭇 다른 영국 관료와 상인들의 당당함, 지금껏 본 것들 중에 가장 환한 유리로 된 이상하게 둥근 물건 등 얘기가 줄줄이 이어졌다.

「밤에도 방마다 해가 뜬 것 같던데요.」

여호수아의 말에 솔로몬은 웃음을 터뜨렸다. 여호수아의 이야기 솜씨는 환상적이었다. 그는 봄베이에 기차를 타고 간 적이 있었다. 하지만 곧 도시 생활의 압박과 복잡함에 싫증이 나서 남쪽으로 돌아갔다고 했다.

그는 어디 가나 모험거리를 만났다. 그는 믿지 못하는 솔로몬에게, 높은 카스트 계급 여성들이 사는 마을이 있는데, 여자들이 재채기를 하면 피가 몰려서 얼굴이 빨갛게 변한다고 했다.

「믿기 힘들 정도로 아름답지만 독사보다 더 무서운 여자들이지요. 옛날 데비 신에게 맹세한 약속을 지키기 위해, 장모는 사위를 죽이게 되어 있지요. 장모는 도마뱀을 잡아서 작은 냄비 위에 매달아 놓는 거예요. 여러 날에 걸쳐 도마뱀의 독액이 냄비에 모이지요. 충분한 양이 모이면, 독액을 말려서 가루로 만들어 조금씩 사위 음식에 넣는 거예요. 사위가 죽을 때까지요. 천천히. 그 지역 사람은 그곳을 '과부 마을'이라고 부르지만, 여자들이 어찌나 아름다운지 목숨 걸고 덤벼드는 남자들이 언제나 있다지요.」

저녁이 되면서 여호수아의 이야기는 더욱 걸쭉해졌다. 코코넛 밀크와 향신료를 넣고 조린 진한 양고기 스튜를 먹은 후, 그들은 집안을 둘러보았다. 형제는 한동안 가만히 서서 밤의 소리에 귀 기울였다.

그들은 한동안 말하지 않았다. 그러다가 여호수아가 입을 열었다.

「돌아다니던 중, 길가 신전에서 도사를 만났어요. 주변에 사람이 없었어요. 다르와드 어딘가였을 겁니다. 그 노인은 지루했는지 말동무가 생기자 반가워했어요. 우리는 오래 얘기를 나누었지요. 노인은 대부분 종교 이야기를 했지만, 한 가지 기억에 남는 말이 있어요. 제게 왜 그렇게 자리를 잡지 못하느냐고 묻더군요. 왜 고향을 떠나 떠도느냐고 하기에, 고향 동네에는 내게 맞는 게 하나도 없다고 대답했지요. 그랬더니 노인은 체바타르에서 아무리 멀리 떠나 있어도 혹은 아무리 오래 떠나 있어도, 체바타르가 저를 놔주지 않을 거랬어요. 제가 체바타르를 닮았다더군요. 제 안에 체바타르가 있다고, 제가 체바타르라고요. 아마 그래서 돌아왔을 거예요. 어쩌면 여기가 저에겐 운명인지도 모르겠어요. 만일 무투 측 사람들에게 죽음을 당한다면, 영원히 여기 있게 되겠지요.」

그는 무거운 분위기를 해소하려고 픽 웃었다. 그리고 덧붙였다.

「게다가 누구도 창조주가 이마에 새겨 준 데서 달아날 수가 없잖아요.」

그들은 베란다로 돌아와서, 한동안 말없이 사념에 잠겼다. 밤이 깊었지만, 형제는 베란다에서 별말도 없이 앉아 있었다. 그들 머리 위로 하늘이 펼쳐져 있었다. 달이 떴는데도 별들이 반짝였다.

24

성 베드로 교회의 제단 위에는 이 지방 공예가가 공들여 깎은 나무 예수상이 걸려 있었다. 자줏빛 도는 짙은 갈색 장미목으로 새긴 예수는 슬픈 눈에, 몸이 고통으로 뒤틀린 모습이었다. 애시워스 신부는 처음 예수상을 보고 몸을 떨었다. 학생 시절 마음에 품었던 예수의 모습이 바로 눈앞에 있었다.

그가 다니던 학교는 서섹스 지방의 구릉 지대에 있었다. 애시워스는 고풍스러운 오솔길을 걷기 좋아했다. 어느 아침 산책에 나섰는데, 풀밭 사이에 난 초롱꽃이 갑자기 사라졌다. 그 앞에 하얀 긴 옷을 입은 사람이 서 있었다. 어린 소년의 눈에 굉장히 익숙해 보였다. 키는 중간쯤이었지만, 아름다움과 당당함 때문에 애시워스는 무릎을 꿇었다. 한데 그는 움직이지 않은 것 같았다. 애시워스는 자기도 모르게 그를 쫓아 걷고 있었다. 그는 한마디도 하지 않으면서도 말을 걸었다. '내가 세상으로 되지 않았듯 너도 세상으로 되지 않았다.' 애시워스는 나중까지 그 말 한마디만 기억했다.

학교로 돌아갔을 때에야 그가 왜 그리 눈에 익었는지 깨달았다. 부활절이 다가오자 매주 찾는 교회에 색유리가 있는데 특히 예수상이 멋지게 그려져 있었다. 그 사람과 예수상은 중요한 한 가지만 빼면 똑같았다. 애시워스가 본 사람은 갈색 피부에 머리와 눈이 검었다. 그는 어떤 생각이 떠올라, 용기를 내서 역사 선생님에게 물어보았다.

「예수님은 파란 눈에 금발이었나요?」

「당연히 아니지. 이리 와보렴. 내가 설명해 줄 테니.」

반스 선생님이 대답했다.

선생님은 지구본에서 서아시아의 사막 지역을 가리키며 설명했다.

「오늘날 예수가 영국에 나타난다면, 그를 믿는 사람들 대부분은 충격을 받을 거야. 예수가 태어나서 살고 설교했던 곳은 이곳 아시아란다. 그는 갈색 피부에 검은 눈을 가졌지. 영어가 아니라 사막 민족의 언어인 아람 어를 사용했고. 예수는 갈릴리 출신의 소수자 대표였어. 그가 메시아가 아니었다면 역사에 족적을 남기지 못했을 거다. 사실 우리는 아우구스티누스 시기에 역사적으로 예수가 살았다고 알고 있어. 자료를 찾아봐 줄게.」

반스 선생님은 책상에 쌓인 책들을 뒤져서 책 한 권을 찾아냈다.

「아, 여기 있구나. 일 세기에 살았던 예수학자 플라비우스 요세퍼스에 따르면, 예수라는 현명한 사람이 역사적으로 예수가 살았다고 보는 그 시기 무렵에 살면서 가르쳤다는 거야. 그는 빌라도 총독에게 죽음을 당했고…….」

반스 선생님은 토끼를 쫓는 그레이하운드 같은 질풍처럼 설명했고, 아무도 그를 막을 수 없었다.

애시워스 신부는 평소처럼 동트기 전에 기도하기 위해 일어났다. 장미목 예수상 밑으로 삐걱삐걱 소리를 내며 걸어가서 기도하고 성찬용 테이블로 갔다. 바람이 불어 원고 책장이 넘어가자, 그는 천천히 책장을 바로잡았다. 지난주에 여러 가지 일을 하느라, 책 쓰는 일이 중단되었다.

그는 매일 솔로몬을 찾아갔지만, 좀처럼 대화에 진척이 없었다. 그는 여호수아와 대화를 시도했지만 소득이 없었다. 무투 베다르는 만남을 거부했다. 또 놀랍게도 부대표관은 하필 이런 시기에 다른 지역으로 출장을 떠났다. 애시워스 신부는 크리스 쿡과 접촉을 시도했지만 그 역시 출장 중이었다. 그는 무루간 사원의 책임자와 시간을 함께 보냈지만, 노인은 이승의 일은 생각하지 않았다. 애시워스 신부가, 수브라마니아 사스트리갈에게 큰 힘을 발휘해서 체바타르에 휘몰아칠 광풍을 멈춰 달라고 청했더니, 그는 자기 관점을 잘 드러내는 경전의 한 대목을 인용해서 '그대가 슬퍼하는 것은 무가치한 일'이라고 대답했다.

애시워스 신부는 그의 아들 스와미나단에게는 기대할 게 없음을 잘 알았다. 계략가인 이 젊은이는 무투 베다르에게 싸움을 부추겼다. 무투가 족장이 되면, 스와미나단의 위상도 엄청나게 높아질 터였다.

애시워스 신부는 원고를 정돈해서 이미 쓴 부분을 읽었다.

세상 모든 종교의 중심에는 신성한 신비로움이 있다. 각 종교의 발전에 헌신한 스승들이 당면했던 문제는 간단히 표현된다. 신성한 신비로움을 어떻게 끌어내서 묘사하고, 자신과 교인들에게 설명할까? 이것은 해결책이 없는 문제이다. 어떻게 신을 묘사할까? 신을 충분히 설명할 수는 없다. 그래서 가장 위대한 선지자만이 신성함을 경험할 수 있는 본능을 지닌다. 그 결과, 각 종교는 중심이 되는 신비로움을 더 잘 이해시키기 위해 많은 상징과 신화, 관습, 교의를 발전시켰다.

수세기가 지나면서 이런 것들은 중심이 되는 신비로움을 흐려서 종교를 약하게 만들기도 했다. 그리고 진리를 애매하게 오해하게 하고, 자기 목적을 위해 종교를 왜곡하고, 형제가 형제를, 성신이 성인을, 교의가 교의를 배척하게 한 책임은 사제 계층에 있다. 크리슈나가 쿠루크쉐트라 싸움에서 아르주나에게 전해 준 메시지가, 예수의 산상 수훈이나 붓다의 팔정도(八正道)보다 덜 중요한가? 그렇지 않다. 절대 아니다! 종교에 대한 견해를 가진 사람은 신자들에게, 모든 종교의 목표가 같다고 가르쳐야 한다. 초월의 상태에 도달하고, 진정한 실재를 경험하며, 영원한 진리를 온전히 이해하는 것이라고…….

애시워스 신부는 첫 문단이 마음에 들었지만, 나머지 부분을 집필해야 했다. 책 쓰는 일로 돌아가고 싶었다. 하지만 모든 게 정상인 때도 글쓰기가 너무 힘들어서 포기하고 싶은 유혹을 느꼈었다. 집필이 끝나고 책이 출간되면 이 책이 종교의 이름으로 서로 등 돌리게 만드는 사악한 이들에게 일침이 될 거라는 기대로 집필을 계속할 수 있었다. 주님, 제가 책을 끝마치게 해주십시오. 그는 눈을 감고 짧게 기도했다. 그때 한 가지 생각이 강하게 떠올라 원고 집필은 까맣게 잊었다. 애시워스 신부는 생각했다. '나는 체바타르 사람 모두에게 생각을 바르게 하라고 호소했어. 하지만 여자들에게는 하지 않았군. 어쩌면 여자들이 비극을 막을 수 있을 거야.'

그날 저녁, 그는 대갓집에 찾아갔다. 채러티가 계단에 혼자 앉아 있어 다행이었다. 신부는 커피를 마시고 가라는 그녀의 청을 받아들였다. 그는 다른 말 없이 곧장 용건을 말하며 도움을 구했다.

「저는 도울 수가 없습니다, 신부님.」

채러티가 말했다. 애시워스 신부가 설득하려 하자, 그녀가 다시 말했다.

「발리가 그 일을 당했을 때 저는 무서웠습니다. 제가 여자여서가 아니라 제 딸 레이첼 때문에요. 얼마든지 그 아이도 당할 수 있었으니까요…….」

하녀가 커피를 가져오자 채러티는 말을 멈추었다. 하인이 차 대접을 마치고 가자, 채러티가 말을 이었다.

「사고가 터진 날, 발리의 집에 가봤습니다. 제가 도울 일이 있을까 해서요. 그때 정말 공포감에 휩싸였지요. 제가 할 수 있는 일은 없더군요. 거기 모인 부인들은 제게 아무것도 기대하지 않았습니다. 제가 족장 부인이긴 하지만, 아무 힘도 없다는 걸 안 거지요. 처음으로 우리가 얼마나 무방비 상태인지 알았습니다. 매일 겁에 질려

깨어나지만, 뭘 어떻게 해볼 힘이 없습니다. 남편들이 우리를 보호해 주기를 기도할 수밖에 없겠지요. 제 남편은 좋은 사람입니다. 그이는 최선을 다할 겁니다. 만일 그가 패배하면, 저는 딸들과 함께 마음의 준비를 할 충분한 시간을 달라는 기도밖에 할 수 없습니다.」

순간, 애시워스 신부는 아무 말도 할 수 없었다. 그가 입을 열었다.

「그렇게 말씀하시면 안 됩니다, 자매님. 우리 주 예수 그리스도께서 자매님을 해로운 길에 들지 않게 해주실 겁니다.」

「저희는 그러기를 기도하지만, 그럼에도 마음의 준비를 단단히 하고 있어야 합니다.」

「남편이 무투 베다르와 평화롭게 문제를 해결하도록 자매님이 설득하실 방법은 없습니까?」

「저는 남편의 결정에 아무 영향도 미치지 못합니다, 신부님.」

더 말할 게 없었다. 두 사람은 잠시 가벼운 대화를 나누었고, 애시워스 신부는 커피를 다 마시자 떠날 준비를 했다. 그가 일어나자 채러티가 말했다.

「저희가 시험받고 있는 거지요?」

그가 고개를 끄덕이자, 채러티가 말했다.

「저희의 부족함이 드러나지 않기를 바랄 뿐입니다.」

신부는 절정에 이른 저녁노을 속을 걸어 집으로 갔다. 나무 끝에는 어스름이 내렸지만, 그 아래쪽은 여전히 환했다. 보리수가 금빛 석양 속에 뿌리내린 것 같았다. 이곳에는 아름다움이 있었다. 이렇게 아름다운 곳에 그런 절망감이 깃들다니! 애시워스 신부는 탄식했다.

25

아카시아는 신드가 원산지였지만 세월이 흐르면서 전 지역으로 퍼졌다. 북부에서는 '킬카르'라고 불렸고 동부와 서부, 중앙에서는 '바부'라고 알려졌다. 타밀 사람들에게는 '카루벨리'였다. 어떤 이름으로 불리든, 아카시아는 인도에서 가장 흔한 나무였고, 다른 식물은 자라지 못하는 땅에서도 이 초록색 나무는 흔히 자랐다. 체바타르에도 무루간 사원 뒤편 황무지에 4백 미터쯤 아카시아 수풀이 우거져 있었다. 나무가 촘촘히 자라서 그늘을 드리워 무더운 날에도 그 아래는 시원했다. 또 다른 장점도 있었다. 그늘에서는 아무것도 자라지 않아서, 그곳 숲을 자주 찾는 부인네들이 막힘 없이 앞을 잘 볼 수 있었다. 하지만 뭐니 뭐니 해도 가장 큰 장점은 가시가 빽빽해서 숲 밖에서 누구도 들키지 않고 안으로 들어오기 힘들다는 사실이었다.

이런 이유 때문에 아카시아 숲에서도 가장 사람의 발길이 닿지 않는 곳은 체바타르 부인네들이 변을 보는 장소가 되었다. 흑심을 품은 남정네들이나 쳐다보는 눈길을 피할 수 있어서, 아침 이른 시간이나 늦은 저녁이면 아낙들이 모여서 볼일을 봤다. 그들은 몇 명씩 모여 앉아서 남편과 자식 이야기를 나누었다. 동네에 떠도는 소문이라도 있으면 분위기는 활기를 띠었다. 모여 앉기 무섭게, 혼인한 마루다르 여자가 천민 애인과 정을 통하다 들켰다거나 부대표관의 동생이 라니부르의 매춘부한테 성병이 옮았다는 얘기가 오갔다.

하지만 마을에 갈등이 생긴 후, 아카시아 숲에도 긴장감이 감돌았다. 부인네들은 같은 계급끼리 모였고, 앞으로 닥칠 일을 생각하면서 서로 말을 나누지 않았다. 볼일을 본 후에는 서둘러 강으로 가서 목욕을 했다. 그런 다음 곧장 집으로 돌아갔다.

채러티와 이야기를 나눈 아침, 애시워스 신부는 무루간 사원과 강

146

으로 갈라지는 길에서 부인네들을 기다렸다. 그는 여자들에게 도움을 얻으려는 희망을 아직 포기하지 않았다.

뒤에서 누군가 다가오는 소리가 들렸다. 사라스와티 베다르가 아침 목욕을 마치고 홀로 집으로 돌아가고 있었다. 운이 좋았다. 그녀를 설득할 수 있으면 나머지 부인네의 도움도 얻을 수 있을 터였다. 신부가 불러 세우자 그녀는 짜증스러운 표정을 지었지만, 신부의 말을 끝까지 들은 다음, 할 수 있는 일은 없다고 말했다. 그녀는 생각에 잠겨 천천히 걸어갔다. 애시워스 신부가 말을 붙인 부인네들은 안다바르든 베다르든 마루다르든 계급 불문하고 모두 똑같이 대답했다. 몇 명은 신부에게 최선을 다해 충돌을 막아 달라고 부탁까지 했다. 그러면서 자기들은 도울 수가 없다고 말하거나 돕지 않겠다고 분명히 말했다.

다음날 애시워스 신부는 절망감을 느끼며 깼다. 있는 힘과 신념을 다해서 오랫동안 힘겹게 싸웠지만, 발버둥을 치면서도 앞으로 일어날 일은 피할 수 없다는 것을 이해했다. 창밖으로 새벽이 밝았다. 그가 이 나라에서 배운 것은 그것일까? 아무리 변화시키려 해도, 사람은 운명에 따라 산다는 것일까? 그는 전쟁을 막으려 혼신의 힘을 다했던 아르주나를 떠올렸다. 위대한 고행자 라바나도 생각했다. 라바나는 다른 이의 운명을 막을 수 없자 자기 운명을 선인 스리 라마다의 손에 맡긴 인물이었다. 또 주님의 제자들을 생각했다. 특히 죽음의 형장으로 가는 예수를 지켜봤던 베드로를. 애시워스 신부는 절망감에 사로잡혀 자신에게 물었다. 성스러운 의지를 바꾸려는, 주님의 불쌍한 도구인 나는 과연 누구인가?

하루하루 흐르면서, 애시워스 신부는 점점 겁나는 꿈을 꾸었다. 솔로몬의 최후통첩일을 이틀 남겼을 때, 그는 잠을 제대로 이루지 못하다가 일어났다. 여느 날처럼 마음이 무거웠다. 몸을 씻고 흐느적흐느적 걸어서 예배당으로 갔다. 아침 일에 몰두하려고 노력했지만 곧 포기해 버렸다. 지난 며칠간 낙심에 빠져 일이 손에 잡히지 않았다. 주님, 아무도 저의 좌절감을 느끼지 못하는 것입니까. 그는 앞에 펼쳐진 일감을 바라보며 마음속으로 외쳤다. 집필하던 원고가 흩어져 있고, 성 베드로 교회의 출생과 사망, 세례자 기록부와 성가집이 놓여 있었다.

이런 게 다 무슨 소용인가! 오랜 세월 사랑하는 사람들 속에서 살아왔다. 한데 모든 게 허물어지려 했다. 그는 벽에 걸린 불그스름한 예수상으로 눈을 돌렸다. 자주 하는 기도를 드렸다.

「제게 들어오소서, 전능한 왕이시여. 그리고 이 미친 짓을 멈추기 위해 제가 무엇을 해야 할지 저에게 당신의 지혜를 보여 주소서.」

언제나 그렇듯 장미목으로 조각한 예수는 말없이 아름답기만 했다. 예배당의 거친 회벽에 나무 조각상으로 걸려 있기만 했다.

26

미낙시코일 외곽에 있는 집에 무투 베다르가 앉아 있었다. 방에는 부근 마루다르 마을의 촌장이 뽑은 사람들이 들어차 있었다. 체바타르 인근 마을과 읍에서 벌써 일흔아홉 명이 도착했고 더 오기로 되어 있었다. 그들은 읍내나 읍 부근에서 지내면서, 촌장에게 받은 돈으로 찻집에서 빈둥거려 사람들의 눈총을 받았다. 공짜로 빌붙으려는 태도를 동네 사람들은 참아 넘겼다. 마루다르 계급은 조금만 자극해도 거친 반응을 하는 사람들로 악명 높아서 마을 사람들은 다 겁을 냈다.

무투는 그들을 보자 깊은 인상을 받았다. 하나같이 더럽고 영양 상태가 나쁜 데다가, 누더기 룽기와 셔츠, 터번 차림이었지만, 그가 필요로 하는 게 바로 그런 면모였다. 약탈에 굶주린 싸움꾼들. 마루다르 계급은 원칙대로 싸우지 않았다. 탐욕으로 자극하면 금세 거칠게 변하는 사람들이었다. 그들이 솔로몬이 아닌 무투 베다르, 그의 편이어서 다행이었다. 앞으로 며칠간 베다르 계급 남자가 최소한 1백 명은 합세하니, 솔로몬과 맞서 싸울 인원은 2백에서 2백 50명쯤이었다. 솔로몬은 인생의 쓴맛을 보게 되리라.

「우리는 이 부근 최고의 투사들이니, 적의 심장에 공포감을 팍팍 심어 주게 될 겁니다.」

무투 베다르의 연설에 열렬한 박수가 터져 나왔다.

「여러분에게 앞으로 삼 대는 먹고 남을 충분한 약탈물과 보상금을 약속하겠소이다.」

그들은 환호했다.

「여러분과 이 부유함 사이에 서 있는 것은 힘없는 노인들과 아이들뿐입니다. 여러분은 가차없이 싸우겠다고 약속해야 합니다. 그것만이 여러분이 한몫 잡을 수 있는 길입니다.」

이번에는 박수 소리가 약했다. 뒤쪽에서 언쟁이 벌어졌기 때문이었다. 그들이 술에 절어 있음을 무투는 알아차렸다.

「술은 안 되오.」

무투가 마루다르 촌장에게 다급히 말했다. 촌장이 고개를 떨구자 무투는 화가 났다.

「정신 나간 자 같으니. 부하들이 계속 이렇게 정신을 차리지 못한다면, 적에게 잡히거나 맞아 죽을 거라는 걸 모르나? 저런 자들은 나한테 쓸모가 없다구.」

「정신을 차리게 해보겠습니다만, 다시는 저에게 '정신 나간 자'라고

「하지 마십시오.」
촌장이 쏘아붙였다.

27

솔로몬이 처음 날린 주먹에 무니얀디는 땅바닥에서 굴렀다. 주먹을 날렸다기보다는 획 밀어 버린 데 가까웠지만, 사내는 그대로 나가떨어졌다. 그는 오래전 아내와 자식들이 떠나서 가족도 없이 사는 주정뱅이였다. 솔로몬은 해변으로 가다가 밤새 취해서 곯아떨어진 그를 발견하고, 발길질로 깨웠다. 늙은 무니얀디가 욕설을 중얼대며 비틀거리면서 일어났다. 화가 난 솔로몬은 그를 손으로 밀어 버렸다. 무니얀디는 나자빠졌고 코에서 피가 줄줄 흘러 땅바닥을 적셨다. 처음에는 솔로몬도 놀랐지만, 이제는 이게 노인의 수작임을 알았다. 그래서 더 부아가 치밀었다. 갑자기 몹시 화가 난 솔로몬은 발로 노인을 걷어차 다시 고꾸라뜨렸다. 무니얀디가 아파서 비명을 지르자 솔로몬은 충격을 받아 발길질을 멈추었다. 그는 하인과 부랑자들을 다룰 줄 안다고 믿었다. 그래서 눈에 거슬리는 자가 있으면 재빨리 손을 들어 한 대 후려갈기곤 했다. 하지만 사람들에게 발길질을 하지는 않았다. 그것은 옳지 않은 것 같았다. 앞으로 닥칠 충돌 때문에 초조했다. 사람들을 더 확실히 다룰 필요가 있었다. 그는 허리를 굽혀, 흐느끼는 노인을 일으켜 세웠다. 그리고 툴툴대듯 말했다.
「이따가 나를 찾아오게. 자네에게 빚을 졌으니.」
물론 돈으로 빚진 것은 아니었지만, 돈으로 보상하는 것이 그로서 할 수 있는 최선이었다.
솔로몬은 서둘러 해변 쪽으로 걸어갔다. 마음이 복잡하고 초조했다. 모래 언덕에서 걸음을 멈추자 표정이 풀어졌다. 그를 맞이한 광경은 누가 봐도 기뻐할 만했다. 햇살 쏟아지는 너른 바다를 배경으로, 마흔 명 정도가 짝을 지어 1.5미터짜리 대나무 막대기 싸움을 연습하는 중이었다. 대나무 막대기는 숙련된 막대기 싸움꾼이 다루면 치명적인 무기가 됐다. 타밀에서는 '막대기 춤'이라고 부르기도 했다. 유연한 동작으로 사람을 너무도 아름답게 죽일 수 있는 무예였다. 막대기 싸움꾼들은 여호수아의 빈틈없는 감독하에서 이틀째 연습 중이었다. 대부분의 젊은이들은 매일 시합을 하기 때문에 특별한 연습이 필요 없었다. 하지만 나이 든 사람들이 빠른 속도로 옛 솜씨를 되찾는 것이 놀라웠다. 솔로몬은 풍차처럼 휘휘 도는 막대기들의 움직임을 지켜보았다. 막대기로 찌르는 동작이 잠자리 날갯짓처럼 부드러웠다. 마음에서 분노가 빠져나가는 것 같았다. 그런데 갑자기 긴장감이 되살아났다. 무리의 뒤쪽에서 한 젊은이가 둔하게 싸우고 있었다. 그는 막대기를 떨어뜨리더니 힘없이 허리를 굽혀 집었다. 먼 거리였지만 누군지 분명히 보였다. 큰아들 다니엘이었다. 솔로몬은 터벅터벅 걸어 싸움꾼들에게 다가갔다. 여호수아가 그를 보고 손을 흔들자, 솔로몬도 희미한 목례로 인사를 받았다. 그리고 뒤쪽의 아들에게 다가갔다. 상대는 다니엘을 데리고 놀고 있었다. 솔로몬은 화가 솟구쳤다. 그는 싸움을 멈추라고 지시한 다음, 다니엘의 상대인 소작 농부의 손에서 막대기를 빼앗았다. 그가 아들에게 톡 쏘듯 말했다.

「내가 싸우는 법을 가르쳐 주겠다.」

솔로몬은 다니엘을 데리고 무리에서 조금 떨어졌다. 여호수아가 다가왔다.

「형님, 뭐 하시는 겁니까?」

「내 아들에게 싸우는 법을 가르치고 있다.」

「그건 제가 맡은 일이지 않습니까?」

「처음부터 내가 잘 가르쳤다면, 이 아이가 지금쯤 나를 이렇게 수치스럽게 만들진 않았을 거야.」

「형님.」

여호수아가 경고하는 어조로 솔로몬을 불렀다.

「여호수아, 너는 너대로 할 일이 있고 나는 나대로 할 일이 있다. 이쪽은 내게 맡겨라.」

솔로몬의 확고한 말투에 여호수아는 제자리로 돌아갈 수밖에 없었다. 부자 관계란 늘 어그러지게 마련이니 얼마나 안타까운가. 그는 자리로 돌아가며 그런 생각을 했다.

다니엘이 조용히 말했다.

「저는 싸우고 싶지 않아요, 아버지.」

「싸우고 싶지 않다니, 그게 무슨 말이냐? 내 아들이라면 그런 말로 내게 수치심을 안겨 주지 않는다.」

솔로몬은 다니엘을 때리려는 듯 팔을 들었지만, 여호수아가 가까운 거리에서 지켜보고 있음을 의식하고는 멈추었다. 그는 일부러 천천히 룽기 끝을 여며 펄럭이지 않게 하고는, 전통적인 막대기 싸움꾼의 자세를 취했다. 앞에 선 아들을 노려보는 그의 눈길에는 실망감이 배어 있었다. 가는 팔목하며, 맨들맨들한 가슴, 구부정한 허리, 여자라면 꼭 알맞았을 커다란 눈망울. 이 아이가 진짜 내 아들일까?

솔로몬은 아무 말 없이 다니엘을 내리쳤다. 거센 타격도 아니었고, 상대가 모르게 교묘히 내리친 것도 아니었지만, 다니엘은 피하거나 몸을 굽히지 않았다. 솔로몬의 막대기가 가슴팍을 찌르자, 다니엘은 비틀걸음으로 몇 발자국 물러났다. 그러더니 울기 시작했다.

「아버지, 저는 싸우기 싫어요. 이 바보 같은 짓을 그만두면 안 되는 거예요?」

「다시는 네 아비에게 그렇게 말하지 마라. 네가 싸우지 않으면, 난 성을 갈아 버리겠다!」

다니엘이 눈물을 참으려고 안간힘을 쓰자, 솔로몬이 갑자기 태도를 바꾸었다.

「집에 가서 나를 기다려라. 그리고 눈물 좀 닦아라, 어서!」

다니엘은 막대기를 질질 끌면서 천천히 걸어갔다. 솔로몬은 아들이 모래 언덕을 넘어갈 때까지 뒷모습을 지켜보았다. 그리고 몸을 돌려 싸움꾼들을 돌아보았다. 둘째 아들을 찾았다. 아론이 매우 어려운 동작을 하는 것을 보자, 그의 자긍심은 살아났다. 아론이 공중으로 뛰어오르자 상대방이 헛손질을 했고, 아론은 다른 각도에서 공격했다. 솔로몬은 한참 구경하다가 집으로 향했다.

여호수아가 잠시 그와 나란히 걸었다.

「다니엘에게 너무 심하게 하지 마세요. 그 아이는 다릅니다. 나름대로 특성을 갖고 있어요. 다니엘을 아론처럼 생각하지 마세요. 그러시면 두 아이 모두에게 안 좋습니다.」

솔로몬은 대꾸하지 않았다. 여호수아는 어깨를 으쓱하고는 제자리로 돌아갔고, 솔로몬은 집으로 갔다. 큰아들을 향한 분노가 아직 누그러지지 않아, 입에서 쓴맛이 났다.

다니엘은 어머니 채러티와 함께 있었다.

「당신 아들이 어떻게 했는지 알고 있나?」

채러티가 대답이 없자, 솔로몬이 소리쳤다.

「그런 놈을 낳았으니 부끄러운 줄 알아야지. 저놈이 도라이 가문에 수치심을 안겨 줄 거야.」

채러티가 조용히 말했다.

「다니엘은 좋은 아이예요.」
「당신, 뭐라고 했지?」
솔로몬이 벌컥 화를 냈다.
「다니엘은 좋은 아이라고 했어요.」
채러티가 좀 큰 소리로 말했다.
「다니엘은 아이가 아니야. 이제 다 큰 어른인데 이 모양이니 안타까울 수밖에.」
다니엘이 다시 흐느끼기 시작하자, 솔로몬은 못마땅해서 노려보았다. 채러티가 아들을 달래려고 어깨를 감싸니, 솔로몬은 더 부아가 났다.
「차라리 계집애로 태어나야 했는데 그랬다, 다니엘. 좋아, 그런 식이라면 앞으로도 그럴 거라면 알았다. 오늘 밤, 집안의 모든 여자와 아이들은 짐을 꾸려 떠날 준비를 해라. 채러티, 당신은 친정으로 갈 거고 다니엘이 여자들의 친구이자 보호자가 될 거야.」
그는 비아냥대듯 덧붙였다.
「안전하게 모셔야 할 테니, 장정 대여섯을 붙여 주지.」
「아버지, 제발 저를 보내지 마세요. 있는 힘껏 할게요.」
다니엘이 눈물을 줄줄 흘리며 애원했다.
「너의 '힘'은 내겐 쓸모가 없다. 네가 태어났을 때 얼마나 자랑스러웠던지. 이 집안을 다음 세기로 이끌어 갈 장자라고……. 점쟁이가 너를 보러 와서 뭐라고 했는 줄 아니? 그는 우리 집안에서 가장 강한 인물이 될 거라고 말했어. 점쟁이 말을 믿지 않은 네 어머니가 옳았지. 그 점괘가 얼마나 어처구니없었는지 이렇게 네가 증명해 주니 말이다.」
솔로몬은 성큼성큼 걸어 나갔다.

채러티는 다니엘을 달래려 했지만 소용없었다. 한참 후 그는 어머니 곁에서 물러나 집 밖으로 나갔다. 문간에서 아론을 보고, 그는 동생이 모든 얘기를 다 듣고 있었음을 깨달았다. 형제는 가까웠던 적이 없었다. 하지만 아론은 전통대로 예의를 갖춰 형 대접을 해주었다. 한데 오늘 처음으로, 다니엘은 동생의 경멸 어린 눈빛을 보았다.

그날 저녁 솔로몬은 싸움꾼들을 다시 점검했다. 이웃 마을에서 싸움꾼 열댓 명이 더 올 것이고, 권총과 장총 몇 자루도 도착한다는 연락을 받은 터였다.

집안 여자들과 아이들을 안전한 곳으로 피신시키기에 너무 늦지 않았나 싶은 걱정이 생겼다. 지난 몇 주간 북쪽 길에는 피난을 떠나는 사람들이 꽉 들어찼고, 무투 측 보초 때문에 많은 사람이 되돌아왔다. 하지만 솔로몬으로서는 가족을 라니부르까지 호송할 사람들의 힘과 행운에 모든 것을 걸 수밖에 없었다. 눈물을 뿌리는 이별은 아니었다. 솔로몬은 맏아들에 대한 실망감을 아직 이기지 못했다. 그날 밤 우마차가 떠날 때도 그는 멀찌감치 있었다.

무투가 최선을 다했지만, 마루다르 싸움꾼들은 정신을 차리지 못했고, 술을 철철 마셔 댔다. 그가 다리와 미낙시코일 외곽으로 빠지는 도로에 세운 보초들은 고주망태가 되어 도라이의 무장한 호위병들에게 당했다. 우마차들이 쭉쭉 빠져나갔고, 가재도구를 담은 바구니를 어깨에 메거나, 손수레를 밀고 피난하는 부인들과 아이들도 막아 내지 못했다. 피할 수 있는 형편만 되면 누구든 무서운 싸움을 피하고 싶어했다.

무투 베다르는 솔로몬의 식솔들이 피신했다는 소식을 듣자 분노했지만 도리가 없었다. 그는 경계를 두 배로 강화했다.

28

체바타르 분쟁의 첫 희생자는 아이였다. 실제 싸움이 일어나기 전
날, 사내아이 한 명이 죽었다. 대부분의 아이들은 이미 피난을 떠나
고 없었다. 남은 아이들은 어른들을 흉내 내는 놀이를 하기 시작했
다. 베다르 아이들이 안다바르 아이들에게 '구두-구두'라는 놀이로
도전했다. 원래 놀이는 각 팀이 상대편을 많이 붙잡거나, 계속 '구두,
구두'라고 외치면서 자기 영역에 들어온 술래를 잡는 방식이었다. 하
지만 마을에 긴장감이 감돌자 아이들은 새로운 방식을 정했다. 양 팀
이 막대기로 무장을 하고 서로 공격하기로 했다. 놀이에 참가한 아이
들은 일곱 살에서 열두 살이었지만, 아버지들처럼 열을 내며 달려들
었다. 처음으로 카스트 계급에 따라서 팀이 이루어졌다.

안다바르 팀은 첫 두 판을 졌다. 다음 판이 시작되자, 가장 센 베다
르 아이가 공격을 시작했고 안다바르 아이 한 명만 그와 맞섰다. 나
머지 아이들은 뒤로 물러났다. 억센 베다르 아이는 둘러선 안다바르
아이들을 감시하면서 앞에 있는 아이를 내리쳤다. 안다바르 소년은
나가떨어졌다. 아이는 쓰러지면서 공격한 베다르 소년의 막대기를
붙잡고 늘어졌다. 몸집이 큰 베다르 소년은 툴툴대면서 막대기를 빼
앗으려 했다. 상대를 발로 걸어찼지만 소용이 없었다. 그를 떼어 낼
방법은 막대기를 버리고 패배를 인정하는 것뿐이었지만, 앞에 있는
녀석에게 지고 싶지 않았다. 그 순간, 세 명의 안다바르 아이들이 있
는 힘을 다해 베다르 소년의 목덜미와 머리, 다리를 공격했다. 그는
바닥에 쓰러져 움직이지 않았다. 그가 이상스레 꼼짝 않자 안다바르
소년들의 신나는 함성도 잦아들었다. 양쪽 모두 줄행랑쳤다.

비극적인 소식이 알려지자 현장에 처음 도착한 사람은 무투 베다
르였다. 부근에 애시워스 신부의 양호실이 있었지만, 무투 베다르는

부상당한 아이를 거기 데려가지 못하게 했다. 대신 깔갯짚에 눕힌 아이를 4백 미터쯤 떨어진 베다르 사람의 집으로 데려가기로 했다. 가는 길에 아이는 죽었다. 그날, 아이의 아버지와 베다르 남자들은 무루간 사원에 모여서 복수를 다짐했다. 체바타르와 미낙시코일의 안다바르 남자는 씨도 남기지 않기로 했다.

새벽, 아직 달이 하늘에 떠 있을 때 베다르 사내들은 다시 무루간 사원에 모였다. 신들의 관심을 끌기 위한 종이 울렸고, 이어서 수브라마니아 사스트리갈이 아들의 채근에 마지못해 산스크리트 어로 주문을 외고 사람들을 축복했다. 그는 친구도, 친척이나 이웃도 생각하지 않고 겁없이 싸웠던 전사 아르주나의 본을 따르라고 훈계했다.
「여러분이 할 일은 그냥 싸우는 것이다. 이 사악한 자들은 아이들의 생명조차 가만히 두지 않는다. 무엇보다도 크리슈나께서 전쟁터에서 하신 말을 기억하도록. '전사에게는 정의로운 전쟁보다 반가운 것이 없으며…… 죽으면 천국으로 들어갈 것이고, 정복하면 지상의 통치권을 누리리라.'」

29

거기서 1킬로미터도 떨어지지 않은 교회에서는, 애시워스 신부와 솔로몬 도라이가 장미목 예수상 앞에 무릎을 꿇고 기도하고 있었다. 솔로몬은 소년이 죽었다는 소식을 듣자마자, 부하들에게 싸울 준비를 하라고 지시했다. 동이 트기 전, 그는 교회로 왔다.
신부는 밤새 기도와 묵상을 했다. 그는 신께 간언하고 신과 언쟁을 벌였다. 옳은 길로 인도해 주시고 대답을 달라고 간청했다. 어느 순간 그는 이렇게 소리쳤다.

「말씀해 보십시오, 주님. 이 성스럽지 않은 싸움이 무슨 소용이 있습니까? 이것이 당신의 뜻이라면 어떻게 정당화하시겠습니까? 힌두교도들은 이것을 돌고 도는 윤회의 일부로 봅니다. 파괴 행위가 창조 행위를 불러일으킨다고 봅니다. 전능한 시바 신은 파괴하는 순간도 창조의 춤을 춥니다. 하지만 당신은 어떤 대답을 갖고 계십니까, 하나님?」

족장이 찾아왔다는 전갈에 신부는 달려 나가서 맞아들였지만, 솔로몬의 얼굴을 본 순간 희망이 사라졌다.

「아직도 취소할 여유는 있소, 솔로몬.」

「기도하고 싶습니다, 신부님. 제 부하 몇 명이 축도를 받고 싶어합니다. 힌두교도 싸움꾼들은 벌써 사원에 다녀왔기에, 기독교도들도 예배를 드리고 싶어합니다.」

「이건 옳지 않소, 솔로몬. 이 싸움은 당신의 영광과 위대함에 아무 도움도 되지 않을 거요.」

「신부님, 저는 기도하고 신의 말씀을 듣고 싶습니다. 신부님께서 도와주실 수 없다면…….」

「당신이 이 싸움을 그만두는 데 내가 돕도록 해주시오, 솔로몬. 당신의 밀사가 되겠소. 당신은 싸움을 막을 수 있다는 것을 알고 있소. 당신은 내게 어떤 것을 받아들일지 말해 주기만 하면 됩니다.」

「제가 왜 찾아왔는지 이미 말씀드렸습니다.」

「솔로몬, 내 말에 귀를 기울여 주기 바랍니다. 사람들이 당신을 어떻게 기억하겠소? 카스트 계급이 다르다는 이유만으로 다른 사람들을 죽이도록 인가한 사람으로 기억할 거요. 솔로몬, 생각해 보시오. 이들은 당신처럼 밭을 갈고, 당신처럼 가족을 가진 사람들이

오. 그들을 죽이고 이 땅에서 몰아내면 문제가 없어질 것 같소? 이
곳이 안다바르만의 마을이 되면 모든 문제가 끝날 것 같소? 더 이
상은 강간도 싸움도 없을 것 같소? 당신이 이런 상황에 종지부를
찍을 수…….」
「내가 시작한 게 아니지만 어떻게든 매듭을 지어야 합니다. 주님과
시간을 함께하고 싶지만, 신부님이 도와주실 수 없다면 그냥 가겠
습니다.」
　애시워스 신부는 아주 늙은 사람처럼 천천히 성경책을 넘기다가
찾던 대목을 펼쳤다. 그가 설교를 시작했다. 그는 여호수아의 말을
봉독했다. '너희 중 한 사람이 천 명을 쫓을지니, 이는 너희 주 하나
님이 약속대로 너희를 위해 싸우셨음이라.'
　그들은 머리를 숙이고 조용히 기도했다. 잠시 후 솔로몬이 일어나
서 신부에게 감사의 말을 하고 떠났다.

30

　기우는 달 아래, 바다는 걸쭉하고 찐득찐득한 느낌이었고 물살이
흰 자국을 남길 뿐 파도 소리는 잠잠했다. 더웠고, 비가 쏟아질 듯 하
늘에는 잔뜩 구름이 끼어 있었다.
　동틀 녘 해변에 사내들이 모이기 시작했다. 솔로몬의 싸움꾼들이
먼저 도착했다. 그들은 모래 언덕 그늘 속에서 반원을 만들었다. 긴
장감과 기대감이 감돌았다. 그들은 무기를 점검했다. 대부분은 대나
무 막대기를 들고 있었다. 여호수아와 솔로몬은 권총을 지녔고, 목화
마을의 촌장은 총신을 철사로 이은 구식 총에 손가락을 걸고 있었다.
농부 두 명이 총을 갖고 있었지만, 가늠쇠가 엉터리여서 아무 소용이

없을 것 같았다. 싸움꾼들은 대부분 무시무시한 칼로 무장했다. 양쪽에 날이 있어서 손목을 조금만 비틀어도 코코넛을 두 동강 낼 수 있었다.

하늘에 붉은 기운이 감돌 무렵, 고기잡이 배들이 낚시하는 지점을 향해 바다 위에 미끄러지기 시작했다. 우기가 늦어져서 어부들은 며칠 더 고기를 잡을 수 있었다. 여섯 척 정도의 배들이 고요한 바다 위를 헤쳐 나갔다. 솔로몬은 그들이 왜 이리 늦게 바다로 나가는지 의아했다.

날렵한 칼날 소리가 무투 베다르의 도착을 알렸다. 그의 부하들이 해변가에 줄지어 선 야자나무 숲에서 튀어나왔다. 맨 앞에는 젊은 브라만 승려와 나데스와람[9] 주자와 북 치는 사람이 서 있었다. 상대편이 놀라는 가운데 무투의 부하들은 종교 행렬이라도 하듯 앞으로 나왔다. 싸움꾼들은 당당하게 무기를 들고 있었다. 막대기, 삼지창, 열댓 개의 화약 등 솔로몬 측과 똑같이 잡다한 무기가 총출동했다.

무투가 1백 명 정도의 싸움꾼을 모았지만 원하는 수의 채 절반도 동원하지 못해서, 솔로몬 편이 둘에 하나꼴로 수가 우세했다. 안다바르 족은 초조하게 무기를 부여잡았다. 지난주 내내 보초를 서느라 지치고 긴장한 상태였다. 여호수아는 분위기를 감지하고, 솔로몬에게 속삭였다.

「우리가 손을 써야겠습니다. 사정거리에 들어오는 대로 두어 놈을 쏴버립시다.」

「안 돼. 행렬 앞에는 승려와 나데스와람 주자와 북 치는 사람이 있는걸.」

---

9) 주로 남인도에서 쓰는 악기로 태평소와 비슷하게 생김. 사원과 결혼 행사에서 많이 쓰인다.

솔로몬도 소곤소곤 말했다.

「하지만 우린 무투의 손에 놀아날 겁니다. 틀림없이 계략이 있을 겁니다.」

「우린 우리 식으로 한다. 정정당당하게 싸우지 못할 바에야 싸우지 않는다.」

솔로몬이 말했다.

사정거리 바로 밖에서 무투가 멈춰 섰다. 음악 소리가 사그라지면서, 북 치는 사람과 승려는 옆으로 비켜났다. 베다르 대장의 신호와 함께 사격수들이 총을 쏘기 시작하면서 넓은 바다와 모래사장에 총소리가 울려 퍼졌다. 총격은 격렬했지만, 양측의 거리가 너무 멀었다. 운 좋게 한 발이 안다바르 싸움꾼 한 명에게 꽂히자, 그는 쓰러지며 다리를 움켜잡았다. 그가 울부짖기 시작했다. 그의 비명 소리에 무투의 부하들이 활기를 띠며 동작을 개시했다. 그들은 안다바르 사람들을 향해 내달리기 시작했다. 모래밭이라 몸이 뒤뚱거렸다. 적이 다가오자 부하들이 물러서는 것을 보고 여호수아는 실망했다. 두어 명이 달아나자 그는 나머지 사람들에게 화를 벌컥 냈다.

「이 겁쟁이들, 움직이는 놈은 내가 쏴버리겠다. 굳건히 버티면 성공할 것이다. 발리를 기억하라. 너희가 넘어지면 부인들과 자식들이 살육되고 만다는 점을 기억하라. 이제 사내답게 싸우라!」

솔로몬은 사촌 동생의 절규를 아련히 들었다. 실제 몸과 감각이 서로 멀리 떨어진 듯 현실감이 없었다. 높은 곳에 있는 사람처럼 자기도 모르게 차분히 총구를 50미터쯤 떨어진 곳에 있는 무투의 몸에 겨누었다. 무투보다 몸이 빠른 청년이 무투 앞으로 나와 몸으로 막았다. 땅에 쓰러진 그는 사지가 축 늘어지더니 일그러진 얼굴로 죽었다. 솔로몬은 다시 총을 쐈고, 이번에도 다른 사람이 비틀비틀 쓰러졌다. 하지만 무투도 총을 겨누었다. 여호수아도 다른 사격수처럼 두어 발 쐈고, 베다르 세 명이 이어 쓰러졌다.

베다르 쪽 싸움꾼이 쓰러지면서 방어선이 무너지는 효과가 생겼다. 이제 그쪽 총기는 쓸모없었고, 사람들은 목숨을 부지하려고 안간힘을 썼다. 체바타르는 20년 넘게 평화로운 마을이었으므로 싸움에 대한 준비가 없었다. 마루다르 두어 명을 제외하면, 전문적인 싸움꾼이 없었고 모두 죽을 생각은 추호도 없었다. 물론 땅이나 여자 때문에 이웃에게 행패를 부리던 주정뱅이들이 있긴 했다. 대부분은 잠시 받은 훈련 따윈 까맣게 잊었고, 그저 절박한 마음에 상대를 베었다. 어떤 대가를 치르더라도 목숨을 부지하겠다는 마음뿐이었다.

몇 명은 즉사했는데, 그들의 머리통은 쪼개지거나 볼 수 없을 정도로 일그러졌다. 나머지 싸움꾼들은 발이 빠지는 모래밭에서 중심을 잡으려고 발버둥쳤다. 여호수아는 땅딸막한 마루다르 대장과 맞붙어 싸웠다. 둘의 대나무 막대기가 펄떡이는 물고기처럼 공중을 획획 스쳤다. 슬쩍 몸을 피하고, 이어 역공을 취하고. 여호수아가 발이 불편한 것처럼 마루다르 대장도 모래밭이라서 균형을 잘 잡지 못했다. 여호수아는 피로해지기 시작했다. 세월의 힘은 도리가 없었다. 뒤로, 뒤로……. 마루다르 대장은 계속 달려들더니 살짝 옆으로 비키면서 여호수아의 콧잔등을 내리쳤다. 뼈가 산산조각나며 뇌에 박혔다. 여호수아는 아무 말 못하고 모래사장에 얼굴을 묻었다.

다행히 싸움이 워낙 격렬해서, 솔로몬 쪽 싸움꾼들은 대장 여호수아가 쓰러지는 것을 보지 못했다. 하지만 여호수아 곁에서 싸우던 아론은 그 광경을 보았다. 그는 분노하며 마루다르 대장에게 달려들었다. 그는 상대가 누군지 알자 씩 웃으며 소리쳤다.

「우선 너를 죽인 다음에, 더러운 너희 가족 전부를 처치해 버리겠다.」

성난 공격을 시도한 후, 아론은 속도를 늦추기 시작했다. 전면 공격을 하면 질 것을 알기에, 이런 상황을 위해 대비해 놓은 전략을 썼다. 그는 해안의 텅 빈 부분으로 물러서기 시작했고, 마루다르 대장은 압박을 가하며 공격을 시도했다. 부하 대여섯이 대장 주위를 에워싸면서, 아론을 에워싼 안다바르 청년들의 용기 있는 공격을 물리쳤다. 안다바르 청년들은 흩어지기 시작했고, 그 순간 발밑이 움직이기 시작하자 마루다르 싸움꾼들은 등골이 오싹해졌다. 모래 밑에 그물을 감춰 놓은 아론의 어부 친구들이 그물과 연결된 배를 저어 바다로 나가기 시작했다. 마루다르 사람들이 넘어지자 아론 무리는 공격을 가하기 시작했다. 부상당하고 죽어 가는 마루다르 싸움꾼들에게 그물을 단단히 뒤집어씌우자, 아론과 무리는 팔을 들어 미리 약속한 신호를 보냈다. 돌고래처럼 포획된 마루다르 대장을 포함한 일곱 싸움꾼은 만나르 만으로 끌려 들어갔다.

31

족장 솔로몬이 떠나자, 애시워스 신부는 오랫동안 제단 앞에 무릎을 꿇고 앉아 기적이 일어나기를 기도했다. 그러다 밖으로 나갔다. 솔로몬은 그에게 싸움 장소에 나오지 말라고 경고했었다. 애시워스가 거부하자, 솔로몬은 부하 몇 명을 교회 주변에 배치해서 그가 나오지 못하게 하겠다고 말했다. 신부는 지킬 사람을 보낼 필요가 없다는 말만 하고 더는 말하지 않았다. 솔로몬은 싸움꾼이 한 명이라도 아쉬울 테니까.

물결 모양의 잿빛 구름이 가득한 하늘에 해가 나왔다. 덥고 숨이 막혔고, 사제복 밑으로 땀이 흐르기 시작했다. 그는 교회 단지를 벗어나, 해변이 더 잘 보이는 작은 언덕으로 올라갔다.

분명히 보이지 않는 막대기 같은 사내들이 햇살 쏟아지는 모래밭 위에서 움직였다. 가끔 한 사람이 쓰러지면, 그가 다시 일어났는지 확실히 알 수 없었다. 애시워스 신부의 마음속에 새로 커다란 공포가 솟구쳤다. 해변에서는 사람이 죽어 갔다. 베다르 족, 안다바르 족, 마루다르 족. 함께 살고 함께 웃고 함께 예배했던 사람들이었다. 애시워스 신부는 털실을 풀어놓은 듯한 하늘 아래 무릎을 꿇고 기도했지만, 하나님에게 할 말이 남아 있지 않았다. 그가 할 수 있는 일은 무릎을 꿇고 앉아 비통함에 잠기는 것뿐이었다. 불쑥 빛이 밀려드는 것이 느껴졌다. 앞을 보니 장미목 예수상이 긴 룽기만 걸치고 그에게 다가와서 손을 잡았다. 예수는 농부와 부랑배들이 신의 이름으로 죽은 곳으로 그를 데리고 내려갔다.

현대 병기가 나오기 전에는 멀리서 싸움터를 보면 조용한 곳 같았다. 죽어 가는 사람들과 분노한 적의 욕설과 비명, 총알 나가는 소리와 막대기와 칼이 부딪치는 소리 등이 커지는가 싶다가 다시 사그라졌다. 폭풍의 눈에서 찌꺼기가 위로 떠오르다가 가라앉는 것처럼. 야자수 아래 있는 수십 명의 구경꾼에게는 잔잔한 바다 소리보다 조금 소란한 소리가 나는 것처럼 생각되었다. 그들의 눈앞에서 펼쳐지는 암울한 싸움이 인형극처럼 보이기도 했다.

하지만 싸움판의 소음은 대단했다. 기합 소리를 지르며 무투는 두 명의 안다바르 싸움꾼을 물리치고, 아론과 소년들에게 달려들었다. 그는 아론 무리가 마루다르 대장을 죽이는 광경을 똑똑히 봤으므로, 부하들의 사기를 북돋기 위해서는 당장 분명한 보복을 가해야 한다는 것을 알았다. 아론에게 거의 다가섰을 때, 솔로몬이 막아섰다.

「나를 지나야 내 아들과 싸울 수 있을 것이다.」

솔로몬은 숨을 헐떡이며 말했다. 맞고 멍든 그를 보자, 순간적으로 무투는 연민을 느꼈다. 그의 눈앞에서, 젊은 날의 가벼움과 강렬함은 간데없는 중년의 사내가 감당할 수 없는 상황으로 빠져들고 있었다. 하지만 분노가 치밀면서 연민이 사라지자, 무투는 남은 힘을 다 짜내서 일격을 가했다.

솔로몬은 상태가 더 안 좋았지만 거구인 무투의 막대기가 공중을 가로질러 다가오는 순간을 놓치지 않았다. 새로 힘이 솟았다. 그는 막대기를 피하면서 역공을 했다. 주변에서는 싸움이 일어났다 잦아들면서 나름의 관성으로 진행되었다. 하지만 막대기가 교차하는 순간, 두 사람은 주변에 상관하지 않고 그들만의 싸움에 완전히 몰입했다.

잠시 후, 무투가 유리하다는 것이 분명해졌다. 그는 솔로몬보다 체구도 크고 강했고, 부상도 덜 입었다. 나이와 평온한 환경이 솔로몬의 싸움 솜씨를 무디게 만들었다. 무투가 점점 규칙적으로 타격을 가하자, 솔로몬이 순간적으로 냈던 힘은 점차 시들기 시작했다. 그가 갈비뼈를 찔리고 나뒹굴자, 또 한 차례의 타격이 가해졌고 간신히 몸을 피했지만 막대기가 얼굴을 스쳤다. 입에서 시큼한 피맛이 느껴졌다. 무투의 막대기 공격이 쉴 새 없이 쏟아졌다. 그 순간, 솔로몬은 스승이 애제자에게만 전수해 준 전략이 떠올랐다. 그는 땅에 쓰러져서, 무투 베다르의 집중적인 공격이 흔들리기를 기다렸다. 그사이 숨을 돌릴 심산이었다. 마치 기도에 응답이라도 받은 듯, 갑자기 무투의 공격이 멈추었다. 놀란 솔로몬은 고개를 들다가, 무투가 공격을 멈춘 이유를 알았다. 애시워스 신부가 그들 앞에 서 있었다. 평온하고 침착한 얼굴이었다. 신부는 단호하게 말했다.

「이제 그만 하시오. 무투 베다르, 솔로몬 도라이. 우리 신의 이름으로 두 사람에게 이 어이없는 살육을 멈추라고 명령하겠소.」

애시워스 신부는 체구가 작았지만, 새로운 영적 능력이 충만해서 분명하고 힘 있게 말했다.

무슨 일이라도 생긴 듯 갑자기 모든 싸움이 중단되었다. 하지만 그것도 잠시…… 애시워스 신부의 마법에서 풀려난 무투가 '예수쟁이 신부가 방해하다니!'라고 외치며, 옆에 쓰러진 사람의 손에서 삼지창을 빼앗아 신부의 배를 찔러 버렸다.

신부는 비틀비틀 뒷걸음쳤다. 그가 털썩 주저앉았다. 무투가 든 삼지창의 손잡이를 기도하듯 양손으로 붙잡은 채. 곧 그는 옆으로 쓰러졌다. 얼굴에 닿은 모래가 따뜻했고, 급격히 눈앞이 희미해지는 와중에 바다의 커다란 초록빛 눈이 떠올랐다. 그 위로 일렁이는 하늘과 하얀 치아 같은 파도……. 그는 세상을 떠났다. 갑자기 천둥이 치면서 동쪽 수평선 너머가 출렁이고 벼락이 번뜩여 하늘이 하얗게 변했다. 뜨거운 빗줄기가 바늘처럼 대지를 콕콕 쑤셨고, 하늘은 잿빛 장막에 휩싸였다. 그러잖아도 신부의 죽음으로 충격에 빠진 마을 사람들은 갑자기 내리는 비를 신의 분노라고 받아들였다. 몇 사람이 흩어지며 달아나기 시작했고, 몇몇은 땅에 절을 했다. 나머지는 어쩔 줄 모르고 서 있었다.

솔로몬은 남은 힘을 다 모아서 무릎으로 일어섰다. 그리고 막대기로 부챗살을 그리며 일격을 가했다. 거장만이 갖는 힘이었다. 대나무 막대기가 무투의 쇄골을 으스러뜨렸다. 무투가 어쩔 사이도 없이 솔로몬은 다시 한 번 막대기를 상대의 무릎에 내리꽂았다. 양무릎이 부서져 내리자, 무투는 헛손질을 하다가 쓰러지기 시작했다. 솔로몬은 기다렸다. 막대기를 단단히 붙잡은 채로. 무투가 고꾸라지자 솔로몬의 대나무 막대기는 그의 턱에 내리꽂혔다. 뼈와 피가 공중에 튀었다. 무투는 땅에 쓰러지기 전에 숨을 거뒀다. 솔로몬은 평생의 원수곁에 주저앉았다. 폭우가 잦아들며 빗줄기가 가늘어졌다. 계속 비가내렸다. 체바타르에 우기가 찾아왔다. 예년보다 2주일 늦게.

2부
도라이푸람

32

불꽃이 공작의 깃털 가장자리에서 타 들어갔다. 쪽빛, 초록색, 짙은 하늘색, 금색, 황동색 스펙트럼이 천천히 재로 변했다. 다니엘은 재를 금이 간 그릇에 받은 다음, 깃털 하나를 들었다. 그는 졸면서 깃털에 불을 댕겼다. 마음에서 몸집이 크고 무거운 새 떼가 뱀처럼 흔들흔들 날아올랐다. 불꽃이 깃털을 태우면서 손가락을 스치자, 다니엘은 얼른 정신을 차렸다. 재가 충분히 모이자 후춧가루를 섞었다. 이렇게 만들어진 공작새 깃털 연고는 필라이 의원에서 자주 쓰는 약으로 손꼽혔다. 특히 구토와 딸꾹질에 특효약이었다.

새벽 네시가 조금 넘은 시간. 다니엘은 혼자 일하고 있었다. 함께 일하는 동료 여섯이 곧 도착해서 병원 문을 일찍 열 터였다. 다니엘은 한 번도 긴 근무 시간을 불평하지 않았다. 전설적인 의사 필라이 자신은 더 많은 시간을 일했다. 그는 새벽 네시부터 밤 여덟시까지 환자를 봤다. 아침 식사를 하느라 잠시 쉬고, 점심때는 신선한 버터밀크 한 잔을 마시며 더 짧게 쉴 뿐이었다. 다니엘과 조수들이 일을 마칠 때도 연로한 의사는 여전히 일에 몰두했다. 그는 병원에서 팔거나 책에 나온 약제를 늘리기 위해 새로운 약품을 실험했다. 다음날 새벽, 직원들이 출근해 보면, 그는 목욕하고 옷을 입고 환자를 받는 방에 있었다.

다니엘이 공작 깃털이 더 있나 보려고 찬장을 뒤질 때 누군가 어깨를 두드렸다. 필라이 밑에서 오랜 기간 조수로 일한 찬드란이 원장님이 찾으신다고 알렸다. 예사롭지 않은 일이라 다니엘은 초조했다. 무슨 일일까? 큰 잘못이라도 저지른 걸까? 직장을 잃게 될까? 그는 이곳이 좋았다. 병원에서 4년간 일하면서 마음이 차분해졌고, 간구하던 안정감도 얻을 수 있었다. 그렇지 않았다면 체바타르에서 일어난 괴로운 일들과 화해할 수 있었을지 의심스러웠다. 다니엘은 필사적으로 달아날 때 아버지의 마지막 말이 머릿속에 맴돌아서 잠 못 이루고 뒤척이던 나날들을 기억했다……. 아버지와 애시워스 신부가 세상을 떠났다는 소식에 하마터면 완전히 파멸할 뻔했다. 점차 회복되었지만. 정확하게 약을 지으려면 집중력이 필요했으므로 병원일을 하면서 치유되기 시작했다.

닥터 필라이가 왜 보자고 할까? 다니엘은 미친 듯이 생각해 보았다. 닥터 필라이는 불같이 화를 내는 성격이었지만, 아무리 새겨 봐도 그럴 일은 저지르지 않았다. 혹시 매일 많은 약을 지으면서 실수를 저질렀을 가능성이 있을까? 아니, 그럴 리 없었다. 그는 드물게 닥터 필라이의 눈에 들어서, 약제 기술이 빨리 늘었다고 칭찬받은 적이 있었다. 최근에 지은 약에 대해 생각해 봤다. 어제 어떤 약을 대량으로 조제했지만 주성분이 무해한 맥아이므로 잘못됐을 리가 없었다. 그다음에 지은 약의 약제를 제대로 쓰지 못했을까? 부주의해서 그랬을까? 다니엘은 찬드란이 기다리고 있음을 알아차리자 더 걱정스러웠다.

「선생님께서 왜 저를 보자고 하시는지 무슨 말씀이 있으셨습니까?」

버릇없는 말투가 되지 않도록 조심하면서 물었다. 점점 더 불안해졌다.

「아니.」

찬드란은 원장처럼 무뚝뚝했다. 다니엘은 긴장을 풀려고 노력하면서, 찬드란을 따라 닥터 필라이의 진찰실로 들어갔다.

필라이는 키가 작고 까만 얼굴에 머리통을 빙 둘러 흰머리가 나 있다. 두상이 갸름하고 대머리여서 염색한 달걀처럼 보였다. 종종 눈이 풀린 것 같았지만 매부리코가 고집스러운 인상을 주었다. 닥터 필라이는 40년간 나게르코일에서 개업해 대단한 명성을 얻었다. 부유한 그는 일찍이 극빈자들을 치유하는 데 시간과 의술을 쏟기로 작정하고, 변두리에 작은 병원을 열었다. 그리고 아버지가 세상을 떠나 만다팜 거리에 있는 저택을 상속받자, 그곳에서 진료를 했다. 닥터 필라이는 조수와 직원들을 고용했지만, 진료비를 받지 않았다. 형편이 되는 사람은 기부를 했다. 그렇지 않으면 약값만 지불했고, 약도 원가에 팔았다.

닥터 필라이가 무료 진료를 한다는 것과 별개로 인기가 높은 것은 의술이 워낙 뛰어났기 때문이다. 그는 신비로운 싯다 의술을 익히는 데 평생을 쏟아 부었지만, 불필요하고 구태의연한 측면은 과감히 버렸다. 현실적인 사람인지라 다른 의료 기술에서도 필요한 것은 뭐든지 차용했다. 그래서 순수한 싯다 의학자들은 그를 혹평하면서, 싯다 의사라고 부를 자격이 없다고 말했다. 닥터 필라이는 그런 평가에 동요하지 않았다. 전통적인 싯다 의사들에게 인정을 받든 아니든 상관이 없었다. 그는 싯다 의학을 공부했지만, 환자를 치료하는 데 더 열정을 쏟았다. 그래서 치료에 도움이 되는 의학이 필요했다. 어찌 보면 이런 비정통적인 방법 덕분에 환자 수백 명이 완쾌되었고, 그의 명성이 커지면서 일도 늘었다. 채러티의 친정아버지와 닥터 필라이는 20년째 매주 목요일 저녁에 장기를 두는 친구 사이였다. 덕분에 채러티의 아버지 야곱 패키암이 외손자를 병원에서 일하게 해달라고 부탁했을 때, 닥터 필라이는 거절하지 않았다.

찬드란은 다니엘이 왔음을 알리고, 평소 자기 자리인 닥터 필라이 옆으로 물러났다. 진료실은 큰 복도를 향해 열려 있었다. 환자들은 벽 쪽으로 줄지어 놓인 돗자리에 앉아서 기다렸다. 닥터 필라이가 환자 진찰을 마치면 찬드란에게 처방전을 말했고, 찬드란이 저쪽에 있는 약국으로 내용을 전달하면, 다니엘과 동료들이 매일 수십 가지 약을 지었다.

닥터 필라이가 한동안 알은체를 않자 다니엘은 더욱 초조해졌다. 그는 진찰실을 둘러보면서 마음을 가라앉히려고 노력했다. 의사는 돗자리에 가부좌를 틀고 앉아서, 늙은 여자 환자의 맥을 짚었다. 노파는 나뭇가지처럼 앙상했다. 방에 있는 집기라고는 받침대에 걸쳐진 법랑 대야와 나무 찬장뿐이었다. 장식 없는 벽은 갈라지고 칠이 벗겨졌다. 결혼하지 않은 닥터 필라이는 벽을 새로 칠한다든가 창에 커튼을 다는 것 같은 장식에는 신경 쓰지 않았다. 하지만 진찰실은 아주 깔끔했다. 닥터 필라이는 노파의 진찰을 마치자 다니엘을 불렀다. 그는 다니엘에게 손을 내밀라고 말했다. 그가 다니엘의 오른손을 잡고 오랫동안 바라보더니 불쑥 말했다.

「이곳에서 일한 지 얼마나 됐지?」

「사 년 됐습니다, 선생님.」

「좋아. 이 환자의 맥을 짚어 보고 어떤 느낌이 드는지 말해 봐. 이렇게.」

　그는 다니엘에게 검지와 중지, 약지로 환자의 팔목을 짚는 방법을
가르쳐 준 후, 뒤로 물러앉아 대답을 기다렸다. 다니엘은 겁이 났다.
왜 닥터 필라이가 이런 일을 하라는지 짐작이 되지 않았다. 다니엘은
환자를 진찰한 적이 없었고, 맥에 대해서는 아는 바가 없었다. 그가
할 줄 아는 것은 찬드란과 다른 조수들에게서 배운 싯다 약제를 짓는
일뿐이었다. 그는 노파의 맥을 잡았다. 살갗 밑으로 옅은 맥이 느껴
졌지만, 의사가 어떤 대답을 기대하는지 알 수 없었다. 침묵 때문에
더 초조해졌다. 닥터 필라이가 말했다.

　「맥에서 어떤 소리가 나는지 말해 보게. 자네는 관찰력이 뛰어난
　　청년이야……. 바람이 잎새를 지나는 소리가 나는지 까마귀의 날
　　갯짓 소리가 나는지…….」

　번뜩 뇌리에 스치는 게 있었다. 잡은 거북이를 의기양양하게 친구
에게 내보이는 아이.

　「선생님, 거북이가 걸어가는 것 같은 소리가 납니다…….」

　그 말을 내뱉는 순간, 자신이 멍청하다는 느낌이 들었다. 환자의 손
을 놓고 달아나고 싶었다. 하지만 놀랍게도 닥터 필라이의 고집스러
운 인상이 펴지더니 미소가 떠올랐다. 환자의 손목을 잡은 다니엘의
손을 펼치면서, 닥터 필라이가 간단히 말했다.

　「내 생각대로 자네는 소질이 있구먼. 오늘부터는 나를 도와 환자를
　　치료하게.」

　그날 밤 다니엘은 집에 달려와서 곧장 할아버지의 방으로 갔다. 야
곱 패키암은 테이블에 앉아서 성경을 읽고 있었다. 평소에는 할아버
지 앞에서 얌전하게 처신했지만, 이날 다니엘은 불쑥 물었다.

　「할아버지, 의사 선생님께 저에게 큰 책임을 맡기라고 부탁하셨나

요?」

야곱은 천천히 안경을 벗고, 성경의 읽던 부분에 책갈피를 끼웠다. 그리고 슬며시 웃었다.

「다니엘, 누구도 필라이에게 어쩌라고 말할 수 없단다. 한데 몇 주일 전, 짐을 덜어 줄 사람이 필요한 단계에 접어들었다는 말을 하더구나. 그는 네가 적격자라고 생각했지……. 이제 가서 네 엄마에게 말하거라. 아주 흡족해할 거다.」

「감사합니다, 할아버지.」

다니엘은 꿈을 꾸듯이 나갔다.

그 후 몇 달 동안 닥터 필라이는 싯다 의학의 신비를 젊은 수제자에게 전수하기 시작했다. 인간은 다섯 가지 요소인 흙, 물, 불, 바람, 공기로 구성된 우주의 미세한 존재에 불과하다는 것을 가르쳤다. 몸의 세포를 구성하는 요소가 균형을 이루면 사람은 건강했다. 균형이 깨지면 병에 걸렸다. 닥터 필라이는 싯다 의학은 언제나 이 균형을 맞추려 한다고 설명했다.

관계가 돈독해지면서 닥터 필라이는 싯다 의학 서적에 들어 있는 민간 치료법을 전수했다. 타밀 지방의 의학인 싯다 의학과 북부 지방에서 시작된 민간 치료 방법인 아유르베다의 유사성을 설명했다. 그리고 싯다 의학을 발전시킨 유명한 열여덟 명의 싯다 의학자들에 대해 교육시켰다. 그는 다니엘에게 밤늦도록 과학의 종교적이고 신비로운 전통에 대해 말했다. 시바 신이 싯다의 원칙을 배우자인 파르바티에게 어떻게 설명했고, 파르바티가 난디데바에게 전승했으며, 그는 타밀 지역의 가장 위대한 현자인 아가스티아르에게 어떻게 지식을 물려주었는지 알려 주었다.

176

몇 개월이 흘렀다. 다니엘은 대부분의 시간을 병원에서 지냈다. 일찍 출근하고 늦게 퇴근했다. 그는 배우는 것과 경험하는 것 때문에 들떴다. 닥터 필라이의 견해로, 위대한 의사는 최선의 진단을 내릴 수 있는 사람이었고, 그는 인내심을 가지고 다니엘에게 싯다 의학의 여덟 가지 진단 방식을 습득시켰다. 맥을 보는 법, 눈과 혀를 검사하는 법, 목소리를 해석하는 법, 촉감과 색깔을 아는 법, 대소변 검사법을 하나하나 가르쳤다. 다니엘은 지켜보고 듣고 배웠다.

닥터 필라이의 도제로 보낸 첫해가 끝날 무렵, 다니엘은 싯다 의학의 기초를 이해하기 시작했다. 닥터 필라이가 환자의 진찰을 맡길 때까지는 한참 걸릴 터였지만, 다니엘은 나날이 자신감을 얻었다. 그는 음악가가 현악기를 다루듯이 손가락을 이용해 환자의 맥을 보는 방법을 배웠다. 또 소변을 기름 바른 그릇에 떨어뜨려서 퍼지는 모양으로 병을 예측하는 법도 익혔다. 소변 방울이 화살이나 황소, 창, 코끼리 모양으로 퍼지면 병든 상태였고, 우산이나 꽃, 반지, 바퀴 모양으로 퍼지면 건강한 상태였다. 그는 촉진을 했고, 환자의 혀를 보고 진찰했다. 몸의 친근한 비밀을 터득했고, 스승은 고개를 끄덕이며 지켜봐 주었다.

어느 날 저녁 다니엘이 퇴근할 때 닥터 필라이가 불러들였다. 그는 단도직입적으로 용건을 말했다. 다니엘을 멜루르에 있는 정부 의과 대학에 보내 서양 의학을 배우게 하겠다고 했다.

「몇 생에 걸쳐 싯다 의학을 공부할 수도 있겠지만, 내 경험으로는 싯다 의학 지식만으로는 훌륭한 의사가 될 수 없다. 다른 체계와 비교할 수 있는 것이 중요하다. 서양 의학을 배우면 싯다 의학의 위대성을 알게 될 거야. 정부 의과 대학의 자격증이 유용하게 될 거다. 한 달 후 떠날 채비를 해라.」

다니엘은 믿을 수가 없었다. 애시워스 신부가 다니엘에게 의학 공부를 시키라고 솔로몬을 설득했던 일이 떠올랐다. 지금의 그를 봤다면 연로한 신부는 얼마나 대견해했을까?

33

뿌연 하늘이 환해지기 훨씬 전, 채러티는 일어났다. 평소 같으면 다른 가족이 깰 무렵에 청소와 식사 준비를 마쳐 놓았을 테지만, 오늘은 이상하게 기운이 없고 맥이 빠졌다. 내일 맏아들 다니엘은 주도인 멜루르로 떠나기로 되어 있었다.

그녀는 작은 베란다에 있는 등받이 의자에 앉았다. 다니엘은 병원 일에 심취하기 전, 늘 여기 앉아 작은 정원을 내다보곤 했다. 해 뜰 무렵이라 나무와 꽃의 윤곽이 또렷했다. 푸른 망고나무가 정원에 떡 버티고 서 있었다. 키 큰 나무는 대문에서 현관문에 이르는 길까지 아름답게 자랐다. 나무 주위에 핀 표피 무늬의 파두가 화려한 색을 뽐냈다. 채러티가 결혼 후 처음 친정에 오면서 가져와 심은 망고였다. 하지만 나무는 한 번도 열매를 맺지 않았다. 해마다 빛 바랜 작은 망고가 달리긴 하지만 익기 전에 떨어져 버렸다. '체바타르 닐람' 망고는 체바타르 강 주변에서만 열매를 맺는다는 산 증거였다. 한동안 채러티는 다니엘도 고향을 떠났다는 충격에서 헤어나지 못할까 걱정했다. 그는 치유되는 데 오래 걸렸고, 채러티 역시 아들과 함께 고통을 받았다. 그의 아픔이 너무 세게 밀려들어 채러티 자신의 아픔은 저만치 밀어 둘 수밖에 없었다. 아들이 병원일을 즐거워하자 그녀는 기뻤다. 그리고 이제 다니엘은 서양 의학을 공부한다는 기대에 흥분을 감추지 못했다. 채러티도 즐거워하려고 노력했다. 마음속 깊이 느끼는 슬픔을 들키지 않기 바라면서.

그녀가 집 뒤편의 작은 부엌으로 갈 무렵, 가족들이 움직이기 시작했다. 그녀는 다니엘이 좋아하는 음식을 만들어 주겠다고 약속했다. 우유가 데워지기 시작하자, 달콤한 반죽을 만들어서 경단을 빚기 시작했다. 불이 잘 들이지 않자 화덕에 신경을 썼다. 얼굴에 연기가 훅 밀려들어 눈물이 났다. 채러티는 생각했다. 두 아들을 잃다니, 어미의 비극이라고. 처음에는 아론을 잃었다. 그는 아버지의 열정에 휘말려서 만신창이가 되어, 살아남은 가족들을 증오했다. 이제 그녀가 애지중지하던 아들 다니엘을 잃게 되었다. 그는 그녀가 쫓아갈 수 없는 세상으로 사라지려 했다. 현재와 과거의 슬픔이 한꺼번에 밀려들자, 채러티는 흐느껴 울었다.

큰 싸움이 벌어지고 며칠 후 솔로몬은 부상으로 세상을 떠났다. 그녀가 서둘러 마을에 도착했을 때는 이미 장례식이 끝난 후였다. 채러티가 다니엘과 체바타르에 도착해 보니(친정아버지는 사정이 좋아질 때까지 딸들은 나게르코일에 두라고 권했다), 잠깐 집을 비운 사이에 동네는 알아볼 수 없게 변해 버렸다. 경찰관들이 한 집을 차지하고 주둔했다. 무투 베다르 일가를 포함해 베다르 세 가구가 영원히 동네를 떠났으며, 이어 베다르 주민 일부도 그 뒤를 따랐다. 싸움이 벌어지는 동안 화재에 휩싸인 바닷가 교회는 까맣게 그을린 폐허로 변했다. 기독교도 주민은 이제 예배를 보러 읍내로 나가야 했다.

평생 맏형의 그늘에서 살던 아브라함 도라이가 족장이 되었고, 그의 아내 카베리가 대갓집 안주인이 되었다. 아브라함 내외는 처음에는 곰살맞게 굴었다. 하지만 몇 주일 흐르고 카베리가 집안 살림을 맡으면서 채러티가 설자리를 빼앗았다. 대개의 하인은 쫓겨났고, 남은 하인들은 카베리가 안주인이라는 잔소리를 들어야 했다. 채러티는 안주인의 권리가 사라지는 것을 지켜보면서 맥 빠지고 낙심했다. 시동생 내외가 내놓고 구박하지 못하는 것은, 그들이 아론을 겁냈기 때문이었다. 아버지와 숙부의 죽음은 아론에게 깊은 상처를 남겼다. 채러티는 아들에게 마음을 쏟았지만 할 수 있는 일은 없었다. 아론은 솔로몬과 여호수아를 빼앗아 간 세상을 증오하는 만큼이나 어머니와 맏형도 비난했다. 숙부와 숙모도 미워했다. 아브라함과 카베리는 다리를 저는 불만투성이 조카를 조심스러워했다(아론이 싸움에서 입은 외상은 다리를 저는 것뿐이었다). 그가 언제 무슨 일을 저지를지 예상할 수 없었기 때문이다.

몇 달 후, 아론은 아브라함과 싸움을 벌였다. 그가 하루가 멀다 하고 읍내에 나가 노름하고 싸움질하고 빈둥대며 돌아다닌다는 것을 다 알았지만, 아무도 뭐라고 하지 못했다. 아브라함은 아론이 돈을 요구할 때마다 돈을 내줬지만, 이번에는 그가 달라는 10루피를 주지 않았다. 아론은 폭발했고, 아브라함이 버티자 욕설을 퍼부으며 집에서 나가 버렸다.

닷새가 지나도 아론은 돌아오지 않았다. 채러티는 아들을 찾아 달라고 시동생을 설득했지만, 아론이 고향을 떠났음이 분명했다. 채러티는 망연자실했고 아브라함도 걱정했다. 아론의 가출을 반긴 사람은 카베리뿐이었다. 그녀는 이 분노해 있는 조카가 무서웠다. 아론이 돌아올 기미가 없자 카베리는 대갓집 살림을 마음대로 주물렀다.

1주일도 안 되어 일이 벌어졌다. 어느 오후, 카베리는 시누이 카말람발이 바닥을 닦은 게 마음에 들지 않는다며 뺨을 후려갈겼다. 채러티가 얼른 나섰지만, 카베리는 화를 내며 휙 몸을 돌렸다.

그날 저녁 아브라함은 형수와 다니엘에게 체바타르를 떠나는 게 좋겠다고 말했다. 돈을 좀 마련해 주겠다고 했다. 어려운 시기여서 그가 만들 수 있는 돈은 그뿐이었다. 폭동 때문에 마을에 가혹한 세금이 부과된 데다가 농사가 흉작이어서 형편이 안 좋았다. 아브라함은 그들이 문제를 일으키지 않으면, 매년 망고와 쌀로 세를 내겠다고 말했다. 그해가 다 가기 전, 채러티와 다니엘은 우마차를 타고 주 경계를 넘어, 채러티의 친정 나게르코일로 향했었다.

부엌 밖에서 발소리가 났다. 채러티는 얼른 눈물을 훔치고 만딸 레이첼을 맞이했다. 레이첼은 엄마처럼 크고 깊은 눈을 가진 열일곱 살의 예쁜 처녀였다.

「엄마, 미리암이 일어나지 않으려고 해요.」

채러티는 상상할 수 있었다. 작은 딸 미리암은 버릇이 나쁘게 들어서, 달래지 않으면 아무 일도 안 했다. 다행히 레이첼은 참을성 많고 짜증을 내지 않는 성품이었다.

「마음 쓰지 마라, 나중에 깨우자꾸나.」

채러티는 레이첼에게 미소를 지었다. 곧 결혼을 시켜야 했다. 두어 해만 지나면 노처녀가 되어 좋은 배필을 찾기 힘들 테니까. 하지만 레이첼은 아름다운 신부가 될 터였다. 솔로몬이 살아 있었다면 얼마나 대견해하며 딸을 시집보냈을까. 채러티는 또 눈물이 나려 해서 이른 아침 식사를 준비하기 시작했다.

그날 아침나절, 채러티는 베란다에서 음식을 먹고 있는 다니엘의 근처를 맴돌았다. 아직 더워지지 않았고, 정원에는 아름다운 색과 소리가 넘쳐났다. 망고나무 밑에 떨어진 나뭇잎 위에서는 참새 떼의 지저귐이 요란했다. 마당을 에워싼 얕은 돌담에는 도마뱀이 슬렁슬렁 기어다녔고, 다람쥐 두 마리가 쫓고 쫓기며 망고나무를 오르내렸다. 담장 그늘에 친정아버지가 심은 히비스커스에는 화려한 꽃송이가 달려서 손님들의 눈길을 끌었다.

「엄마, 태양새[10] 좀 보세요. 오랜만에 보는데요.」

다니엘이 말했다.

세상에는 매혹적인 것들이 넘쳐나는데, 왜 이렇게 슬플까? 그날 아침 아들과 새 구경을 하면서 채러티는 그런 생각을 했다. 모자(母子)를 마법의 정원으로 이끈 꽃송이 아래에 황금빛과 에메랄드빛의 영롱한 방울이 맺혀 있었다.

34

실패한 혁명의 기념일이 돌아오면 치정자와 국가는 초조해하는 법이다. 꺼진 불씨가 다시 타올라 불길로 번지고, 순교자의 영혼이 잠잠하지 않고 되살아나면서 사방에 긴장감이 팽팽해진다. 1857년에 일어난 독립 전쟁 50주년 기념일이 가까워지자, 인도 통치자들은 공포에 떨며 그날이 다가오는 것을 지켜보았다.

독립 전쟁은 몇 가지를 극명히 드러냈다. 지배자와 피지배자의 차이, 양자 사이에 존재하는 잠재적인 적대감과 불신, 인도 대륙 제국의 허약함. 영국 왕실은, 대규모 폭동이 일어나면 가장 값진 재산을 잃게 되리라는 점을 늘 인식하고 있었다. 인도 국민이 영국과의 차이를 알고 영국에 대항해서 뭉치기로 작정하면, 인도 대중을 제어할 인력과 수단이 부족했다. 1857년의 폭동은 조직력도 없고 단기간에 끝났지만, 다시 그런 일이 터지면 감당할 재간이 없었다.

결과적으로 1907년 여름 대폭동 기념일이 다가오자, 영국인들은

---

10) 몸길이 9~22센티미터인 새로 히말라야, 동남아 등에 서식한다.

더욱 조심했다. 버마의 이라와디 강둑에 쓸쓸히 자리 잡고 있는 지방 치안 판사부터 외진 아삼에서 차 농사를 짓는 사람까지, 대규모 관할지인 봄베이와 벵골, 마드라스의 웅장한 저택에 사는 총독들부터 영국 왕의 백인 신하 수십만 명에 이르기까지 다가오는 폭동 기념일에 3억 인도 국민이 어떤 반응을 보일지 염려했다.

크리스 쿡은 모여드는 폭풍우를 두려워하며 지켜보는 사람들 중 한 명이었다. 그는 겉으로는 순종적으로 보이는 이 땅의 사람들이 얼마나 급격히 폭발해서 제어 불가능하게 되는지를 잘 아는 사람이었다. 크리스 쿡은 기념일에 어떤 무서운 일이 일어날지 걱정스러워 우울했다.

하지만 이제 인도 폭동에 안달이 나는 게 아니었다. 한 시간 동안 그는 마드라스 중앙역에 모인 사람들 틈에 끼여서 꼼짝달싹 못했다. 이 도시에 사는 영국인은 모두 모인 것 같았다. 주도(州都)에서 흔히 그렇듯, 총독이 도시를 떠나거나 돌아올 때마다 모두 역에 나와서 배웅과 환송을 하며 아첨하는 것이 관례였다. 쿡은 가장 좋은 옷이나 제복을 차려 입고 밀려드는 사람들을 우울하게 바라보았다. 이게 무슨 시간 낭비냐는 생각이 들었다. 로울리 총독과 악수하는 데 이렇게 목을 매다니, 이 모든 주요 인사들이 할 일이 그렇게도 없단 말인가. 모두 승진을 하거나 이름 앞에 타이틀을 달려는 속셈으로 이렇게들 나와 있었다.

크리스 쿡이 마드라스에 대해 가장 못마땅해하는 점이 바로 이런 일이었지만, 못지않게 싫은 일도 꽤 있었다. 사무실에서의 정치성, 클럽에서의 소문, 규칙에 얽매이는 사교계 분위기. 그는 체마우크 운동장에서 하는 크리켓 경기와 아마추어 음악과 연극을 즐겼지만, 비위에 안 맞는 일이 많았다. 가장 꺼림칙한 것은, 현장에 나가 일할 기회

를 얻는 업무여서 선택한 자리인데 막상 책상에 붙어 있어야 한다는
사실이었다. 주도에서는, 시민과 그들의 고충과 완전히 격리되어 살
았다. 그가 공무원이 된 이유는 시민에게 봉사하기 위해서였지 않던
가. 영국 파견 관료 제3세대인 쿡은 식민지에 파견된 공무원들이 나
라와 국민들에게 봉사하는 이야기를 많이 들었다. 강력한 통치 체계
의 일원이 된다는 것은, 책임 맡은 군중을 위해 최선을 다하는 것이
지, 하루의 대부분을 역에 나와서 한 사람이 기차에 타기를 기다리는
것은 아니었다. 그는 정치 상황과 상관없이 최대한 서둘러 킬라나드
재배치를 신청할 예정이었다. 주도 생활은 참기 어려웠다. 경력면에
서 보면 좋을 게 없었다. 그가 근무했던 곳은 관할 구역에서 가장 별
볼일 없는 지역이었지만, 상관없었다. 쿡은 서른세 살이었고, 아직
부양할 가족이나 책임질 일이 없었다. 지금부터 10년쯤 주도에서 징
역살이를 하는 것에 대해 생각해 보곤 했다. 옆에 있던 사람이 우연
히 발을 밟자, 뻣뻣한 칼라와 양복 밑이 참기 힘들 만큼 더워졌다. 쿡
은 문득 싱그러운 바람이 절실하게 생각났다. 그는 사람이 없는 곳으
로 걸음을 옮기기 시작했다.

　플랫폼 위쪽, 여행자의 발길이 뜸해서 조용한 곳에 벤치 몇 개가 있
었다. 대부분 그처럼 기다리는 데 지친 사람들이 벤치를 차지하고 있
었다. 쿡은 멀리 있는 빈 벤치로 향했지만, 거기까지 가기도 전에 약
간 머리가 벗겨진 밝은 표정의 남자가 그에게 손짓을 했다. 〈메일〉
지의 기자인 니콜라스는 쿡이 이 도시에 와서 처음 만난 사람 중 한
명이었다. 잘 알고 지내는 사이였다. 쿡은 고마운 마음으로 니콜라스
곁에 앉았다. 눈썹이 성기게 난, 얼굴이 붉은 사내가 벤치에 함께 앉
아 있었다. 니콜라스 기자가 소개를 시켰다. 사내와 쿡은 악수를 했
다. 쿡은 대형 무역 회사의 경영자인 사내의 손이 축축하다는 것을

알았다. 그는 몰래 손바닥을 손수건에 닦았다.

니콜라스가 말했다.

「이게 무슨 시간 낭비인지 모르겠구먼. 그렇게 생각 안 하나? 총독은 고작 이틀 동안 코임바토레로 출장을 가는 것뿐인데. 마드라스 거주 영국인 모두가 이렇게 나와서 환송할 필요가 있을까?」

「의전상 관례죠.」

쿡이 조심스레 대꾸했다.

「의전 좋아하시네. 공무원들은 마드라스에서 일어나는 모든 소요에 대비해야 하는 것 아닌가?」

「단계를 밟고 있습니다.」

쿡이 대답했다.

「진짜 관료처럼 이야기하는군. 단계를 밟고 있다……. 그럴듯하구먼. 혹시 지난주 우리 신문에서 비핀 찬드라 팔이라는 벵골 사람이 일으킨 격정에 대한 기사를 읽어 봤나? 우리 타밀 친구들에게 모든 영국인을 산 채로 불태우라고 촉구한다는 내용이었는데!」

「그런 게 아니라 약간 흥분했겠지요. 벵골 사람들의 특성이 그렇지 않던가요?」

쿡이 친구처럼 농담조로 응수했다.

니콜라스는 웃음을 터뜨렸다.

「벵골 사람들이 일으킨 소동을 기준으로 보면 분명히 그럴 만도 하지. 하지만 그들도 외칠 만하니까 외치는 거지. 벵골 지역 전체가 그럴걸.」

쿡이 사려 깊게 대답했다.

「그게 문제예요, 안 그렇습니까? 소요를 일으킨 자들을 다룰 때마다 불공평하다는 느낌이 자주 듭니다.」

사업가 사내가 끼어들었다.

「불공평하다니! 도대체 무슨 말을 하는 겁니까, 쿡 씨? 원주민들이 모든 영국 제품 구매 금지 운동을 벌이고 있다는 걸 아시오? 저들은 국민들에게 국산품을 사라고 장려하고 있소. 그 뭐라더라?」

「'스와데시[11]'라고 합니다.」

쿡이 대답했다.

니콜라스가 말했다.

「친구, 자네 머리에 에스 자로 시작되는 원주민어를 세기고 다니는 편이 나을 것이오. '스와라즈'라는 말 있잖소. 독립이라는 뜻이라지요. 앞으로 몇 달 동안 그 말을 자주 듣게 될 것이오.」

「이 나라가 어찌 되려고 그러는지. 당국에서 많이 잡아들여야 할 거요. 그런 놈들을 축출해야 된다니까. 천팔백오십칠년의 일을 되풀이해서 당하고 싶지 않거든 자비심을 보여선 안 되오.」

사업가가 화를 내며 말했다.

「저는 천팔백오십칠년 사건이 다시 일어날 거라고는 보지 않습니다. 원주민들을 믿어도 될 겁니다…….」

쿡이 말을 마치기도 전에 사업가가 쏘아붙였다.

「원주민을 믿는다니……. 다시 한 번 말해 주겠소? 설마 그런 뜻으로 말했을 리가 없겠지.」

니콜라스가 쿡을 지지하며 나섰다.

「생각해 봐요. 그들을 믿지 않으면, 어쨌거나 원주민 대다수에게 의존하지 않는다면 우리는 여기 있지 못하게 될 거요. 그들이 힘을 모아서 우리를 쫓아내려고 결심한다면, 우리가 인도를 통제할 수

---

11) 외래품 배척 운동.

있을 거라고 생각하시오?」

「그렇지는 않겠지만.」

사업가는 퉁명스럽게 대꾸했다. 그는 손수건으로 얼굴의 땀을 닦고, 희망에 찬 눈길로 플랫폼을 내려다봤다. 하지만 총독은 보이지 않았다. 어디선가 기차 엔진 꺼지는 소리가 들렸다. 더위 속에서 대화하려니 지쳤지만, 사업가가 니콜라스의 말을 잠시 생각하다가 불쑥 입을 여는 바람에, 침묵은 오래가지 않았다.

「진짜 문제는 교육받은 원주민들이오. 여러 면에서 순수한 친구인 매컬리가, 우리가 혈통과 피부는 인도인이지만 견해와 윤리, 지성은 유럽 인인 인종을 개발하고 있다고 주장한 것은 실언이오. 때문에 원주민들이 주제 파악을 못하게 됐지. 인도 대폭동이 일어난 것도 그런 이유 때문이고, 오늘날 우리가 이런 문제를 겪는 것도 그 때문이오. 이교도 문맹자들을 그냥 방치하면서, 채찍으로 다스리는 것만이 유일한 길인 것을.」

쿡은 폭발할 뻔했다.

「정말 그렇게 믿으시나요?」

「그렇소, 그렇게 믿소. 원주민은 신뢰할 수 없소. 지금도 앞으로도 그렇소. 제국의 해체를 원치 않는다면 원주민에게 의존해선 안 돼요. 부녀자와 아이들을 베어서 피를 흘리게 하고, 시신을 잘라서 우물에 넣는 놈들인데. 지금부터 천 년이 흐른다 해도 카운포르와 럭노우는 잊지 않을 거요. 우리가 조심성 없이 누런 인간을 믿었기 때문에 그런 일을 당한 거요. 인도인들이 불의에 대해 불평하는 소리를 들을 때마다, 천팔백오십칠년의 일을 떠올리면 놈들에게 총질이라고 해댈 수 있을 것 같소.」

「우리라고 나을 게 없었습니다. 우리가 카운포르에서 잡힌 인도인들에게, 살육이 행해진 건물의 바닥에서 피를 핥게 하고 교수형에 처했던 일을 아십니까? 우리가 마을 전체를 휩쓸어 사람들을 죽이고 불구로 만들고 고문했던 일을 아십니까? ‘죽음의 바람’이라고 했죠.」

「하지만 그 나쁜 자식들은 그런 꼴을 당할 만했지요. 우리는 다시는 그런 일이 일어나지 않도록 확고하게 대처해야 했으니까요. 오늘날도 이런 말썽꾼들을 가차없이 다루어야 합니다.」

사업가는 주장을 굽히지 않았다. 니콜라스가 중재하고 나섰다. 그는 부드럽게 말했다.

「그만하면 됐어요. 흥분할 이유가 없습니다. 소위 민족주의자 지도자란 사람들에겐 지지자가 별로 없으니, 그들이 군대를 규합하지 않는다면 걱정할 필요가 없지요. 하지만 군대를 결성하는 일은 없을 겁니다. 특히 지금처럼 국민회의파를 비롯한 여러 조직 내에서 극단론자와 온건론자가 세력 다툼을 벌이고 있는 시기에는 더욱 그런 일이 없을 겁니다. 그러니 몇 차례 사건이 일어나더라도 모든 게 금방 가라앉을 겁니다. 타밀 사람들은 온순한 성품을 가지고 있어서 분노를 오래 품고 있지 않아요.」

그럴 법하다고 쿡은 생각했다. 영국은 폴리가르 싸움, 티푸 패배, 1백 년 전의 벨로르 폭동 같은 다양한 사건을 통해 인도인들을 꼼짝 못하게 만들어 놓았다. 그랬다. 타밀 주민들은 고초를 많이 당하며 살아와 말을 잘 듣는 경향이 있었다. 하지만 조심하는 것이 나쁠 건 없을 터였다.

그가 기자인 니콜라스에게 물었다.

「정말로 원주민들의 저항이 아무 일도 아닌 걸로 끝날 거라고 생각합니까?」

「그럴 거라고 기대하지. 우리가 들은 바로는 다른 일이 벌어질 것 같지는 않아요. 젊은 애들 몇이 경찰관들에게 돌을 던지고 저항 집회를 열고, 뭐 늘 있는 일이지.」

「원주민은 아무리 심하게 다뤄도 부족하지요. 놈들이 엉뚱한 짓을 하면 교수형에 처해야 해요. 여전히 놈들에게 총을 쏩니까?」

사업가가 심각하게 묻자 크리스 쿡이 대꾸했다.

「그렇게는 할 수 없을 것 같군요, 선생…….」

니콜라스가 불쑥 말했다.

「빌어먹을, 라울리 총독은 어디 있담? 이렇게 늦은 적이 없는데. 쿡, 우리가 알아야 될 사항이라도 있는 거요?」

「내가 알기에 그런 건 없습니다.」

쿡이 대답했다.

「내가 가서 무슨 일인지 살펴봐야겠소이다.」

사업가가 벌떡 일어나며 말했다. 그는 두 사람과 악수도 나누지 않고 군중들 쪽으로 가버렸다.

「도대체 어떤 놈팡이입니까?」

사업가가 듣지 못할 만큼 멀어지자 쿡이 물었다.

「아, 요즘 아주 인기 좋은 사람이라구. 자네는 이 도시의 매력적인 사교계에 자주 얼굴을 내밀어야 된다구.」

「정말 미치겠어요. 시골에 있고 싶다는 생각을 안 하고 지나가는 날이 하루도 없다니까요. 마드라스가 지겨워지기 시작했어요.」

「그게 시골을 좋아하는 사람들의 문제지. 생각하는 거라곤 품위 있고 근엄하게 시골길을 활보하는 것뿐이니 말이야. 긴장을 푸는 법을 배워야 한다구. 로울리가 떠난 후에 한잔하겠나?」

니콜라스가 물었다.

「고맙지만 아닙니다. 오랫동안 산책하면서 머리를 식혀야겠어요.」

크리스 쿡이 아드야르 강가에 도착한 것은 늦은 저녁이었다. 마드라스 시에서 마음에 드는 곳이 바로 이 강변이었다. 달이 나와 하늘에 누르스름한 기가 감도는 은빛을 드리웠다. 잔잔한 강물과 강둑에 많이 있는 잡목 사이로 새소리가 들리고, 눈에 보이지 않는 밤의 생물들이 바스락대는 소리가 났다. 덕분에 마음을 회복시킬 수가 있었다. 하지만 이런 안정감도 잠시뿐, 곧 사업가와 나눈 대화가 떠올라 마음이 불편해졌다. 압제만이 이 땅을 다스릴 유일한 방법일까? 영국인들은 인도인들이 영원히 독립을 요구하지 않게 단속할 수 있을까? 그렇지 않을 것 같았다. 조만간 무슨 일인가 터지고 말 거라는 생각이 들었다. 영국이 인도인들과 협력하지 않으면, 어느 순간엔가 50년 전의 대폭동보다 훨씬 심한 일을 당하게 되리란 것을 그 불평 많은 촌뜨기는 왜 모를까? 한 민족주의자 지도자가 스와데시 운동을 불이 활활 일어나는 데 비유했던 이야기가 떠올랐다. 인도인 소유의 언론에서는 스와데시 운동을 폭넓게, 때로는 긍정적으로 보도했다. 그런 일들이 큰 불길을 일으키게 될까? 쿡은 너무 겁에 질리는 자신이 싫었다. 도시를 싫어하는 이유 중 하나가 이런 점이었다. 시골에서의 즉각 접해지는 현실과 달리, 소문과 정확하지 않은 신문 보도와 가십에 함몰되어 시간을 보내기 마련이었다. 무슨 수를 써서라도 킬라나드로 돌아갈 수 있다면 좋으련만. 그곳 문제들은 내가 해결할 수 있을 거야! 그는 속으로 중얼댔다.

점점 날이 어두워져 길이 잘 보이지 않게 되자, 쿡은 돌아가기로 했다. 차를 세운 곳까지 반쯤 갔을 때 강과 잡목, 하늘에 뜬 달의 무엇인가가 체바타르의 기억을 퍼뜩 떠올리게 만들었다. 그 시기가 그의 경력상으로는 가장 힘든 때였다. 그는 몇 주일간 쉬지 않고 일했고, 특히 상관이 지역에 대한 지식이 전혀 없을 경우에는 더 심했다. 문제를 제어할 수 있었다는 게 기적이었다. 그는 근무지 전보 발령이 곧 나기를 바랐다. 친구였던 신부가 구하려고 고군분투했던 마을 체바타르에 다시 찾아가 보리라. 그 후 상관이었던 너새니얼 홀의 소식은 못 들었다. 다만 두어 해 전 버마에서 근무하는 동료에게 사악한 변호사 바킬 페루말이 랭군에서 나타났다는 소식을 들었다. 바킬 같은 작자가 계속 잘사는 반면, 선한 사람들은 땅에 묻히고 그 시절은 뇌리에서 잊혀지니, 정말로 부당하다는 생각이 들었다.

35

마을 자체에 근심거리가 많은 체바타르는 1907년의 정국에 관련된 소문이 들어설 여력이 없었다. 우중충한 잿빛 날씨와 함께 새해가 밝았다. 연이은 네 번째 장마를 기다리고 있는 지금, 마을 사람들은 걱정을 많이 했다. 흉년이 되어 기근이 올 테고, 그러면 나라에서 땅과 농가에 징수하는 세금을 낼 수 없게 될 터였다.

미낙시코일로 이어지는 다리 부근의 수심 낮은 웅덩이에서는 세 청년이 한가롭게 돌팔매질을 하고 있었다. 돌이 수면을 스치며 퐁퐁 소리를 냈다. 셋 중 나이가 가장 많은 아론 도라이는 문득 하던 일을 멈추고, 돌이 많은 강둑에 벌렁 누워 흐린 하늘을 올려다보았다. 그는 어머니를 닮아 미남이었지만, 강한 턱선과 콧수염 덕분에 여성적인 이미지는 없었다. 젊은 시절을 힘들게 살아와서 제 나이보다 몇 살은 더 들어 보였다. 집을 나온 후 라니부르로 올라가서, 곡물상에서 일을 했다. 반년 넘게 어둡고 지저분한 가게에서 일하면서 쌀과

밀, 콩가루 먼지와 주인이 카운터에 코끼리처럼 버티고 앉아 질러 대는 고함 소리에 신물이 났다. 잠깐씩 일하기도 하고 좀도둑질도 하면서 실직자 건달들과 어울려 틴네벨리, 푸트훌룸, 만난코일을 옮겨 다녔다. 죽도록 맞기도 하고 배를 곯기도 하고, 예상치 못했던 친절을 맛보기도 하고, 갑자기 나쁜 일을 당하기도 했지만 마음 내키는 대로 살았다. 그러다가 집을 나간 지 5년 만에 그는 체바타르 고향 집으로 돌아가기로 결심했다.

대갓집에 어머니도 형도, 카말람발 고모도 없자 아론은 놀랐다. 아브라함과 카베리 부부는 미리 맞춰 둔 이야기로 둘러댔다. 가여운 카말람발은 콜레라로 죽었고, 그녀가 몹시 그립다고. 한데 채러티와 다니엘에 대해서는 사실대로 말해도 좋을지 모르겠다고 했다. 그들은 마지못해 말하는 시늉을 하면서, 꾸며 낸 이야기를 쏟아 놓았다. 어머니와 형이 이런 초라한 상황해서는 더 못 살겠다며 나게르코일로 돌아가겠다고 고집을 부렸다고. 아무리 달래도 마음을 돌리지 않았다고. 카베리 말로는, 심지어 작은아버지가 그들에게 솔로몬 형님이 집안을 지키기 위해 그런 희생을 치르지 않았냐고 설득해도 소용이 없었다고 했다. 아론은 그 말뜻을 금방 알아차렸다.

「형이 집안 이름값을 못한다는 것은 전부터 알던 바예요. 하지만 어머니까지 그러다니!」

그는 몹시 분개했고, 숙부와 숙모는 괴롭고 슬프면서 연민 어린 표정을 지으려고 애썼다. 이런 얘기를 듣자 아론은 형과 어머니에 대한 증오심이 더 확고해졌다.

아브라함과 카베리는 목적을 이루었다. 그러나 그들은 아론이 체바타르에 눌러앉겠다고 작정하리라는 것은 미리 계산에 넣지 못했다. 하지만 다행스럽게도 그는 농사일에는 관심이 없었고 족장이 되고 싶어하지도 않았다. 아브라함과 카베리의 생활은 전과 다름없이 잘 돌아갔다. 그들이 할 일은 아론을 먹이고 입히고, 그가 화를 낼 때 눈에 안 띄면 그뿐이었다. 예전처럼 그는 대부분의 시간을 미낙시코 일에 가서 백수 청년 서넛과 어울렸다. 읍내의 찻집에 앉아서 끊임없이 차를 마시고 담배를 피우고, 아가씨를 골려 주었다. 장난이 동할 때는 나이 든 어른까지 골탕을 먹였다. 그들은 밤낮없이 어울렸고 집에서는 잠만 잤다. 1년이 지나고 다시 1년이 지났다. 아론은 혼란과 깊은 절망으로 꽉 차 있었지만, 어떻게 해야 좋을지 알 수 없었다.

지난 주일 내내 아론과 친구들의 관심은 앞으로 시작될 '아벨 서커스단'의 공연에 쏠렸다. 킬라나드에서는 한 번도 공연한 적이 없는 유럽의 서커스단이었다. 대도시에서는 무슨 일이라도 일어날 것을 겁낸 서커스단 주인은 킬라나드를 공연지로 결정했다. 특히 가장 남쪽인 미낙시코일이 설날 직후 시작되는 서커스단의 동계 순회 공연을 하기에 안성맞춤이라고 생각했다.

오두막 담벼락과 읍내에 있는 몇몇 공공 건물의 벽에 천박한 전단지가 붙자마자, 마을 사람들 특히 남자 어른들은 흥분에 휩싸였다. 서커스단 주인 아벨은 머리가 좋은 사업가인 데다가 다년간의 경험으로 손님들의 마음을 뚫어보는 능력을 갖고 있었다. 싸구려 백지에 단색으로 찍은 전단지는 노골적이었다. 전면에 유럽 여자가(대담하게 그려진 과장된 가슴과 엉덩이, 허벅지, 손바닥만 한 팬티와 얇은 브래지어 차림으로 봐서 유럽 여자임이 분명했다) 미소 지으며 유혹하고, 사자와 호랑이, 어릿광대와 난쟁이는 배경으로 엉성하게 그려져 있었다. 아벨 서커스단의 손님은 주로 남자였다. 그들은 아벨이 몇 푼안 주고 고용한 백인과 인도인 튀기 여자들의 늘어진 엉덩이와 가슴에 홀렸다. 이 여자들의 공연은 고작 꽉 죄는 번쩍이는 옷과 타이츠 차림으로 링을 빙빙 도는 행진뿐이었다. 한 여자만 간단한 공중 그네 기술이 있을 뿐, 나머지 여자들은 바보같이 웃으며 걸어다니기만 했다. 그들에게는 그 일마저 고문이었다. 하이힐을 신고 널빤지 위를 똑바로 걷다 보니 엄지발가락 안쪽에 염증이 생겨서 고통스러웠다. 관객은 여자들의 그런 면모는 아랑곳하지 않았다. 인도 남자들이 서커스에 모이는 것은 여자 무희들의 허연(혹은 그들이 희다고 상상하는) 살결을 눈요기하기 위해서였다.

하지만 1주일은 상상만 하면서 지내기는 지루한 시간이었다. 아론과 친구들은 서커스에 나오는 가슴이 풍만한 여자들 이야기를 지치도록 하고 또 했다.

「낯선 사람이 나타났는데.」

길가를 보고 있던 남비가 불쑥 말했다. 아론과 셀반은 그쪽으로 고개를 돌렸다. 그들에게 다가오고 있는 남자는 매부리코로 이마가 튀어나온 중키의 청년이었다. 그들보다는 두어 살쯤 많은 듯했고, 여행자처럼 때 묻은 옷을 입고 있었다. 그가 아론과 친구들에게 도라이의 집이 어디냐고 물었다.

「왜 그걸 물어보시지요?」

아론이 호기심을 보이며 물었다.

「족장의 도움이 필요해서요.」

낯선 사람이 간단히 대답했다.

「제가 모셔다 드리지요. 저는 그의 조카거든요.」

아론이 벌떡 일어났다. 그는 친구들에게 손을 흔들고, 비탈길로 올라섰다. 두 사람은 대갓집으로 향했다.

나란히 걸으면서 낯선 사람은 자기 이름이 S. V. 아이에르이며 주도에서 변호사로 일한다고 소개했다.

「멜루르요?」

「아니, 마드라스.」

아이에르의 대답에 아론은 그를 더욱 높이 평가하게 됐다. 이 사람에게는 아론과 친구들이 수작을 걸지 못하게 하는 뭔가가 있었지만, 이제는 존경심마저 생겼다. 아이에르는 미낙시코일과 체바타르, 아론의 집안에 대해 호기심이 많았다. 기분이 좋아진 아론은 아이에르에게 1899년의 싸움과 아버지와 여호수아 숙부의 영웅심에 대해 말해 주었다.

「비극적인 일이지. 우리가 그런 분들을 잘 쓸 수도 있었으련만.」

아이에르가 말했다.

이제 집 가까이 왔으므로 두 사람은 조용해졌다. 아론은 아이에르에게 왜 미낙시코일에 왔느냐고 물었다.

「곧 말해 주지요. 특히 당신의 도움이 필요할 것 같으니까.」

「어떤 식으로요?」

아론이 물었다.

「알게 될 거예요. 하지만 내가 여기 온 중요한 이유는 다 같이 참여할 일 때문이에요.」

젊은 변호사의 눈에 생기가 돌았지만, 그가 뭐라고 설명하기도 전에 집에 닿았다. 아브라함이 나와서 맞아 주었다. 소개가 끝나자 아이에르는 미낙시코일과 체바타르를 방문한 이유를 털어놓았다.

「혁명입니다, 족장님. 혁명 때문입니다. 백인을 바다에 처넣는 일이 우리 모두에게 달려 있습니다. 백인은 인도를 억압했고 우리를 너무 오랫동안 노예로 삼았습니다. 이제 백인은 벵골을 쪼개 놓았습니다.」

「말조심하시오. 아시다시피 나는 족장으로서 이 지역의 관리직을 책임 맡고 있소. 조심성 없이 아무 소리나 하지 마시오.」

아이에르는 아브라함의 경고는 아랑곳하지 않았다.

「족장님, 저는 치안 방해나 선동에 대해 설교하는 게 아닙니다. 아니, 그럴지도 모르지요. 하지만 저희가 말하려는 것은 인도는 우리 인도인들의 것이라는 점입니다. 우리는 인도인 사업가들을 후원하고, 인도산 옷을 입고, 인도인들이 우리를 대표해서 의사 결정을 하게 만들어야 합니다. 우리에게는 신경도 안 쓰는 몇몇 백인이 이 땅을 지배하게 해서는 안 됩니다.」

「영국인들이 우리를 다스리는 것은 사실이지만, 그들은 현명하게 다스려 왔소. 그들이 오기 전에는 마을과 마을이, 계층과 계층이 불화했고…….」

「족장님의 말씀을 존중합니다만 부득이 말씀 중에 끼어들어 반대의 뜻을 표해야겠습니다. 족장님의 마을, 족장님의 구역을 보십시오. 해를 거듭해 비가 내리지 않아 흉년이 들었고, 기근이 들게 생겼습니다. 그런데 백인들은 세금을 올리고 우리의 비명에는 귀를 닫고 있습니다. 그러니 우리는 어떻게 해야 합니까? 비를 내려 달라고, 돈과 농작물을 달라고, 식구의 입에 풀칠을 하게 해달라고 주문을 외우고 신에게 제나 올리고 있습니다. 그러면서 최근 우리의 신이 된 백인들에게 굽실거리는 것은 잊지 않습니다. 그들의 분노를 살까 두려우니까요. 우리를 책임질 우리 나라 사람이 있다고 상상해 보십시오. 그들이 우리를 책임지지 못하면 우리는 그들 앞에 무릎을 꿇는 게 아니라 과감히 대들 수 있을 겁니다…….」

「이런 도시에서나 오갈 얘기는 그만하면 충분하오. 우리는 평화로운 사람들이고, 나는 책임 맡은 관리요. 이런 종류의 일에는 관여하지 않겠소.」

아이에르는 어렵사리 감정을 억누르고 말했다.

「제가 화나게 했다면 죄송합니다, 족장님. 하지만 저희 모임에 오시기만이라도 해주시겠습니까?」

「아니, 아니요. 미안하지만 그럴 수 없소.」

아론이 끼어들었다.

「저는 갈게요. 가겠어요.」

아브라함은 아무 말도 하지 않았다. 조카를 다스리는 것은 이미 오래전에 포기했다.

아이에르는 아론과 읍내로 걸어가면서, 혁명과 순교자들에 대해 이야기해 주었다. 또 동부와 북부에서 타오른 불이 남부의 겁쟁이들을 채근하고 있다고 말했다. 그는 국민회의파 내부에서 유화 정책을 신봉하는 온건파와 극단주의자들 사이에 생긴 분열에 대해서도 말해 주었다. 비핀 찬드라 팔과 랄라 라지파트 라이 같은 이름이 마법처럼 아이에르의 입에서 흘러나와, 청년 아론의 상상력을 활활 태웠다.

그들은 다리를 건너 미낙시코일로 향했다. 읍내에는 아이에르가 묵고 있는 하숙집과 고등학교, 호텔 세 곳—군용 호텔, 보통 여관, 종일 간단한 요깃거리와 차를 파는 호텔—과 당당한 관공서 건물들이 뽐내고 있었다. 당국이 이 지역을 제구실하는 본부로 만들기로 하고, 부대표관이 아닌 대표관을 책임자로 파견한 결과였다. 산무가 베다르는 폭동 이후 곧 라니부르로 전출되었고, 새로 온 브라만 계급 관리가 계층 분쟁에 대해 면밀히 조사했다. 당국은 가능한 범위 내에서 비극의 재발을 막기로 결정했다.

아이에르와 아론은 찻집에 들러서 차를 주문했다. 아이에르가 들려주는 이야기에 아론의 마음은 뿌듯했다. 헤어지기 전, 미낙시코일에서 열리는 회합을 돕겠다고 약속했다. 다음날 경찰서와 대표관 사무실에서 멀찌감치 떨어진 읍 외곽에서 회합이 열릴 예정이었다.

다음날 종일토록 아이에르와 아론 무리는 사람들에게 회합에 오라고 알렸다. 변호사 아이에르는 원하는 것을 정부에서 얻어 낼 방법을 듣게 될 거라고 장담했다. 그는 당국이 회합을 방해할까 걱정되어서 사람들에게 비밀을 지킬 것을 지시했다. 아론과 친구들은 그의 지시를 충실히 따랐다.

그날 저녁 여섯시 반 아직 어두워지지 않은 시간, 며칠 후면 서커스단에서 천막을 칠 노천에 1백 명쯤 되는 사람들이 모여들었다. 아론과 친구들 일곱 사람은 아이에르 뒤에 자리 잡았다.

「여러분 중 누가 전쟁터에서 크리슈나가 아르주나에게 일깨워 준 의무를 이행하지 않겠습니까?」

아이에르는 그렇게 운을 뗀 뒤, 재빨리 백인은 모국의 갈색 얼굴에 난 흠집이라는 이론을 전개했다. 그는 사람들 앞에 서서 상황을 설명했지만, 곧 대중 연설가로 훈련받지 않았다는 점이 드러나면서 청중의 관심을 잃었다. 아론은 걱정이 되기 시작했지만, 아이에르가 새로운 작전을 펼치자 초조감이 줄었다. 아이에르는 나라를 위하는 애국자들의 희생을 내세웠다. 꽤 괜찮은 미끼였지만, 다시 그의 미숙함이 드러났다. 이야기를 극적으로 펼치지 못하고, 건조하고 힘없는 말투로 순교자들의 업적을 설명했다. 백인들의 허약함이 일본에 의해 폭로되었다는 점도 말했다. 또 국민회의파와 마드라스 마하자나 사바의 노년층과 자기 같은 젊은 극단주의자들의 차이에 대해서도 설명했다.

「일어납시다, 미낙시코일과 체바타르의 형제자매들이여. 우리의 위대한 애국 시인 수브라마니아 바라티가 말했듯이!」

아이에르는 강조하느라 주먹질을 하면서 부르짖었다. 점점 짙어 가는 노을 속에서 아론은 많은 청중이 눈길을 돌리거나 자기들끼리 잡담하고 있음을 알 수 있었다. 몇몇은 자리를 떠나기 시작했다. 그는 아이에르에게 다가가서 다급하게 말했다.

「선생님, 지역 문제에 대해 말하세요. 안 그러면 이곳에서 지지를 얻지 못합니다.」

아이에르는 아론의 방해에 짜증스러운 표정을 지었지만, 다행스럽게도 충고를 받아들였다. 러시아 혁명의 영웅 얘기를 슬쩍 다룬 후, 물 부족과 기근, 세금과 농지법에 대해 말하기 시작했다.

당장 큰 효과가 나타났다. 아이에르는 만연한 병폐에 대해 자신 있게 지적한 다음, 목청을 한껏 돋워 말했다.

「우리가 무엇을 해야 합니까? 우리는 이런 불의에 맞서 싸워야 합니다. 우리 돈과 노동의 열매를 내주지 않는 것으로 사악한 제국에 당당히 맞서 일어나야 합니다. 백인들의 상품과 기업을 거부하고 우리 민족의 상품과 기업을 지지해야 합니다. 미낙시코일과 체바타르의 형제자매들이여, 신의 뜻으로 다음 주에 기회가 옵니다. 아벨 서커스단이 읍에 오면, 여러분 중 한 사람도 구경 가서는 안 됩니다. 아론과 친구들이 여러분을 안내할 것입니다. 감사합니다.」

아론의 시선이 아이에르를 향했다. 군중이 그의 새 친구의 연설에 감복하는 것을 보던 아론의 얼굴에서 미소가 사라지고 믿을 수 없다는 표정이 떠올랐다. 아벨 서커스를 보이콧하라니! 몇 주일 전부터 기다리던 공연인데! 그들의 탐욕스러운 눈앞에서 여자들의 대리석 같은 허벅지가 휙휙 지나갈 상상을 하며 잔뜩 고대하고 있던 중이지 않던가! 문득 냉혹한 깨달음이 생겼다. 혁명은, 언제나 보통 사람이 감당하거나 이해할 수 있는 것보다 더 큰 희생을 요구하며, 대신 불완전하게 이해되고 끝없이 희미해지는 이상만 제공하는구나. 실망감이 밀려왔지만, 이해 못하긴 해도 목적을 위해 싸운다는 데 전율감을 느꼈다. 게다가 아이에르는 그의 상상력을 자극했다. 열정과 이상주의를 지닌 아이에르는 작은 아버지 여호수아를 생각나게 했다.

아론은 이런 생각을 하며 아이에르 옆에 붙어 서서 단호히 말했다.

「친구들과 제가 아벨 서커스단에 손님이 한 명도 들지 않게 하겠습니다.」

36

「예수 그리스도여, 레이첼은 당신의 딸이니 제발 앞날에 단 하나의 악재도, 단 하나의 실수도 생기지 않게 해주시옵소서. 주님, 당신의 무한한 지혜와 자비와 은혜로 당신의 딸에게 큰 축복을 내려 주옵소서.」

채러티는 레이첼의 혼례를 탈없이 치르기 위해 최선을 다했다. 평소보다 일찍 일어나서 기도 시간을 두 배로 늘렸으며, 깨어 있는 시간은 모두 음식을 만들고 바느질하고, 수십 가지 사소한 일을 처리하는 데 쏟았다. 전통 혼례는 힘들고 까다롭고 비용이 많이 들어서, 채러티로서는 혼인 서약이 이루어질 때까지는 한시도 마음을 놓지 못할 터였다. 신랑이나 시가에서는 아주 작은 일에도 불쾌함을 표시했다. 3주일 전만 해도 사비트리의 딸의 혼인이 취소되었다. 약혼식 때 대접한 후식이 덜 달다는 이유 때문이었다. 채러티의 친구인 사비트리는 낙심이 컸다.

「혼인 시장에서 딸아이의 가치는 곤두박질쳤어. 어쩌면 평생 결혼하지 못하고 살 팔자일지 몰라. 내가 무슨 죄를 그리 많이 졌기에 이런 일을 당할까?」

사비트리는 울부짖었다. 친구를 위로하면서도 채러티의 마음은 바빴다. 레이첼의 약혼식 때 대접할 후식을 잘 만들 뿐만 아니라, 제대로 만들어지지 않을 경우에 대비해야겠다는 생각을 했다. 신랑에게 두툼한 금목걸이를 주거나 지참금을 더 준비해야 되리라. 사실 더 쓸 혼례 비용이 없긴 하지만.

채러티는 다니엘이 의사 자격증을 얻어 나게르코일로 돌아오자마자, 레이첼의 결혼 준비를 시작했었다. 어느 아침, 그녀는 다니엘에게 결혼할 준비가 됐느냐고 물었고, 그의 담담한 대답을 들었다.

「가문의 명성을 되찾을 때까지 결혼은 안 할 겁니다!」

채러티는 짜증스러웠다. 아들은 언제쯤 과거를 떨쳐 버리고, 제 책임을 다하며 가족을 돌볼까? '용서하소서, 주님. 저는 너무 지쳤습니다.' 그녀는 속으로 중얼거렸다. 세상을 떠난 남편 솔로몬이 가장 그리운 때는 이런 순간이었다. 남편이 살아 있었다면 지금쯤 다니엘은 결혼했을 테고 아론은……. 아론에 대해서는 누가 말할 수 있을까? 족장인 솔로몬 도라이가 살아 있어서, 레이첼이 은퇴한 교장의 딸인 과부의 여식이 아니라 족장의 딸이었다면 얼마나 쉽게 신랑감을 구했을까?

채러티는 감정에 빠질 수도 있었지만, 평생을 현실적으로 살아왔기에 마음을 진정하고 아들에게 말했다.

「아론과 네가 살림을 꾸리고 싶지 않다니 레이첼부터 혼인시켜야 겠다. 너무 오래 내버려 두면 좋은 짝을 구하지 못할 거야.」

그녀의 말투가 워낙 확고했던지, 다니엘이 놀라서 어머니를 쳐다보며 말했다.

「네, 어머니. 당장 신랑감을 찾아보도록 하죠.」

중매가 시작되었고, 2주일 안에 마음에 드는 혼처가 생겼다. 람도스는 마두라의 징세관 사무실 직원으로, 야곱의 매제와 먼 친척뻘 되는 총각이었다. 지참금 액수를 놓고 실랑이가 오가고 결국 합의가 되었다. 채러티는 빠듯한 형편이어서 더 이상의 양보는 불가능했다. 곧 람도스의 어머니와 누이들, 숙모들이 방문하겠다는 연락이 왔다. 그들이 다니러 올 날이 다가오면서 채러티의 수면 시간은 더 줄어들었다. 급기야 전날 밤에는 잠을 이루지 못했다. 결혼식을 올리려면 넘어야 할 첫 장애였다.

람도스의 모친과 누이들은 굉장히 비슷했다. 매우 키가 작았지만, 대신 날씬하고 피부도 희고 얼굴이 예뻤다. 그들이 현관에 이르는 길을 걸어올 때 채러티는, 그들이 땅을 밟고 걷는 게 아니라 무리 지어 몰려들고 있다는 생각을 했다. 그녀는 미소 지으며 여인네들을 맞이했고, 차와 선물을 접대했다. 그런 다음 레이첼이 들어왔다. 당당하고 아름다운 그녀는 세 번째로 좋은 푸른색 비단 사리를 입은 차림이었다. 채러티는 딸이 어여쁘다고 생각했지만, 여인네들이 이러쿵저러쿵하는 소리에 콧대가 꺾였다. 그들은 첫째, 피부가 너무 검지 않냐? 둘째, 레이첼이 스무 살인데, 너무 나이가 많지 않은가? 셋째, 장래의 시누이들에게 충분히 공손히 인사했는가? 넷째, 지참금은 충분한가? 정해진 것은 알지만, 그래도 혹시 모르지 않는가 등의 이야기를 꺼냈다.

람도스의 어머니는 레이첼에게 평범한 질문을 했다. 노래할 줄 아느냐? 춤출 줄 아느냐? 음식을 만들 줄 아느냐? 레이첼은 그런 일들을 잘할 수 있었지만, 타밀의 신부라면 누군들 안 그럴까? 채러티는 초조해졌다. 람도스의 어머니가 어떻게 하느냐에 모든 게 달려 있었다. 놀랍게도 그녀는 레이첼을 가까이 부르더니, 새로 산 등나무 소파에 자리를 내어 앉게 하고는 조용히 물었다.

「내 아들을 행복하게 해줄 수 있겠니, 아가?」

신부 측 친척들은 당황했다. 이 여인은 어디서 왔는가? 행복이라
니? 무슨 그런 질문이 있담? 물론 누구나 행복하길 원하지만, 중요한
것은 이런 것들이 아니던가! 신붓감이 예쁜가? 너무 키가 큰가? 나
이는 적당한가? 신분이 서로 어울리는가? 아들을 낳을 수 있겠는
가? 지참금은 그만하면 괜찮은가? 친정의 지위가 적당한가? 작은
방에서 웅성거리는 소리가 났다. 레이첼이 고개를 들고 대답하자 채
러티만 생긋 웃었다.

「네, 어머니. 그이를 행복하게 해주겠습니다. 제 인생에 다른 목적
은 없을 것입니다.」

그뿐이었지만, 그걸로 충분했다. 신랑 어머니는 몸을 숙이고 열매
를 깨서 씹었다. 며느리로 받아들인다는 신호였다.

약혼 날짜는 1월로 정해졌다. 첫 장애는 넘었지만, 그 후 몇 달은
긴장의 연속일 터였다. 무슨 일이 생겨서 양쪽 집안에 연결된 약한
끈을 뒤흔들지 알 수 없으니까. 채러티는 작은 오두막으로 친척들을
불러들여 식사를 대접했다. 그리고 동네의 여러 집에 나뉘어서 묵게
했다. 몇 사람은 혼인에서 중요한 역할을 할 터였고, 나머지는 성공
적인 결합에 필요한 배경이 될 터였다.

약혼날이 다가오자, 오두막에는 친척들로 꽉 찼다. 집이 좁아 손님
들을 다 수용할 수가 없어서, 뒷마당의 아름드리 나무 아래 천막을
세웠다.

신랑 측 하객 일흔 명이 유쾌하고 혼란스러운 와중에 도착했다. 그
들은 극진한 환영을 받았고, 천막에 자리 잡았다. 나게르코일의 겨울
더위에 모두 땀을 흘렸다. 요리사와 하인들이 일하며 고함쳤고 어린
애들이 어른들 사이를 뛰어다니면서 소리를 질렀다. 까마귀가 울고
다람쥐와 구관조가 짹짹거렸다. 모든 소란과 소동은 오후의 정점을

향해 좁혀들었다. 신부가 처음으로 장래의 신랑감을 만나는 순간을
향해서. 채러티가 검붉은 사리를 입은 레이첼을 데리고 집에서 나왔
다. 신붓감은 고개를 숙이고, 땅만 쳐다봤다. 몇 달간 이 순간을 두려
워하면서도 기대했다. 신랑감은 잘생겼을까? 친절한 눈빛일까? 균형
잡힌 입매일까? 아침 내내 목욕을 하고 옷을 입고, 파우더를 뿌리고
단장하면서도 레이첼은 눈을 들어 신랑의 눈과 마주칠 순간을 꿈꾸었
다. 그녀는 람도스의 강한 턱과 밝은 표정을 보자, 환희가 밀려왔다.
하지만 가벼운 미소 이상의 내색은 할 수 없는 입장이어서 얼른 고개
를 숙였다. 딸 바로 뒤에 서 있던 채러티는 신부를 본 신랑의 눈이 휘
둥그레지는 것을 보았다. 순간 남편과의 첫만남이 떠오르며 그리움이
밀려왔다. 그녀는 어렸고, 처음에는 모든 게 혼란스러웠었다.

  신랑과 신부가 몇 마디 평범한 이야기를 나누었고 이어 식이 시작
되었다. 성경과 금목걸이를 교환했다. 레이첼은 사리와 꽃을, 람도스
는 보답으로 현금과 꽃을 선물 받았다. 그때 점심 식사가 시작되었고
전통에 따라 일곱 가지 음식이 나왔다. 채러티는 두 가지 종류의 야
채 요리와 닭고기 요리 하는 것을 직접 감독했었다. 신랑 측 하객들
이 먼저 식사를 했다. 채러티는 첫 감탄사가 터져 나오기를 초조하게
기다렸고 그제야 약간 마음을 놓았다. 레이첼이 람도스와 정식 혼인
을 하기 전에 더 많은 축하연과 의례가 있을 테지만, 약혼식이 성공
적으로 치러지자 그녀는 만족했다. 결혼식은 가능한 날 중 가장 길일
로 잡기로 했다.

  마침내 결혼식 아침이 밝았고, 야곱의 집 밖 좁은 골목길에서는 악
대의 연주 소리가 요란했다. 깃발에 적힌 대로 '나게르코일 기독 결
혼 악대'는 이상한 집단이었다. 나데스와람과 심벌즈, 큰북, 트럼펫과

나팔 등 어울리지 않는 악기를 든 남자 열한 명이 이상스러운 찬송가
와 잘 알려진 타밀 지방 노래, 영국 애국가를 메들리로 요란하게 연
주했다. 악단을 만든 사람은 은퇴한 군악단 소령이라, 얼마 안 되는
찬송가 레퍼토리가 떨어지면 행진곡과 인기 있는 멜로디를 주로 연
주했다. 하지만 워낙 시끄러웠기에 아무도 신경 쓰지 않았다. 신랑
일행에 상당수의 식객이 따라붙었다. 그들이 오두막에 도착할 무렵
에는 거의 2백 명이나 되었다. 서양 옷을 입어 어색하고 더워 보이는
람도스와 누나가 문을 열고 집으로 들어왔다. 대문 양쪽에 놓인 바나
나 줄기와 꽃, 전통적인 장식품은 액운을 씻어 냈다. 다니엘이 화환
을 걸어 주며 환영했고, 미리암은 그들에게 향기로운 물을 열심히 뿌
려 댔다. 그들의 이마에 백단향 반죽을 발라 주자, 람도스의 누나는
채러티에게 레이첼이 결혼식에서 입을 사리를 선물해 주었다. 흰색
과 황금빛 콘지바람 비단으로 만든 아름다운 사리였다. 여자들은 집
으로 들어갔고, 다니엘, 야곱, 람도스와 가까운 남자 친척들은 야곱의
방에 가서 신부가 단장을 끝내기를 기다렸다.

아무도 말을 많이 하지 않았다. 밖에서 나는 연주 소리 때문에 말
을 하고 싶어도 하기 힘들었을 터였다. 한 시간이나 한 시간 반쯤 지
나자 마침내 신부의 몸단장이 끝났다는 전갈이 왔다. 레이첼이 방에
들어올 때, 화장과 보석, 꽃 장식 때문에 얼굴은 잘 보이지 않았다. 신
랑 신부는 초조하게 서로 힐끗 보더니, 친척들에게 파묻혔다.

레이첼의 외삼촌이 실론에서 결혼식에 참석하러 올 수가 없어서,
신부를 넘겨주는 전통적인 의식을 행할 수 없었다. 대신 외할아버지
야곱이 그 역할을 맡았다. 그는 레이첼에게 금팔찌를 선물했고, 신랑
신부에게 짧은 기도를 해주었다. 두 사람은 각각 마차를 타고 결혼식

이 올려질 읍내의 큰 교회로 갔다.

예식은 순조롭게 끝났다. 교회를 꽉 메운 하객들은 신랑이 손을 떨면서 신부의 목에 예물을 걸어 주는 광경을 숨을 멈추고 지켜보았다. 다니엘이 곁에서 도와주었다. 결혼식은 끝났고, 예식 전의 긴장감은 나무 밑에 친 천막에서 열린 큰 잔치로 해소되었다.

채러티는 쉴 줄 몰랐다. 접대할 열한 가지 음식 준비를 감독했다. 흰 쌀밥이 산더미처럼 쌓이고, 구수한 닭고리 카레와 양고기 튀김, 코코넛으로 맛을 낸 전통 요리와 여러 가지 후식이 준비되었다. 초저녁, 마지막까지 먹고 마시던 사람들이 떠나거나 잠에 떨어졌다.

하지만 채러티의 노동은 아직 끝나지 않았다. 혼례 과정에 참여한 집안 이발사와 세탁부에게 선물을 주었고, 고용한 요리사들에게 품삯을 지불했다. 그리고 레이첼이 시댁에 갈 때 필요한 것들을 살펴야 했다. 그녀는 아버지를 쉬게 하고, 바나나와 코코넛, 쌀 등이 든 이바지 음식 일곱 상자를 일일이 살폈다. 신부가 시댁에 가져가야 되는 선물이었다. 채러티는 레이첼을 얼른 안아 준 다음, 마차에 오르는 딸을 지켜보았다. 모든 절차가 끝나면 작별할 시간은 충분할 터였다. 그날 밤 채러티는 처음으로 람도스와 가족이 사는 집을 방문했다. 우마차에 냄비며 그릇을 비롯해서, 옷장 두 짝(거울 달린 것과 달리지 않은 것 각각 하나씩)과 등나무 의자 세 개, 등나무 테이블 하나 등 신접 살림에 필요한 모든 가재도구를 싣고 갔다. 람도스의 집에서도 장모를 환영하는 잔치가 벌어졌다. 그 비용은 신부 측에서 대기로 되어 있었지만. 야곱은 신랑과 그의 누나에게 금반지를 선물했다.

다음날 레이첼은 람도스와 함께 집으로 돌아와서, 신랑의 가까운 남자 친척들에게 줄 예단을 받았다.

채러티는 돈이 바닥났다는 것을 알면서도 한 번도 눈살을 찌푸리지 않았다. 일요일에 교회에 가기 전, 채러티는 마지막 예식 절차를 치를 비용을 세고 또 세어 보았다. 7일째 잔치에서는 신랑의 모든 친척들에게 식사를 대접해야 했다. 남은 돈은 은전 6루피뿐이었고, 그걸로는 부족했다. 채러티는 가족과 교회에 갔고, 예배가 끝난 후에는 친지들과 커피를 마셨고, 나머지 시간은 여느 때처럼 보냈다. 다음날 금세공 집들이 있는 거리로 가서, 솔로몬에게 결혼 예물로 받았던 목걸이를 돈으로 바꾸었다. 그녀에게 마지막 남은 금붙이였다. 솔로몬이 죽자 그녀는 목걸이를 풀었고, 큰아들 다니엘의 혼례식 때 쓰려고 보관했었다. 하지만 며느리를 들이게 되면 신께서 모든 것을 맡아 주실 거라는 생각이 들었다.

7일째 잔치는 잘 준비되었고, 하객들은 어느 때보다 풍족히 먹었다. 채러티는 몇 가지 음식을 내는 전통 잔칫상을 차리지 않고, 그녀의 장기인 생선 요리만 대접했다. 람도스의 가족이 생선 요리를 워낙 좋아해서 모두 식사를 마칠 무렵에는 채러티도 파김치가 되었다. 이른 새벽 마침내 잔치가 끝났다. 채러티는 레이첼이 집으로 들어가는 것을 보고 뒤따라갔다. 딸은 자기 방으로 가서 옷장을 뒤지기 시작했다. 채러티가 어깨를 만지자 레이첼이 고개를 돌렸다. 뺨엔 눈물이 흘러내리고 있었다.

「뭘 찾고 있었니?」

「네, 아니요, 엄마. 집을 떠날 때 가져갈 것을 찾느라구요.」

아, 내 어여쁘고 어여쁜 딸 레이첼. 채러티는 속으로 중얼거렸다. 단단히 매어 놓은 감정이 풀려서 넘쳐흘렀다. 그녀는 딸을 꼭 끌어안고 전에 없이 울었다. 긴장감과 지난날의 고통을 풀기 위해 울었다. 딸을 잃는다는 생각에 울었고, 솔로몬과 아론이 같이 없다는 사실에 울었다. 그리고 자신을 위해 울었다. 돈으로 바꾼 결혼 예물을 생각하며, 그 목걸이를 다니엘의 신부 목에 걸었다면 얼마나 아름다웠을까 생각하며 더 울었다. 세상의 모든 어머니와 딸을 위해서, 특히 이나라의 어머니와 딸을 위해서 울었다. 여자는 아들을 생산할 때만 쓸모가 있는 필요악인 나라. 채러티는 갓 태어난 딸을 독살하거나 익사시키는 마을 여인네들의 고통을 느꼈다. 소박맞거나 강간당했거나 폭행당한 새색시들의 아픔이 느껴졌다. 레이첼을 껴안고, 아들을 열댓 명쯤 낳으라고 기도했다. 그래야 여자로 태어난 고통을 조금 벗어버릴 수 있으니까. 채러티의 슬픔이 레이첼의 슬픔과 더해져서 커다란 슬픔이 되었다. 작은방에 터질 듯한 울음이 흘렀고, 밖에 있던 사람들에게까지 전해졌다. 여자들 모두 그 힘을 감지했다. 그들은 눈물을 억누르려 했지만 몇몇은 기어이 눈물을 흘렸고, 남자들은 폭발하지 않으면 모든 걸 삼켜 버릴 듯한 감정을 느끼고는 고개를 돌렸다.

차츰 채러티는 마음을 진정했다. 그녀는 딸의 눈물 젖은 뺨을 닦아주며 말했다.

「이렇게 한바탕 울어야 결혼식이 마무리되는 거지. 이제 넌 행복하게 살 거야.」

37

10년 전쯤 즉위 60년제 때, 빅토리아 여왕은 은색 꽃이 수놓인 검정 드레스를 입고 지상 최대의 장관을 연출했다. 위풍당당한 두 명의 병사(키가 2미터에 가까운 문자 그대로 군대에서 최장신인 에임스 대위와 전설적인 육군 원수 칸다르의 로버츠 경)가 이끄는 5만 명의 병력이 런던의 거리를 행군했다. 호주 기병대와 캐나다 경기병들, 라자스탄에서 온 낙타를 탄 병사들과 보르네오에서 온 병사들, 홍콩에서 온 중국 경찰관들과 인도의 왕자들, 키프로스와 마오리 족들, 자메이카와 실론 인들이 그 뒤를 따랐다.

이제 경쟁이 불붙었다. 러시아와 독일이 엄청난 속도로 병력을 증강하자 영국은 경계했다. 터키와 세르비아, 몬테네그로, 오스트리아가 동맹을 깨고 시민을 학살하고 피의 복수를 다시 시작하려 하자, 발칸 반도 문제가 유럽을 위협하기 시작했다. 따라서 세계 최고 열강국의 초조감이 커졌다. 열강 나라들의 도시에서는 밤늦도록 전쟁에 대한 회의가 열기를 띠어 갔다.

대영 제국에서도 균열이 나타나기 시작했다. 인도에서는 극단주의 파들이 통치자들에게 항거하기 시작했다. 아벨 서커스 반대 후 2개월이 지난 무렵, 아론과 단짝 친구인 남비는 아이에르로부터 전갈을 받았다. 국민회의파 지도자 세 사람을 체포해서 구금한 데 반대하는 대규모 시위가 열릴 투티코린으로 가라는 지시였다.

개혁 운동에 대해 잘 모르는 아론과 남비는 시위 집회를 여는 이유는 몰랐지만, 다시 행동에 참여하게 되어 기뻤다. 투티코린에 도착해 보니, 항구 고장의 좁은 거리를 수많은 청년들이 몰려다니고 있었다. 상관들은 나중에 도착하기로 되어 있어서, 아론과 남비는 투티코린을 구경하기로 했다. 무계획적으로 만든 더러운 골목과 상점이 어지럽게 엉켜 있었다. 달리 마음이 끌리는 곳이 없어서, 페타이 사원 부근에 몰려드는 군중 틈에 섞이자 다행스러웠다. 시위 지도자들이 도착했고, 반대 시위가 거세어지기 시작했다. 아론과 남비는 앞줄에서 구호를 외치기 시작했다.

돌과 쇠가 부딪치는 말발굽 소리가 들렸다. 새로 부임한 공동 행정 장관 로버트 윌리엄 데스코트 애쉬를 필두로 경찰들이 도열해 있었다. 경찰은 시위 군중에게 해산하라고 명령했다. 시위대는 돌을 던졌다. 아론은 장관 옆에 선 얼굴 빨간 경찰관이 팔을 움켜잡고 표정을 찌푸리는 걸 보자 기분이 좋았다. 다시 돌을 주우려고 허리를 굽혔을 때 군중의 탄식 소리가 들렸다. 허리를 펴다가 아론은 몸이 굳어졌다. 기마 경찰 일부가 말에서 내려와 있었다. 그들은 길에 서 있던 경관들과 합류했다. 경찰들은 총검을 내밀고 찌를 자세를 취하고 있었다. 아론은 초조한 마음에 친구를 찾아보았다. 남비는 흥분해서 커다란 돌멩이를 길에서 주워 경찰에게 던지고 있었다. 돌이 너무 커서 15미터밖에 날아가지 않았고 시위대만 양쪽으로 나뉘었다. 곧 남비는 다른 돌멩이를 찾았다. 시위가 활기를 띠자 아론도 던질 돌을 찾기 시작했다. 오래전의 싸움 장면이 머리를 꽉 채웠다. 돌을 주워서 경관들에게 힘껏 던졌다. 여호수아 숙부가 채근하는 듯한 느낌이 밀려왔다. 아론은 불쑥 큰 소리로 외쳤다.

「영국 개들과 충복 노예들을 쳐라!」

그는 큼직한 돌을 냅다 던졌다.

이즈음 경찰대가 대오를 갖추었고, 애쉬 장관이 진격 명령을 내렸다. 경관들은 총검을 찌를 준비를 하고 앞으로 나오다가, 시위대가 던진 돌과 욕설 세례를 받았다. 두 번째 돌과 욕설이 퍼부어지면서, 경찰대의 대오가 흐트러지기 시작했다. 경관 몇 명이 다쳐서 피를 흘렸다. 군중과 경찰들의 거리가 10미터 안팎으로 좁혀들자 아론은 적의 표정을 읽을 수 있었다. 분노와 공포, 혼돈이 겹친 표정이었다. 명령이 쏟아졌고, 경찰들이 쓰러지자 시위 군중은 환호성을 울렸다. 기마병들이 말에 올라타 라이플 총을 겨누자, 시위대는 공포에 떨었다. 아론은 멀리 있는 애쉬 장관을 찾아 눈을 보았다. 공포와 분노가 뒤섞인 눈빛이었다.

「발사!」

명령이 떨어지자 기마병들이 발사했고, 시위대가 쓰러지기 시작했다. '도망쳐'라는 외침과 '나 죽는다'는 절규가 뒤섞이면서, 고통과 분노에 찬 울부짖음이 터져 나왔다. 아론은 죽어라 달아났고, 남비가 바싹 붙어 따라왔다. 투티코린의 거리는 낯설었지만, 그들은 젊었고 아론은 약간 어색하게 걸었지만 속도가 빨랐다. 곧 안전한 지역에 도착했다.

밤이 되었고, 그들은 몇 시간째 헤매고 있었다. 가져온 돈을 다 써 버렸고, 싸움이 준 활기는 사라진 지 오래였다. 그들은 있는 곳이 어딘지 몰라서 더 심란했다. 빈민가를 걷다 보니 끈적끈적한 어둠 속에서 등잔불이 빛났다. 남비는 큰 집 앞 계단에 서 있는 여자를 보았다. 그녀는 동네와는 안 어울리는 사리를 입고 있었다. 여자가 흥미롭게 두 청년을 바라보았다.

「저 여자를 보지 말고 눈을 내리깔고 걸어. 매춘부거나 귀신일 거야. 매춘부라면 우린 돈이 없고, 귀신이라면 산 채로 잡아먹힐 거라구.」

남비가 쉰 소리로 소곤댔다.

아론은 친구의 반응이 재미있었다. 두어 시간 전만 해도 겁없이 무장 경찰에게 돌을 던지던 영웅이 아니던가? 하지만 남비는 진짜 겁내는 기색을 보였다. 아론은 친구를 따라 땅바닥을 보면서 걷다가 우뚝 멈췄다. 그들이 지날 때 여자가 '길을 잃었어요'라고 말한 것 같았다. 그의 시선이 여자 쪽으로 돌아갔다. 아름다운 까만 눈동자와 마주쳤지만, 남비가 다급히 옷소매를 끄는 바람에 계속 걸을 수밖에 없었다.

몇 시간 후, 기차역을 찾았다. 간신히 방향이 맞는 느린 기차 화물칸에 올라타자, 둘은 꾸벅꾸벅 졸았다. 동틀 무렵 잠에서 깬 아론은 다시 잠을 이룰 수가 없었다. 문이 열린 화물칸에 앉아 시골에서 밤이 물러가는 풍경을 내다보았다. 한동안 까만 눈이 마음에 떠돌았다.

미낙시코일로 돌아온 지 이틀째 되던 날, 아이에르가 찻집에서 그들을 기다렸다. 아이에르는 차 석 잔을 주문한 다음, 투티코린 시위에 대해 캐물었다. 애쉬 장관이 발포 명령을 내렸다는 대목에 이르자 그의 눈이 강렬해졌다.
「이놈의 영국 개들은 단단히 대가를 치러야 해. 저희가 뭔데 우리 나라에 와서 우리 국민에게 총질을 하는 거야? 우리가 전생에 무슨 죄를 지었기에 백인놈들의 저주를 감당해야 하느냐고?」
그들은 아이에르가 진정하기를 기다렸다가 남은 이야기를 했다. 보고가 끝나자 아이에르는 곧 새 임무를 주겠다고 말했다. 그때까지 두 사람은 제국주의자들이 가하는 악에 대해 공부를 하며 시간을 보내야 했다.
「놈들이 우리를 얼마나 못쓰게 만들어 놨는지 아나?」
「선생님이 말씀해 주신 것만 압니다.」
아론이 대답했다.
아이에르의 양미간에 주름이 깊게 패었다.
「신문을 안 읽나?」
「네.」
「〈인디아〉지는?」
「안 봅니다.」
「〈스와데시미트란〉은?」
「안 봅니다.」
「〈힌두〉는?」

「안 보는데요.」

「〈인도의 애국자〉는?」

「아뇨.」

「〈비자야〉는?」

「아뇨.」

「아뇨, 아뇨, 아뇨! 그 말밖에 할 말이 없나?」

「네. 정말 안 봅니다.」

아론이 대답했다. 바보가 된 기분이 들었고, 아이에르가 성질을 부리기 시작하자 그도 참을성이 없어지기 시작했다. 이래 봤자 소용이 없음을 깨달았는지, 아이에르가 말했다.

「효과적인 개혁을 하려면 우리 신문과 잡지를 읽고, 일어나는 사건들에 대해 알아야 하네. 자네들이 함께 일할 형제자매에 대한 의식을 고취하는 유일한 길이 그거지…….」

그는 문득 생각이 났는지 덧붙였다.

「자네들, 글을 읽을 줄은 아나?」

「네, 선생님. 저는 사학년까지 마쳤고, 남비도 삼학년까지는 다녔습니다.」

아론이 으쓱대며 말했다.

「그럼 잘됐군. 공부를 하게. 곧 내가 연락을 하겠네.」

그 후 몇 주일간 아론과 남비는 미낙시코일에서 구할 수 있는 신문은 다 훑어보았다. 복잡한 문장과 여러 이론과 사실을 어렵사리 읽어 내려갔다. 하지만 며칠 지나도 아이에르에게 연락이 없자, 곧 신문 읽고 공부하는 데 싫증이 났다. 예전처럼 성질이 치밀었다. 아론은 레이첼의 결혼 무렵, 어머니에게서 엽서 몇 통을 받았지만, 누이의 결혼에 대해서는 알고 싶지 않았다. 누이를 위해 잘된 일이었다. 그는 레이첼을 좋게 기억했고 그녀가 행복하기를 바랐지만, 어머니와 형에 대한 분노가 너무 깊어서 답장을 할 엄두는 나지 않았다. 아이에르가 다녀가고 이틀 후에 도착한 어머니의 편지 때문에 무척 화가 났다. 편지에서, 어머니는 아론에게 신붓감을 구해 줘도 되겠냐고 물었다. 이번에는 답장을 보내고 싶은 유혹이 느껴졌다. 이렇게 쓰고 싶었다. 갑자기 왜 그렇게 걱정하는 체하냐고. 아버지와 나를 필요로 할 때가 어디 있었냐고. 나게르코일의 훌륭한 의사가 된 형이 있는데 왜 그러느냐고. 그 배반자 겁쟁이한테나 색싯감을 구해 주라고. 어머니가 진정으로 원하는 것은 그게 아니냐고. 왜 형은 아직 결혼을 안 했느냐고. 뭔가 심각한 문제가 있는 건 아니냐고. 물론 편지를 쓰지는 않았지만, 그날 저녁 몇몇 친구와 어울려 다니며 싸구려 독주를 엄청나게 마셨고, 그 후 사흘간 많이 앓았다.

곧 아론과 친구들은 예전처럼 장에 가는 여자들을 겁주고, 가게에서 물건을 훔치고, 싸움질을 일삼았다. 빼앗은 돈은 대부분 술을 사 마시는 데 썼다. 돈이 바닥나면 일당은 돈을 구하러 나섰다. 어느 날 아침, 아론과 남비는 스와미의 식품점으로 향했다. 언제든 1, 2루피쯤 받아 낼 수 있는 곳이었다. 가게 문 앞에 다가서면서 남비가 말했다.

「멍청이 노인네가 자구책을 마련했나 본데.」

가게의 차일 아래 모여 있던 남자 여섯 명이 문 앞으로 다가왔다.

「이리 와, 아론. 가자구.」

「저놈들이 겁나냐? 놈들은 날 방해하면 안 된다는 걸 금방 알게 될 걸.」

「여섯 명과 맞붙을 순 없어. 놈들 손에 죽을 거야.」

「난 안 무서워, 남비. 너도 무서워하면 안 돼. 무장 경찰과 맞붙은 사람이 이런 후레자식들이 문제냐?」

「그건 달랐어. 난 시위대의 흥분과 분노에 흠뻑 빠져 있었다구.」

「지금은 내 분노에 흠뻑 빠져 봐. 감히 스와미놈이 어떻게 이런 짓을 하지? 내 아버지 앞에서 굽실거리던 걸 분명히 기억하는데.」

두 사람이 가게 앞에 들어서니 사내들이 길을 막아섰다. 아론은 두어 명의 얼굴을 알아봤다. 이웃 마을의 어부들로 사나운 싸움꾼들이었다. 좀 걱정스러웠다. 아론이 그들을 밀치려고 할 때, 가게 안에서 스와미의 목소리가 들렸다.

「문제를 일으키기 싫네, 아론. 난 평화로운 사람이고 도라이 가문을 존중하는 사람일세. 자네 아버지 솔로몬은 훌륭한 분이셨지.」

「당신은 개똥 같은 놈이야, 스와미.」

사내들이 싸움을 직감하고 에워싸기 시작했다. 까마귀가 울어 댔다. 더운 날이라 더 답답하게 들렸다. 아론은 주위를 둘러보았다. 남비는 꽁무니를 빼기 시작했다.

「여보게, 이러지 말게. 우린 평화롭게 살아야 하네…….」

「아니, 못 그럴걸…….」

아론이 냅다 소리치면서 가까이 있는 사람에게 달려들었다. 그가 고꾸라지자, 다른 사람들이 아론에게 달려들어 사납게 때리고 밀쳤다. 아론이 쓰러지자, 발길질과 주먹질이 쏟아지기 시작했다.

아론은 여드레 동안 자리에 누워 있었다. 걸을 수 있게 되자 집을 나섰다. 첫날은 몸이 쑤셔서 베란다까지밖에 못 나갔지만, 곧 가까운 코코넛 숲까지 걸을 수 있었다. 다시는 읍내 쪽으로 가지 않았다.

폭행을 당하고 한 달쯤 지났을 때, 아론은 해변으로 내려갔다. 눈부신 낮의 열기 속에서 공기가 일렁거렸고, 멀리 고깃배들은 바다에 쏟아지는 강렬한 햇살 때문에 잘 보이지 않았다. 모든 걸 끝내는 것이 얼마나 쉬운 일인가. 아론은 그런 생각을 했다. 따뜻한 바다 속으로 들어가서, 발이 닿지 않는 곳까지 쭉 걸어가기만 하면 되는 것을. 숙부와 숙모는 그가 가출했다고 생각하고 어머니와 다니엘에게 알리지도 않을 터였다. 어머니가 보내는 편지는, 거의 8년째 매주 날아드는 단정하게 쓴 엽서는 언제까지 계속될까? 어머니가 죽을 때까지 계속되겠지. 그가 단 한 번도 답장을 보내지 않았건만, 어머니는 계속 편지를 보냈다. 최근에 숙모 카베리가 읽어 준 엽서의 내용을 생각하니 또 화가 솟구쳤다. 그가 살림을 차리는 것을 보고 싶다는 채러티의 편지를 읽으며, 숙모는 좋아했다. 숙모가 짐짓 염려하는 체하면서 엽서에 답장을 보낼 거냐고 묻자, 아론은 노려보며 등을 돌렸다. 하지만 분노를 오래 품고 있을 수 없었다. 더위와 마음속의 불행이 밀려들어 모든 게 흐려졌다. 인생살이를 끝내기가 얼마나 쉬운지 다시 생각했다. 우울한 스물네 해의 삶에 종지부를 찍기란 얼마나 쉬운가.

멀리 해안에서 신기루가 피어오르는 아지랑이 속으로 움직였다. 문득 싸움 현장이 떠올랐다. 숙부 여호수아, 아버지 솔로몬. 그들이 싸우는 장면을 얼마나 많이 회상했던가! 아론은 우물을 뛰어넘었던 날을 똑똑히 기억했다. 그를 한계에서 벗어나게 해준 숙부의 힘도 또렷이 기억했다. 그가 자살한다면 아버지도 숙부도 용납하지 않을 터였다. 마루다르 대장과 싸워 숙부의 죽음을 복수하는 장면을 생각하는데, 문득 떠오르는 게 있었다. 대나무 봉을 만져 본 게 언제였던가? 그걸 쥐고 있었더라면 스와미의 상점에서 심하게 당하지 않았을 거고, 스와미는 평생 가게를 무료로 운영하라고 물러섰을 것을. 아론은 땅에 떨어진 코코넛 대를 집어서 마른 껍질을 벗겨 냈다. 무게도 중심도 맞지 않는 이상한 봉이 되었지만, 그는 솜씨 있게 봉을 돌렸다. 정신을 집중하면서 봉을 마음대로 다루려고 애썼다. 아론은 봉을 다루는 데 몰두한 나머지, 박수 소리도 듣지 못했다. 바다와 하늘이 드넓게 펼쳐진 속에서 희미하게 손뼉 치는 소리가 들려왔다.

아이에르가 해안에 서 있는 야자수 사이에서 걸어 나왔다.

「읍내에서 있었던 사고에 대해 남비한테 들었네.」

간단한 인사말이 오가자 아이에르가 말했다.

「이제는 남비랑 안 만나는데요.」

아론이 뻣뻣하게 대답했다.

「그래, 알고 있네…….」

잠시 침묵이 흘렀고, 아이에르가 다시 입을 열었다.

「자네가 벌인 일은 틀렸어. 혁명은 가난한 상점 주인을 먹이로 삼지 않는다구.」

「저더러 뭘 하라, 하지 마라, 명령하지 마세요.」

아론이 벌컥 화를 내며 쏘아붙였다.

「혁명은 우리 누구보다도 큰 것이라네, 아론.」

아이에르가 조용히 말했다.

「저는 혁명 따위에는 관심 없습니다.」

아론이 여전히 화를 내며 말했다.

「알겠네. 자네는 여기서 시간을 낭비하고 있군.」

아이에르가 말했다. 그가 가려고 일어서자 아론이 붙잡았다. 심장이 뛰었다. 몇 분 전만 해도 자살할까 생각했는데……. 아이에르의 조직과 잠깐 얽힌 것이, 그의 인생에서 가치 있는 일을 했다는 느낌을 준 유일한 순간이었는데, 그걸 팽개치려 하다니. 너무 절실하게 들리지 않기를 바라며 아론이 말했다.

「잠깐, 잠깐만요, 선생님. 다시 해보고 싶습니다……. 제가 무슨 일을 하면 되겠습니까?」

아이에르는 위험한 임무에 자원할 사람들이 필요하다고 말했다. 판금된 혁명 관련 서적을 프랑스 령 퐁디셰리에서 영국령 인도로 몰래 가져오는 일이라고 했다. 아론은 주저하지 않았다. 그런 임무에 참여하면 기쁘겠다고 대답했다.

아론이 두 번째 임무로(노심초사하는 당국자에게 얼굴이 눈에 익지 않도록, 한 사람이 두 번의 임무만 수행했다) 퐁디셰리에서 2등석 칸막이 객실에 올라타니, 파란 면직물 사리를 걸친 젊은 여자가 자리에 앉아 있었다. 아론은 여자가 혼자 여행한다는 사실을 몰랐고, 그녀가 말을 걸자 더욱 놀랐다.
「오빠, 저는 사촌 누이 자얀티에요. 수업이 예상보다 빨리 끝나서 일찍 와 있었어요.」
극단파 지도자들이 이렇게 많은 인적 자원을 확보하고 있다는 사실이 놀라웠다. 이런 임무를 수행할 예쁜 아가씨를 구했다는 것 자체가 놀라울 따름이었다. 누가 이 여자에게 그런 능력이 있다고 생각이나 할까? 그래도 플랫폼에서 그녀의 옷가방에 판금 문서가 있는지 검색을 할까?
그의 마음을 읽기라도 한 듯, 아가씨가 말했다.
「당국이 절차를 바꾸었어요. 짐은 기차에서 검사받게 되었지요.」
그녀가 이 말을 하는 순간, 유럽 군인 두 명이 저쪽 통로에서 짐을 조사하는 광경이 아론의 눈에 들어왔다. 그들이 아론과 아가씨의 옷가방을 뒤졌고, 수상한 물건이 나오지 않자(선동적인 서적은 잘 감춰 놓았다) 다른 칸으로 옮겨 갔다.
기차가 속력을 내기 시작하자, 아론은 함께 여행 중인 여자를 살폈다. 가족 아닌 여자와 둘이서만 있는 것은 처음이어서 거북했다. 아가씨는 기차가 역을 떠나자마자 핸드백에서 책을 꺼내 읽기 시작하더니, 한 번도 고개를 들지 않았다. 그는 어렵게 책 제목을 읽었다. 《센스 앤드 센서빌리티》. 들어보지 못한 작가의 책이었다. 그러니까 이 여자는 도시에 사는 부자의 딸로 화려한 영국식 교육을 받고 있지만, 따분한 나머지 전율을 느끼려고 이런 일을 하는구먼? 그 순간 그 역시 따분함 때문에 과격파에 합류했다는 사실이 떠올랐다. 이상하게도 짜증이 났다. 한동안 창밖을 노려보다가, 그녀의 자리로 눈길을 옮겼다. 까만 눈이 그를 냉정하게 쳐다보고 있자, 아론은 겁이 나서 얼른 눈을 돌렸다. 다음에 그가 바라봤을 때 아가씨는 책에 몰두하고 있었다. 무슨 말로 대화를 시작해야 그녀의 관심을 얻을 수 있을까? 아론은 속으로 중얼거렸다. 그가 세련되고 현명하다면, 역사의 대세에 대해 토론하고, 혁명에 대해서까지도 이야기할 수 있으리란 생각을 하자 속이 상했다. 하긴 공공 장소에서 혁명에 대한 이야기는 꺼낼 수가 없었다.

두 사람은 역에서 헤어졌다. 아론은 자얀티를 다시 보지 못했다. 하지만 한동안 그녀 생각을 할 때면 기분 좋은 행복감이 밀려들었다. 자신이 그렇다는 것이 기운 빠지고 짜증스러웠지만 어쩔 수 없었다. 가끔 '자얀티'라는 이름을 크게 부르노라면 가명을 심각하게 부르는 자신이 멍청하게 느껴지기도 했다. 그녀와 닮은 여자만 보면, 마법이라도 일어나서 그녀가 자얀티가 될 것처럼 넋을 놓고 바라보곤 했다. 자얀티가 곁에 있는 상상을 했다. 그녀의 입에 입술을 대면 어떤 느낌일까. 그 까만 눈에 키스한다면……. 하지만 아무리 강렬해도 환상은 사그라지기 마련이다. 몇 주일이 지나며 그녀의 추억은 점점 약해졌고, 그 후에는 생각하지 않게 되었다.

38

닥터 필라이는 우기가 시작되기 전 며칠간 보이지 않았다. 떠나기 전날 그는 잠시 자리를 비울 것이라고 말하고 다니엘에게 모든 일을 위임했다. 혼자 진료를 하게 된 첫날, 다니엘은 처음의 두려움을 극복하자 한결 마음이 편안해지는 것을 느낄 수 있었다.

1주일이 넘도록 다니엘은 별 문제 없이 병원을 잘 이끌어 나갔다. 하지만 지금 그는 한 젊은 농부를 30분도 넘게 진찰하고 있었다. 농부는 극심한 두통에 시달리고 있었다. 어떤 약도 그 고통을 덜어 주진 못했다. 다니엘은 알고 있는 모든 방법을 다 시도해 보았다. 먼저 환자의 맥을 짚어 보고, 혓바닥과 눈동자를 살펴보았다. 하지만 이상한 점은 발견되지 않았다. 젊은 농부의 소변에서 비 냄새가 나는 것으로 봐서는 카팜 병증이 보이기도 했지만, 그것이 두통의 원인이 되지는 못했다. 다니엘은 일을 제대로 하고 있다는 것을 알고 있었다. 그가 치료해 준 환자들 역시 만족스러운 눈치였다. 하지만 단 한 번이라도 오진을 한다거나 자신의 무지를 인정하게 된다면 이제까지 애써 쌓아 올린 평판이 한순간에 사라질 터였다. 다니엘은 실패할지도 모른다는 생각만으로도 견딜 수가 없을 지경이었다. 다시 한 번 환자를 세심하게 진찰해 보았다. 젊은 농부는 고개가 부자연스럽게 한쪽으로 기울어진 것을 제외하고는 건강한 것처럼 보였다. 다니엘은 그를 창문 쪽으로 데리고 가서 밝은 빛 속에서 환자의 얼굴을 들어 올려 찬찬히 살폈다. 이내 무언가를 발견한 그의 얼굴에 미소가 떠올랐다.

「코담배를 맡으십니까?」

다니엘이 환자에게 물었다..

「예, 하지만 지난 며칠 동안은 머리가 너무나 아파서 하지 않았는데요…….」

환자가 대답했다.

다니엘은 환자를 조심스럽게 쳐다보았다.

「지금 그 코담배를 가지고 계십니까?」

농부가 고개를 끄덕이자, 다니엘은 코담배를 한 줌 맡아 보라고 했다. 그는 환자가 담배를 꺼내 고통스럽게 콧구멍으로 가지고 가는 것을 지켜보았다. 환자는 요란하게 재채기를 해댔다. 다니엘은 찬드란을 불러 가느다란 탐침 기구를 가지고 오라고 했다. 그리고 농부의 머리를 단단히 붙잡은 뒤 조심스럽게 콧구멍에서 긴 거머리 한 마리를 끄집어냈다.

「소나 들소에게 쓰는 물탱크의 물로는 목욕하지 마십시오.」

다니엘은 환자를 내보냈다. 다음 환자가 들어오기를 기다리던 그는 문득 방 안에 누군가 있다는 사실을 알아차렸다. 닥터 필라이는 대체 언제부터 이 방에 들어와 있었던 것일까?

「아주 잘했네. 의사란 책에 나온 기술만을 배워서는 안 되는 법이지. 좋은 의사란 타고난 재능과 경험, 상식이 필요한 법이야.」

그리고 그는 방에서 나갔다. 다니엘은 긴 거머리를 들고 있었다는 사실을 알아차리고는 서둘러 버렸다.

그 뒤로 여러 달 동안 닥터 필라이는 다니엘에게 수은과 진사를 쓰는 법을 가르쳐 주었다. 비소와 흰독말풀과 같은 독이 사람을 죽이는 것이 아니라 치료에 쓰일 수 있다는 것을 가르쳐 주었다. 그뿐 아니라 필라이는 그를 유능한 의사들이 위급한 환자들을 치료하는 병원으로 데리고 가 아주 위험한 바르마라는 치료도 참관하게 해주었다. 바르마는 금지되어 있었다. 환자를 죽음이나 영구적인 무능력 상태로 빠지게 할 수도 있는 치료법이었기 때문이다.

　닥터 필라이는 이전보다 병원을 비우는 일이 많아졌다. 다니엘에게 말하기로는 고대 팔라니 언덕 부근의 진귀한 약초들을 채취하기 위한 여행이라고 했다. 그곳은 필라이가 의사 수업을 받았던 곳이기도 했다. 그가 자리를 비울 때마다 다니엘은 점점 자신 있게 병원을 끌어 나가게 되었다. 하지만 그에게 병원을 완전히 맡기겠다는 닥터 필라이의 뜻을 받아들이기에는 아직 준비가 덜된 상태였다.

　비가 무섭게 내리던 날이었다. 마지막 환자가 나간 뒤 다니엘은 잠시 자리에 앉아 창문 밖으로 떨어지는 빗소리를 가만히 듣고 있었다. 지친 몸을 일으켜 집으로 돌아가기 위해 남은 힘을 모으고 있었다. 그때 닥터 필라이가 들어왔다. 그는 아무 격식도 차리지 않고 말했다.

「싯다 수련의들의 의무는 싯다 안에서, 우리의 생활 속에서, 신을 갈구하는 마음속에서, 회춘을 추구하는 속에서 헌신하고 성실하게 숙련하는 것이다. 이제야 이 혼란 속에서 자유로워질 수 있는 시간이 왔어……. 지금이 내가 떠나야 할 시간이야.」

「하지만 선생님의 의술과 이제까지 이룩해 놓으신 모든 것들은 어떻게 되는 겁니까?」

「고대 의사들은 수도자로서 떠돌아다녔지. 그들은 아무것도 소유하지 않았고, 그 무엇도 원하지 않았지. 누구나 부름을 받는 것은 아니지만, 그 부름을 받았다면…… 내 시대는 지나간 거야. 이제 내 환자들은 자네의 손으로도 고통을 치유받을 수 있네. 자넨 늘 특별한 약제사였지. 하지만 내가 깊은 인상을 받은 것은 진료술을 훌륭하게 익혀 나가는 모습이었어.」

　몇 주일이 지났다. 닥터 필라이는 베이다살라이에 남아 있었다. 다니엘의 마음을 괴롭히던 혼란도 서서히 가라앉고 있었다. 하지만 그는 스승이 떠나기로 마음만 먹는다면 언제라도 갑자기 떠날 사람임

을 분명히 알고 있었다. 이제 최선을 다해 마음의 준비를 하는 수밖
에 없었다.

그는 조만간 병원을 전적으로 책임 맡게 된다는 사실을 채러티에
게 말하지 않았다. 결혼할 준비가 되었다고만 말했다. 채러티는 지체
없이 실론 지방 누와라 엘리야에 사는 오빠 스테판에게 편지를 썼다.
스테판의 둘째 딸 릴리가 태어났을 때 다니엘의 신부로 맞아들이겠
다는 약속을 한 적이 있었다. 하지만 혼인을 치르자는 간단한 얘기
정도만 오갔었다. 릴리가 열여덟 살이 되자 스테판은 1년을 더 기다
려 주겠다고 약속했다.

스테판은 가족들과 함께 결혼식 2주일 전에 도착했다. 전통에 따
른 갖가지 선물들과 결혼식 비용을 충당하기 위한 금을 가지고 왔다.
채러티는 릴리를 맞이하며 눈물을 흘렸다. 릴리는 날씬하고 키가 컸
으며, 보기 좋을 정도로 오뚝한 코를 가진 처녀였다. 모두 기쁨의 눈
물을 글썽였다. 교회에서 다니엘은 신부의 목에 탈리를 걸어 주었다.
채러티는 예절이 허용하는 한도 안에서 손수건을 댄 채 훌쩍거렸다.

레이첼은 임신 상태여서 결혼식에는 참석할 수가 없었다. 채러티
의 첫손자는 크리스마스가 3일 지난 날 태어났다. 아기는 덩치만 크
고 귀염성이라고는 찾아볼 수 없었지만, 엄마와 할머니의 눈에는 세
상에서 가장 아름다운 아이였다. 태어난 지 41일 후에 아기는 제이
슨이라는 이름으로 틴네벨리에 있는 가족 교회에서 세례를 받았다.
채러티는 아기를 위해 준비한 은 벨트와 금목걸이, 금반지를 가지고
사위의 집에 갔다. 교회에서 세례식이 끝난 뒤 그녀는 조용히 콜[12]
로 아기의 뺨에 커다란 얼룩을 칠했다. 악마가 쳐다보더라도 그 힘이

---

12) 아라비아 등의 지역에서 여성들이 눈꺼풀 등을 검게 칠하는 데 사용하는
가루.

모두 그곳으로 빨려 들어가도록.

39

「우리 중 가장 위험한 계급은 누구일까요? 코브라보다도 더 위협적이며, 태풍보다도 더 파괴적인 사람들은?」

닐라칸타 브라흐마차리가 인도 보리수나무 아래 모인 쉰 명 남짓한 마을 사람들에게 물었다.

아무런 반응이 없자, 그는 다시 한 번 사람들을 향해 입을 열었다.

「브라만 계급일까요? 난 브라만입니다. 우리가 참기 어려운 존재라는 건 여러분들도 잘 아는 사실이지요!」

청중들 사이에서 웃음이 터져 나왔다. 수세기 동안의 차별과 억압의 원흉으로 비난받는 브라만 계급이면서, 그 계급을 그렇게 조롱할 수 있는 그가 아론에게는 대단해 보였다. 진실로 이런 변혁은 놀라운 일이었다. 연사는 다부진 체격의 20대 중반의 청년으로 거칠어 보이는 미소를 짓고 있었다.

「난 여러분의 대답을 기다리고 있습니다! 이 마을에는 평온함 속에 위대한 지혜가 살아 있다고 들었습니다!」

「안다바르요!」

누군가 외쳤다.

「아니지, 아니야. 베다르입니다.」

다른 사람이 부인했다.

「타마시크요!」

누군가 소리 질렀다.

연사는 사람들을 진정시켰다.

「아닙니다, 친구들이여. 우리 중 가장 무서운 존재는 백인입니다. 그들은 바다 건너 멀리 있는 왕의 이름으로 우리의 부와 행복, 우리의 본질을 앗아 가는 자들입니다. 그자들에게 우리는 함부로 발로 걷어차여도 되는 들개보다 못한 존재입니다.」

아론은 지금까지 수십 연사의 연설을 들었다. 들을 때마다 그들이 왜 그렇게 지역 주민들이 이해하지 못할 말을 하는지 의아했다. 하지만 지금 앞에 있는 저 젊은 남자는 아직은 청중들의 시선을 붙잡아 두는 데 별다른 어려움이 없는 것처럼 보였다. 그는 이제 한층 더 격렬하게 하고 싶은 말들을 토로하고 있었다.

「백인들은 모두 이렇게 믿고 있습니다. 누구라고 할 것도 없이 우리는 태어날 때부터 그들보다 열등한 존재라고 말입니다.」

그는 극적으로 말을 끊었다가 이었다.

「상황은 점점 더 악화되고 있습니다. 예전에 매콜리[13]라는 오만불손한 백인이 인도에서 삼 년 육 개월간 지낸 뒤 우리의 의학과 문학, 언어에 대해 이렇게 말했습니다. 유럽이 아직도 야만적인 생활에서 벗어나지 못했을 때 이미 번성했던 우리의 문화에 대해서 말입니다. 우리의 '의학적인 견해'는 영국 수의사들조차 수치스럽게 생각할 정도이고, 천문학은 영국 여자 기숙 학교의 학생들이 웃어넘길 수준이며, 역사에서는 구 미터가 넘게 키가 큰 왕들이 삼십만 년이라는 긴 세월 동안 통치했다는 이야기만 넘치고, 지리는 당밀과 버터로 만들어진 바다로 이루어진 줄만 알고 있다고 말이죠.」

수의사나 당밀, 여학교에 대한 그의 마지막 반격은 청중들을 혼란스럽게 만들었다. 그는 재빨리 분위기를 전환시켰다.

---

13) Thomas Babington Macaulay : 1801~1859. 영국의 정치가, 역사가.

「만일 우리에 대한 그들의 의견이 그런 것이라면 무엇 때문에 그자
들은 여기에 있는 것일까요? 대답은 간단합니다. 형제자매들이여,
그들은 우리 입에서 쌀을 앗아 가고, 우리 딸들의 목에서 금목걸이
를 빼앗고, 우리의 소와 송아지를 먹어 치우기 위해서 이곳에 있는
것입니다. 그들의 아이들은 우리의 것으로 살찌고 있는 것입니다.
백인들은 우리 삶의 해충입니다. 형제자매들이여, 그렇기 때문에
이 거대한 싸움에 우리 한 사람 한 사람 모두가 참여해야 할 의무
가 있는 것입니다.」

밤이 되자 아론은 아이에르와 닐라칸타 브라맥카리와 같이 후원자
의 저택에서 식사를 했다. 잠잠했던 민족주의자들의 활동이 급격해지
자 심각하게 걱정하는 권력자들의 엿보는 시선을 피해, 그들은 이 이
름 없는 작은 마을에 모였다. 지금 그들은 이 지역을 위한 전략을 논의
하고 있었다. 그들은 사슴고기와 밥에 양파 한 개와 차가운 야채를 곁
들인 간단한 식사를 마쳤다. 아이에르는 아론을 옆으로 끌어당겼다.

「이제 각자의 길로 가야 할 시간이 왔군, 아론. 이제 자네는 다음
단계로 넘어갈 준비를 마쳤네. 앞으로는 닐라칸타와 같이 일하도
록 하게.」

그는 단도직입적으로 말했다. 아론으로서는 예상하지 못한 일이었
다. 아이에르는 지난 1년 6개월 동안 매번 위험한 순간마다 뒤에서
그를 도와주었다. 그런 생각을 알아차리기라도 한 듯 아이에르는 손
을 내밀어 아론의 어깨를 꽉 붙잡았다.

「혁명은 우리들이 서로 같이할 수 있게 해주지 않아, 아론. 혁명은
우리들보다 훨씬 위대한 거라네. 필요하다면 우리 모두 언제라도
희생할 수 있는 준비를 해야만 해.」

그리고 온화한 목소리로 덧붙였다.

「하지만 자넨 닐라칸타를 좋아하게 될 거야. 내가 신중하게 고른 사람이니까.」

아이에르는 후임자를 신경 써서 골랐다. 다음 마을로 이동하기 위해 기차역으로 갈 때, 아론은 닐라칸타와 한참 대화를 나눈 후, 존경심이 한층 깊어졌다. 닐라칸타는 마드라스에서 신문 기자였고, 벵골리 혁명당에서 활동하고 있었다. 그는 사트야 브라타 상감이라는 모임에 속해 있었지만, 스스로 조직을 만들어야겠다는 생각을 하고 있었고, 그런 참에 아이에르가 아론을 추천한 것이었다.

「자네에게 곧 연락하지.」

아론의 새 친구는 두 사람이 헤어질 때 이렇게 말했다.

1909년, 아론은 젊은 이상주의자 수십 명과 종횡무진으로 활약하며, 민족주의 의식을 기르고 있었다. 조직에서 받는 매달 25루피의 적은 봉급으로 최소한의 생활만이 보장되었지만, 의식 있는 지도자급 인사들과의 빈번한 만남을 통해 개혁 정신은 훌륭하게 다듬어져 가고 있었다.

그는 여행을 통해 활기를 되찾곤 했다. 특히 밤에 거대한 검은 기차가 증기를 내뿜으며 희미한 불빛 속의 기차역을 출발해, 끝없는 어둠 속으로 맹렬히 달려가는 것을 좋아했다. 마니야치, 코빌파티, 텐카시, 라자팔라이얌, 시리빌리푸투르, 쉔코타와 같은 지저분한 시골 기차역에 도착하는 순간을 사랑했고, 다시 못 볼지도 모르는 여러 마을에서 깊은 인상을 받곤 했다. 그는 많은 것을 기억할 수 있도록 기억술을 익혔고, 보통은 지역적인 특색과 사건들을 머릿속 깊이 저장해 두었다. 텐카시의 거대한 타마린드나무들이 늘어서 있는 거리, 팔라니의 화려한 사원, 쿰바코남의 반짝거리는 장식이 인상적이던 장날……. 여호수아 숙부가 오랫동안 여행을 떠났던 일이 떠오르곤 했다. 숙부는 무엇 때문에 집을 떠나 떠돌아야 했을까? 이제 아론은 조금이나마 숙부를 이해할 수 있었다. 마음을 활짝 열어 주는 새로운 곳에 대한 흥분, 아는 이 하나 없는 곳에서 주는 익명의 자유로움…….

아론은 찾아가는 마을마다 사람들과 이야기를 나누었다. 찻집 같은 데 모여 있는 몇 사람들과 대화를 나누기도 했고, 이틀쯤 머무를 예정인 곳에서는 군중을 모아 놓고 이야기를 하기도 했다. 그는 타고난 연설자는 아니었지만, 진심에서 우러나온 말을 했고, 대개는 그런 점이 부족한 연설 솜씨를 메워 주었다. 아론은 자유자재로 읽고 쓰고 말할 능력을 키울 기회를 준 아이에르에게 고마웠다. 그는 글을 천천히 읽었고, 부지런히 공부했다. 그런 공부가 지루하다는 걸 알지만 꾸준히 해나가고 있었다. 혁명을 위해서라면 무슨 일이라도 할 수 있었다. 그에게 주어진 목적의식을 사랑했고, 형제애 역시 똑같이 중요하다는 사실을 느끼고 있었다. 지금은 가족에 대해 전처럼 많이 생각하지 않았다. 어쩌다 생각할 때도 분노하지 않았다. 심지어 가족들을 한번 만나면 어떨까 싶기도 했다. 어쩌다 체바타르에 갔을 때 채러티가 보낸 엽서들을 받아 볼 수 있었다. 이제 카베리는 나이가 들어 엽서들을 숨겨 놓는 일이 성가셨다. 다니엘의 결혼과 직업적인 성공 소식을 듣고도 아론은 화가 나지 않았다. 이미 지나간 일이었다. 증오심을 키워 봤자 일이 끝나지 않았다. 아론은 이전보다 마음이 넓어졌다. 솔로몬과 여호수아는 여전히 그의 마음에 살아 있었지만, 이젠 그들을 생각해도 슬픔이 울컥 밀려오지는 않았다.

1909년이 거의 저물어 갈 때, 아론은 다시 투티코린을 찾아갔다. 그가 처음으로 임무를 수행했던 곳이었다. 아론은 당시의 두려움과 흥분을 똑똑히 기억하고 있었다. 그 황폐한 장소에서 만났던 신비로운 여인에 대한 추억이 아스라이 떠올랐다. 까만 눈동자. 자얀티의 눈. 갑자기 심한 외로움이 밀려들었다. 외로움이 점점 더 깊어만 가자 아론은 그 신비로운 여인을 찾아보기로 결심했다.

일을 끝마친 저녁, 그는 자신에게 휴가를 주었다. 너무나도 지쳐 움직일 힘조차 남아 있지 않을 때까지 몇 시간을 헤매 다닌 끝에 그녀를 찾는 일을 중지하기로 했다. 지저분한 찻집에 들어가 차를 시켰다. 벽에 등을 기댄 채 눈을 감았다. 전혀 놀랄 일도 아니지만, 그는 익숙한 장소들을 모두 찾을 수 있었다. 길 안쪽에 초라한 오두막집들이 늘어서 있고, 한가운데 어렴풋이 거대한 저택이 보였다. 그는 그 집을 향해 다가갔다. 한때는 감탄이 절로 나올 만큼 훌륭한 집이었던 것 같았다. 엄청난 네덜란드의 거상이나 영국 은행가가 살았을 법한 집이었다. 하지만 그 집은 쇠락해 가고 있었다. 빗물로 칠은 벗겨져 지저분하기 짝이 없고, 베란다로 이어지는 넓은 돌계단은 부서져 있었다. 비스듬히 난 창문들도 보였다. 그는 불안함을 느끼면서 계단을 올라 베란다를 가로질러 갔다. 발아래로 먼지가 휘감겼다. 완전히 버려진 집 같았다. 아론은 계속 걸어갔다. 현관문 앞에는 반짝거리는 작은 청동 현판이 걸려 있었는데, 한 단어가 새겨져 있었다. 비듀탈라이. 자유. 해방. 아론은 초인종 끈을 잡아당겼다. 집 안에 울리는 벨 소리가 희미하게 들렸다. 하지만 아무 일도 일어나지 않았다. 다시 한 번 초인종 줄을 잡아당기자 갑자기 문이 열렸다. 문간에 나타난 사람이 기억 속에 살아 있는 신비로운 그녀가 아니라는 사실에 실망했다. 문을 열어 준 사람은 나이 지긋한 하인이었다.

아론이 사과를 하고 자리를 뜨려는 순간, 하인이 말했다.

「오시기를 기다렸습니다. 들어오십시오.」

그는 의아함과 호기심에 잠시 머뭇거렸으나, 하인의 뒤를 따라 타일이 깔려 있는 긴 통로를 지나갔다. 아론은 화려하게 꾸며진 거실로 안내되었다. 창에는 적갈색 커튼이 드리워져 있었지만, 거대한 팡카[14]가 실내 온도를 시원하게 유지했다. 적어도 열두 개는 될 듯한 소파가 화강암 탁자 주위를 꽃잎처럼 둘러싸고 있었다. 아론이 들어 갔을 때 그 자리에는 두세 명이 앉아 있었다. 하인은 그를 빈 소파로 안내했다. 그러자 그것이 무슨 신호라도 된 듯이 아름답게 조각된 호두나무 차양 뒤편으로 음악이 흘러나오기 시작했다. 그리고 샤르바트[15]와 건포도, 땅콩이 담긴 은쟁반을 든 하인들이 모습을 나타내기 시작했다. 자리에 앉아 있는 사람들에게 음식을 대접한 하인들이 모습을 감추자, 몸집이 작은 노부인이 대리석 계단에서 내려왔다. 그녀는 푸른색 사리를 입었고, 머리가 희었다. 부인은 사람들 앞으로 다가와서는 밝은 목소리로 말했다.

「저는 매일 이곳을 찾아 주시는 분들이 어떤 분인지 모릅니다. 하지만 저희 집을 찾아 주신 그 어떤 귀하신 분께도 실망한 적이 없습니다. 여러분은 다른 사람이 가지지 못한 힘을 가진 분들로 제게는 귀중하신 분들입니다.」

아론은 방 안에 있는 남자 셋을 힐끗 보았다. 가까이 있는 남자는 몸집이 크고 눈과 턱, 코가 살에 파묻혀 처져 있었다. 불룩 튀어나온 배는 옷 밖으로 터져 나올 것만 같았다. 그 옆의 늙은 남자는 유복해 보였지만 얼굴 절반이 모반으로 보기 흉했다. 어떤 각도로 보느냐에 따라 단정해 보이기도 했다. 건너편에 앉은 남자는 미남이라고 할 만했다. 아론과 비슷한 나이로 마른 몸매에 화가 난 듯한 눈빛이었다. 세상에서 상처받은 사람이군! 아론은 갑자기 그런 생각이 들었다. 서

---

14) 인도에서 천장에 매다는 큰 부채.

15) 과즙에 물, 우유, 설탕 따위를 섞어 얼린 얼음과자.

서히 연민의 감정이 스며들었다. 그런 마음을 떨쳐 버리려 했지만 그 럴수록 감정이 더 강렬해졌다.

「여러분은 저를 찾기 위해 많은 시간을 보내셨지요. 이렇게 찾아오 셨으니, 저도 약속드리겠습니다. 여러분이 구하시는 것은 무엇이 든 부족하지 않게 준비해 드리겠습니다. 하지만 진실로 찾아지는 것은 아니라는 것을 아셔야 할 겁니다. 사랑이라는 것은 과연 무엇 일까요? 이제 제가 데리고 있는 아이들을 보여 드리겠습니다. 여 러분은 무엇보다도 사랑하는 법을 배워야 이 세상을 살아가는 방 법을 배울 수 있을 것이고, 사랑을 하고 난 뒤에야 어떻게 죽어야 할지를 알게 될 것입니다.」

노부인이 탁자에 놓인 작은 수정종을 들어 흔들었다. 그러자 눈이 부시도록 매력적인 젊은 여자 네 명이 노부인 앞에 나타났다. 지성적 으로 보이는 여자, 가무잡잡한 여자, 날씬한 여자, 관능적인 여자. 모 두 감각적으로 보이는 까만 눈동자를 가지고 있었다.

「여기를 보세요, 귀빈 여러분. 제가 사랑하는 아이들이랍니다. 여 러분의 마음 깊은 곳에서 그리던 모습이지요? 이 아이들은 원하시 는 동안에는 모두 여러분의 것입니다. 특별히 다른 보상을 해주실 필요는 없답니다. 다만 이 아이들을 잘 보살펴 주시기를 간청드리 겠습니다. 조금이라도 소홀히 대하신다면, 이 아이들은 모두 물러 날 것입니다. 그럴 경우, 여러분은 이 비듀탈라이에서 영원히 제명 될 겁니다.」

아론과 다른 남자들은 젊은 미인들에게서 시선을 뗄 수가 없었다. 노부인은 잠시 남자들이 여자들을 볼 수 있도록 시간을 준 다음 그들 을 모두 2층으로 올려 보냈다.

「여러분이 지키셔야 될 간단한 규칙이 있습니다. 아이들은 이름이 없습니다. 여러분은 누구를 원한다고 선택하실 수 없습니다. 아이들은 모두 제게는 똑같이 소중하고, 여러분에게도 똑같이 소중한 존재가 될 것입니다. 이곳에 하룻밤을 계시든, 여러 날을 계시든 그 동안에는 각자 오직 한 가지 이름만으로 불러 주십시오. 아이들은 모두 여러분이 지어 주신 이름에만 대답할 것입니다. 여러분이 붙여 주신 그 이름은 아이들을 돋보이게 해줄 것이며, 그 순간부터 그 아이들은 여러분이 원하는 사람이 되어 있을 것입니다. 단 한 가지의 진실은 이것은 절대로 현실이 아니라는 것입니다.」

그때 아론은 마음속의 갈라진 틈마다 스며드는 연민과 싸우는 것을 포기했다. 그러자 노부인이 말한 모든 것을 온 마음으로 이해할 수 있었다. 그는 주저하지 않고 이름을 선택했다. 자얀티. 그는 하인을 따라 대리석으로 만든 계단을 올라갔다. 기분 좋은 흥분 상태였다. 계단 끝까지 올라가자 호사스러운 양탄자가 깔린 복도가 나타났다. 복도는 양쪽으로 이어져 있었다. 하얗게 칠한 문은 모두 닫혀 있었다. 그는 남자들이 선택한 이름이 방문 현판 위에 새겨져 있음을 알아차렸다. 안쪽에 있는 문에 쓰인 이름이 자얀티였다. 하인이 문을 두드리고 뒤로 물러섰다.

그녀는 푸른색 면으로 만든 사리를 입고 침대 위에 앉아 있었다. 마치 그가 그녀를 처음 만났을 때처럼. 하지만 이 소녀는 가무잡잡한 피부에 관능적인 몸매를 하고 있었다. 가슴이 얇은 면 블라우스 위로 도드라지게 솟아 있었다. 전에 만난 자얀티는 호리호리한 몸매에 성적인 느낌이 거의 들지 않는 아가씨였다. 그렇지만 이 여자도 자얀티였다. 아론은 확신했다. 모순되는 감정을 모두 밀쳐 내며 그녀 옆에 앉았다.

그녀는 그가 얼마나 잘생겼는지, 그를 즐겁게 해주리라는 기대에 얼마나 벅찬 기쁨을 느끼고 있는지 말했다. 아무런 해도 없는 이런 상투적인 말에 아론은 엄청난 행복감과 따스함을 느낄 수 있었다. 그의 얼굴과 머리를 쓰다듬는 여자의 손길이 느껴졌다. 너무나도 자연스러워서 평생 그렇게 해왔던 것 같은 느낌이었다. 그는 넓은 침대에서 그녀와 사랑을 나누었다. 그의 허기진 혀와 시선, 두 손은 유두가 오뚝 솟은 여자의 가슴을 스쳐 지나갔고, 잘록한 허리를 지나서 부드러운 곡선을 그리는 허벅지로 내려갔다. 그런 다음에 그녀 안으로 들어갔다…….

매일 밤 아론은 비듀탈라이의 손님이었다. 밤마다 그는 계단을 올라가 또 다른 자얀티를 만났고, 매일 밤 다른 진실을 배워 나갔다. 너는 사랑과 삶을 가지고 있어. 죽음도. 어느 날 밤, 비듀탈라이가 흔적도 없이 사라진 것을 보고도 아론은 놀라지 않았다…….

누군가 그를 흔들었다. 눈을 떴다. 찻집 주인이 영업 시간이 끝났음을 알려 주었다. 아론은 앞에 놓인 손도 대지 않은 차를 쳐다보았다. 주인에게 미소를 지어 보이며 고맙다는 인사를 하고, 그 자리를 떠났다. 숙소로 돌아가는 길에 빈민가를 지나치게 되었다. 아론은 초라하기 그지없는 오두막집들이 늘어서 있는 곳을 스쳐 지나갔다. 어린 아기에게 젖을 물리던 젊은 여자가 뭔가를 바라는 눈빛으로 그를 쳐다보았다.

「여자가 필요하지 않으세요? 아주 싸요. 한 시간에 팔 아나예요.」

그는 여자에게 미소를 지으며 은화를 던져 주고는 계속 걸었다. 약간 힘이 빠진 모습이었다.

다음에 도착한 마을은 텐카시. 아론은 닐라칸타와 기차역에서 마주쳤다. 그는 깜짝 놀랐다. 적어도 이달 안에 그를 다시 만나게 될 것이라고는 예상치 못했기 때문이다. 그는 아론에게 자신이 만든 조직이 본격적인 활동을 시작했다고 말했다. 사실 그도 닐라칸타에게 연락을 하고 싶었다. 닐라칸타의 조직은 '인도 어머니 협회'로 무장 혁명을 목표로 하고 있었다.

「우린 동지들을 돕기 위해 무슨 일이라도 반드시 해야 하네. 그들은 궁극적인 희생을 위해 자신을 내놓았어. 마드라스는 반드시 공유되어야 할 거야. 우린 권력자들과 협상을 시도해 보았네. 의회 안의 온건파 친구들을 통해 대화를 시도해 봤지. 그랬더니 그들이 어떻게 했는지 아나? 이렇게 만들었지. 이제 길은 명백하네. 쉬운 길은 아니겠지만, 반드시 가야만 하는 길이지. 매일같이 정부놈들은 점점 더 잔혹해져 가고 있어. 우린 반드시 싸워야 하네. 이런 상황인데도 여전히 우리와 같이할 수 있겠나?」

아론은 주저 없이 대답했다.

「예, 같이하고 싶습니다.」

「좋아. 오늘 저녁에 만나도록 하세.」

닐라칸타는 군중 속으로 사라졌다.

아론은 텐카시에서 별로 할 일이 없었다. 북적대는 시내와 장터를 거닐다가 묵고 있던 사원 안의 숙박업소로 돌아갔다. 저녁에 아론은 닐라칸타가 준 주소로 찾아갔다. 찾는 데는 어려움이 없었다. 말수 적은 젊은이가 그를 작은 거실을 지나 커다란 방으로 안내했다. 방 안에는 이마에 틸락[16]을 붙인 젊은이들로 가득했다. 모두 진지한 표정이었다. 한쪽 구석에는 무시무시한 칼리 여신의 초상화가 걸려 있고 그 앞에 제단이 놓여 있었다. 붉은빛의 빌라쿠스가 강렬한 인상을

---

16) 힌두교 신자가 종파의 표시로 이마 중앙에 칠하는 붉은 점.

심어 주었다.

닐라칸타가 아론을 소개했다. 아론은 여신에게 비브후티와 꽃을 바쳤다. 아론은 부드러운 빛으로 붉게 타오르고 있는 쿰쿠맘[17]에, 단지에 담긴 물을 섞은 것을 마셔야 했다.

「이것을 마시게, 형제여. 자네는 압박자의 피를 마시는 셈이야. 오늘 이후 자네는 인도의 독립을 위해 헌신해야 하네. 지금부터 내가 하는 말을 따라하도록…….」

그는 그릇에 입술을 댔다. 큰 벽을 뛰어넘은 이날을 절대로 잊지 않을 것이다……. 때때로 앞에 무엇이 기다리고 있는지 몰라도 무작정 앞으로 나가는 것만이 유일한 방법일 때가 있다……. 단호하고 흔들림 없는 걸음으로……. 아론은 쓰디쓴 액체를 단숨에 마시고 토하지 않으려고 애썼다.

아론은 인도의 자유를 대가로 생명을 바친다는 서약을 반복했다. 그 서약은 한 장의 종이 위에 다시 옮겨졌고, 아론은 바늘을 건네받았다. 바늘로 엄지손가락을 찔러 나오는 피로 지장을 찍었다. 의식은 끝났다. 이제부터 아론은 그를 이끌어 주는 지도자의 지시를 따를 터였다.

40

지난 2년은 다니엘이 혼자 병원을 이끌어 나갈 자신감을 키운 시간이었다. 염려한 대로 닥터 필라이는 아무 예고도 없이 훌쩍 떠나 버렸고, 즉시 환자 수도 줄기 시작했다. 다니엘은 환자들이 다시 찾

---

17) 꽃을 띄운 물.

아오게 하기 위해 노력했을 뿐만 아니라, 닥터 필라이가 곁에 없다는 사실을 문득 깨달을 때마다 공포감에서 벗어나는 방법을 배워야 했다. 하지만 점차 나아져 갔다. 다니엘은 점점 자신감을 되찾았고, 그 자신감이 환자와 직원들에게도 그대로 전해지기 시작했다. 그가 정확한 진단과 그 지역에 넓게 퍼진 애매한 질환을 치료하기 시작하면서 의사 겸 약사로서의 명성을 날리기 시작했다. 이내 감당하기 힘들 정도로 환자들이 늘어났다.

그동안 가족은 그를 보기 힘들었다. 아내 릴리는 결혼한 뒤 몇 달 동안 다니엘이 집에 들어오지 않자 채러티에게 불평을 늘어놓았다. 채러티는 며느리의 불평에 처음에는 화가 치솟았다. 대체 이 아이는 무엇을 더 원하는 것일까? 책임감 강하고 잘생긴 젊은 남자를 잡았다는 사실만으로 충분하지 않다는 말인가? 그러나 이내 새색시 시절을 떠올려 보았다. 친정에서 멀리 떨어져서 많이 무섭고 지루했던 기억이 났다. 채러티는 며느리에게 걱정하지 말라고 타일렀다. 결혼 생활이란 시간이 지날수록 모든 것이 좋아진다고……. 이내 릴리도 환경에 익숙해지기 시작했다.

릴리는 채러티의 도움으로 시간이 지날수록 나아지는 것을 느꼈다. 다니엘은 자신감이 생기자, 점차 일에 대한 열정이 줄어들어 갔다. 그와 릴리 사이에는 샨티라는 딸이 있었고, 릴리는 둘째 아이를 임신 중이었다. 다니엘은 주중에는 딸을 거의 보지 못했다. 하지만 일요일이면 늘 채러티와 릴리를 성가시게 하는 아이를 상대하며 시간을 보내곤 했다. 아이의 몸단장을 해주기도 하고, 이야기를 하며 놀아 주었다. 그러다 그가 견딜 수 없을 때쯤 되면 아이는 불편한 아빠의 마음을 알아차리는 듯했다. 샨티는 그의 품에서 몸부림을 치며 울음을 터뜨렸고, 결국 엄마의 품으로 돌아갔다.

샨티가 두 살이 된 무렵 어느 일요일이었다. 가족 모두 아침 예배를 드리기 위해 교회에 갈 준비를 하고 있었다. 다니엘은 평상시처럼 가장 먼저 준비를 끝마치고 가족을 기다리며 베란다에 놓인 의자에 앉아 있었다. 그날은 샨티의 외출 준비를 시키는 일이 평상시보다 힘들었다. 머리를 재스민과 리본으로 장식하고, 예쁜 영국식 드레스에 신발을 신겼다. 하지만 채러티가 파우더를 발라 주려고 하자 아이는 몸을 비틀어 할머니의 손에서 빠져나갔다. 어린 딸이 할머니의 뜻대로 하지 않으려고 꾀를 부리는 걸 볼 때마다 다니엘의 얼굴에서는 미소가 떠나지 않았다. 어머니가 나를 키우실 때하고는 다르겠지. 그는 생각했다. 딸이 태어난 후로 그는 종종 나게르코일 사람이 아니라는 느낌을 받았다. 지난 몇 년간 이곳을 떠난 적이 없지만. 샨티는 이곳에서 태어났기 때문에 그와는 다른 것 같았다.

다니엘은 할머니의 품에서 벗어나려고 바둥대는 딸을 지켜보며, 그의 어린 시절을 떠올렸다. 영국인 신부와 조수의 흐름을 살피며 조개와 물고기를 찾아다녔고, 아버지와 박쥐나 물새를 사냥하러 다녔다. 마을 학교에 처음 갔던 날을 떠올리자 저절로 입가에 미소가 떠올랐다. 사람들이 모여 있는 가운데 나데스와람 주자와 북 치는 사람이 연주를 하고, 교회지기가 음정도 맞지 않는 새된 소리로 찬송가를 불러 주는 가운데 새 옷을 입고 학교로 향했다. 그것은 마을에서 가장 유력한 인사의 장남에 대한 예우였다.

그런 추억을 떠올리자 고향에 대한 향수가 깊어졌다. 그는 체바타르에 뼈를 묻고 싶었다. 그런 느낌이 가장 사무치는 것은 이른 아침 시간이나 밤이 가까워 오는 순간이었다. 어디서든 새벽은 독특하게 다가온다. 체바타르에서는 나뭇가지에 앉은 새들이 노래를 부르고, 카수아리나나무들 사이로 서서히 밝은 빛이 비치며 하루가 열렸다.

그 아래로 소 떼와 닭들이 날카로운 소리로 울어 대는 것이 다른 지역과 다른 점이라고 할 수 있을까. 해 질 녘 풍경도 그랬다. 하루를 마감하는 빛이 서서히 사라지며 밤이 가까워 올 때 소와 닭들의 울음 소리에 마을은 조용히 쉴 준비를 했다. 시내에서는 도저히 볼 수 없는 광경이라고나 할까. 체바타르가 그리웠다. 그곳을 떠나서는 어디서도 나 자신을 완전히 찾을 수 없을 것 같아⋯⋯. 그는 속으로 중얼댔다. 체바타르를 떠나 일을 시작한 뒤로는 아무리 그리워도 갈 수 없는 것 또한 사실이었다.

그는 가끔 아론을 생각했다. 동생이 자신을 거부했다는 생각은 하지 않았다. 지나치게 길게 아론을 생각하거나 그 생각 때문에 슬퍼하지도 않았다. 그저 마음 깊은 곳에서 가끔씩 동생 생각이 불쑥불쑥 떠오르곤 할 뿐이었다. 그럴 때면 다니엘은 하던 일을 멈추고, 상실감 속에 빠져들었다. 그것이 과거의 상처를 다스리는 최고의 방법이라는 것을 오랜 경험으로 알기 때문이었다. 그런 다음 마음을 다시 접고 일상으로 돌아오곤 했다. 그는 그렇게 살고 있었다. 채러티가 꼬박꼬박 보내는 안부 편지에 아론은 결코 답장을 쓰지 않았다. 때때로 이 상황이, 체바타르는 손이 닿을 수 없는 깊은 우물이 되어 가고, 그들은 거기에 헛손질하고 있다는 느낌이었다. 아브라함이 정기적으로 보내는 편지에는 그나마 얼마 되지도 않는 생활비를 보내기도 힘들다는 푸념이나, 아론에 대한 불평으로 가득 차 있었다. 가장 최근에 온 편지인, 몇 달 전에 들은 얘기는 끔찍했다. 아론은 한동안 소식이 끊겼는데, 일설에 따르면 민족주의자들과 합류했다고도 하고, 질이 안 좋은 패거리들과 어울려 다니며 가문의 이름에 먹칠을 하고 다닌다는 것이었다. 채러티는 다니엘에게 무슨 수를 써야 되지 않냐고 독촉했지만, 무엇을 어떻게 하란 말인가? 그들은 아론이 어디 있는

지도 모르고 있었다. 그가 어떤 단체에 소속되어 있는지도 몰랐다. 다니엘은 동생을 위해 짧은 기도문을 중얼거렸다. 한 번, 두 번 기도를 하기 시작하면서 절망감에서 빠져나올 수 있었다. 그는 스스로에게 말했다. 아론은 내 책임이 아니야, 그 애는 어른이잖아. 자신을 충분히 돌볼 수 있는 나이이고, 스스로 내린 결정에 책임져야 해. 지금난 책임질 일이 많고, 내 가정도 있잖아. 아론이 언제라도 나를 필요로 한다면 항상 손을 내밀 준비가 되어 있지만.

고개를 들어 앞을 바라보았다. 아내와 어머니, 딸과 동생 미리암이 눈앞에 있었다. 다니엘은 다짐했다. 과거는 잊어버리자고. 네가 속한 곳은 여기라고. 어머니의 고향이고, 지금 네가 있는 여기라고. 샨티의 눈을 통해서 이곳을 보는 법을 배워야 하리라. 딸은 체바타르 닐람의 달콤함을 맛본 적은 없지만, 허니 바나나보다 맛있는 것은 없다는 것을 알고 있었다. 그 애는 만나르 만의 조개를 본 적이 없었지만, 그가 여기 와서야 처음 본 햇살 속에서 에메랄드빛으로 빛나는 태양새를 태어나면서부터 봤지 않은가! 다니엘은 의자에서 일어나 초조하게 움직이기 시작했다. 샨티와 할머니는 그 상태 그대로였다. 그는 샨티를 향해 소리 질렀다.

「얼굴에 파우더를 바르지 않겠다면, 너만 놔두고 가버릴 거다. 알겠니?」

샨티가 울음을 터뜨렸다.

「그냥 데리고 가죠. 파우더를 발라 주지 말고요.」

다니엘이 화난 듯 말했다.

「그러면 사람들이 모두 이 아이의 피부가 얼마나 검은지 보게 될 게 아니냐? 시집도 못 갈 거야.」

「어머니, 아직 두 살도 안 됐어요.」

「알고 있단다. 하지만 사람들이 어떤지 너도 알잖니.」

다니엘은 깊은 생각에 잠겼다. 샨티를 제외한 가족 모두 외출을 위해 파우더를 바르고 있었다. 습기 많은 기후와 뜨거운 햇살 아래에서 피부의 모공이 숨 쉴 수 있게 해주는 것이 얼마나 중요한지 그는 잘 알고 있었다. 하지만 다른 사람들처럼 그 역시 새로 나온 영국제 파우더를 바르고 있었다. 그 사실에 갑자기 화가 났다. 빈민층만이 얼굴에 파우더를 바르지 않았다. 그 외의 마을 사람들은 하얀 가면을 뒤집어쓴 듯 끔찍한 모습으로 다녔다. 진한 화장을 한 힌두교 승려처럼.

다니엘은 낮게 투덜거리며 세면대로 가, 파우더를 물로 씻어 내기 시작했다. 그가 방으로 돌아왔을 때도 딸은 여전히 고집스레 버텼고, 할머니 역시 못지않은 고집으로 팽팽히 맞서고 있었다.

「샨티는 파우더를 바르지 않고 교회에 갈 겁니다.」

그가 말했다.

채러티와 릴리, 미리암이 말도 안 된다는 표정으로 쳐다보았다.

「파우더를 바르지 않는다고? 사람들이 비웃을 거야.」

「아직도 제 얼굴에 파우더가 남아 있습니까?」

그가 날카로운 목소리로 물었다.

순간 여자들은 입을 열 수 없었다. 하지만 곧 논쟁을 벌이기 시작했고, 샨티에게 파우더를 바르지 않고 교회로 데려가는 대신 다니엘이 피부에 해롭지 않으면서 얼굴이 희어 보이는 식물성 크림을 만들겠다는 약속을 한 뒤에야 잠잠해졌다.

다음날 아침, 다니엘은 정신없이 환자들을 본 후 틈이 나기를 기다려 약을 만들기 시작했다. 의사 노릇을 한 지 오래됐지만, 약사로서의 재능이 훨씬 뛰어난 그였다. 기분 전환을 겸해 그동안 자제했던 재능을 발휘할 기회였다. 먼저 피부의 색소에 관한 지식을 정리해 보았다. 멜라닌 색소의 활동을 지연시킬 방법을 찾아보거나, 표피에 붙어 있는 죽은 세포들을 보다 효과적으로 떨어지게 한다면 피부가 좀 더 밝게 보이지 않을까 고민했다. 피부 손상은 없어야 했다. 그는 오랫동안 느끼지 못한 흥분을 느꼈다. 일단 약에 들어갈 재료를 준비하기 시작했다. 야생 심황, 진사, 고무나무, 치료 효과가 있는 님 오일, 연한 코코넛 즙, 버터 기름, 계수나무 꽃, 알로에 뿌리, 우유, 꿀…….순식간에 쉰 가지도 넘는 약초와 향료를 선반과 찬장에서 꺼내 늘어놓았다. 재료들을 섞어 무게를 재거나 갈고, 볶거나 침전시켜 혼합했다. 몇 시간이 지났다. 조수 찬드란이 두 번이나 들어와 환자들이 기다리고 있다고 말해 주었지만, 그는 손을 내저으며 더 기다려 달라고 전하라고 할 뿐이었다. 다니엘이 닥터 필라이의 병원에서 일하기 시작한 이래로 처음 있는 일이었다. 찬드란이 세 번째 들어왔을 때에야 그는 마지못해 연구를 미뤄 두었다.

그는 서둘러 환자들을 보고 연구실로 돌아갔다. 다니엘은 저녁 때까지 쉬지 않고 일했다. 시간이 늦어지자 집으로 사람을 시켜 병원에서 밤을 새울 것이라는 전갈을 보냈다. 그는 닷새 동안 집에 돌아가지 못했다. 그동안 64종의 재료, 약초, 오일, 연고를 이용해서 혼합하고 시험해 본 뒤, 버리기도 하고 남겨 두기도 했다. 엿새째 아침, 다니엘은 지친 모습으로 증류기 바닥에 남아 있는 갈색 젤리 같은 물질을 내려다보고 있었다. 진한 오일처럼 보였다. 다니엘은 왼쪽 팔에 로션을 듬뿍 발랐다. 다음 달까지 매일 그 로션을 팔에 발라 시험해 볼 작정이었다. 약을 바른 부위에 물이 닿으면 안 됐다. 또 실험 결과를 아무도 보지 못하게 하려면 긴소매 옷을 입는 수밖에 없었다. 팔에서 이상한 냄새가 나기 시작했지만, 다니엘은 실험을 중단하지 않았다.

릴리가 채러티에게 그 사실을 말하며 말려 달라고 부탁했지만, 채러티는 어깨를 으쓱해 보이며 이렇게 말했다.

「도라이 가문 남자들은 뭔가에 집중하기 시작하면 코끼리가 온다고 해도 그 자리에서 움직이지 않는단다.」

그 뒤로 5주가 지났다. 다니엘은 기쁜 마음으로 결과를 발표했다. 약을 발랐던 왼쪽 팔 부위는 바르지 않은 부위보다 도드라지게 피부색이 밝아져 있었다. 그는 연고 조제법을 정리하고, 팔 전체에 바른 뒤 흔적이 남지 않게 잘 문질렀다. 9주 후에 그의 팔은 눈에 띄게 희게 변해 있었고 부작용은 없었다. 다니엘은 색상 약제를 첨가하여 흰색이 훨씬 뚜렷하게 나오는 제품을 만들어 작은 유리병에 넣었다. 그동안 제품 이름을 생각해 보았지만 마음에 드는 이름은 하나밖에 없었다. 다니엘은 종이를 꺼내 영어와 타밀 어로 썼다. 닥터 도라이의 문화이트(moonwhite) 연고. 한참을 자리에 앉아서 쳐다보다가, 어두워진 길을 걸어 집으로 돌아갔다.

다음날 아침 다니엘은 출근 시간을 미뤘다. 임신으로 배가 잔뜩 부른 릴리는 샨티를 준비시키고 있었다. 다니엘은 의기양양하게 흰 연고를 꺼내 아이에게 발라 주라고 말했다. 아내가 망설이자 그는 왼쪽 팔을 보여 주었다. 팔은 밀색에 가까울 정도로 밝은 색으로 변해 있었다. 며칠 안에 가족들의 피부는 모두 같은 색으로 변했다.

몇 주가 지나자 새로 만든 연고의 신비한 효과에 대해 마을 전체에 소문이 퍼졌다. 병원은 밀려드는 주문에 수요를 감당하기 어려울 지경이었다. 가난한 주민 중 절반이 병원에 와서 반 아나짜리 문화이트 연고(큰 병은 6아나였다)를 주문하자, 다니엘도 놀랐다.

41

새로운 세기가 시작된 지 10년 남짓 지났을 무렵, 인도 민족주의는 발생 초기부터 흔들리고 있었다. 민족주의자들은 온건파와 과격파로 나뉘었으며, 압제자의 감언으로 불화는 한층 깊어졌다. 시작도 하기 전에 영국이 이긴 전쟁처럼 보였다. 좌절한 애국주의자 오로빈도 고시는 감옥에서 풀려난 뒤 낙담한 모습으로 이렇게 말했다.

「내가 감옥에 들어갔을 때 온 나라는 반데 마타람의 외침으로 가득 차 있었고, 국민의 희망, 절망의 끝에서 새롭게 올라오는 몇백만 명의 희망으로 생생히 숨 쉬고 있었습니다. 내가 감옥에서 나왔을 때 울음소리가 들릴 줄 알았지만, 그 대신 침묵만이 흐르고 있었습니다. 조국은 고요했습니다.」

젊은이들과 여성들 소모임이 인도와 해외에서 결성되기 시작했다. 그들에게는 힘으로 상태를 유지하는 방법밖에 없었다. 벵골에서, 마하라슈트라에서, 런던에서, 또 마드라스에서 그들은 계획을 세우기 시작했다. 대대적인 거사를 준비하는 데만 몇 년의 시간이 필요하다는 것을 깨달은 젊은 혁명가들은, 인도의 주권을 지키는 가장 빠른 방법으로 엄청난 무력 시위를 하기로 했다.

한달 후 아론은 바라타 마타 협회에 합류했다. 그는 트리반드룸에 있는 모임에 참석하라는 명령을 받았다. 그들은 도시 외곽의 지붕이 낮은 오두막집에서 만났다. 다른 보통 집과 다를 바가 없었다. 마당의 흙은 갈아서 엎어져 있었고, 바나나 나뭇잎은 바람에 살랑거렸으며, 닭들은 오물을 쪼고 있었다. 사리와 블라우스를 걸친 여자 한 명이 계단 앞에 서 있었다. 순간 아론은 잘못 찾아왔을지 모른다는 생각이 들었다. 그때 닐라칸타가 현관 입구에 서 있는 모습이 보였다. 그는 아론에게 들어오라는 손짓을 했다.

집에는 천장에 하늘을 볼 수 있는 덮개를 씌운 방이 있었다. 그곳이 모임 장소였다. 모인 사람들 중에는 닐라칸타의 조직 사람들도 섞여 있다는 것을 아론은 알아차렸다. 그들은 특별한 임무를 위해 이 자리에 모였고, 앞으로 몇 주간 훈련을 받을 것이라는 이야기를 전해 들었다. 네 명씩 조를 짰고, 다음날 아침 어딘지 모르는 곳으로 갈 준비를 했다.

그들은 우마차를 타거나 걸어서 트라반코르의 안쪽으로 향했다. 아론과 열두 명은 말라바르 해안의 작은 마을 덴카토프에 저녁 늦은 시간에 도착했다. 그 마을의 이름을 있게 한 키 큰 코코넛나무들이 울창하게 무리 지어 서 있었고, 그 사이로 어슴푸레하게 락샤드위프 해가 보였다. 마을 족장은 그들이 하고자 하는 일을 이해해 주는 사람이었고, 마을 자체가 워낙 외진 곳에 있어서 쉽게 발각될 위험은 없었다. 그들은 두 그룹으로 나뉘어 숙소를 배정받았다. 닐라칸타가 아론이 속한 그룹을 이끌었다. 일행 열세 명 중 셋은 교관으로 두 사람이 권총을 가지고 있었고 한 명은 라이플 총을 가지고 있었다. 그들은 총기를 해체하고 조립하는 연습을 시작했다. 탄약이 모자라서, 해변에 있는 코코넛을 향해 방아쇠를 당기는 연습을 했다.

그곳에서는 규칙적인 생활을 했다. 새벽이 되면 야자나무와 아카시아 사이를 누비며 달렸다. 바닥에 어지럽게 퍼져 있는 아카시아 가시에 주의하면서 달려야 했다. 달리기의 마지막은 가장 힘든 코스로 모래를 메고 해변을 달리는 것이었다. 아론은 한쪽 다리를 절어서 불리했지만, 타고난 운동 신경 덕분에 다른 사람들, 특히 도시에서 온 소년들보다 훨씬 빨랐다. 달린 다음에는 끔찍한 맛이 나는 얇은 빵으로 아침 식사를 했다. 그다음은 무기 훈련 시간, 이어 회합 시간이었다. 그 시간에는 마르크스와 알피에리, 애니 베전트, 오로빈도 고시,

수브라마니아 아이에르, V. O. 치담바라 필라이와 발 강가다르 틸락의 사상의 기초를 학습하고 논쟁을 벌였다. 아론은 내용을 따라가기 어려운 데다 그 시간에는 두각을 나타내기 힘들다는 사실을 곧 알아차렸다. 그래서 첫 수업을 받은 지 이틀 만에 입을 다물고 말았다. 다른 사람들 역시 그처럼 그 시간을 지루해한다는 사실을 알 수 있었다. 첫 주가 끝나갈 무렵, 교관들은 일행 중 다섯 명을 트리반드룸으로 돌려보냈다. 그다음 날, 남은 다섯 명 중에는 아론과 닐라칸타가 있었다. 그들은 조직의 지도자가 되기 위해 남은 훈련 과정을 다시 시작했다. 아론은 아이에르는 물론 지금까지 만난 용감하고 맹목적이며 저돌적인 지도자들을 존경했다. 그러나 M. S. 마다반에 비하면 모두 풋내기처럼 보였다. 새로운 스승은 마른 몸매에 단정한 얼굴로, 말을 매우 신중하게 했다. 하지만 눈에는 본성이 깃들어 있었다. 독사처럼 태연하면서도 냉정한 그의 눈빛은 평범한 외모이면서도 보통 사람이 아님을 드러냈다.

그가 도착하자 캠프는 활기를 띠기 시작했다. 마다반은 세련되고 교양이 넘쳤다. 뿐만 아니라 전 세계를 떠돌아다니며, 테러와 유혈 혁명의 대가들을 발밑에 꿇어앉힌 사람이었다. 아론은 그의 뛰어난 실력을 존경했고, 그가 베르베르 인과 러시아 혁명주의자들과 함께 임무를 수행하다 추방당한 이야기를 할 때면 경외감을 품고 경청했다. 일행은 그의 말 한마디 한마디에 영향을 받았지만, 그들의 꾸밈 없는 영웅 숭배에도 그는 무심한 듯했다. 마다반은 그 사실을 숨기려고 하지 않았고, 도리어 그들을 멍청이로 보는 기색이 역력했다.

이틀 후, 마다반은 가지고 온 라이플 총을 꺼냈다. 6연발 속사의 신형이었다. 그는 그들에게 탄약을 충분히 공급했다. 다음날부터 락샤드위프 해의 거친 파도를 배경으로 총 쏘는 연습이 진행되었다.

한 달이 흘렀다. 그날 아침, 마다반은 훈련이 끝났으며, 다음날 임무를 수행하기 위해 떠날 것이라고 말했다. 그는 세부적인 일정을 설명해 주지 않았다. 일을 시작하기 전에 자세히 설명하겠다고 했다. 그날 밤, 아론은 캠프를 벗어나 코코넛나무 사이를 조용히 거닐고 있었다. 온갖 생각들이 들끓어 올라, 해변에 부딪치는 파도처럼 혼란스러웠다. 그래, 이제는 더 물러날 수 없어. 그는 생각했다. 아버지와 여호수아 숙부, 체바타르에 두고 온 친구들을 떠올렸다. 내가 죽는다 해도 유감스러운 일은 낯선 사람들 사이에서 죽는다는 사실뿐이야. 그는 다짐했다. 그리고 심약한 생각은 모두 떨쳐 버렸다. 이래서야 그도 다니엘과 다를 바가 없었다. 지금까지 형이나 어머니를 생각한 적이 없었다. 문득 두 사람이 그를 본다면 어떻게 생각할지 궁금해졌다. 두 사람은 가지 말라고 애원하거나 옷자락을 붙잡을 것이다. 약해, 약하다니까. 언제나 약했지. 그는 기꺼이 두 사람의 생각을 날려 버렸다.

아론은 캠프로 돌아오는 도중 마다반의 목소리를 들었다. 모습이 보이지는 않았지만, 코코넛나무 뒤 어딘가에서 누군가와 이야기를 나누고 있는 모양이었다. 그는 닐라칸타와 인간으로서, 민족주의자로서, 조국의 자유를 위해 싸우는 전사로서 그들이 자격이 있는지 토론하고 있었다.

「이런 군대로 백인들을 몰아내기 위해서는 신의 도움이 필요할 정도라네.」

마다반과 닐라칸타가 움직이기 시작했는지 그 뒤 내용은 들리지 않았다. 내일이면 내가 어떤 사람인지 보여 주리라, 저 냉정한 독사도 나에 대해 오판했다며 용서를 빌게 될 거야. 아론은 분개했다.

그들은 다섯시에 일어났다. 이른 새벽, 은빛으로 빛나는 하늘을 보며 이동했다. 마다반이 목적지를 말해 주었다. 영국령 인도 경계선에 위치한 경찰서였다. 그곳을 공격해 파괴한 뒤 무기와 탄약을 탈취해서 도망치는 임무였다.

이틀 뒤, 우마차와 도보로 목적지에 도착했다. 회갈색 대지에 오두막 몇 채가 서 있었다. 건너편에는 지저분한 도로가 보였다. 그 끝에 석회를 칠한 건물이 한 채 서 있었는데, 저물어 가는 햇살에 흰색이 붉게 물들었다. 그곳이 새로 지은 경찰서로, 이 지역의 평화를 유지하기 위해 폭동 진압 경찰 1대대가 주둔하기로 되어 있는 곳이었다. 이 지역이 불안정한 곳으로 알려져 있었기 때문이었다. 아직은 경찰 대대가 도착하지 않아서 건물은 파출소장의 지휘 아래 있었다. 하루 종일 마다반과 일행은 파출소장과 경찰 두 사람의 행동을 관찰했다. 다음날 아침이 되자 경찰관 한 명이 건넛마을에 든 도둑을 잡으러 가서 자리를 비웠다. 파출소장은 배가 나온 중년의 남자로, 슬퍼 보이는 큰 눈과 성긴 머리칼에 약간 구부정했다. 그의 부하 경관은 풋내기로 보이는 마을 청년으로 귀가 크고 수염이 막 나기 시작한 것 같았다. 파출소장은 대부분의 시간을 집에서 보냈는데, 경찰서에서 2백 미터쯤 떨어진 그의 집은 다른 오두막보다 약간 큰 정도였다. 부하 경관은 경찰서 베란다에서 빈둥대며 시간을 보내고 있었다.

이튿날 저녁 시간이 되자 마다반은 대원들의 임무를 소상히 말하기 시작했다. 그들은 여기서 파출소장을 암살해야 했다. 일행은 아연실색했다. 그들은 서른 시간 가까이 그 파출소장을 지켜보았다. 그는 아무 해도 끼치지 못할 지방 경찰에 불과했다. 일곱 명의 자녀를 둔 아버지였고, 아침부터 밤까지 줄곧 일해야 하는 가난한 여자의 남편이었다. 그들은 소장이 해진 제복을 입고 근무하는 모습, 집에 돌아와서 식구들과 수다를 떠는 모습도 봤다. 그는 쉴 때는 튀어나온 배를 내놓은 채 룽기만 걸쳤다. 그들은 그를 죽일 수 없었다.

「저 사내는 여러분이 목표로 삼을 만한 위인이다.」

마다반은 짧은 침묵 뒤에 말을 이었다.

「지금까지 뇌물로 배를 채우며 살아온 자다. 포학하다고는 할 수 없다. 평생 여기 살며 일곱 자녀를 키웠다. 두 명은 천연두로 잃었지만. 정부도 없고, 꼭 필요한 경우에만 아내를 때린다. 좋은 아버지로 상당히 알뜰한 편이기도 해서 가족들을 위해서만 돈을 쓴다. 자신을 위해서는 토디[18]를 마시는 데 돈을 좀 쓸 뿐이지. 좋은 남자다. 너희 아버지나 삼촌, 형과 다를 바 없다. 하지만 백인들의 대리자이기도 하다. 그렇기 때문에 여러분은 저자를 죽여야 한다. 천천히 고통스럽게, 저자의 아내와 아이들의 눈앞에서. 그래야만 여러분의 행동이 정확하게 권력자들에게 전해진다. 그자를 살해하면 아내와 아이들은 남겨지겠지. 아기는 죽을지도 모른다. 계집애들은 시집을 못 갈 수도 있을 거다. 그런 사실들을 모두 알면서도 죽여야 한다. 저자는 이 땅이 받고 있는 압박의 상징이기 때문이다. 그를 죽임으로써 너희 스스로를 억압하는 모든 제약에서 자유로워지게 될 것이다.」

마다반은 작은 조각상에 돌을 던지는 것 같은 목소리로 말했다. 그런 그에게 닐라칸타까지도 충격받은 듯했다. 그때 파출소장이 하품을 하며 불을 켰다. 그들은 20미터도 떨어지지 않은 돌무더기 뒤에 숨어 있었기에 그의 변색된 치아까지도 다 볼 수 있었다.

어떻게 저 남자를 죽인다? 그렇게 냉정해질 수 있을까? 저 사내의 입장이 되어 보면 그저 평범한 삶을 살아가려 애쓰는 사람일 뿐, 엄

---

18) 야자액을 발효시킨 술.

청난 분노의 대상도 아닌 그저 평범한 인물인데, 어떻게 아무 해도 끼치지 않은 사람을 죽일 수 있단 말인가? 저 사람을 오물과 온갖 지저분한 것이 들어 있는 봉투라고 생각할 수 있을까? 인간적인 연민을 가질 수 없는 사내, 축복조차 받지 못할 사내라고 치부할 수 있을까? 아니면 쉽게 제거할 수 있는 괴물이라고 생각해야 할까? 무슨 말로 위장해도 무서운 진실을 숨길 수 없음을 모두 알고 있었다. 암살 목표가 된 사내는 그들과 다를 바 없는 살아 숨 쉬는 보통 사람이었다. 이젠 삶에 지쳐 행복한 삶을 꿈꾸지 못하지만, 하루하루 열심히 살아 보려 애쓰고, 상사의 눈치를 보며 아내와 아이들을 위해 돈을 버는 사람이잖은가. 눈앞에 보이는 저 무능한 공무원을 적의 앞잡이라고 할 수 있을까? 그를 제거할 수 있을까? 정말 그런 일을 할 수 있는 것일까?

이런 대원들의 사념을 눈치 챈 듯 마다반의 목소리가 혼란스러운 그들의 마음속을 뚫고 들어왔다.

「쓸데없는 감상은 모두 지워 버려라. 저 작자는 동물 취급 하면 된다. 저자가 움직이면 도망갈 지점을 예측한 뒤 뒤를 쫓는다. 뺨에 총을 겨누고, 안전 장치를 푼 뒤, 손가락을 방아쇠에 건다. 바로 총을 쏘진 않는다. 궁지에 몰아넣으면서 도망가는 속도에 맞춰 조준을 한다. 궁지에 몰아넣는다는 건 언제나 이런 식이다. 목표를 정하고, 추적하고, 궁지에 몰아넣는다……. 이 상황을 머릿속에 집어넣고 계속 반복해야 한다. 그렇게만 하면 어떤 불안감도 모두 사라지게 될 것이다!」

그의 목소리는 얼음처럼 차가웠다.

저녁이 되었다. 밤이 깊어지기 전에 파출소장은 어슬렁거리며 경찰서를 빠져나왔다. 손에는 석유 랜턴을 들고 있었다. 그는 부하 경관과 잠시 뭔가 상의하는 듯하더니 발걸음을 집으로 돌렸다. 그는 집에 돌아가지 못할 터였다. 마다반이 그를 겨냥해서 총을 발사했다.

총알은 희생자의 오른쪽 무릎에 박혔고, 그는 그 자리에서 쓰러졌다. 랜턴이 떨어졌지만, 기적적으로 유리가 깨지지는 않았다. 그가 비명을 지르기 시작했다. 깊어 가는 황혼 속에 이 세상 소리가 아닌 것 같은 찢어지는 듯한 소리가 퍼졌다. 마다반은 이어서 베란다에 있던 젊은 경관을 쏘았다. 그의 가슴에서 피가 터져 나오기 시작했다. 그는 아무런 고통도 느끼지 않았다. 비명 소리조차 없었다. 살인자가 바라는 대로 별다른 문제를 일으키지 않고 조용히 난간 아래로 떨어졌다. 마다반이 차분히 일행을 돌아보며 말했다.

「난 지금 탄창을 다시 채우고 있다. 너희 각자와 내가 한 발씩 쏠 여섯 발이다. 주저하는 사람이 있다면 총알은 그 사람에게 박힐 것이다. 이제 너희는 내가 지시하는 정확한 위치에 총을 쏘도록 한다. 너희들이 쏜 총알에 맞아 죽어 가는 자는 극심한 고통을 겪게 될 것이다.」

그들은 룽기 조각을 찢어 얼굴을 가리고 마다반을 따라 바닥에 널브러져 비명을 지르는 파출소장에게 다가갔다. 그는 주위를 에워싸는 자들을 고통스러운 눈길로 노려보았다. 그가 가까이 있는 사람을 붙잡기라도 하려는 듯 손을 뻗자, 마다반은 파출소장의 피 흐르는 무릎을 무자비하게 걷어찼다. 그는 귀청이 찢어질 것 같은 비명을 질렀고 의식을 잃은 듯했다. 마다반이 깨우기 전에 파출소장은 다시 눈을 떴다. 마다반은 아론에게 다가가 라이플 총을 내밀었다.

「저자의 배를 쏴라.」

아론은 사람들의 따가운 시선을 받으며 순간 왜 이리 총이 무겁게 느껴지는지 의아했다. 심한 혐오감이 느껴졌다. 아론은 바닥에서 몸을 비틀고 있는 파출소장에게 무기를 들이댈 엄두가 나지 않았다.

마다반의 목소리가 들렸다.

「배를 쏘는 거다. 지금 네 마음은 나에 대한 혐오감으로 가득 차 있을 거다. 넌 나약한 바보야. 네 쓸모없는 인생을 가치 있는 것으로 만들고 싶은 마음이 절실하다면 어서 저자의 배를 쏴라.」

아론은 고개를 들었다. 다른 사람들과 시선이 마주쳤지만 이내 고개를 돌렸다. 파출소장은 발밑에서 알아듣지 못할 소리로 고통을 호소하고 있었다. 극심한 공포감에 자비를 구하고 있다는 것을 아론은 알아차렸다. 갑자기 주위가 소란스러워졌다. 발소리가 들리는가 싶더니 소장의 아내가 달려왔다. 마다반은 의도적으로 그 여자를 땅바닥에 내쳤다.

「배라고 했다. 그렇지 않으면 우리는 저자를 절름발이로 남겨 놓고 떠나게 될 것이다. 너처럼 말이야.」

아론은 머릿속이 텅 비는 것을 느꼈다. 마다반을 향해 총을 들었지만, 이내 방향을 바꿔 파출소장의 배를 향해 방아쇠를 당겼다. 불빛 아래서 피는 검게 보였다. 더 큰 비명 소리가 들렸지만, 이상하게도 낯설었다. 모든 일이 꿈처럼 느껴졌다. 그는 라이플 총을 떨어뜨리고는 걷기 시작했다. 세 발의 총성이 들렸다. 다시 한 발 더 들리더니, 비명 소리조차 들리지 않았다. 갑자기 세상이 고요해졌다.

42

1811년, 제파니아 픽은 마드라스의 푸나말리 가에 작은 약국을 세웠다. 그로부터 1백 년이 지난 지금, 그의 증손자이자 약제사인 자카리아 픽이 운영하고 있다. 자카리아 픽은 유서 깊은 건물에 몇 가지 변화를 주었고, 건물 정면에 쓰인 상호도 화려하고 둥근 서체로 새로 칠해 넣었다. 나무 카운터가 길게 놓였고, 그 끝 유리 칸막이 뒤가 자카리아의 자리였다. 그는 그 자리에서 돈을 받고 직원인 청년 셋을 감독했다.

최근 몇 년 동안 그는 진열대에 국산 약품과 연고를 비치했다. 인도인 손님 중에는 그가 파는 영국제 약품보다 볼품없는 그런 제품을 선호하는 사람들도 있었다. 그것은 현명한 판단이었다. 과격한 민족주의자들이 외국 제품을 배척하기 시작했으니까. 단정하게 생긴 두 명의 젊은이들이 가게에 싯다와 아유르베딕 제품이 진열된 것을 보고 간 뒤로 자카리아의 가게는 아무 손상도 입지 않았다. 그럼에도 불안해진 자카리아는 국산 제품을 더 많이 들여와서 눈에 잘 띄게 진열하기 시작했다.

최근 계속 들여오는 물건 중에는 우아한 11각 병에 화려한 분홍색 상표가 붙은 '닥터 도라이의 문화이트 연고'가 있었다. 자카리아는 이 상품을 들여올 때 연고 열두 병을 진열하고 위탁 판매만 한다는 데 동의했다. 그 주의 어느 날, 그는 〈힌두〉지 1면에 난 광고를 보았다.

닥터 도라이의 문화이트 연고
당신의 얼굴을 달처럼 빛나게 만들어 드립니다!

어설프게 운율까지 맞춘 광고였다.

어두운 밤, 닥터 도라이의 문화이트 연고와 함께라면
당신의 얼굴은 환히 빛나리
이 연고는 당신을 더욱 빛나게 만들 것이며

눈보다 더 하얗게 만들어 주리라

　무식한 원주민들한테 꽤나 먹히겠다는 생각이 들었다. 사람들은 무슨 짓을 하더라도 백인은 희고, 흑인은 검고, 황인은 누르스름할 수밖에 없다는 사실을 이해하지 못했다. 하지만 꽤 괜찮은 아이디어임은 분명했다. 인도의 모든 어머니는 딸이 아름답기를 갈망한다는 점을 고려하면 더욱 그랬다. 이제까지 파우더밖에 못 쓰던 여성들에게 선택의 기회가 생긴 셈이었다. 어쨌든 닥터 도라이라는 자가 돈을 엄청 벌겠군. 자카리아의 예상대로였다.

　진열해 놓은 문화이트 연고는 이틀도 안 돼서 다 팔렸다. 새로 입고되려면 넉 달은 기다려야 하니, 자카리아로서는 분통이 터졌다.

　다니엘은 엄청난 수요를 감당하지 못했다. 닥터 필라이의 넓은 집에 빈 공간을 개조해서 작은 공장을 만들었다. 연고를 만들 큰 탱크를 설치하긴 했지만 원시적인 수준이었다. 폭발적으로 늘어 가는 수요를 도저히 따라갈 수 없자, 그제야 그는 현대적인 제조 기구를 설치했고, 젊은 약사 둘을 고용해서 품질 관리를 맡겼다. 다행히 그는 안목이 있어서, 사전에 시바카시에 있는 유리 기술자를 만나 연고 병을 만들게 했었다. 얼마 지나지 않아 마드라스와 트라반코르에 있는 모든 약국에서 닥터 도라이의 문화이트 연고를 판매했다…….

　다니엘 도라이는 자기 힘으로 엄청난 부자가 되었다.

43

　그날 아침, 채러티는 이상하게 행복한 기분을 느끼면서 깨어났다. 특별한 이유는 없었지만, 따지고 보면 행복한 이유는 많았다. 모든 것들이 채러티의 마음을 따뜻하게 해주고 있었고, 하나하나가 촛불처럼 환하게 빛나는 불꽃으로 타올라 마음을 따뜻하고 기쁨에 넘치게 만들었다. 며느리 릴리는 최근에 사랑스러운 둘째 딸을 낳았다. 이름을 우샤라고 지었다. 레이첼은 셋째 아이를 가진 상태였다. 채러티는 이 세상에서 손자 이상으로 반가운 것은 없을 거라고 생각했다. 어서 보고 싶은 마음에 레이첼이 아이를 낳을 때까지 기다릴 수 없을 것 같았다. 다니엘의 사업은 번성했고, 그 사실 또한 아들을 위해 다행한 일이었다. 다니엘은 마침내 아버지의 죽음과 동생의 거부가 주는 압박감에서 벗어났다. 채러티의 아버지도 여전히 건강했고, 모든 일은 만족스러웠다. 그런데도 왠지 모르게 가슴이 답답했다. 정확한 이유를 알 수는 없었지만, 지금 그녀가 느끼고 있는 큰 행복감으로도 극복되지 않았다. 채러티는 자리에서 일어나 한참 동안 잠든 가족을 지켜보았다. 이렇게 주위에 가족이 있다는 사실이 얼마나 큰 축복인가.

아침 내내 행복한 느낌은 지속되었다. 레이첼은 임신한 후로는 잠이 줄어 가장 먼저 부엌에 나와 있었다.

「우리 아기는 어떠니?」

채러티가 딸에게 속삭이듯 물었다.

「잠도 못 자게 해요. 정말 개구쟁이라니까요.」

레이첼이 우유를 끓이며 대답했다.

「그만 가서 쉬어라. 내가 마저 할 테니.」

「잠도 안 오는걸요, 어머니.」

레이첼이 애처롭게 말했지만, 채러티는 단호했다.

「넌 푹 쉬어야 해. 릴리를 깨우렴. 그 애가 날 도와줄 거야.」

「그럼 커피만 마저 끓일게요. 어머니는 커피를 잘 못 끓이잖아요.」

「들어가라니까.」

마지못해 레이첼은 부엌을 나가다가 문가에서 돌아섰다.

「어머니, 이디얌팜19)을 먹고 싶어요. 코코넛 즙과 설탕을 듬뿍 넣어서.」

채러티는 행복한 듯 미소 지었다. 그녀는 아기들이 세상에 태어나기 전부터 이렇게 존재를 알리는 것이 좋았다.

「금세 만들어 주마. 가서 쉬어. 그리고 아기하고 이야기를 나누는 걸 잊지 마라. 아기에게는 매일 사랑을 보여 주어야 하니까!」

어제저녁, 채러티는 부엌에서 일하다가 레이첼과 릴리가 창밖에서 나누는 말소리를 듣게 되었다. 그녀는 일손을 멈추고 가만히 귀 기울였다. 릴리가 레이첼에게 그간 있었던 일을 이야기하는 중이었다. 하루는 샨티가 잠들기 전에 평상시보다 오래 보살펴 주었더니 다음날 저녁에 샨티의 잠자리를 봐주러 갔을 때, 아이가 기분이 언짢은 듯 못 가게 붙잡더라는 것이다. 결국 한참 야단을 맞은 아이는 엄마에게 기분이 안 좋은 이유를 말했는데, 전날 밤에 얘기해 주었던 애칭 — 태양이 선물한 다이아몬드 눈동자와 체바타르 닐람보다 달콤한 우리 작은 여신 — 을 불러 주지 않아서였다나. 그때부터 릴리는 쉰두 가지 사랑의 이름을 기억해 딸에게 불러 주었다고 했다. 레이첼은 자기 딸들을 위해 그 이름을 적어 둬야겠다고 맞장구쳤다(그녀는 딸 스텔라가 여동생을 볼 거라고 확신했다). 그러면서 태어나지도 않은 뱃속 아기의 이름을 속삭였다. 두 여자는 큰 소리로 웃었다. 채러티는 부엌에서 두 눈을 꼭 감았다. 대가족을 이룬다는 것은 정말 흐뭇한 일이었다. 언제나 대단한 매력이 있었다. 쉰두 가지 사랑의 이름이라니, 누가 상상이나 할 수 있을까!

---

19) 쌀가루를 반죽해서 찐 음식.

릴리가 부엌으로 들어왔고, 두 여자는 아침 식사를 준비하기 시작했다. 그런 다음 커피를 가지고 아직도 곤히 잠든 집 안을 벗어나 앞쪽 계단으로 나왔다. 두 사람은 조용히 앉아서 아침 햇살과 청명한 공기를 마음껏 즐겼다. 채러티는 태어날 아기를 생각했다. 딸이라면 정말 적합한 이름이 있었다. 말리가이! 레이첼이 그 이름을 생각하고 있다는 것을 알고 채러티는 무척 기뻤다. 솔로몬은 그녀가 머리에 꽂은 말리가이 꽃 향기를 사랑했는데……. 갑자기 얼굴이 달아올랐다. 이 나이에도 아직 그런 생각을 하다니 얼마나 부끄러운 일인가. 손자를 너덧이나 본 할머니가 되어서……. 당혹감을 감추기 위해 며느리에게 말을 걸었다.

「아버지는 어떠시냐? 조만간 한번 찾아오시겠다 그러시든?」

릴리는 당황했다. 며칠 전 친정아버지의 편지를 받고 채러티에게 보여 주었지 않은가.

「크리스마스 때까지는 안 오실 거예요. 어머니, 제가 그 편지 보여 드리지 않았던가요?」

「아냐, 보여 줬어. 내가 깜박했나 보다.」

채러티는 작은 소리로 웃었다. 두 사람은 도란도란 이야기를 시작했고, 채러티는 평소의 침착함을 되찾을 수 있었다. 그녀는 며느리를 좋아했다. 자신이 정말 복이 많은 사람이라는 생각을 했다.

릴리가 처음 도라이 가문에 시집왔을 때는 적응하기 위해 많은 노력을 기울여야 했다. 실론의 차 재배 지역에 있는 친정에서의 생활은 전통적인 생활과는 거리가 멀었다. 그녀의 부모는 최대한 전통을 지키며 살려고 애썼지만, 유럽의 침입과 신할라 족[20]의 영향을 받지 않을 수가 없었다. 결국 릴리는 나게르코일 같은 곳에서 살 준비가 되지 않은 채 시집을 왔다. 하루는 다니엘과 야곱이 거실에서 남자 친척과 차를 마시며 대화를 나누고 있었다. 그녀는 별 생각 없이 방에 들어가 다니엘 옆에 앉았다. 갑자기 분위기가 냉랭해지는가 싶더니, 이내 대화가 끊겨 버렸다. 다니엘이 그녀를 노려보자, 릴리는 엄청난 실수를 저질렀음을 눈치 챘다. 그때 채러티가 손짓을 했고, 다행히 방에서 나올 수 있었다. 릴리는 겁에 질려서 시어머니를 따라 부엌으로 향했다. 채러티는 결혼한 여자는 행동거지를 조심해서 남편과 가문에 먹칠을 해서는 안 된다고 따끔하게 훈계했다. 특히 남편이 친척일지라도 다른 남자와 함께 있을 때는 함부로 행동해서는 안 된다고 했다. 소용없는 일이지만, 릴리는 항의했다. 친정에서는 찾아온 손님과 한자리에 있어도 괜찮았다고. 그러자 채러티는 퉁명스럽게 쏘아붙였다.

「넌 지금 친정에 있는 게 아니야.」

 그 일로 다니엘은 아내에게 불같이 화를 냈지만, 채러티가 나서서 다시는 그런 일이 없을 거라고 무마해 주었다.

 릴리는 같은 실수를 반복하지 않았다. 하지만 또 다른 문제가 있었다. 활기찬 젊은 여성이어서 남편이나 시누이 미리암과 자주 부딪쳤다. 심지어 할아버지인 야곱과 무척 심하게 부딪친 적도 있었다. 그녀가 그의 방에 친 블라인드를 무명 커튼으로 바꿨을 때였다. 하지만 그때마다 채러티가 곤경에서 구해 주었다. 하지만 채러티도 가끔 며느리의 고집에 두 손을 드는 경우가 있었다. 릴리는 처음 나게르코일에 와서 몇 달 동안 밤마다 깨서 울었다. 그러나 채러티의 끈기 있는 보살핌으로 마침내 적응할 수 있었다.

---

20) 스리랑카의 주요 민족.

「네 주위를 변화시키려고 애쓰지 마라. 그건 불가능한 일이니까. 가능하다면 네 자신을 변화시켜 보렴. 그 편이 훨씬 쉬울 거야. 네가 변하는 만큼 좋은 일이 생길 거야.」

채러티는 시어머니에게 배운 것을 떠올리며 며느리에게 말했다.

릴리는 레이첼과 사이가 좋았다. 두 새댁은 수다를 떨며 웃음을 터뜨리기도 했고, 아이들에 대해 조언을 나누기도 했다. 미리암과는 여전히 충돌했다. 하지만 그런 경우라도 미리암이 온 집안 식구를 상대로 싸우게 되기 마련이었다. 태어날 때부터 응석받이였던 미리암은 다 큰 후에도 여전히 다루기 어려운 존재였다. 예쁜 얼굴 덕에 버릇없이 자란 딸이 화를 낼 때마다 채러티는 무엇 때문에 그러는지 궁금해하곤 했다. 이유와 상관없이 미리암은 화를 잘 냈다. 그 딸을 생각하면 채러티의 행복감에 약간 그늘이 지곤 했다. 지난주에도 한바탕 난리가 났었다. 미리암이 집안의 평화를 깨뜨렸다. 당장 결혼을 하겠다는 것이었다. 미리암이 내건 조건은 단 한 가지였다. 그녀의 남편이 되기 위해서는 차를 빨리 몰 줄 알아야 한다는 것이다. 다니엘은 단호히 거절했고, 할아버지 역시 같은 의견이었다. 지금 시대에는 젊은 여성도 대학 교육을 받는 것이 좋았다. 결혼은 그다음 문제였다. 채러티는 미리암이 결혼해서 안정하는 모습을 보고 싶었지만, 남자들의 의견에 반대할 수가 없었다. 그녀도 아버지와 아들이 교육을 얼마나 중요하게 여기는지 잘 알았다. 그런 남자들도 레이첼은 어쩌지 못했다. 레이첼이 나게르코일에 왔을 때는 너무 나이가 많아서 학교에 보내지 못했다. 하지만 야곱은 미리암이 학교에 갈 나이가 되자, 그가 교장으로 있는 학교에 다닐 수 있도록 허가를 받아 놓았다. 야곱과 다니엘은 그녀가 학업을 중지하지 못하도록 할 작정이었다. 미리암은 분노했고 좌절했다. 채러티는 남자들에게 딸에 대한 책임을 맡겨 버렸다.

미리암은 그저께야 간신히 화를 풀고는 불평을 털어놓았다.

「오빠는 샨티의 아빠고, 우샤의 아빠예요. 언니는 제이슨의 엄마
고, 스텔라의 엄마죠. 모두 아이들만 사랑하느라고, 나한테 신경이
나 쓴 적 있어요?」

그러고는 눈물을 터뜨렸다. 채러티는 이제는 처녀가 된 딸이 화를
내는 이면에 어린 소녀의 외로움이 남아 있음을 알았다. 그녀는 아무
말 없이 딸을 꼭 안아 주었다. 채러티의 사리 자락은 딸의 눈물로 젖
어들었다. 채러티는 '이 애는 괜찮을 거야'라고 속으로 중얼댔다. 운
좋게 올바른 가정으로 시집간다면 막내딸의 거친 성품은 무뎌질 것
이고, 이내 착한 여자가 될 터였다. '레이첼에게 이디얌팜을 만들어
준 뒤, 가족 모두를 위해 맛있는 음식을 준비해야겠어.' 축복받은 날
들에 대한 감사의 표시였다. 집안에서 우샤의 울음소리가 났다. 릴리
가 아기를 달래러 서둘러 들어갔다. 미소를 지으며 채러티는 부엌으
로 향했다.

늦은 오후, 집안 여자 모두 집 뒤뜰에 모였다. 뒤뜰은 아주 작아서
캐슈나무[21]가 공간을 다 차지했다. 담 옆에는 작은 파파야나무가 있
고, 변소 옆으로는 히비스커스의 푸른 잎이 반짝거렸다. 레이첼의 남
편 람도스가 그날 틴네벨리에서 돌아왔는데, 다니엘은 그를 보러 가
서 집에 없었다. 야곱은 방에서 낮잠을 자고 있었다. 여자들만의 시
간이 생겼다. 미리암은 잠깐 같이 어울리다가 이내 집 안으로 들어가
버렸다. 제이슨이 붉은 개미를 집어 들고 관심을 기울였다. 채러티는
아이들 세 명을 불러 모아 놓고 뒤뜰에서 떼 지어 다니는 개미에 대

---

21) 아메리카 열대 지방 원산의 옻나뭇과의 나무.

해 설명해 주었다. 바닥에서부터 기어 올라오는 보통 검은 개미들은 해가 없으니 가끔 가지고 놀아도 상관없지만, 땅 위를 떼 지어 다니는 작은 개미에게 물리면 많이 아프다고. 그녀는 커다란 검은 개미를 아이들에게 보여 주었다. 캐슈나무 껍질의 갈라진 틈에서 천천히 기어 나온 개미는 마치 파파야 씨처럼 반들거렸다. 그녀는 아이들에게 절대 가까이 가서는 안 된다고 경고했다. 어린아이가 커다란 개미의 침에 쏘이면 심하게 붓기 때문이었다. 채러티는 손녀들을 자리에서 일으켰다. 제이슨은 채러티의 사리 자락을 꼭 붙잡고 있었다. 그녀는 뒤뜰에서 가장 위험한 검붉은 카두투바 개미를 보여 주려고 구석으로 갔다. 한 마리가 나오자 재빨리 발로 밟아 죽이고, 아이들에게 개미를 보여 주었다.

「내가 상어 이야기를 해줬지? 세상에서 가장 무서운 것으로 깊은 바다에 살고, 너희들을 뼈까지 다 먹어 버릴 수도 있다는 동물 말이다. 이 개미는 상어보다 더 나쁘단다. 이 개미를 보게 되면 절대로 가까이 가서는 안 돼, 알겠니?」

아이들이 두려움과 호기심이 가득한 눈을 크게 뜬 채 고개를 끄덕였다. 아이들이 말을 잘 알아듣자 채러티는 흐뭇한 마음으로 제 엄마들에게 보내고 부엌으로 향했다.

저녁 식사를 준비해야 할 시간이었다. 문득 아론이 떠올랐다. 바로 기분이 가라앉았다. 사랑하는 둘째 아들이 어디에 있는지 궁금해 애가 탔다. 지금 뭘 하고 있을까? 그녀는 불길한 예감을 떨쳐 버리려는 듯 고개를 저었다. '아론은 잘 지내고 있을 테지. 하나님께서 언제나 그 아이를 지켜보고 계실 테니. 언젠가는 돌아올 거야.' 채러티는 완벽한 하루를 보낸 것에 감사하며 몸을 숙이고 불을 피웠다. 아론에 대한 불안조차 다행으로 여겨졌다. 지나친 행복은 좋을 것이 없으니

까. 커다란 슬픔이 바로 따라오기 마련이니까. 세상은 그렇게 균형을
유지해 나가는 것을.

44

　암살 훈련은 외딴 시골의 캠프에서 계속되었다. 혁명 조직의 우두
머리들이 다음 목표물을 골랐다. 몇 명은 이미 정해져 있었다. 대법원
판사들, 지역 행정관들, 징세관들, 총독 보좌 기관의 임원들, 아서 롤
레이 총독 등. 그중 그다지 유명하지 않거나, 경비가 지나치게 삼엄한
인물, 눈에 띄지 않는 인물은 제외되었다. 점차 명단의 이름이 줄기
시작했고, 마침내 세 사람만 남게 되었다. 위대한 스와데시 지도자인
V. O. 치담바라 필라이를 괴롭히다 체포한 틴네벨리 지역 징세관 L.
M. 윈크와 특별 치안 판사로 필라이에게 판결을 내린 A. F. 핀헤이, 투
티코린의 비무장 시위자들에게 발사 명령을 내린 R. W. D. 애쉬. 결국
현재 틴네벨리의 지역 행정관인 애쉬가 목표 대상이 되었다.
　일행은 위험한 다음 임무를 지시받았다. 반치 아이에르가 이번 일
을 맡게 되었고, 산카라 아이에르와 아론 도라이는 그를 지원하기로
결정되었다.
　세 사람은 애쉬를 1주일 동안 미행했다. 애쉬가 집에 있을 때 암살
하려고 해보았지만, 경비가 너무 삼엄해 집 안으로 들어갈 수가 없
었다. 반치는 밝은 대낮에 공공 장소에서 암살을 시도하기로 결정했
다. 그때는 경호원들이 애쉬와 좀 떨어져 있었기 때문이다. 1911년
6월 17일, 애쉬가 아내와 휴가를 떠났다. 두 사람은 틴네벨리 다리
교차점까지 차로 와서 대기 중이던 열차의 객실에 올라타기로 되어
있었다. 기차 출발 시간까지는 몇 분 정도 여유가 있었다. 그들은 자

리에 앉았다. 출발을 알리는 기적 소리가 울렸다. 그 순간 초록색 상의에 흰색 도티 차림의 병색 짙은 마른 사내가 들어오자 애쉬는 깜짝 놀랐다. 사내는 이마를 비브후티로 완전히 덮은 채 애쉬 부부가 앉아 있는 객실로 들어왔다.

「예약된 자리요, 예약됐어요. 여기 앉을 수 없소.」

애쉬가 손을 흔들며 말했다. 그는 뒤늦게 이 힌두교도가 자리를 잘 못 찾아온 게 아닐지 모른다는 생각을 했다. 낯선 남자의 손에는 권총이 들려 있었다. 애쉬가 솔라 토피[22]를 벗어 던졌다. 안타깝게도 그 정도로는 방어를 할 수 없었다. 기차역에서 유리한 위치에 대기 중이던 산카라와 아론은 권총이 발사되는 소리를 들었다. 애쉬가 쓰러지고 반치가 도망치는 모습이 보였다. 그는 기차역 화장실로 도망가면서 다시 권총을 발사했다. 아론과 산카라는 군중 사이를 뚫고 도망치기 시작했다.

경찰들은 신속하게 행동했다. 애쉬의 살해와 관련하여 열아홉 명의 용의자를 잡아들였는데, 한 명은 퐁디셰리에서 도망쳤고, 다른 한 명은 혀를 깨물었으며, 또 다른 사람은 독약을 마셨다. M. S. 마다반은 뒤쫓는 경찰관을 죽이려다가 비루두나가르에서 총에 맞았다. 남은 열다섯 명은 재판을 받았고, 그중에는 닐라칸타 브라매카리와 아론 도라이도 있었다. 고소당한 사람 중 아홉 명은 인도 형법 121A 조항에 따라 유죄 판결을 받았고 처벌받았다. 아론은 징역 6년을 선고받았다.

---

22) 콩 줄기로 만든 인도 헬맷.

45

어느 날 이른 새벽, 채러티는 커피를 가지고 아버지의 방으로 들어
갔다. 그의 모습에서 뭔가 잘못되었다는 것을 금세 알 수 있었다. 확
인해 본 결과 채러티가 가장 두려워했던 상황이었다. 그녀는 아버지
가 이렇게 소리 없이 돌아가셨다는 사실에 깜짝 놀랐다. 솔로몬이 죽
었을 때 비통하기 그지없었지만, 아버지의 죽음은 평온한 마음으로
받아들일 수 있었다. 아버지는 좋은 분이셨어. 이렇게 편안한 죽음을
맞이하신 것도 다 복 받으신 거야. 채러티는 생각했다.

야곱의 장례는 아들이 올 때까지 기다리지 않고 바로 치르기로 결
정했다. 누와라 엘리야에서 오기에는 너무 시간이 걸렸다. 관을 닫기
전에 그녀는 마지막으로 아버지의 얼굴을 쳐다보았다. 순간 마음에
스치는 일이 있었다. 이제까지 살면서 한 번도 아버지의 이름에 대해
생각해 본 적이 없었구나. 전통과 관습에 따라 늘 거리를 두고, 존칭
으로만 아버지를 불렀다. 아버지를 부를 이름이 필요하다는 생각이
들었다. 조문객들은 채러티의 입술이 움직거리는 것을 보고 기도를
하고 있다고 생각했다. 하지만 그녀는 계속 '야곱, 야곱 패키암'을 중
얼거리고 있었다. 채러티의 입을 통해 나오는 그 이름은 익숙하지 않
고 어색하게 들렸지만, 그녀는 반복해서 되뇌고 있었다. 이전의 그녀
였다면 결코 하지 못했을 행동이었다. 상실감이 느껴졌다. 채러티는
아버지의 관 앞에서 울음을 터뜨리고 말았다.

2주일 후 또 다른 죽음에 슬퍼해야 했다. 레이첼이 세 번째 아이를
낳다가 목숨을 잃고 말았다. 태어난 딸아이 역시 몇 시간 살지 못하
고 숨이 끊어졌다. 채러티는 비통함으로 제정신이 아니었다. 사위 람
도스는 최근, 사업을 확장하면서 도와 달라는 다니엘의 제안을 받아
들였다. 그가 나게르코일로 완전히 옮겨 온 후 이 비극적인 사건이

일어났다. 레이첼이 남긴 사랑스러운 아이들은 갑작스러운 엄마의 부재로 혼란스러워하고 있었다. 아이들을 생각하며 채러티는 슬픔을 딛고 정신을 차렸다. 손자들을 실망시킬 수 없었고, 저 세상에 간 딸을 실망시킬 수는 없었다.

이 와중에 아론이 체포되었고, 그의 배경에 대한 엄격한 조사가 이루어졌다. 야곱이 죽은 후 다니엘은 가장 역할을 하느라 정신이 없었지만, 동생을 만나기 위해 최선을 다했다. 권력을 가졌다고 생각되는 사람들에게 편지를 보내 도움을 청했다. 그가 가장 크게 기대한 사람은 아버지의 친구였던 마드라스의 크리스 쿡이었지만, 그는 도와줄 힘이 없다고 했다. 정부는 이번 사건의 공모자들에게는 어떤 특권도 허용하지 않았다. 그들을 일종의 본보기로 삼겠다는 생각이었다. 아론은 정부 관리를 살해한 자와 공범으로 고소되었기에 선처의 여지가 없었다. 하지만 다니엘은 희망을 포기하지 않았다. 그는 판사의 오심으로 생각했고, 동생은 무죄로 불법 구금된 상태라고 생각했다. 아론이 징역을 살기 시작할 즈음, 가족들의 슬픔은 너무나도 커져 버렸고, 모든 감정에 지쳐 버린 상태였다. 이제 그들은 일상생활을 기계적으로 해나가고 있었다. 집안 분위기는 점점 싸늘하게 굳어만 갔다. 아이들은 타고난 밝음을 잊은 채 집 안을 작은 동물들처럼 기어다녔다. 미리암조차 성질을 부리는 것도 잊고 최선을 다해 엄마와 올케를 도왔다. 위로차 찾아온 손님들도 가족들의 크나큰 슬픔에 놀라 서둘러 발걸음을 돌렸고, 그들은 그런 일을 안 당했다는 사실에 마음을 놓았다.

아론이 투옥되자 채러티는 결국 쓰러지고 말았다. 12년 동안, 말은 못했지만 소원해진 아들이 늘 가슴에 커다란 고통으로 자리 잡고 있었다. 결국 그녀가 살아왔던, 지켜 왔던 세계는 주저앉고 말았다. 어머니가 어딘가 이상하다는 것을 다니엘이 알아차린 것은 어느 날 아침, 채러티가 커피를 가지고 들어왔을 때였다. 평상시처럼 그는 잠을 털어 내려고 안간힘을 쓰고 있었다. 그때 채러티는 커피를 놓고 나가는 대신, 갑자기 소리를 질렀다. 악의에 가득 찬 목소리였다.

「물러나라, 사탄아. 창문에서 떨어져라. 내 아들은 내버려 두고 어서 떠나라.」

다니엘이 흠칫 놀라 자리에서 일어나 채러티에게 말했다.

「무슨 일이에요, 어머니?」

채러티는 그를 쳐다보지 않고 계속 닫힌 창문만 노려보고 있었다. 그러고는 다시 날카로운 소리로 말했다.

「사탄아, 뒤로 숨었구나. 감히 네 따위가 주님의 사랑이 넘치는 이 집에 들어올 생각을 하느냐?」

다니엘은 벌떡 일어나 서둘러 룽기를 걸치고는 어머니를 부드럽게 붙잡고 무슨 일이냐고 물었다. 채러티는 거칠고 긴장된 목소리로 대답했다. 검은 옷을 입은 사악한 작은 남자가 창틀에 웅크리고 앉아 있다고. 다니엘은 그녀가 가리키는 곳을 쳐다보았다. 하지만 아무도 없었다. 그는 여전히 중얼거리는 채러티를 그녀의 방으로 데리고 갔다. 아직 정리하지 않은 이부자리에 그녀를 눕히고 진정제를 주었다. 그러고는 아내에게 어머니를 그날 쉬게 해드리라고 일렀다.

창틀에 앉아 있는 악마 사건 이후로 채러티의 행동은 점점 더 이상해져 갔다. 그녀는 방 안에 누가 있든지 상관없이 돌아다니며, 다른 사람들은 듣지 못하는 악마의 소리가 들린다고 했다. 이 세상이 살기 좋은 곳이 되려면 악마들을 없애야 된다고도 했다. 아니면, 가련한 어머니의 모습으로 아무에게나 아론 이야기를 늘어놓은 뒤, 눈물을 흘리며 용서를 구하기도 했다. 릴리는 점차 아이들의 안전이 걱정되기 시작했다. 채러티가 폭력적인 모습을 보이지는 않았지만, 아이들만 있을 때는 할머니의 눈에 띄지 않게 했다. 중년의 나이에도 여전히 검었던 채러티의 머리카락이 하얗게 세기 시작했다.

다니엘이 이 문제를 심각하게 여긴 것은 어느 날 저녁, 채러티가 밖으로 나갔을 때부터였다. 거리에서는 점등부가 불을 붙이기 위해 다니고 있었다. 그녀는 낯선 사람들에게 다가가 죄 많은 생활을 그만두지 않으면 지옥의 불길과 엄청난 재앙 속에 빠지게 될 것이라고 경고하며 돌아다녔다. 다니엘은 채러티를 싯다 의술로 치료하기 시작했다. 뜨거운 그녀의 마음을 식히기 위해 머리에 오일을 부어 보기도 하고, 약초를 증발시켜 그 연기를 마시게도 해보고, 치료 효능이 있는 오일로 마사지를 해주기도 했다. 그런 치료가 효과가 없자, 다니엘도 마지못해 릴리와 가정 교회 신부(몇 주일 동안이나 채러티를 위해 아무 효과도 없는 기도를 해준)의 제안에 따르기로 했다. 어머니를 라니부르에 있는 교회에 모시고 가기로 했다. 북서쪽에 있는 그곳은 가는 데만 하루가 걸리는 곳이었다.

다니엘이 여행을 가자고 했을 때 채러티는 아무런 저항도 하지 않았다. 이틀 후, 두 사람은 드넓은 에메랄드빛 논을 가로지르는 좁은 길을 따라 걷고 있었다. 마침내 목적지인 성 누가 교회에 도착했다. 정신력으로 사람들을 치료해 주는 성인이 있다고 유명한 곳이었다. 이 지역에서 두 번째로 큰 교회로, 라니부르 시내에서 조금 떨어진 곳에 위치해 있었다. 다니엘과 채러티는 혼잡한 중앙 시장을 지나 으리으리한 정부 청사들이 곳곳에 세워진 광장을 스쳐 갔다. 더 들어가자 낡은 건물이 보이기 시작하더니, 두 사람은 시내 외곽까지 나와 있었다. 성 누가 교회가 어렴풋이 보이기 시작했다.

거대한 교회 건물 주위로 작은 마을이 형성되어 있었다. 임시로 조성한 듯한 거리의 매점에서는 묵주와 십자가상, 피로 물든 누가 성인의 초상화, 반지, 부적, 목걸이, 땅콩과 이집트 콩 같은 것을 팔고 있었다. 거리는 성인의 도움을 구하기 위해 찾아온 사람들로 가득했다. 힌두교도들을 비롯해 이슬람교도와 기독교인들까지, 종교와 사회적 지위를 초월하여 온갖 사람이 다 보였다. 가난한 노동자와 농부들이 값비싼 비단 옷을 입은 도시 사람들이나 지주들과 같이 뒤섞여 있었다. 여행자들을 위해 제공되는 숙소를 찾은 다니엘은 채러티를 쉽게 한 다음, 먹을 것을 찾기 위해 밖으로 나갔다.

부근 상점을 돌아보던 그는 갑자기 뒤에서 나는 큰 소리를 들었다. 돌아보니 중키에 곱슬머리인 사람이 노려보며 걸어오고 있었다. 전통 복장에 맨발인 그 사람에게 이상하게 두려움이 느껴졌다. 문득 다니엘은 그의 발목에 쇠고랑이 채워져 있다는 사실을 알아차렸다. 하지만 다른 사람들은 전혀 신경 쓰지 않았다. 다니엘은 한참 멍하니 그 사람을 쳐다보았다. 그 미친 사람이 발을 질질 끌며 걷자 먼지가 피어올랐다. 그제야 다니엘은 그 사람이 초점 없는 눈으로 사람들을 쳐다보고 있음을 알았다. 곧 가족으로 보이는 사람들이 나타나 그 사람을 데리고 가버렸다. 다니엘은 해를 끼치지 않는 미친 사람인 모양이라고 생각했다. 특별 예배가 끝난 뒤, 그는 귀신물리기에 대해 많은 것을 알게 되었다.

일상적인 저녁 예배는 간단하게 진행되었다. 엉망으로 수염이 자라고 눈이 튀어나온 사제는 무척 지친 모습으로 예수님이 악마를 쫓았을 때의 성경 구절을 인용했다. 몇 년 동안 반복한 내용임이 분명했다. 누가복음에 나오는, 하나님의 아들이 미친 사람과 마주쳤을 때를 나타낸 구절이었다.

예수께서 네 이름이 무엇이냐 물으신즉 가로되 군대라 하니 이는 많은 귀신이 들렸음이라(누가복음 8:30).

신부는 구세주께서 다양한 형태의 사탄과 마주쳤을 때의 일화를 계속 이야기했다. 그는 일흔 명의 사도들에게 구세주께서 주신 힘에 대해서도 인용했다.

내가 너희에게 뱀과 전갈을 밟으며 원수의 모든 능력을 제거할 권세를 주었으니(누가복음 10:19).

신부의 목소리는 점점 더 생생해졌다.

예수 그리스도께서는 그 힘을 겸허한 마음을 가진 자들에게 주셨으니.

신부는 모인 사람들을 축복하고는 재빨리 뒤로 물러났다.
교회에서 사람들이 물밀듯이 밀려 나오자, 몇몇이 나서서 벽이 없고 기둥만 지붕을 받치고 있는 강당으로 사람들을 이끌었다. 바닥에는 모래가 두껍게 깔려 있었다. 강당 부근에 있는 움푹 들어간 곳에 흙을 빚어 구운 누가 성인상이 놓여 있었다. 성도들이 안치한 성인의 상은 쇠창살 속에 안전하게 놓여 있었다. 강당 주위는 사람들로 가득 차 있었다. 저녁마다 이 구경거리를 보려고 마을 사람들이 룽기와 싸구려 사리를 걸쳐 입고 나왔다. 땅콩 장수들은 능숙하게 사람들 사이를 헤치고 다니며 기다림에 지친 구경꾼들에게 장사를 했다. 여기저기서 희미하게 횃불이 빛나기 시작했지만, 모두를 환히 비춰 주기에는 무리였다. 대조적으로 강당 안에는 수십 개의 등불이 켜져 가운데를 무대처럼 환하게 밝혔다.

때맞추어 군중 주위를 빙글빙글 돌던 정체 모를 젊은 남자가 괴성을 지르며 성인의 상을 향해 전속력으로 뛰기 시작했다. 큰 소리로 울부짖으면서 온 힘을 다해 쇠창살에 머리를 부딪쳤지만, 아무 소용이 없었고, 손만 창살에 끼었을 뿐이었다. 그는 다시 성인에게 덤볐다. 군중 사이에서 기쁨의 탄식이 흘러나왔다. 군중은 그런 모습을 기다리고 있었다. 다니엘 뒤에 있던 남자가 옆에 있는 남자에게 말을 걸었다.

「지금 봤죠? 나 같은 사람이 저렇게 머리를 창살에 박았다면 코코넛처럼 깨지고 말았을 거요. 저 사람은 악마가 들었기 때문에 다치지 않는 것이라오. 저렇게 성인을 공격하는 이유는 악마가 성인에게 맞설 수가 없기 때문이지요.」

「나도 저런 건 처음 봤습니다.」

「그래요, 꽤 볼 만하죠. 난 여기 오기 시작한 지 칠 년쯤 됐어요. 적어도 한 달에 한 번씩은 왔을 거요. 이게 테루쿠투[23]나 빌루파투보다 나아요.」

이제 울부짖는 남자에게 아름다운 소녀 둘이 합세했다. 그녀들은 가지고 있는 옷 중에 제일 좋은 사리를 걸치고 있는 듯 보였지만, 얼굴은 무표정했다. 그들은 이상한 신음 소리를 내며, 발에 용수철이라도 달린 듯 강당 안을 뛰어다니기 시작했다. 발이 땅에 닿을 때면 수레바퀴라도 되는 듯 발을 구르며, 하늘 높이 올라가 날 것처럼 방방 뛰었다.

「저 여자들의 사리를 봐요. 저렇게 높이 뛰었다가 내려오는데도 허

리 밑으로 내려오지를 않죠? 저건 악마가 옷을 여자들 몸에 붙여
놓아서 그런 거랍니다.」

뭔가를 많이 아는 듯한 마을 주민이 말했다. 정말 미친 듯이 온몸
을 던져 날뛰는 소녀들의 땋은 머리나 옷자락이 단정한 것은 믿을 수
없는 일이기는 했다.

다니엘은 이런 축제 같은 분위기가 끔찍했다. 채러티를 이렇게 구
경거리로 만들 수는 없었다. 그녀는 저녁 시간 내내 조용히 있었다.
환한 무대 위에 특별히 야단스러운 남자나 여자가 나왔을 때만 흘끗
쳐다보았을 뿐이다. 누가 성자의 상 앞에 채러티를 내세우는 위험은
하고 싶지 않았다. 다니엘은 그녀를 데리고 교회로 돌아가 신부의 안
수를 받는 긴 줄에 섰다. 간신히 차례가 되어 다니엘이 신부에게 상
황을 설명하는 동안, 채러티는 가만히 앉아 있었다. 신부는 채러티에
게 말을 걸어 보았지만 아무 대답도 듣지 못했다. 늘어서 있는 많은
사람을 보며 신부는 재빨리 포기하고 채러티의 머리에 성수를 뿌리
고 짧은 기도문을 외우며 성호를 그었다. 다니엘에게 성경 구절을 옮
겨 적은 종이와 성인의 상이 새겨진 싸구려 동 펜던트를 내밀었다.
귀신물리기 기도는 그걸로 끝이었다.

「성인 앞에 절을 하시오. 그러면 부인의 내면에 들어 있는 악마가
변할 것이오.」

「그렇게만 하면 나을 수 있을까요?」

「부인이 얼마큼 주님을 믿는지에 달렸지요. 바로 낫지 않더라도 조
만간 치유가 될 것입니다.」

다니엘은 궁금한 게 많았지만, 신부는 이미 다음 방문자를 상대하
고 있었다. 그는 신경질적으로 채러티를 데리고 성상 앞에 줄지어 있
는 사람들 뒤로 갔다. 성상에 가까워질수록 다니엘의 근심은 커져만

갔다. 하지만 걱정할 필요는 전혀 없었다. 어머니의 마음에 들어 있는 악마는 성인 앞에서도 아무 반응을 보이지 않았다. 채러티는 조용히 성상 앞을 지나갔다.

모자는 다음날 집으로 돌아왔다. 다니엘은 싯다 치료를 다시 시작했다. 몇 달이 지났고 채러티의 증상이 악화되지 않자, 그의 근심도 한결 줄어들었다. 하지만 그녀의 슬픔은 예상치 못했던 방향으로 모습을 드러내고 있었다.

46

나게르코일의 거지들은 대개 조직화되어 있었다. 몇십 명 단위이기는 했지만, 같은 조직원에게 이익이 골고루 돌아가도록 체계를 갖추고 있었다. 거지들은 개인이나 조직별로 구역이 명확하게 정해져 있었다. 때문에 공정하지 못한 경쟁이나 다툼 같은 것은 없었다. 사원이나 성지 근처에 고정적으로 자리를 잡고 있는 부류도 있었고, 화장터나 묘지를 자주 찾아다니는 부류도 있었다. 하지만 대다수의 거지들은 도심의 십자로나 행사가 있는 거리를 찾아다녔다. 그러다 보니 마음씨 좋은 나게르코일의 주부들을 찾아다니는 날은 그다지 많지 않았고, 그녀들도 그들을 박대하지 않았다.

어느 날 이른 아침이었다. 채러티가 여전히 병들어 있었을 때 집 근처에서 구걸하던 사시인 늙은 여자가 릴리의 침실로 달려가 소리질렀다.

「부엌에 불이 났어요. 집에 불이 났어요.」

릴리는 하인과 서둘러서 부엌으로 뛰어갔다. 화로 위로 불길이 소용돌이치고 있었다. 장작과 코코넛 껍질을 잔뜩 넣어 놓은 화로에 불

길이 타올라서, 얼핏 보면 부엌이 타고 있는 것처럼 보였다. 화로에
올려진 커다란 냄비에는 스튜가 끓고 있었다. 채러티는 조용히 불길
만 쳐다보고 있었다. 그때가 새벽 세시였다.

릴리는 시어머니에게 괜찮은지 걱정스럽게 물었다. 채러티는 뭐라
고 중얼거렸다. 나중에 릴리는 남편에게 그 소리가 '배고픈 사람들
모두 먹어야지'라는 말처럼 들렸다고 했지만 확실하지는 않았다. 그
래서 그녀는 채러티를 도와 치킨 스튜를 만들기 시작했다. 냄비에 든
스튜는 스무 명도 넘게 먹일 양이었다. 하지만 채러티는 그 많은 양
의 음식을 만드는 이유를 말하지 않았다. 그날부터 작은 부엌의 화로
는 아침부터 밤까지 쉬지 않고 불이 타올랐고, 채러티와 할멈은 쉬지
않고 음식을 만들기 시작했다. 놀랄 만큼 다양한 음식이 대량으로 만
들어졌다. 얇고 부드러운 아팜, 코코넛과 알코올을 넉넉하게 가미한
엄청난 양의 푸투, 향긋한 흙 냄새에 촉촉하게 부서지는 아티라삼, 언
덕처럼 쌓아 올린 거미줄같이 투명하게 빛나는 이디야팜, 스튜에 달
콤한 코코넛 즙을 곁들인 니민 콜람부, 새우 카레와 엄청난 양의 비
르야니 냄새가 이웃까지 퍼져 나갔다.

가족은 그 많은 음식을 다 먹지 못했다. 그러니 거지들만 살판났
다. 평상시 거지들은 토요일이면 양철통이나 코코넛 껍질 그릇을 들
고 채러티의 집에 왔다. 이제 그들은 그녀가 만든 음식을 배가 터지
게 먹고 남은 음식은 다른 거지들에게 돌렸다. 며칠 지나지 않아, 점
심 시간만 되면 집 앞으로 거지들이 떼를 지어 몰려들기 시작했다.
그들은 술을 넉넉히 넣은 양고기나 닭고기 비르야니(채러티는 생선으
로는 비르야니를 만들지 않았다), 큰 접시에 담긴 도사이,[24] 단단한 화

---

24) 쌀가루로 만든 얇은 전병.

강암처럼 반짝거리는 할와 조각, 타마린드 밥 등 채러티가 그날 만들기로 결심한 음식 중 남는 것들이 나오기를 기다렸다.

가끔 맛이 이상한 음식도 있었다. 양파 향이 나는 할와라든가, 달짝지근한 비르야니처럼 채러티는 실험적인 요리를 만들기도 했다. 그러나 대부분 거지들은 잘 먹을 수 있었다. 음식을 먹은 거지들은 다니엘의 집까지 오지 못하는 거지들에게 남은 음식을 갖다 주었다.

채러티의 이런 짓 때문에 엄청난 비용이 들었다. 하지만 다니엘은 치료 차원에서 어머니가 마음대로 하도록 지원했다. 시간이 흐르자 채러티는 음식 만드는 일이 시들해져 갔고, 거지들의 실망감은 커졌다. 두 달 정도 지나자 거지들이 빈 그릇을 달그락거려도, 채러티는 문을 열어 주지 않았다. 그녀는 상심이 너무 컸기에 슬픔을 그런 식으로 표출했고, 이후 마음이 좀 가라앉은 듯했다. 하지만 다니엘은 여전히 조심스러웠다. 2주일이 지나고, 한 달이 지났다. 채러티는 정상인처럼 행동했다. 그제야 다니엘도 서서히 경계심을 풀기 시작했다. 하지만 오랜 시간이 걸려 온전한 정신으로 되돌아온 만큼, 예전 같을 수는 없었다. 그녀는 말이 느려졌고, 깊은 생각에 잠기는 버릇이 생겼다. 머리는 온통 백발로 변해 버렸다. 채러티를 완전히 회복시키기 위해 뭔가 더 필요했다. 아론이 무사히 돌아오는 것 같은 일이. 다니엘은 정부로부터 면회 허가를 얻기 위해 모든 노력을 기울이기 시작했다.

47

1차 대전의 여파가 인도에도 스치고 지나갔다. 10만 명이 넘는 인도 병사들이 몽스와 베르묑, 이프레와 갈리폴리에서 전사하거나 부상당했다. 하지만 그때까지만 해도 아대륙 자체는 위협만 당했을 뿐 전투는 없었다. 전쟁이 시작되고 얼마 지나지 않아 민첩한 모양의 독일 순양함 엠덴 호가 마드라스 해안에 나타나 더위에 지쳐 있던 도시를 폭격하기 시작했다. 그 영향은 실로 엄청났다. 인구의 4분의 1인 7만 명이 공황 상태에서 비명을 지르며 도시를 빠져나갔다. 하지만 무모할 정도로 용감한 군중은 항구로 향했다. 혐오스러운 독일 군함은 장난처럼 마드라스를 폭격하더니 이내 오스트레일리아 순양함 시드니 호에 맞서기 위해 동남아 해안으로 급파되었다. 엠덴 호의 인도 급습은 세 사람이 죽고 열세 명이 부상당하는 것으로 마감되었다. 하지만 엠덴 호는 강한 인상을 남겼다. 그 뒤 몇 년 동안 '엠덴'은 인도에서 불량배를 지칭하는 말로 쓰일 정도였다.

한편 전쟁은 다른 방면에서도 엄청난 파장을 미쳤다. 먼저 영국 정부는 모든 정치적인 조직을 사전에 봉쇄해 버렸다. 식민 정치를 후원하는 인도인들 덕분에 남쪽에서 투쟁하던 극단주의자 조직이 붕괴되었다. 잠시나마 유혈 폭동이 일어난 곳도 있지만, 마드라스에서 소수의 민족주의자들이 사라지는 것은 시간 문제였다.

크리스 쿡은 항구가 내려다보이는 넓은 사무실에서 혁명론자들, 특히 아론 도라이에 대해 생각하고 있었다. 그가 약속대로 킬라나드 지구나 체바타르에 다시 갔다면 아론이 연루되는 것을 막을 수 있었을까. 생각이 거기에 미치자 죄책감이 들었다. 그는 주도 근무가 끝난 뒤 근무 지역을 바꿀 수 있었지만, 킬라나드로 돌아가지 않았다. 결혼을 하고 두 아이가 생긴 뒤여서 마드라스로 옮겨 왔다. 아내가 이곳을 좋아했다. 마드라스에는 좋은 학교들이 있었다. 그 역시 대도시 근무와 여가를 즐기기 시작했다. 새 친구들을 사귀었고 아마추어 연극에도 참가했다. 여름이면 오지로 가는 짧은 여행도 즐거웠다. 그는 식민지에서 누릴 수 있는 모든 특권을 만끽하기 시작했다.

크리스 쿡은 애쉬가 살해되었다는 소식에 두려움을 느꼈지만, 동시에 도라이 가문의 불행에 대해 연민이 느껴졌다. 처음에는 솔로몬이 당하더니 이제는 아들까지. 그들의 불행은 언제나 끝날 것인가? 다니엘의 부탁을 거절할 수밖에 없어서 서글펐다. 하지만 그가 할 수 있는 일은 없었다. 지금까지는 그랬다.

영국령 인도 행정부는 군자금 조달 압박을 받고 있었다. 쿡은 기다리던 기회라고 생각했다. 국세청 관료로부터 자금 마련을 촉구하는 공문을 받은 날, 쿡은 다니엘에게 편지를 썼다. 다니엘이 전쟁을 위해 경제적인 기여를 하면 아론의 일을 도울 수 있을지 모른다는 내용이었다. 약속은 할 수 없지만……. 최선의 방법은 다니엘이 직접 마드라스로 와서 의논해 보는 것이라고 했다.

며칠 뒤 다니엘이 마드라스에 도착했다. 그가 보좌관을 따라 사무실로 들어서자, 쿡은 허물없이 다니엘을 따뜻하게 끌어안았다. 진지해 보이던 어린 소년이 어느새 이렇게 성장하다니! 다니엘의 얼굴과 태도에는 위엄이 어려 있었고, 몸가짐에는 자신감이 넘쳐났다. 그는 부유한 인도 상류층 신사였다. 30대 중반이었지만 이미 최고 자리에 오른 것처럼 보였다. 하지만 아론과 관련된 일에 있어서만큼은 긴장하는 듯했다. 쿡은 다니엘이 동생을 몹시 걱정하고 있다고 느꼈다.

일은 신속하게 진행되었다. 엄청난 액수를 기부하는 대가로 정부는 아론의 죄수 신분을 향상시켰고, 형기보다 1년 정도 먼저 석방하는 부분도 고려해 보기로 했다. 다니엘은 동의했다.

쿡은 다니엘이 마드라스를 처음 방문한 것이라는 사실을 알게 되었다. 그는 이틀간 더 머무르도록 청했다.

48

인도인 대 인도인. 우리는 그 구도에 익숙하다. 서로 다른 카스트, 공동체, 언어, 종교가 수천 년간 우리 사회를 갈라 놓았다. 현대에 와서, 우리가 관용적인 민족이요, 다양한 사회를 잘 운영하는 본보기라는 당치 않은 명성을 얻었다는 사실이 더 놀라울 뿐이다. 사실 우린 적당할 때 '적응'하면 그나마 다행이고, 보통은 우리가 이 나라를 에워싼 엄청난 다양성을 감당하지 못한다는 것을 보여 주는 처신을 한다. 적극적으로 편협하게 굴지는 않더라도 우리는 둔하다. 그래서 혐오스러운 카스트주의자들과 공동체주의자(흔히 사제들과 정치가들)의 먹이가 되기 쉽다. 그들은 우리의 서로를 향한 질투와 원한을 언제라도 부당하게 이용하려 한다.

19세기 영국은 인도를 통일시켰을 때, 우리에게서 인도다움의 진수를 —'공동의 목적을 세우는 능력이 없다는 것'이라는 정의가 있다— 가져가지 않았다. 대신 그들은 우리의 치명적인 약점을 이용했고, 우리는 다스리고 통제하기 쉬운 대상이 되었다.

20세기 초 영국은 인도의 치명적인 결점을 재빨리 이용했다. 빈드야 남쪽에서는 브라만과 비브라만 계층의 해묵은 반목을 이용했다. 과거 브라만은 비브라만을 희생시켜 왔다. 하지만 20세기에 들어서자 반발이 일기 시작했다. 독립 운동을 이끄는 대부분의 사람들은 브라만 계급이었다. 지배자들은 그것을 불쾌하게 받아들였다. 이 기회를 놓치지 않고 권력을 잡은 비브라만 정치인들은 영국과 협력하기로 결심했다. 그들의 목적은 정치력을 장악해서 억압받는 계층을 이용하는 데 있었다. 가장 유명한 비브라만 정당은 정의당이었다. 마드라스 드라비다[25] 협회 같은 조직을 승계한 당으로, 남인도인 협회를 결성하기 위해 마드라스에 모인 비브라만 지도자 서른 명과 함께

1916년 11월 20일 정식 창당했다. 마드라스에서 정의당 사람들의 아지트는 코스모폴리탄 클럽이었다. 쿡은 그곳에 다니엘이 묶을 방을 잡아 주었다.

다니엘은 마드라스를 떠나기 전날 저녁, 쿡의 집에 식사 초대를 받았다. 그는 서양식 양복을 입고 가기로 했다. 평생에 양복은 결혼식 날 한 번 입어 보았다. 그는 타이를 매는 데 시간이 많이 걸릴 것으로 생각하고 준비 시간을 넉넉히 잡았다. 하지만 의외로 타이를 쉽게 맬 수 있었다. 준비를 마치고도 시간이 남자, 방 안에서 서성이며 영어 연습을 시작했다. 책을 통해 영어를 잘 알고 있었지만, 지난 몇 년 동안 사용해 본 적이 없었다. 쿡과 몇 마디 해보기는 했지만, 저녁 식사 시간을 생각하면 불안했다. 그는 잠시 영어를 중얼거리기 시작했다. 빈 의자를 보며 'How do you do?'를 중얼거리는 모습이 바보 같다는 생각이 들긴 했다. 방에서 나와 계단을 내려가 클럽 입구의 라운지로 들어갔다. 거기서 쿡과 만나기로 되어 있었다. 다니엘은 안락의자에 앉아 〈메일〉지를 집어 들었다. 그는 누군가의 시선을 느꼈다. 고개를 들어 보니, 까만 머리의 못생긴 남자였다.

「새로 오신 분인가 봅니다.」

다니엘과 눈이 마주치자 사내가 말을 걸었다.

「그냥 며칠 다니러 온 겁니다. 전 지금 쿡 씨를 기다리고 있습니다.」

「알아요, 알아. 크리스 씨, 좋은 사람이지요. 영국인들은 좋은 사람들이에요. 영국인들을 좋아하십니까?」

다니엘은 그런 생각을 해본 적이 없었다. 낯선 사람에게서 이런 질문을 받으리라는 것도 생각하지 못했기에, 한참 대답할 말을 찾아야

---

25) 남인도에 사는 비아리안계 종족.

했다. 처음에는 정치에 아주 관심이 없던 것도 아니었지만, 병원일이나 가족, 점점 커지는 사업 때문에 어느 날부턴가 정치에 대해 생각하지 않게 되었다. 영국인들에게 거리감을 느끼기는 했지만 어느 정도 인정은 하고 있었다. 영국은 이 나라에 안정과 규율을 가져다주었다. 외할아버지 야곱은 많은 인도 기독교도들처럼 영국인들을 존경했다. 특히 선교사들을 높이 평가했다. 그들은 카스트의 하위 계급이 보다 편안히 살도록 노력했으니까. 어린 시절 친하게 지냈던 애시워스 신부에 대한 추억도 백인에게 호감을 느끼는 요소 중 하나였다. 아론이 영국인들에게 체포됐다는 사실에 놀라, 다니엘은 그때부터 부지런히 신문을 읽기 시작했다. 하지만 가족 내에서 일어난 비극적인 사건이 다시 세상에서 멀어지게 만들었다. 아론을 만나기 위해 온갖 노력을 하면서 권력자들 때문에 지치기도 했지만, 쿡을 만나자 일부분이나마 영국인들에 대한 믿음을 되찾았다. 그런 사실을 고려할 때 영국인이 싫지는 않은 듯했다. 서 있는 사람이 대답을 기다리고 있었다. 다니엘은 말했다.

「그 사람들이 그다지 나쁘다고 생각하지는 않습니다.」

「아주 좋아요. 정말 좋습니다. 성함을 여쭤 봐도 되겠습니까?」

「다니엘 도라이입니다.」

「기독교도인가요? 안다바르 기독교도?」

꽤 서늘한데도, 턱에 살이 잔뜩 붙은 사내는 땀으로 얼굴이 번들거렸다.

「그렇습니다.」

질문하는 사람이 영어로 물어서 다니엘도 영어로 대답했다. 여전히 영어가 부담스러웠기 때문에 그는 간단하게 대답하기로 했다.

「난 바르다라자 무달리아르라고 합니다.」

「반갑습니다.」

그러자 무달리아르는 무슨 생각이 떠오르는 듯 이마를 찌푸렸다. 다니엘은 그의 이마의 주름을 따라 땀방울이 숱 많은 눈썹으로 흐르는 것을 보았다.

「혹시 그 유명한 닥터 도라이신가요? 우리 가족 모두 선생이 만든 연고를 바른답니다. 나 역시 사용할 생각이고요.」

다니엘이 그렇다고 대답하자 무달리아르가 되물었다.

「내가 누군지 알고 계십니까?」

다니엘은 모른다고 솔직하게 대답했다.

「선생이 지금 들고 있는 신문에서 정의당 관련 기사에 내 이름이 나온답니다.」

여전히 다니엘이 망설이는 표정을 짓자, 그는 다시 이마를 찌푸렸다. 그러고는 초조한 듯 다시 물었다.

「정의당에 대해서도 모르십니까?」

다니엘은 들어 본 적이 있다고 대답했다.

「우린 아주 중요한 일에 종사하고 있습니다. 음모가 일어나지 않도록 하고 있지요. 알고 있습니까?」

무달리아르가 물었다.

다니엘은 당황했다. 영어를 연습할 수 있어서 좋았지만, 정치나 시사에 관해서는 잘 모르기 때문에, 무달리아르가 말하는 세상과는 완전히 동떨어진 느낌이었다. 또 그가 말하는 음모가 뭔지도 감이 잡히지 않아 대답할 수 없었다. 결국 솔직해지기로 했다.

「잘 모릅니다.」

다니엘이 대답했다.

「선생은 사실을 알아야 합니다. 사실이 없이 진실은 결코 밝혀지지 않습니다.」

무달리아르가 말했다. 다니엘은 그가 ‘fact(사실)’라는 단어를 계속해서 ‘fuct’로 말하고 있다는 사실을 알아차렸다. 하지만 지적할 수는 없었다. 무달리아르는 그를 쳐다보지 않고 있었다. 불쑥 이 상황에서 빠져나가고 싶어졌다. 다니엘은 넌지시 시계를 내려다보았지만, 시간을 확인할 겨를도 없이, 무달리아르의 축축한 손이 덥석 그의 손을 붙잡았다.

「수천 년 동안 브라만들은 우리들을 억압하기 위해 온갖 음모를 꾸며 왔습니다, 다니엘 씨. 나는 그것을 입증할 사실을 입에 담지 않으려고 애써 왔습니다. 하지만 선생에게만큼은 기꺼이 말해 주고 싶군요.」

그는 열정적으로 말하며 굵은 손가락을 들어 올렸다.

「지금 내가 말하는 내용은 마드라스 정부가 수집한 것으로 의심할 바 없는 사실입니다. 올해 브라만은 삼백마흔아홉 명의 부대표관을 배출했고, 비브라만 힌두교도 중에서는 백서른네 명이 나왔습니다. 기독교도나 이슬람교도들은 훨씬 적은 숫자가 나왔지요. 브라만이 거의 칠십 퍼센트에 가까운 부대표관을 낸 것입니다. 선생은 기독교도지요? 기독교도들 중에는 얼마나 나왔는지 알고 있습니까? 오 점 삼 퍼센트입니다! 어떻게 이런 일이 있을 수 있습니까? 법대고 사범대고 브라만이 없는 곳이 없습니다……. 선생, 마드라스에 있는 왕립 공무 위원회에서 위대한 대사법관이 한 말을 예로 들어 볼까요? ‘브라만은 수천 년 동안 지성 문화에 있어 주체적인 존재이자 관리자였다. 결과적으로 다른 계급들은 지식인 사이에서 불리한 위치를 차지했다.’」

그는 다니엘의 손을 놓고 어깨 천으로 이마를 닦았다. 그때 성공한 인물로 보이는 체구 큰 두 사람이 무달리아르를 보고 다가와 인사했다. 그는 다니엘을 소개했다. 두 사람은 그를 보며 환하게 미소 지었다. 바르다라자 무달리아르가 육중한 몸을 의자에서 일으키며 다시 물었다.

「선생은 우리 당원이 아니죠?」

다니엘이 고개를 저었지만, 무달리아르의 말은 끝나지 않았다.

「하지만 곧 우리 당에 들어오게 될 것입니다. 올바른 생각의 소유자라면 반드시 우리와 함께 이 싸움에 동참해야만 합니다. 위대한 시인 수브라마니아 바라티는 브라만이면서도 이렇게 말했습니다. '이제 인도는 새로운 시대를 맞이해야 한다. 그것은 우리 브라만들이 자발적으로 해묵은 권위를 포기해야만 이루어질 것이다. 그 권위를 토대로 이루어진 이 어리석고 반국가적인 관습과 함께 말이다. 그래야 인도인 사이에 자유와 평등, 동지애가 생겨날 것이다.'」

무달리아르는 다니엘을 의미심장한 표정으로 쳐다보았다. 그가 브라만과 싸우는 일에는 관심이 없다고 대답하려는 순간 쿡이 끼어들었다. 쿡은 자연스레 다니엘을 그 대화에서 벗어나게 해주었다.

「저녁 식사 약속에 늦어서요. 괜찮으시면 이만 실례하겠습니다.」

쿡은 다니엘을 이끌고 클럽을 빠져나왔다. 입구에는 자동차와 기사가 기다리고 있었다.

차가 재빨리 마운트 로드로 접어들자, 쿡이 다니엘을 돌아보았다.

「자네는 바르다라자란 친구를 어떻게 생각하나?」

쿡은 그의 이름을 '워데르자'라고 발음했다. 다니엘은 처음으로 영어에 자신이 생겼다.

「아주 열정적이더군요. 하지만 전 정치나 카스트 제도, 종교적인 부분에 대해 잘 알지 못합니다. 그런 것 때문에 아버지와 동생을 잃었으니까요. 사실…….」

다니엘은 말을 멈췄다. 쿡의 질문은 의례적인 것으로, 진정한 속내를 알고 싶은 게 아니었음을 깨닫자 그는 당황했다.

「그렇겠지, 이해하네.」

쿡은 외교적으로 대답했지만 다니엘은 더욱 당황스러워했다. 다니엘은 왜 그렇게 도시를 거북해하는 걸까? 창밖을 내다보았다. 엄청나게 많은 사람, 차, 불빛, 부유함, 화려함……. 그가 처음으로 나게르코일에 갔을 때의 일이 떠올랐다. 쿡의 눈에 그곳은 도시와는 완전히 다른 질서가 있는, 단조로운 곳으로 보였다. 그러면서도 나게르코일의 전체적인 모습은 몹시 어두운 윗부분에서 빛의 가장자리가 솟아오르는 것 같았다. 그런 점이 호기심을 불러일으켰다. 대변혁이 일어난 뒤 모든 것이 사라지고, 이제 남은 것은 변하지 않는 모래와 바위뿐일 것이다.

차는 도시의 거대한 상업 지구를 달리고 있었다. 인도에서 처음 조성된 도시인 마드라스에 있는 기념비적인 건물들이나 유명한 상점들을 지나칠 때마다 쿡은 다니엘에게 가르쳐 주었다. 스펜서, 화이트웨이 레이드로, P. 오르 앤드 선스, 히긴보탐스, C. M. 쿠르존 주식회사 등. 그들은 상점 두 군데에 들렀다. 다니엘은 릴리에게 선물할 진주 귀고리를 사고, 채러티를 위해서는 싱어 재봉틀을, 아이들에게 줄 장난감을 몇 가지 샀다. 하지만 물건을 많이 사지는 않았다. 저녁을 먹으러 가기 전에 좀 더 드라이브를 하면 어떻겠냐는 쿡의 제안을 다니엘은 고맙게 받아들였다. 차가 마운트 로드를 가로지르기 시작하자, 쿡은 역사적인 건물들을 가리켰다. 리릭 극장, 당겔리스 호텔, 〈힌두〉 신문사 건물과 〈메일〉지 본사.

주요 간선 도로를 벗어나 거미줄처럼 복잡한 작은 골목들을 돌았다. 차는 인도와 도로를 가득 메운 사람들 사이로 천천히 달렸다. 다니엘의 눈에는 모두 정신없이 바쁘고 활발하게 움직이는 것처럼 보였다. 도시는 거대하고 완전한 것처럼 보였다.

잠시 후 완만하게 흐르는 강물 위를 이어 주는 다리를 건너, 차도 사람도 거의 없는 넓은 도로를 달리기 시작했다. 익숙한 바다 내음이 가득했다. 몇 미터 간격으로 지저분한 가로등이 깜박거렸지만 바다는 끝이 보이지 않았다. 북적거리던 도시는 어쩌면 존재하지 않았던 것인지도 몰랐다. 다니엘은 고개를 돌려 반대편 차창 밖을 내다보다 눈앞에 보이는 풍경에 아찔함을 느꼈다. 건물들이 절벽처럼 서 있었다. 수십 미터 높이의 건물들은 불빛으로 그 윤곽을 비추고 있었다. 그는 그곳이 이틀 전에 쿡을 만난 장소임을 알아차렸다. 처음 본 날도 건물들은 퍽 인상적이었다. 하지만 지금은 인간의 야망과 권력의 승리를 보여 주는 듯이 눈부셨다.

쿡이 말했다.

「정말 근사하지 않은가? 난 정말 우리가 왜 캘커타를 지원하고 마드라스를 포기했는지 모르겠어.」

「이런 광경은 처음 봅니다.」

쿡이 웃었다.

「저건 우리 계획의 일부지. 자네 같은 사람들에게 강한 인상을 심어 주기 위해 런던을 옮겨 올 수는 없으니, 왕이나 지주처럼 거대한 건물을 지어서 보여 주기로 한 거지. 정말 장관이지 않은가? 난 가끔씩 이 길을 따라 집으로 돌아갈 때마다 감탄하곤 한다네.」

그는 체파우크 공관, 대학교 건물들, 프레지던시 대학, 상원 의사당, PWD 건물, 이상한 케이크처럼 생긴 아이스 하우스와 연이어 스치는 건물들의 이름을 중얼거렸다. 곧 그 지역을 뒤로하고, 쿡이 사는 조용한 동네에 들어섰다. 강둑 위로 방갈로들이 줄지어 있었다.

천장이 높은 응접실에서 두 사람은 바바라와 함께 식전 음료를 마셨다. 바바라는 쿡의 아내로 깜짝 놀랄 정도로 푸른 눈을 가진, 갸냘픈 여인이었다. 저녁 식사를 하러 갈 때, 쿡은 아내의 어깨를 감싸 안았다. 잘 어울리는 부부라고 다니엘은 생각했다. 장신의 건장한 몸에, 중년에 들어선 사람답게 갈색 머리칼 사이로 회색 머리가 가끔 보이는 쿡과 그의 화사한 부인. 쿡의 어린 두 자녀는 보기 좋은 남매였다. 아이들은 가정교사가 데리러 오기 전에 저녁 인사를 하고 올라갔다.

저녁 식사는 즐거웠다. 바바라가 아마추어 역사학자여서 마드라스에 관한 이야기를 해주었다. 음식도 훌륭했다. 식사를 하면서 다니엘은 쿡 가족을 부러워하고 있음을 깨달았다. 만약 이런 집을 원한다면, 충분히 가질 수 있을 터였다. 그럴 재산이 있었다. 하지만 그는 겸손한 성품이었기에, 나게르코일에 이런 저택을 지을 생각은 하지 못했다. 사실 이렇게 큰 집이 왜 필요할까? 쿡 가족은 정말 필요해서 이토록 큰 저택에 살까? 가족이라고 해도 네 명밖에 안 되는데.

그의 생각은 바바라가 자리에서 일어나자 중단되었다. 그녀는 딸의 가정교사가 부르자 자리를 비웠다. 쿡은 베란다로 나가서 커피와 시가를 즐기자고 했다. 다니엘은 시가를 거절했다.

「정말 안 태울 건가? 이건 스펜서에서 파는 '아시아의 빛'인데 맛이 최고라네.」

「괜찮습니다.」

다니엘이 대답했다. 두 사람은 아무 말 없이 밤의 고요를 즐기며 편안하게 앉아 있었다. 붉은 플루메니아 향기가 감돌았다.

「체바타르의 플루메니아 향기는 여전한가? 그곳에서 처음 그 향기를 맡았을 때 이미 오래전부터 알고 있던 것 같은 느낌이었지.」

「저는 잘…….」

다니엘은 주저했다. 쿡은 그의 복잡한 가족사엔 관심이 없으리라.

「두 그루 정도 남았지만, 나머지 나무들은 모두 잘려 나갔습니다.」

플루메니아를 떠올리자 체바타르에 대한 그리움이 폭포처럼 솟아올랐다.

「안타까운 일이야. 하지만 변화는 나름의 결과를 가져다 주는 법이지. 미낙시코일이 많이 발전했다고 들었네.」

「그렇습니다.」

「자네 일은 어떤가? 아주 부자가 됐더군. 아버님이 계셨다면 틀림없이 자랑스러워하실 거야.」

솔로몬과 아론, 체바타르에 대한 추억들이 선명하게 떠올랐다. 다니엘은 침착함을 유지하기 위해 그 생각을 밀어 놓으려 애썼다. 두 사람은 잠시 아무 말 없이 앉아 있었다. 쿡은 시가 연기를 내뿜었다. 그리고 자연스럽게 물었다.

「아론은 어쩌다 테러리스트들과 어울리게 된 건가?」

「모르겠습니다. 그걸 투쟁이라고 믿었던 모양입니다.」

「죄 없는 사람을 죽이는 게 그의 일이라는 건가?」

「그건 잘못된 거죠.」

다니엘의 대답에 쿡은 '그래, 그거야'라고 생각했다.

「자네는 정치에 관심 있나?」

「별로…….」

「그렇다면 자네도 내 아내 같구먼. 바바라는 저녁 식사 자리에서 정치 얘기를 못하게 한다니까.」

쿡은 이렇게 말하고는 웃었다. 그리고 물었다.

「그래, 바르다라자 무달리아르는 어떤 식으로 이야기를 하던가? 꽤 집중하는 것 같던데.」

다니엘은 외교적인 방식을 선택했다.

「힘있게 말하더군요. 정의당에 대해서 좋은 이야기를 많이 들었습니다.」

「그래, 우리 친구들은 모두 정의당원이지. 우리가 떠나고 난 뒤에도 유일하게 친구로 남아 줄 것처럼 보이는 사람들이지……. 그들은 목표를 가지고 있어. 그리고 적어도 우리와 일하고는 싶어해. 몬태규는 착하고 괜찮은 친구지. 하지만 그도 분쟁이나 투쟁 같은 곤혹스러운 일에는 강력하게 맞서는 편이라네. 인도 민족주의자들은 이 사실을 알아야 할 거야. 그가 제안하는 개혁이란 의사 결정에 인도인들이 부분적으로나마 참여하는 것 정도지. 그게 그가 할 수 있는 최선이야. 왜 의회는 그런 점을 보지 않을까?」

「무달리아르 씨는 브라만에 대해 말했습니다. 많은 사실과 실례를 들어 가며 설명해 주더군요.」

「그래, 노회한 바르다라자는 그런 사람이지. 알고 있겠지만, 그 친구는 수학 선생이라네. 그렇지만 그가 말하는 내용은 정의당의 주요 사안이지. 그들은 브라만에게 억압받는 수천만 비브라만의 권리를 위해 싸운다고 생각한다네. 그 부분에 있어서만큼은 나로서도 비난하고 싶지 않다네.」

쿡의 시가는 거의 타버렸다.

「미안하군. 쓸데없이 정치 얘기를 해서 지루했지?」

「아닙니다. 재미있었습니다.」

쿡은 아는 바를 다니엘에게 말해 줄지 고민했다. 하지만 다니엘은 내일 출발할 예정이었기 때문에 지금 아니면 시간이 없었다.

그는 밝은 어조로 말하려고 애썼다.

「말해 줄 게 있네. 자네한테 편지를 쓴 후에 멜루르 교도소장 롤프에게 전보를 보냈어. 그랬더니 아론이 아프다는 답신이 왔네. 결핵이라더군. 걱정일세.」

「병세가 심하답디까?」

다니엘이 물었다.

「그렇게 심한 편은 아닌 것 같아. 하지만 아론을 라니부르로 이송하라고 분명하게 지시해 놓았네. 의료 시설이 훨씬 잘 갖추어져 있는 곳이지.」

「당장 라니부르로 가겠습니다.」

「그럴 필요 없어. 적어도 이 주일 뒤에나 옮길 거야. 아무래도 서류 작업이 들어가야 하니까 말이네.」

「하지만 아론의 상태가 더 나빠지면 어떻게 합니까?」

「그렇지는 않을 거라고 확신하네. 내가 말하고 싶은 건 먼저 자네가 라니부르로 가도 되겠는지 아론의 동의를 얻으라는 거야. 아론의 뜻을 완전히 무시할 수는 없으니 말이지.」

쿡의 목소리는 한결 더 부드러워졌다.

「다니엘, 나도 자네가 동생을 만날 수 있기를 바라네.」

더 이상 할 말이 없었다. 간단히 인사를 나누고 다니엘은 클럽으로 돌아갔다. 밤이 깊어지자 조용해진 도시의 거리는 더 이상 볼 것이 없었다. 불 꺼진 건물. 도로에는 차만 가득했다. 다니엘은 건물들이 묘비처럼 보인다고 생각했다.

갑자기 차도로 뛰어 들어온 노인을 피하기 위해 차가 방향을 틀었다. 노인은 너덜너덜해진 룽기를 걸치고 있었다. 덕분에 다니엘은 공상에서 깨어났다. 그는 운전기사에게 천천히 달려 줄 것을 부탁하고 편안하게 몸을 기댔다. 쿡과의 대화를 통해 아론이 아직도 가족들이 찾아오는 것을 반기지 않는다는 사실을 확인할 수 있었다. 그는 절망했다. 왜 동생은 아직도 가족을 그토록 싫어할까? 그는 아론에게 거부당하고 받은 상처가 얼마나 깊었는지 아직도 기억하고 있었다. 지금 동생이 돌아오기를 원하는 것은 자신을 위해서이기도 했지만, 무엇보다도 채러티를 위해서였다. 어머니에게 들은, 아론이 태어났을 때의 이야기가 떠오르자, 그는 서글픈 미소를 지었다. 막 걸음마를 시작했던 다니엘은 열성적인 보호자가 되어 아론의 주위를 끊임없이 맴돌았다. 하지만 막상 동생이 처음 걷기 시작하자, 그는 기회만 있으면 아기를 넘어뜨렸다고 한다.

「넌 언제나 아론을 못살게 굴었지. 우린 네가 아기를 괴롭히거나 상처를 낼까 봐 늘 주의해야 했단다.」

동생과는 태어났을 때부터 불화의 조짐이 있었던 것일까? 어쩌다 이런 말도 안 되는 생각까지.

차는 마운트 로드에 접어들었다. 다니엘은 아론을 건강하게 되돌아오게 하기 위해 할 일을 확인하기 시작했다. 결핵이라 해도 심하지만 않으면 치료는 어렵지 않았다. 적당한 식이 요법에 신선한 공기와 물을 많이 마시는 것이 중요했다. 일이 제대로 된다면, 채러티에게는 아론의 병을 알릴 필요가 없을 터였다. 아론이 석방될 때쯤이면 병은 완치되어 있을 테니까. 현실적인 해결책을 떠올리다 보니 마음이 가라앉았다. 차는 코스모폴리탄 클럽의 진입로에 들어서 있었다. 우리 가족은 반드시 다시 하나가 될 거야. 다니엘은 생각했다.

49

롤프 교도소장은 거짓말을 했다. 아론 도라이는 라니부르 교도소로 이송되었을 때 결핵으로 위태로운 상태였다. 그는 교도소 의사에게 마드라스로 보낼 보고서를 준비하라고 지시했다. 죄수의 진짜 상태는 숨긴 채 아론을 이송시킬 준비를 시작했다.

그는 아론의 이송 명령이 반가웠다. 아론은 진료실에 누워 있었다. 진료실이라고 해야 주방 옆에 침대 일곱 개가 빽빽하게 놓인 공간으로, 공기도 통하지 않는 후텁지근한 곳이었다. 벽에는 얼룩이 가득했고, 토사물과 용변 악취가 코를 찔렀다. 교도소장이 진료소로 들어오는 경우는 드물었다. 그는 입구에 서서 소리쳤다.

「도라이, 네놈은 내일 이송될 것이다. 신의 도움으로 내가 널 죽이지 않았다는 사실만 알아 둬라, 이 망할 놈아.」

아론은 눈을 떴다. 눈동자에서 불꽃이 피어오르는 듯했다. 그가 늘어진 피부에 뼈만 남아 엉망이 된 얼굴을 돌렸다. 믿을 수 없는 일이었지만, 롤프는 아론이 미소를 지으려 한다는 것을 알아차렸다. 화가 치솟았다. 보기 싫은 낯짝을 흠씬 두들겨 패고, 앙상한 몸에 남은 생명을 없애 버리고 싶었다. 그 얼굴에서 혐오스러운 미소를 지워 버리고 싶었다. 하지만 그랬다가는 마드라스에서 날아들 문책이 두려웠다. 롤프 소장은 몸을 돌려 문밖으로 나갔다.

아론 도라이는 감옥에 들어온 뒤 처음 5년 동안 열일곱 번이나 이송됐다. 정부는 혁명가를 중심으로 교도소 내에 저항의 기운이 자라는 것을 방지하기 위해 그런 결정을 내렸다. 뿐만 아니라 그들의 정신을 짓밟아 버리기 위해 심하게 다루었다. 어떤 핑계로든 채찍질을 하고 독방에 넣었을 뿐 아니라 가장 힘든 일을 시켰다. 간혹 교도소

장이 다른 곳보다 인간적인 경우가 있기는 했지만 아론은 어느 곳에
서든 가장 힘든 일을 배정받았다. 코임바토르 교도소에서는 무거운
오일 압축기를 끌어야 했고, 팔랴얌코타이 교도소에서는 누구나 두
려워하는 황마 청소를 했다. 그때 문자 그대로 손바닥의 껍질이 벗겨
졌다. 시바카시 교도소에서는 일반 노동자처럼 바위 깨는 일을 했다.
그러나 이곳 멜루르 교도소로 와서는 목숨을 잃을 뻔했다.

롤프 교도소장은 아론이라는 새로 온 죄수가 싫었다. 애쉬 사건 관
련범 중 이 교도소에 수감된 사람은 아론뿐이었다. 롤프는 인도인들
을 몹시 얕보고 있었다. 그래서 인도인이 감히 영국인의 목숨을 앗아
갔다는 점에 몹시 분개했다. 마음대로 할 수 있다면 범인들을 모두
잡아다가 실컷 괴롭힌 후 총살해 버리고 싶을 정도였다. 저놈은 그
이상의 일을 당하게 될 거야. 롤프는 생각했다. 그는 즉시 인도인 죄
수 1백 명을 처벌했고, 인도인 죄수는 유럽 인과 마주치면 1백 미터
전방에서부터 기어서 지나가라는 명령을 내렸다.

그는 처음 아론과 눈이 마주쳤을 때, 큰 눈과 바짝 마른 얼굴에서
느껴지는 열기에 당황했다. 쥐새끼 같은 녀석이 감히 영국인인 내게
도전하고 있다? 그는 이내 깨달았다. 첫 주에는 아론에게 세 번 채찍
질을 했다. 내내 독방에 가둬 두었다. 하지만 아무리 강도를 높여 괴
롭혀도, 아론의 정신은 꺾이지 않았다. 롤프는 포기하지 않았다. 매
일 아침, 아론을 사무실로 불러들여 비웃으며 모욕을 주었다. 그리고
기를 꺾을 새로운 방법을 찾아내려 애썼다. 아론은 그 같은 고문과
비웃음 속에서도 냉정함과 단호함을 잃지 않았다. 물론 롤프에 대한
분노가 더해졌다.

어느 날 아침, 롤프는 아론에게 다가가 힘껏 후려쳤다.

「이제부터 간수와 함께 거리로 나가, 네가 창녀의 아들이라는 사실

을 널리 알려라…….」

교도소장의 사무실에서 괴롭힘을 당하기 시작한 이후, 처음으로 아론은 입을 열었다.

「틀렸소. 당신이 생각하고 있는 건 내 어머니가 아니오, 그건 당신 이야기지.」

롤프를 그렇게 자극해 놓고, 빨리 끝나기를 바란다면 오해였다. 롤프는 무지막지하게 구타하기 시작했다. 마지막으로 이 괘씸한 죄수를 적당히 처리할 사람에게 넘기기로 했다. 교도소 안에는 가장 폭력적이고 잔인한 '블랙 캡'이라는 죄수 무리가 있었다. 롤프는 그들을 이용할 생각이었다. 고전적인 방법이기는 하지만, 이번에는 아론도 쉽게 빠져나가지 못할 거라 생각했다. 그는 죽이지는 말라고 지시를 내렸다. 정치범들을 순교자로 만들 수는 없었다.

세투라는 몸집이 커다란 죄수는 아내와 일곱 명의 아이들과 친척들을 살해한 혐의로 무기 징역을 살고 있었다. 그는 교도소장의 명령에 절대적으로 복종했다. 아론은 식당에서 그들과 마주쳤다. 강간범두 명이 다리를 꼼짝 못하게 붙잡고 아론의 성한 다리를 철제 식탁에 걸쳐 놓았다. 그러자 세투가 쇠파이프를 들고, 외과 의사라도 되는 것처럼 정밀하게 뼈를 하나씩 부러뜨렸다. 아론은 끊임없이 비명을 질렀다. 30분쯤 후, 그는 진료실로 실려 왔다. 아론을 진찰한 의사의 소견은, 세투의 전문적인 기술에 대한 롤프의 믿음을 재확인시켜 주었다. 아론은 다시는 혼자 걸을 수 없게 되었다.

아론은 실을 짜는 부서에 배치되었다. 털실을 석회수에 담갔다가 다시 잘 다듬어서, 거친 담요로 짜내는 일이었다. 죄수들이 일하는 크고 어두운 방은 양털 먼지 때문에 공기가 탁했다. 결국 아론은 피를 토하며 쓰러지고 말았다. 교도소 의사는 결핵으로 진단을 내리

고, 평상시 교도소에서 배급하는 덩어리 진 차가운 칸지[26]와 피클 대
신 영양가 있는 음식을 먹고 쉬어야 한다는 처방을 내렸다.

롤프는 동의하지 않았다.

「그놈을 어서 작업장으로 복귀시키도록 하시오.」

결국 아론은 목발을 짚고 진료소에서 나올 수밖에 없었다. 그가 다
시 나온 첫날, 교도소장은 세투 일행이 심심할 때마다 아론의 목발을
치고 다니며 괴롭히는 것을 보자 기분이 좋아졌다. 아론은 불평하지
않았다. 그의 눈은 분노로 불타올랐지만, 결코 아무 말도 하지 않았
다. 그는 다시 실 짜는 부서에 배치되었다.

한 달도 되지 않아 아론의 상태는 다시 악화되었다. 기침이 쉬지
않고 나왔다. 교도소 의사는 소장에게 아론을 일이 쉬운 부서로 옮기
지 않으면 2주 이상 살기 힘들 거라고 퉁명스레 말했다. 롤프는 아론
을 변소 청소하는 부서로 바꿔 주었다.

멜루르 중앙 교도소의 변소는 지독했다. 죄수들이 모두 나간 뒤 청
소를 하다 보면 쓰러질 지경이었다. 모두 그 일을 강력하게 거부했
다. 롤프는 결국 외부에서 청소부를 고용할 수밖에 없었다. 죄수들에
게 시킬 때보다 다섯 배나 많은 비용이 들었지만, 선택의 여지가 없
었다. 결국 경제적인 여건에 따라 1주일에 한 번 하던 변소 청소가
한 달에 한 번으로 줄고 말았다.

변소는 교도소의 가장 안쪽에 있었는데, 중앙에 시멘트 구멍을 뚫
어 놓은 여섯 채의 오두막이었다. 원래는 죄수 예순 명이 사용하도록
만들어졌지만, 지금은 7백 명의 수감자들이 사용하고 있었다. 거기
서 나오는 악취는 교도소의 구석구석 배지 않은 곳이 없었다. 파리

---

26) 겨자를 발효시켜 만든 시큼한 것.

떼가 까맣게 몰려들어 변소 바닥에 떨어진 배설물 위를 윙윙거리면서 날아다녔다. 마지막으로 청소한 지 꽤 지난 상태라, 한 곳도 예외 없이 깊이 고인 오줌 웅덩이 속에 똥덩어리가 섬처럼 떠 있었다. 변소가 너무 지저분해서 죄수들도 밖에서 볼일을 보는 바람에, 배설물들이 여기저기 쌓여 있는 상황이었다.

롤프 교도소장은 그곳을 소독하기로 했다. 소독한 손수건으로 코를 감싼 채, 소장과 간수는 뚝 떨어진 곳에서 죄수 번호 114301호가 맡은 일을 잘하고 있는지 감시했다.

그들은 아론이 벽에 몸을 기댄 채 자리에 앉아 멍하니 앞을 바라보고 있는 것을 보았다. 목발은 옆에 세워져 있었다. 파리들이 얼굴이나, 눈과 입, 머리카락 위를 마구 기어다녔지만, 아론은 파리들을 내쫓을 생각조차 하지 않았다. 그가 오줌 웅덩이 속에 쌓여 있는 배설물들을 치울 수 있는 도구는 나무 빗자루 하나뿐이었다.

「저 자식에게 계속 일을 하라고 해!」

교도소장이 소리쳤다. 분노에 가득 찬 목소리였지만, 얼굴을 막고 있는 수건 때문에 소리는 한결 약하게 들렸다. 간수는 조심스럽게 배설물 사이를 지나쳐 아론에게 다가갔다. 그러고는 발로 걸어차며 소리쳤다.

「어서 일해, 이 게으름뱅이야.」

아론은 아무 반응도 보이지 않았다.

간수가 다시 걸어찼다. 너무 세게 맞았는지 아론은 옆으로 쓰러졌다. 잠시 가만히 누워 있던 아론은 천천히 몸을 일으켰다. 그는 빗자루를 든 채 꼼짝도 하지 않았다. 간수의 발이 다시 날아갔지만, 얼굴을 덮고 있는 파리 떼처럼 아론에게는 별다른 영향을 미치지 못했다. 잔뜩 약이 오른 간수가 있는 힘껏 걸어차자, 바짝 마른 아론의 몸은 그대로 쓰러지고 말았다. 너무 많이 맞아서 아론이 정신을 잃자, 교도소장과 간수는 바지를 내리고 그의 얼굴 위에 오줌을 갈겼다.

진료실에서 아론이 정신을 차렸을 때, 롤프 소장은 그의 이송을 지시한 공문을 받았다. 아론은 새로운 장소로 출발하기 전에 목욕과 이발을 한 다음, 깨끗한 옷으로 갈아입었다.

50

라니부르 교도소의 진료실에 누워 있는 아론을 본 다니엘은 몹시 슬펐다. 그리고 분노했다. 진료실은 공기도 잘 통하고 시설도 잘 갖추어져 있었지만, 아론의 상태는 가벼운 결핵 증상이 아니라 완전히 엉망이 된 몸으로 죽음을 눈앞에 두고 있는 듯 보였다. 다니엘은 교도소장과 젊은 교도소 의사에게 사전에 양해를 받았다. 다니엘이 라니부르에 있는 동안, 동생의 치료는 그가 맡을 예정이었다.

그가 진료실에 도착한 이후, 아론은 계속 잠들어 있었다. 숨소리가 거칠고 괴로운 듯했다. 침대 옆에 앉은 다니엘의 머릿속에는 여러 생각이 오갔다. 이 순간을 얼마나 오래 기다렸던가. 아론에게 하고 싶은 말이 많았다. 하지만 동생의 상태가 많이 불안했다. 아론에게 사랑한다고, 가족들이 모두 돌아오기를 간절히 바라고 있다고 말해 주고 싶었다. 반면 동생이 가족들에게, 특히 채러티에게 준 고통을 나무라고 싶은 마음도 많았다. 하지만 지금은 그런 게 문제가 아니었다. 동생을 살리기 위해서는 의사로서의 모든 능력을 발휘해야 할 터였다. 어쩌면 그런 노력도 소용없을지 모른다는 것을 그는 알고 있었다. 아론의 병은 깊었다. 그 사실에 다니엘은 절망했지만, 그런 생각을 떨치려고 애썼다. 포기할 순 없었다. 다니엘이 손을 놓아 버린다면 아론에게 남은 기회는 없을 터였다.

　얼마나 오래 기다렸는지 알지 못했다. 순간 다니엘은 동생이 눈을 뜨고 있음을 알아차렸다. 그는 아론의 눈에 담긴 증오에 움찔했다.

「나가. 그냥 편안하게 죽게 해줘.」

　아론은 발작적인 기침 때문에 더 이상 말을 이을 수가 없었다. 다니엘은 핏방울이 얼룩진 천으로 그의 입술을 닦아 주었다. 많이 힘들어하면서도 아론은 다시 말했다.

「왜 여기에 있는 거야? 형은 날 버렸잖아. 그런 사람이 왜 여기 온 거야?」

「난 널 버린 적 없어. 아버지가 날 보내셨어.」

「다행한 일이었지. 형이 있었으면 우리는 무투 베다르의 신발에 묻은 먼지를 혀로 핥아야 했을 거야.」

「그때 우리가 무투 베다르를 이성적으로 대했더라면 시간을 벌 수도 있었어. 어쩌면 싸움을 피할 수도 있었을 거야.」

「싸움을 피한단 말이지. 미쳤군. 그래서야 어디 영국인들을 물리칠 수 있겠어?」

　아론은 눈을 감고 기침을 참으려고 애썼다. 그가 다시 눈을 뜨자, 다니엘이 말했다.

「더 이상 말하지 마. 내가 나갈 테니. 하지만 널 돕기 위해 난 가까운 곳에 있을 거야.」

「왜 갑자기 관심 있는 척하고 난리야? 어서 나가. 꼴도 보기 싫으니까.」

　아론은 쉴 새 없이 터져 나오는 격한 기침에 고통스러워했다. 다니엘은 막 진료실로 들어서던 교도소 의사를 정신없이 불렀다. 아론은 수면제를 마시고서야 다소 진정이 되는 듯했다. 다니엘은 다른 시간에 다시 와야 할 것 같았다. 지금 그의 존재는 동생을 흥분시키기만 할 뿐이었다. 다니엘이 차마 떨어지지 않는 발걸음으로 진료실을 나가자, 아론은 이내 불안한 잠 속으로 빠져들었다.

교도소와 제일 가깝다는 이유로 고른 싸구려 하숙집에서 다니엘은 좀처럼 잠을 이루지 못했다. 잠을 자겠다는 생각을 버리고, 자리에서 벌떡 일어났다. 창문 앞에 서서 골목길을 내려다보았다. 다니엘은 어린 시절, 아론과 많이 싸웠다. 아주 어려서부터 둘 사이에는 공통점이 없었다. 그들은 많이 달랐다. 너무 달라서 같은 부모 밑에서 태어났다는 사실이 믿어지지 않을 정도였다. 그렇다고 정말 서로를 싫어했던 것일까? 두 사람을 묶어 놓는 단 한 가지, 같은 피가 흐르고 있다는 것을 증오했을까? 아니, 아니었다. 그런 일은 있을 수 없었다. 다니엘은 언제나 동생을 사랑했다. 아론이 같이 있기를 꺼려 했을 때조차 그랬다. 아론이 지금도 그를 증오하고 있음은 분명했다. 두 사람이 같이 있는 것은 정말 불가능한 일일까? 아론, 이제까지 난 너를 부인해 왔다. 하지만 우리는 서로의 차이점을 잊어버리고, 새로 시작할 수 있을지도 모른다. 솔로몬의 아들로서 세상에 나가, 두 사람이 할 수 있는 일은 많았다. 지금까지 두 사람은 너무 다른 길을 걸어오면서 고통스러운 패배와 승리를 맛보았다. 이제 그들은 떨어지지 않을 것이다. 과거는 저 너머에 담아 놓을 것이다. 두 사람 모두 강인했고, 크고 작은 모든 도전들을 함께 이겨 나갈 것이다. 하느님, 아론을 제게 돌려주셔서 정말 감사합니다. 이제껏 이해하기 힘든 삶을 살아왔지만 앞으로 우리가 함께할 수 있는 기회를 주셨으니까요. 다니엘은 생각했다.

다음날 아침, 그가 교도소에 도착하자마자 높은 철문이 열렸다. 다니엘은 사전에 교도소장에게 면회 시간보다 일찍 찾아와도 좋다는 허가를 받아 놓았다. 아론은 온종일 꼼짝도 하지 못한 채 누워 있어야 했다. 그가 숨을 쉴 때마다 목에서는 가르랑거리는 소리가 들렸다. 마치 바람에 날리는 마른 나뭇가지 소리 같았다. 망가진 동생의 몸을 쳐다보며, 다니엘은 아론이 당했을 고통에 몸서리를 치곤 했다. 너무나도 강인하고 아름답던 동생의 젊은 몸에 대체 무슨 짓을 해놓았단 말인가? 하지만 아무도 동생의 정신까지 건드릴 수는 없었다. 그건 아론과의 짧았던 대화를 통해 분명히 알 수 있었다. 동생을 이렇게 만든 자들은 아론이나 여호수아 숙부 같은 강한 정신력의 소유자를 파괴할 수는 없었다. 그들의 무엇이, 짧은 삶에서 찬란히 빛나 다른 이들을 그림자 속에 묻히게 할까? 왜 그들은 그처럼 빨리 목숨을 잃어야만 하는가? 조물주께서는 그들에게 치명적인 약점을 주신 것일까? 그래서 평범한 사람들 앞에서 그렇게 파괴되어 가야만 하는 것일까? 그들은 영웅처럼 살다가 죽도록 운명 지어졌을까? 지켜보는 사람들의 눈에 영원히 완벽한 존재로 남겨지도록…….

　늦은 오후, 눈을 뜬 아론은 흐린 초점을 애써 다니엘에게 맞추었다. 여전히 증오심이 가득한 눈이었다. 그가 입을 열었다. 다니엘이 간신히 알아들을 수 있을 정도로 나지막한 소리였다.

「왜 아직도 여기 있는 거야?」

「너랑 같이 돌아가려고. 네 몸이 좋아지면 널 데리고 가족한테 돌아갈 거다.」

「가족은 무슨?」

아론이 비웃었다.

「우리 가족이 어떤지는 오래전에 아브라함 숙부가 말해 줬어. 난 쓸모없는 존재잖아?」

그는 작은 목소리로 경멸하듯 말했다. 천천히, 고통스러워하면서 아론은 등을 돌렸다.

다니엘은 갑자기 화가 치밀어 오르며 소리치고 싶었다.

「우리가 얼마나 고통받았는지 네가 알아? 대체 무슨 생각으로 살고 있는 거야, 이 불쌍한 자식아. 네가 감옥에 갔다는 소리에 어머니는 제정신이 아니셔. 레이첼은 죽었어, 외할아버지도 돌아가셨고. 우리가 얼마나 끔찍한 시간을 보냈는지 알겠니…….」

그는 머릿속으로 생각하던 것을 자기가 말하고 있다는 사실을 깨닫자 두려움에 빠졌다. 그의 분노가 생각을 말로 옮긴 것이었다. 다니엘은 마음을 가라앉히려고 애를 썼다. 아론을 죽이려고 한 짓이나 다를 바 없었다. 동생의 목숨이 위험한 상황에서 그의 행동은 옳지 않았다.

아론이 그를 향해 돌아누웠다. 엉망이 된 얼굴에서도 커다랗게 뜬 눈은 빛나고 있었다.

「무슨 소리야?」

「아니야, 아무것도 아니야. 정말 말할 생각은 없었어. 미안해, 너를 놀라게 할 생각은 아니었어…….」

「엄마…… 레이첼…… 외할아버지…….」

아론은 고통스러운 목소리로 믿을 수 없다는 듯 중얼거렸다.

「정말 미안해. 내가 어리석었다. 제발…… 네 몸이 좋아지고 나면 다시 이야기하자. 넌 아무 생각 하지 말고 푹 쉬어…….」

아론이 그의 말을 가로챘다.

「더 있어? 말해 봐, 그것 말고 또 다른 일이 있는 거야?」

「나중에도 이야기할 수 있어. 그러니까…….」

상처가 아물지 않은 아론의 입술은 이렇게 외치고 있는 것 같았다.

'시간이 없어!'

그런데 아론은 적합한 단어를 찾았다.

「알고 싶어, 알고 싶다니까. 그동안 그토록 증오했던 엄마…… 맙
소사, 형!」

다니엘은 고통스러우면서도 커다란 기쁨을 느꼈다. 아론이 형이라
고 불러 줬다. 그는 몸을 숙여 동생의 손을 잡았다. 뼈만 남아 딱딱하
게 느껴지는 손이었다.

「그만 쉬어, 넌 푹 쉬어야 해……. 금방 같이 돌아갈 거야…….」

다니엘이 말했다. 눈물이 뺨 위로 흘러내렸다.

「내가 그동안 했던 일들을…….」

터져 나오는 기침을 막으며 아론이 말했다.

「됐어. 나중에 얘기하자. 계속 이러면 몸에 안 좋아. 자, 이제 약을
먹자…….」

아론은 약을 밀어 냈다.

「다 말할래, 형. 난 오래 버티지 못할 거야.」

계속 쏟아지는 눈물이 다니엘의 얼굴을 적셨다. 그는 눈물을 닦을
생각조차 하지 않았다.

아론이 말했다.

「많이 후회하고 있어……. 이제는 내가 가족들을 위해 할 수 있는
일이 아무것도 없어. 엄마가 보고 싶어. 레이첼도…….」

「만나게 될 거야…….」

「그렇지 않아, 형. 나는 가족들도, 그리운 체바타르도 보지 못할 거
야…….」

아론이 말을 멈췄다. 얼마 안 있어 다시 말을 이었다.

「감옥에 있는 동안 줄곧 생각했어. 체바타르에서의 추억이 날 버티
게 해주었지. 숙부 말대로 난 가족들에게는 쓸모없는 존재야. 하지

만 체바타르는 언제나 나와 함께해 주었어. 살아가게 해주었지. 말이 안 되지만, 난 늘 그곳에서 벗어나려고 애썼어. 그럼에도 체바타르는 내 인생에서 가장 중요한 것이 되어 버렸지…….」

힘이 다한 듯 목소리가 희미해졌다. 다니엘의 만류에도 아론은 계속 말을 했다.

「어째서 우리는 삶에서 가장 중요한 것을 시간이 지난 후에 알까? 아마 우리가 정말로 쓸모없고, 별 볼일 없는 존재라는 것을 상기시키려고 하나님께서 그렇게 만드신 걸 거야.」

심한 기침에 아론의 몸이 흔들렸다. 다니엘은 재빨리 수면제를 가져다 주었다. 아론은 힘이 없었다. 약 기운이 돌면서 그의 얼굴은 편안해 보였다. 다니엘은 그제야 몸을 일으켰다.

순간 아론이 다시 눈을 떴다.

「그만 가봐, 형. 나 때문에 후회하지는 마. 형은 나를 그다지 좋아하지 않았는지도 몰라. 그래도 우리 중 형이 최고야…….」

그는 천천히 말했다.

그날 내내 아론은 잠에서 깨어나지 않았다. 다니엘은 밤에도 아론 옆에 있게 해달라고 교도소장에게 말했다. 동생의 힘겨운 숨소리를 들으면서 다니엘은 깨어 있었다. 그는 아론을 낫게 해달라고 기도했다. 그러다 새벽에 깜박 잠이 든 모양이었다. 다니엘은 동생이 '자얀티'라고 중얼거리는 소리를 들었고, 까만 눈동자의 젊고 아름다운 여자를 본 것 같다는 생각이 들었다. 그들이 빛 속으로 빨려 들어가는 것 같았다…….

아침에 다니엘이 잠에서 깨어났을 때, 아론은 죽어 있었다. 입가에 미소를 띤 채로.

51

체바타르가 가까워질수록 풍경은 다니엘의 기억 속에 남아 있는 모습과 똑같았다. 도로는 붉은 흙 사이로 갈라진 틈마다 흑청색으로 빛나고 있었다. 작은 오두막집들이 줄지어 서 있었는데, 푸카 형식으로 지어진 집들이 많이 눈에 띄었다. 파란색, 초록색, 흰색의 푸카들은 흐린 초록색의 코코넛이나 더 흐린 올리브색의 야자나무로 감싸여 있거나 덮여 있었다. 다니엘은 그 익숙함에 가슴이 울컥했다. 하나님, 어떻게 제가 이토록 오랫동안 이곳을 떠나서 살 수 있었을까요? 아론이 옳았어. 우리가 있어야 할 곳은 체바타르야. 다니엘은 마차에서 몸을 한껏 밖으로 내밀고 기억 속의 풍경들을 눈에 담기 시작했다.

사람이 살지 않는 거리를 지나쳤다. 바위와 암석 조각이 쌓여 있는 풍경은 처음 보는 아름다움이었다. 신이 그린 수채화랄까, 그곳은 수수한 토지를 배경으로 간간이 현란한 대조를 이루고 있었다. 보석같이 붉은 해홍두가 주홍빛으로 타오르는 숲과 잇닿아 자라고, 노란빛의 금련화와 연보랏빛 자카란다가 피어 있었다. 처음 보는 아름다운 전경이 이어지자 다니엘은 더 흠뻑 빠져 들어갔다.

「널 위해 체바타르를 되찾을 거다, 아론.」

그는 맹세했다.

「우리 모두를 위해 이곳을 다시 일으킬 거야. 너무 늦게 돌아왔다는 사실이 아쉬울 뿐이다.」

다니엘은 체바타르로 돌아오면 채러티의 회복에 도움이 될지 궁금했다. 동생이 죽은 후 그의 마음은 줄곧 이곳으로 향해 있었다. 다니엘은 나게르코일로 돌아갔지만 어머니에게 아론의 죽음을 알리지 못했다. 채러티가 그 사실을 견딜 수 있을지 알 수 없었기 때문이다. 그녀가 아론의 안부를 묻자 잘 있다고 대답했고, 어머니는 안심한 듯 보였다. 3일 뒤, 그가 출근 준비를 하고 있을 때, 채러티가 들어와서 말했다.

「어젯밤에 아론이 아버지와 함께 천국에 있는 꿈을 꿨다.」

다니엘이 깜짝 놀라 그녀를 쳐다보자, 채러티는 이상하게 가라앉은 목소리로 말했다.

「넌 착한 아들이야, 다니엘. 하지만 내게 거짓말을 하지는 말았어야지.」

다니엘은 어머니의 병세가 악화될까 두려웠지만 채러티는 그저 깊은 슬픔에 잠겼을 뿐이었다. 모든 감정에 지쳐 있는 듯 보였다. 공허한 눈빛으로, 가족들과 손자들에게 무관심하게 대하는 어머니의 모습에 다니엘은 상처받았다. 하지만 그녀가 더 이상 스스로를 해치는 행동은 하지 않아 안심이 되기도 했다. 몇 주일이 지나도 채러티의 상태가 나빠질 기미는 보이지 않았다. 그제야 그는 체바타르로 여행을 떠날 계획을 세우기 시작했다.

해가 지기 시작할 무렵, 미낙시코일에 도착했다. 분주한 야채 시장에서 새어 나오는 등불 아래로 보이는 마을은 예전보다 커져 있었다. 마을을 가로지르는 도로를 따라 지나친 학교 두 곳은 다니엘이 체바타르를 떠날 때만 해도 없었던 것이었다. 새로 지은 교도소와 수없이 많은 상점도 보였다. 마침내 그들은 체바타르로 들어가는 낡은 다리 앞에 도착했다.

마차가 덜컹거리며 다리를 건너기 시작했을 때, 다니엘은 모든 소리와 냄새, 눈에 보이는 것들에 긴장하고 있었다. 마을은 푸카 양식의 집이 몇 군데 지어진 것을 제외하고는 달라진 게 없었다. 하지만 전보다 먼지가 많았고 지저분해진 듯했다. 마차 옆으로 개들이 몰려오기 시작했다. 조랑말은 개들을 밀쳐 내며, 익숙한 꽃 향기가 떠도는 아카시아만 남아 있는 불모지로 서둘러 마차를 끌었다. 다니엘은 무루간 사원이 새롭게 단장됐음을 알아차렸다. 몇 분 뒤 그들은 대갓집에 도착했다.

다니엘은 눈앞에 보이는 모습에 당황했다. 옛집은 웅장함과 특유의 활력이 고스란히 빠져나간 듯 보였다. 집 뒤로는 거대한 열대림과 수많은 야자수, 티크나무들이 어둠 속에서 윤곽만 드러내고 있었다. 온갖 악령과 영혼들이 한때 웅장했던 저택을 위협하는 것 같았다. 안에서 새어 나오고 있는 어슴푸레한 불빛에 비추인 고택의 상태는 엉망이었다. 지난 수년 동안 건물을 손보지 않았는지 지붕의 타일은 반쯤 떨어져 나갔고, 창문은 아슬아슬하게 매달려 있었다. 정원에는 말라비틀어진 나뭇잎들과 이상한 파편이 가득 쌓여 있었다. 다니엘은 천천히 집 주위를 돌았다. 살아 있는 거라곤 없는 것 같았다. 그때 그늘 밑에서 어두운 그림자 하나가 뛰어올랐다. 다니엘은 달려드는 개를 간신히 피할 수 있었다. 그는 돌을 하나 집어 개를 향해 던졌다. 동물은 날카롭게 짖어 대며 도망갔다. 다니엘은 집 안으로 들어가 여기저기 문을 두드려 보았다. 마침내 누군가가 떨리는 약한 목소리로 대답했다.

「누구요?」

여기까지 오는 동안 숙부의 배신(설사 아론이 말하지 않았더라도, 사실을 알아낼 수 있었을 것이다)을 생각하면 화가 나기도 했다가, 영문을 알 수 없기도 했다. 왜 아브라함은 그런 짓을 했을까? 왜 그들 내외는 아론을 가족과 떼어 놓아야 했을까? 다니엘은 두 사람의 계획이 어떤 것이었는지 쉽게 상상할 수 있었다. 이제 와서 세부적인 일은 중요하지 않았다. 아브라함과 카베리는 가족들이 체바타르를 떠난 것을 아론에게 거짓으로 전해, 동생을 혼란스럽게 만들었다. 다니엘과 채러티가 나게르코일이 더 번화했기 때문에 고향을 떠난 것이며, 잘 먹고 잘 살기 위해 그를 버렸다고. 자존심 강한 아론은 숙부 내외의 거짓말을 의심하지 않았다. 그 뒤로는 가만히 있어도 그들이 뜻하는 대로 이루어졌을 것이다. 다니엘이나 채러티는 아브라함에게 아무것도 묻지 않았고, 약속했던 생활비를 보내지 않아도 항의하지 않았다. 그렇다면 아론은? 동생은 왜 이곳을 지키지 않았을까? 다니엘은 동생이 남긴 마지막 말을 생각했다. 아론은 다니엘이 돌아오기를 바라고 있었던 것일까? 아니면 너무 오래전에 떠나서 아론도 집이 이렇게 엉망이 되어 있으리라고는 생각하지 못했던 것일까?

다니엘은 아브라함 도라이의 얼굴을 보고야 생각에서 빠져나왔다. 항상 마른 사람이었지만, 지금은 얼굴과 가슴에서 뼈가 튀어나올 정도로 바짝 말라 있었다. 그런 데다 거지처럼 다 떨어진 지저분한 도티를 걸치고 있었다. 다니엘은 그런 숙부를 멍하니 바라보았다. 아브라함은 앞에 서 있는 사람을 알아보지 못하고 눈만 껌벅거리더니, 곧 얼굴이 환해졌다.

「다니엘, 정말 너냐? 반갑구나, 정말 반가워.」

아브라함이 소리를 질러 아내를 부르자 카베리가 뛰어나왔다. 그녀도 남편처럼 다니엘을 요란스럽게 맞이하였다. 다니엘은 숙부와 숙모가 모습이 서로 닮아 간다는 사실에 깜짝 놀랐다. 두 사람의 모습이 같은 틀에서 찍어 내기라도 한 듯 똑같아 보였다. 그는 두 사람의 예전 모습을 떠올려 보았다. 카베리는 작은 키에, 통통한 몸매, 하얀 피부를 가지고 있었고, 아브라함은 큰 키에 거무스름한 피부였다. 지금 두 사람의 얼굴은 주름이 자글자글했고, 머리는 하얗게 세어 있었다. 아이 없이 수십 년간 부부로 살다 보면 저렇게 되는 것일까. 정말 우스꽝스러운 생각 같았지만, 사실 두 사람의 행색은 전혀 재미있지 않았다. 그들은 욕심과 이기심 때문에 다니엘의 가족을 헤어지게 했고, 솔로몬의 명예를 떨어뜨렸으며, 결국에는 아론을 죽음에 이르게 했고, 어머니를 미치게 만들어 버렸다.

다니엘은 무뚝뚝하게 그날 밤은 그곳에서 묵겠다고 말했다. 저녁 식사도 거절하고 물 한 잔만 부탁했다. 카베리가 큰 잔에 버터밀크를 가져다 주었다. 다니엘은 생전의 아버지처럼 베란다에 앉아 버터밀크를 마셨다. 아브라함은 생활이 얼마나 어려워졌는지 푸념을 늘어놓기 시작했다. 마을의 땅은 정당한 대가도 받지 못한 채 전부 정부에 팔려서, 남은 것이라고는 북쪽에 있는 땅 30에이커뿐이라고 했다. 그래서 채러티에게 망고와 쌀을 보내 주지 못했다고.

「숙부는 정말 지독한 분이에요. 아론이 죽기 전에 모든 것을 다 이야기했어요.」

카베리는 베란다로 나오다가, 그 이야기를 듣고는 요란하게 울기 시작했다.

「세상에, 불쌍한 아이 같으니라고. 우리가 아론을 얼마나 아끼고 보살펴 주었는데, 결국 그렇게 가버렸구나. 주님의 은총이 그 아이의 영혼과 함께하시길. 정말 얼마나 슬픈지 모르겠다. 우리가 했던 희생은…….」

다니엘은 냉정한 목소리로 그녀의 말을 잘랐다.

「숙모가 원하는 것을 얻기 위한 희생이었겠죠. 제가 들은 이야기 중 절반은…….」

그 정도로도 충분했다. 숙부와 숙모는 주름 진 얼굴 위로 눈물을 주룩주룩 흘리며, 다니엘의 발치에 엎드렸다. 그는 불쾌한 듯 뒤로 물러섰다. 두 사람은 다니엘에게 용서를 빌었다. 그토록 나쁜 짓을 저지른 건 가난과 빚 때문이었다고. 두 사람은 밤늦도록 사정을 이야기했다. 그들의 이야기를 들으며, 다니엘은 처음에 느꼈던 분노가 연민으로 바뀌는 것을 느꼈다. 숙부 부부의 비참한 생활과 한순간도 평화를 주지 못한 탐욕과 불안감이 가여웠다. 그들이 했던 이야기를 장황하게 다시 시작하려 하자, 다니엘은 말을 끊고 처분을 내렸다. 그는 처음 마음먹었던 것과는 다른 결정을 내렸다. 다니엘은 아브라함 부부에게 3천 루피를 주었다. 그와 채러티가 받았던 집과 땅값을 고스란히 돌려주고 체바타르에 다시는 돌아오지 말라고 일렀다. 그 말이 떨어지기 무섭게 늙은 숙부와 숙모는 통곡하기 시작했다. 결국 다니엘은 말을 조금 바꾸어 두 사람을 설득해야 했다. 보상액은 변하지 않았지만, 두 사람은 체바타르 북쪽에 있는 마을에 작은 집을 짓고 살면서, 쌀과 코코넛을 재배할 수 있는 2에이커의 땅을 주었다.

「숙부가 어머니와 제게 보여 주셨던 것보다, 저는 두 분께 훨씬 많은 자비를 베풀었습니다. 제 결정이 옳았기만을 바랄 뿐입니다.」

다니엘은 두 사람이 물러나기 전에 말했다.

다음날 아침, 다니엘은 일찍 일어났다. 집으로 돌아왔다는 사실에, 맞이하는 아침 햇살은 새롭게만 느껴졌다. 그는 교회가 있던 언덕을 찾아갔다. 그을린 자국이 남아 있는 폐허가 된 교회를 보니 가슴이 아팠다. 다니엘은 한참을 아버지와 애시워스 신부의 묘지 앞에서 보냈다. 아무 생각도 하지 않았다. 그저 코코넛 잎이 바스락거리는 소리와 황량한 바닷가에 물결치는 파도 소리를 듣고 있었다. 가슴속 깊은 곳에 묻어 두었던 가족들에 대한 추억이 밀려 올라왔지만, 그냥 느껴지는 대로 내버려 두었다. 마침내 자리에서 일어났을 때는 도라이 가문이 겪은 영광과 슬픔에 지쳐 있었다. 하지만 꼭 필요한 시간이었다. 추억을 되새긴 이 시간은 마음을 정하는 데 큰 도움이 됐다.
앞으로 무엇을 할지 확신이 생겼다.

52

서른다섯 살인 다니엘 도라이는 나게르코일에서 가장 부자였다.
그는 조상 대대로 내려오는 땅에서 자신을 되찾기로 결심했다. 찬성
도 반대도 하지 않는 채러티를 제외한 다른 가족들은 그의 새로운 집
념을 반기지 않았다. 아내 릴리와 매제 람도스가 드러내 놓고 반대하
자, 다니엘은 이렇게 말했다.
「체바타르는 언제나 도라이 가문의 땅이었어. 아버지와 동생은 세
  상을 떠났으니, 나라도 돌아가야지. 더 이상 고향 땅에서 이방인이
  되고 싶지 않아. 어서 예전의 모습을 되찾고 싶을 뿐이야.」
다니엘의 마음을 바꾸려고 두 사람은 노력을 기울였지만, 그의 마
음은 변함이 없었다. 일 때문에라도 다니엘이 마음 돌리기를 바라며,
가족들은 내버려 두었다.
하지만 일은 뜻대로 되지 않았다. 다니엘이 체바타르로 완전히 돌
아가기까지는 몇 년의 시간이 걸렸지만, 그는 문제들을 풀어 나가기
시작했다. 그동안 처리할 일은 많았다. 다니엘은 엄청난 속도로 확장
되는 사업을 관리했고, 가족의 중요한 일도 재빠르게 처리하기 시작
했다. 먼저 그의 아이들과 레이첼의 아이들을 보살펴야 했고, 미리암
도 결혼시켜야 했다.
그가 애지중지하던 여동생은 가정학 공부를 억지로 하면서, 틈만
나면 인생이 엉망이 되어 버렸다고 불평했다. 미리암은 이대로 노처
녀가 된다면 그것이 얼마나 수치스러운 일인지를 잘 알고 있었다. 가

족들이 어려운 시간을 이겨 내고, 아론의 죽음을 애도하는 1년이 지나자, 다니엘은 결혼을 서두르기 시작했다. 다니엘은 채러티가 문제를 일으킬까 봐 걱정했지만, 그녀는 모든 것을 다 책임지고 총괄하지는 못해도 예전 같은 관심과 기력으로 일을 처리해 나갔다. 청혼자들은 많았다. 모두들 닥터 도라이의 동생과 자기 아들을 결혼시키고 싶어했다. 채러티와 다니엘은 지주 가문의 자제로 변호사인 젊은이를 배필로 결정했다. 아룰이 부유한 집안 출신이긴 했지만 다니엘이 좋은 점수를 준 것은 그의 직업 때문이었다. 다니엘은 결혼식을 성대하게 치러 주었다. 축하연은 한 달 가까이 계속되었고, 신부는 전통적인 선물과 지참금 외에도 신형 포드 자동차를 가지고 갔다.

나게르코일에서 일을 하면서도, 다니엘은 종종 체바타르를 찾곤했다. 지난 2년 동안 그는 당당하게 마지막 목표를 천천히 진행시켜 왔다. 낡은 황갈색 자동차를 타고, 마을로 이어지는 지저분한 도로를 달렸다. 그곳의 모습은 이제 새로울 게 없었다. 이곳에 올 때마다 람도스와 산토샴과 동행했다. 산토샴은 채러티의 먼 친척으로, 그의 특허 약품을 생산하는 작은 공장을 짓는 일을 도왔다. 세 남자는 체바타르 근처에 땅을 가지고 있는 수십 명의 지주와 끈기 있게 접촉해서 토지를 확보해 나갔다. 대부분의 농부들은 기꺼이 땅을 팔았다. 다니엘이 시세의 두 배에 해당하는 돈을 지불했으므로. 그중에는 솔로몬의 소유였던 땅도 있었다. 땅은 서서히 늘어났다. 1918년 말, 다니엘은 체바타르와 미낙시코일에 427에이커의 땅을 갖게 되었다.

1919년 1월 1일, 다니엘은 도라이 일족의 모든 가장에게 편지를 썼다. 간단한 제안이 담긴 백스물세 통의 편지를 보냈다. 다니엘은 체바타르에 그들이 들어와 살기를 원했다. 모두에게 시세의 5분의 1에 해당하는 가격으로 땅을 제공하겠다고 했다. 체바타르에 돌아와 평

생을 살아가야 한다는 것과, 자식들이 그 땅을 다시 팔 때는 일가에
게만 팔 수 있다는 조건이었다. 여든여덟 통의 긍정적인 답장이 왔
다. 나머지 사람들은 이 제안을 장난으로 치부하거나 죽었거나 관심
이 없었다. 그 일을 진행시키는 데는 문제가 많았고, 넘어야 할 산이
많았다. 하지만 뜨거운 열정으로 닥터 도라이는 문제를 하나씩 해결
해 나가기 시작했다.

그는 필요한 일들을 하나씩 정리하기 시작했다. 먼저 나게르코일
의 병원과 공장을 이끌어 갈 사람들을 고용했고, 2년 뒤 9월 27일 이
사를 하기로 결정했다. 그날은 아론의 생일이었다. 다음에 체바타르
에 가서는 그곳에서 살 집을 짓기 시작할 것이었다. 대갓집 터에 집
을 짓기로 했다. 이번만큼은 그도 타고난 검소함에서 벗어나 근방에
서 가장 훌륭한 집을 짓기로 결심했다.

「도라이 가문의 영광을 재현할 날이 멀지 않았어. 난 아버지와 동
　생의 취향에 맞는 집을 지을 거야. 앞으로 수백 년 동안이라도 버
　틸 수 있는 그런 집을.」

그는 산토샴과 람도스에게 단언했다. 지금의 낡은 저택에서는 생
전에 아버지가 사용하던 방 하나만 남겨 놓을 셈이었다.

53

늪지 가장자리에 서 있는 삐죽삐죽한 아카시아가 빈약한 그늘을
드리웠다. 산토샴은 그 아래에 앉아 있었다. 벌써 여섯 달째, 이곳 사
람들이 다니엘 도라이의 '천 년 저택'이라고 부르는 집을 짓기 위해
아침부터 저녁까지 2백 명의 인부들을 감독하는 중이었다. 작은 몸
집에 볼품없는 코를 가진 그는 쾌활했고, 다니엘이 새로 집착하게 된

가족애의 첫번째 수혜자 중 한 사람이었다. 그는 여유롭게 사는 사람으로, 공학 학위를 따지 못한 채 나게르코일에서 건물 매매에 대한 기본 지식만 배웠을 뿐이었다. 산토샴은 땅을 평평하게 고르는 법이나 콘크리트 붓는 법 같은 기술은 몰랐다. 대신 어려운 일이나 겉보기에 다루기 힘든 문제들을 요령껏 해결하는 능력이 있었다. 다니엘은 산토샴의 일솜씨에 만족해서, 거리낌없이 저택 공사의 책임을 맡겼다.

다니엘은 저택을 세울 장소와 감독자를 결정하자마자, 마드라스로 찾아가 건축가를 데리고 왔다. 그는 스물세 명의 건축가를 만나 본 후에 콜린 스노를 선택했다. 그는 영국의 평범한 스타일과 인도 바로크 양식을 섞어 전혀 새로운 19세기 중반의 인도−사라센 양식을 만들어 낸 매드 만트의 3대 제자였다. 하지만 웅장한 인도−사라센 스타일 건물을 짓기 위해서는 너무 많은 비용이 들었다. 다니엘의 엄청난 재산으로도 무리일 정도였다. 결국 비용이 적게 들어가는 양식을 선택했다. 그들은 마드라스 시내를 1주일이나 돌아다닌 끝에야, 도라이 저택을 아디야르 강둑에 있는 거대한 전원주택처럼 짓기로 결정했다.

착수금을 준 뒤 다니엘은 스노를 체바타르로 초대했다. 며칠 뒤, 마을에 도착한 건축가는 집 지을 장소를 측량한 뒤, 위풍당당한 저택의 위치를 결정 지었다. 대갓집 부지를 포함해서 강 옆으로 펼쳐진 70에이커의 땅이었다. 세월이 흐르면서 체바타르의 지형이 바뀌어 집 지을 자리가 습지로 변한 게 문제였다. 아마도 이 집은 엄청난 모기떼에 시달리게 될 터였다. 건축가는 다른 지점을 선정해 보았지만, 다니엘은 처음 장소를 포기하지 않았다. 저택의 크기를 줄이는 것도 용납하지 않았다. 다니엘이 건축가에게 내린 지시는 간단했다. 지금부터 지을 저택은 도라이 가문의 무한한 정신을 포용하고, 전 세계에 가문의 위대함을 널리 알릴 수 있어야 한다는 것이었다.

스노는 건축 설계에 환경적인 요소를 조화시킬 수 있다는 자부심을 가지고 있었다. 하지만 습지는 애기가 달랐다.

건축가와 감독자는 실질적인 기초 공사에 들어갔다. 그때까지만 해도 상대적으로 새로운 건축업의 개념은 받아들여지지 않았다. 모든 자재를 가지고 와야 한다는 의미였다. 추남[27]과 벽돌을 제외한 다른 자재들은 모두 멀리 떨어진 도시나 더 외진 곳에서 기차나 수레로 옮겨 와야 했다. 결국 산토샴이 타고난 재치를 발휘했다. 그들은 습지의 물을 빠져나가게 만들 얕은 구멍을 팠다. 물이 빠진 곳은 깨진 타일 조각과 모래, 자갈과 부서진 바위 조각들로 단단히 메웠다. 그런 다음 화강암을 발라 뜨거운 체바타르의 햇살로 단단히 굳혔다. 그렇게 공사의 틀은 마련되었다. 이 일로 산토샴에 대한 스노의 평가는 백 배 뛰어올랐다. 산토샴의 방식은 1백 년 전, 스코틀랜드 기술자들이 마드라스에 웅장한 성 앤드류스 교회를 지을 당시 습지의 물을 빼는 방법을 그대로 따른 것이었다. 스노가 그에게 이 사실을 이야기하자, 산토샴은 멍하니 그를 바라보았다. 이제까지 그 커다란 교회를 본 적도 없었을 뿐 아니라, 그런 방식으로 지어졌다는 사실을 전혀 몰랐으므로.

작업은 천천히 지루하게 이어졌다. 일곱 달이 지나서야 산토샴은 여든 개의 얕은 구멍을 팔 수 있었는데, 일을 완성하기 위해서는 그만큼의 구멍을 더 파야 했다. 다니엘은 참지 못하고 인부를 두 배로 늘려, 4백 명을 동원했다. 하지만 날은 덥고, 힘들고 지저분한 일이었다. 인부들은 간신히 허리만 가린 채, 물속에 반쯤 들어가서 일을

---

27) 마드라스 추남. 조개의 가루와 달걀 흰자, 설탕을 혼합한 재료로 건물 외벽에 바르면 희게 빛난다.

했다. 구멍을 깊이 팔수록 물이 점점 더 많아져 머리끝까지 차오르곤
했다. 계속 땅을 파기 위해 인부들은 숨을 깊이 들이마시고는 요란스
러운 소리를 내며 물속으로 들어가곤 했다. 여러 달이 지났지만, 습
지는 여전히 흥건한 상태였다. 산토샴은 종종 절망하곤 했다. 그렇게
아홉 달이 지나자 땅의 표면이 마르기 시작했고, 그때부터 일의 속도
는 빨라지기 시작했다.

참새, 구관조, 까마귀 소리는 새로운 소리에 묻혀 버리기 시작했
다. 쾅쾅쾅, 몇백 개의 망치들이 옛집을 부수기 시작했다. 벽돌 굽는
가마에서는 연기가 솟아오르기 시작했고, 매일 마차는 삐그덕거리며
온갖 건축 자재들을 운반했다.

기초가 거의 완성되자, 저택의 벽을 쌓는 일은 빠른 속도로 진행되
었다. 급히 체바타르를 방문한 다니엘은 건축가와 의견 차이를 보였
다. 그는 최근에 마이소르의 호화 주택을 방문하고 매료되었다. 궁전
같은 방갈로에는 복잡한 장식 박공이 되어 있고 창과 문에는 뾰족지
붕같이 솟은 닫집이 달려 있었다. 다니엘은 스노가 똑같이 꾸며 주기
를 원했지만, 자기 작품을 사랑하는 영국 건축가는 거절했다.

「닥터 도라이, 반드시 알고 계셔야 될 것이 있습니다. 이곳은 당신
집이고, 또 대가를 지불하셨지요. 전 건축주가 원하는 대로 집을
지어 드려야 하지만, 이런 문제는 간단한 것이 아닙니다. 대저택을
원하신다면, 제 방식을 존중해 주셔야 합니다.」

다니엘은 건축가를 바라보며 깊은 생각에 잠겼다. 그러고는 입을
열었다.

「나도 당신이 복잡한 문제들을 해결해 가며 이 정도까지 해준 것에
는 감사하고 있소. 하지만 이 집은 내 집이오, 난 내 방식대로 만들
고 싶어요. 일을 계속하고 싶다면 내 뜻을 따라 주시오.」

바로 그날, 스노는 다니엘을 저주하면서 그곳을 떠났다. 그의 기분이 풀린 것은 다니엘이 보낸 상당한 액수의 계약 해지금을 받고 난 뒤였다.

산토샴은 자신이 저택 건축의 모든 일을 책임지게 되었다는 사실에 깜짝 놀랐다. 며칠 지나지 않아, 그의 한계가 드러나기 시작했다. 커다란 침실을 만들고 난 후, 창문을 만들지 않았다는 걸 알았다. 다니엘은 정기 검사를 나온 날, 건물 주위를 돌다가 웅장한 자동차 대는 곳 앞에서 멈춰 섰다. 그는 한동안 건물 정면과 반들거리는 팔라바람[28] 편마암, 튀어나온 퇴창을 바라보다가, 몸을 돌려 산토샴을 불렀다.

「이 미련한 친구야, 일 년 육 개월이나 이곳에 있으면서 대체 무슨 짓을 해놨는지 보게!」

「무엇 때문에 그러십니까?」

「현관 만드는 걸 잊었지 않나.」

「하지만 우리는 언제나 옆문으로 드나들었는데요.」

「대체 무슨 생각을 하고 있는 거야, 바보 같으니라고. 집 주위에 구십 개의 문을 만들 생각인가?」

「아닙니다. 현관을 만들겠습니다.」

「확실하게 해주게. 아직도 자네 도움이 많이 필요하니까.」

2주일이 못 돼서 다른 영국인 건축가가 도착했다. 이번에는 마이소어에서 온 사무엘 브라운이라는 사람으로, 다니엘이 원하는 양식으로 몇 채의 집을 지은 적이 있었다. 일은 한층 빨라졌다.

브라운은 저택에 적당한 정원을 만들기 시작했다. 먼지와 바위투성이인 땅에 초록과 다채로운 색상의 바다를 만들기 시작했다. 브라

---

28) 인도의 타밀 나두에 있는 고장.

운은 먼저 엄청난 양의 잔디를 깔고, 분홍과 하얀 색의 파도 같은 부
겐빌레아로 그늘을 만들었다. 달걀 노른자 같은 노란색의 줄장미로
마무리를 지었다. 그는 카수아리나를 방풍림으로 심고, 반얀나무와
인도 보리수, 님나무로 특이한 모습을 보여 주었다. 히비스커스와 파
두를 넓게 심고, 그늘 아래 연철로 만든 테이블과 의자를 놓았다. 체
바타르의 붉은 대지 위에 여기저기 얕은 둔덕을 쌓고, 조개와 꽃이
핀 작은 나무, 조각상, 분수로 장식했다.

  집 안에서 일이 시작되기도 전에 한 무리의 정원사들은 예전의 망
고 숲을 되살려 놓았다. 접붙이기와 가지치기, 휘묻이, 비료 주기와
옮겨 심기를 거쳐 새로 지은 대저택은 이내 체바타르 닐람의 우아한
색으로 가득 덮였다. 뒤 베란다와 저택과 강 사이의 공간에 식물들이
합주회라도 벌이듯 자리를 잡고 있었다. 정면 중앙의 잔디밭에는 조
심스럽게 옮겨 심은 거대한 망고나무가 있었다. 수석 정원사는 그 나
무를 특별히 관리하라는 지시를 받았고, 나무에 이상이 생기거나 문
제가 생겼을 때는 즉시 해고될 거라는 경고를 받았다. 그 나무는 건
강해야 하는 것은 물론 항상 아름답게 보여야만 했다. 정원사는 진지
하게 일을 시작했다. 그다음 날부터 매일 수백 개의 나뭇잎들을 손으
로 하나하나 닦아 내기 시작했다. 열매가 맺히는 계절이면, 과실을
반짝거리도록 닦았으며, 다람쥐와 까마귀로부터 열매들을 지키도록
마을에서 두 명의 소년을 고용했다.

54

  상점들이 생겨나기 전부터, 미낙시코일의 외곽에는 거대한 광장이
있었다. 바짝 마른 덤불이 군데군데 있는 모래 광장이었다. 그곳은

학교의 운동장처럼 사용되고 있었다. 학생들은 이 울퉁불퉁한 곳을 하키장처럼 다듬어 놓고 운동을 했다.

람도스와 산토샴, 다니엘이 낡은 자동차를 타고 마을에 도착한 어느 날 저녁이었다. 그들은 그곳을 지나치다가 골대 근처에서 불꽃이 활활 타오르는 것을 보았다. 학생 여럿이 주위에 서서 속옷을 태우고 있었다. 그 광경에 놀란 다니엘이 차를 멈추고는, 무슨 일인지 알아보려고 산토샴을 보냈다.

산토샴이 소년 한 명을 데리고 왔다. 소년은 약간 두려워하는 듯했지만 당당하게 대답했다. 학생들이 학교에 가는 것을 거부하고 있으며, 간디의 정신에 부응하기 위해 자신들의 옷을 태우고 있다고.

「이게 대체 무슨 소린가?」

다니엘이 람도스에게 물었다.

「간디가 최근 주장한 내용으로, 비협력 운동이라는 겁니다.」

람도스가 대답했다. 아론이 죽은 후, 정치에 대한 반감이 더욱 깊어진 다니엘은 신문을 읽는 것조차 거부하고 있었다. 알아야 할 일들은 람도스를 통해 듣고 있었다. 최근 간디의 존재는 워낙 널리 알려져 있어 다니엘도 이름 정도는 알고 있었지만, 비협력 운동에 대해서는 전혀 모르고 있었다. 람도스가 재빨리 알려 준 내용에 따르면, 간디는 1년 안에 영국의 지배로부터 벗어나 자유 국가를 이룰 것이라는 약속을 했고, 인도 국민들에게 영국에 대한 모든 협력을 그만두라는 운동을 제창하고 있다는 것이다. 그래서 학생들은 학교와 대학을 떠나고, 법률가들은 법정에 서지 않고 있다. 외제 옷은 모두 불에 태워 버리고, 야자주를 마시지 말라는 푯말이 세워졌다.

「간디는 이런 일이 일어날 줄 알고 그런 말을 한 걸까?」

다니엘이 의심스럽다는 듯이 물었다.

「이미 일어나고 있는 일입니다. 지금 여기 있는 소년이 그 증거죠.」

「너는 왜 이런 일을 하고 있지?」

다니엘이 소년에게 엄격한 표정으로 물었다.

「저희는 학교에 가지 않고, 외제 옷도 입지 않기로 했습니다.」

소년은 단호하게 대답했다.

「어서 친구들과 함께 학교로 돌아가도록 해라. 배우지 않으면 게으름뱅이가 된다.」

다니엘이 말했다.

소년이 타이른 대로 하는지 확인하지 않은 채, 다니엘은 람도스, 산토샴과 함께 차를 출발시켰다.

「이 일은 부대표관에게 보고해야겠어. 정말 심각한 일이 아닌가. 나라심한이 뭔가 조치를 취하기를 바랄 수밖에.」

그가 화를 내며 말했다.

부대표관 P. K. 나라심한과 다니엘은 오래전부터 알고 지낸 사이였다. 탄조르 학자 집안에서 태어난 나라심한은 시사 문제만큼이나 고전에 대해서도 해박한 지식을 가지고 있었다. 그는 언제나 흥미로운 대화를 나눌 수 있는 상대였고, 다니엘이 체바타르를 일족 공동체로 만드는 데 도움을 주기도 했다. 그래서 다니엘은 그의 사무실을 찾아가는 일을 즐거워했다. 다니엘이 곧장 무단결석하는 학생들에 대해 언급하자 나라심한은 자신도 어쩔 수 없는 일이라고 대답했다. 그는 영어로 말하고 있었다. 생각할 일이 있거나 시간이 필요할 때면 종종 있는 일이었다. 처음에 다니엘은 당황했었지만, 지금은 많이 익숙해진 상태였다.

「정부에서는 어떤 조치도 취하지 말라는 지시를 내립니다. 국민들

을 탄압하고 싶지는 않습니다. 특히 다이어[29]가 잘리안왈라 공원
과 펀자브 폭동을 진압한 후로는.」

나라심한이 말했다.

「하지만 펀자브는 먼 곳 이야기잖소. 왜 아이들을 학교에 계속 다
니게 만들 수 없다는 거요?」

다니엘이 반박했다.

람도스가 끼어들었다.

「형님, 미낙시코일이라고 그 영향을 받지 않는 것은 아닙니다. 나
라 전체가 흥분하고 있는 일이니까요. 그건 그저 항의 차원의 단순
한 사건이 아닙니다. 최근에는 로울라트 법[30]이나, 사냥꾼 위원회
추천 같은 법들도 점차 사라지고 있는 추세니까요…….」

부대표관이 말했다.

「사실입니다. 최근 보고서에 따르면, 구만 명의 학생들이 학교를
떠났고, 거리마다 외제 옷을 불사르고 있다고 합니다. 우리는 이런
일들을 멈추게 할 방법이 없습니다. 저절로 사라지기만을 바랄 뿐
이죠.」

「하지만 람도스 말에 따르면, 간디는 일 년 안에 영국인들을 인도
에서 몰아내겠다고 했다는데요.」

다니엘이 말했다.

부대표관은 한숨을 내쉬며 대답했다.

「그가 그렇게 말한 건 사실입니다. 하지만 간디라고 할지라도 그

---

29) 인도 펀자브 출생의 영국 군인. 펀자브 지방 반란 진압에 참가했다가 가혹
한 탄압으로 인도인의 반감을 샀다.

30) 민족 운동가들을 탄압하기 위해 만들어진 법으로, 독립 운동가들은 재판 없
이 구금할 수 있고, 배심원 없이 재판할 수 있다.

일만큼은 뜻대로 되지 않을 겁니다. 그보다도 간디의 방법이 아주 흥미롭다는 사실은 알아차리셨을 거라고 생각합니다만.」

「그렇더군요.」

다니엘이 말했다.

「시간이 괜찮으시면, 커피라도 마시면서 그 문제에 대해 이야기를 나누어 보면 어떻겠습니까?」

다니엘은 고개를 끄덕였다. 산토샴은 서류 작업이 있다고 나가고, 람도스와 다니엘은 딱딱한 나무 의자에 자리를 잡고 앉았다. 나라심한은 사환을 불러 커피를 주문했다. 그런 다음 두 사람을 쳐다보며 물었다.

「혹시 제 이름이 《바가바탐》의 이야기에서 따온 것이라는 사실을 알고 계십니까?」

다니엘은 대충 알고 있었다. 그 이야기와 간디가 무슨 관계가 있는 지는 알지 못했지만. 하지만 그는 나라심한의 말에 귀를 기울였다.

「그는 비슈누 신의 화신 중 한 사람이 아닙니까?」

「그렇습니다. 그는 그랬죠. 어떻게 그가 그렇게 되었는지는 다음과 같습니다.」

불운한 히라냐카시푸는 보통 사람보다 커다란 야망을 가지고 있었다. 그는 3대 신[31]과 같은 존재가 되고 싶었다. 전쟁터에서 절대로 지는 일이 없었던 그는 영원한 생명을 갖고 싶었고, 꿈을 실현하기 위해서 수년 동안 브라흐마 신을 향하여 특별한 고행을 하기 시작했다. 만다라 산에서 개미 떼와 잡초로 온몸을 뒤덮은 채 명상을 했다. 그는 브라흐마 신이 소원을 들어줄 수밖에 없을 정도로 헌신적으로 고행했

---

31) 창조신인 브라흐마와 파괴신인 시바, 보존신인 비슈누.

다. 히라냐카시푸는 단 한 가지 소원만을 빌었다. 영원한 생명. 창조신은 자신의 능력만으로는 그 소원을 들어줄 수 없다고 말했다. 실질적으로 그를 해칠 수 있는 것은 없었지만, 신도 영원한 존재는 아니었으니까.

히라냐카시푸는 상황이 그렇게 되자 모든 측면에서 다시 한 번 생각하기 시작했다.

부대표관은 여기까지 이야기하고 사환을 불러 커피를 더 가지고 오게 했다. 다시 커피가 오자 그는 이야기를 계속했다.

히라냐카시푸는 창조신 브라흐마에게 어떤 무기나 사람이나 동물, 어떤 살아 있는 것도 죽은 것도 자신을 죽일 수 없게 해달라고 빌었다. 브라흐마는 그의 소원을 들어주었다. 히라냐카시푸는 더 세세히 부탁하기 시작했다. 생각할 수 있는 모든 위협을 다 떠올렸다. 그는 신과 악마, 모든 질병으로부터 보호받고 싶다고 말했다. 그 소원 역시 이루어졌다. 또 집 안팎에서, 낮에도 밤에도 죽지 않게 해달라고 빌었다. 땅에서도 하늘에서도 죽지 않게 해달라고 부탁했다. 브라흐마 신은 부탁을 들어주었다. 마지막으로 히라냐카시푸는 끝없는 부를 부탁했다. 신은 이 부탁 역시 들어주었다. 그런 다음 브라흐마는 만다라 산 속으로 모습을 감추었다.

세월이 흘렀다. 브라흐마 신은 약속을 지켰다. 히라냐카시푸는 자신이 3대 신과 같은 존재가 된 것이라고 확신했다. 그 뒤 불행히도 그는 폭군이 되고 말았다. 신과 악마, 사람들 모두가 비슈누 신에게 괴물 같은 히라냐카시푸를 없애 달라고 기원하기 시작했다.

한편 히라냐카시푸에게는 가시 같은 존재가 하나 있었다. 아들 프라흘라다는 비슈누 신에게 헌신하며, 오직 신만을 두려워하고 있었다. 히라냐카시푸는 아들이 자신에게 헌신하도록 갖은 방법으로 설득해 보았지만 소용이 없었다. 결국 그는 아들을 죽이기로 결심했다. 쿵쿵 걷는 코끼리의 발밑에 던져 보기도 하고, 코브라나 우산뱀, 살모사가 우글거리는 곳에 들여보내기도 하고, 절벽 아래로 던져 버리거나, 산 채로 매장해 보기도 했다. 독을 먹여 보기도 했지만 아들은 매번 무사히 빠져나와 아버지에게 아침 인사를 하곤 했다. 마침내 히라냐카시푸는 직접 아들을 죽이기로 결심했다.

어느 날, 그는 평상시처럼 아들에게 훈계를 늘어놓았다. 하지만 프라흘라다는 아버지의 뜻에 따르는 것을 거절하며, 비슈누 신께서는 어느 곳에나 계신다고 대꾸했다. 화가 난 히라냐카시푸는 의회실 기둥을 가리키며 그곳에도 신이 있는지 물었다. 아들은 조용히 그렇다고 대답했다.

「정말 그렇다면, 내가 지금 너를 죽일 것이다. 너의 신이 저 기둥에 서 나와 구하는지 두고 보자.」

그는 아들을 칼로 내리쳤다. 그때 천둥 같은 소리가 울리며 기둥이 갈라지더니 처음 보는 것이 나와 앞을 가로막았다. 힘이 넘칠 것 같은 상반신은 사자의 모습이었고, 허리 아래는 인간의 모습이었다.

히라냐카시푸는 갑자기 나타난 괴물의 무시무시한 눈동자를 바라보며 자신의 시대가 끝났음을 깨달았다. 하지만 겁먹지 않았다. 칼을 높이 들어 올리고는 반인 반사자를 공격했다. 그의 무모한 공격은 소용없이 끝나 버렸고, 궁전의 문지방에서 목숨을 잃고 말았다. 그는 집 안도 아니고 밖도 아닌 곳에서 목숨을 잃었다. 그때는 해가 질 무렵으로 밤도 아니고 낮도 아니었다. 그에게 달려든 것은 사람도 동물도 아닌 괴물이었고, 땅에서도 하늘에서도 죽지 않았다. 반인 반사자는 브라흐마 신이 만들어 낸 창조물이 아니었고, 그는 무기가 아닌 손톱과 이빨에 물려 창자가 밖으로 나온 채 죽음을 맞이했다. 결국 히라냐카시푸는 자신이 신보다 못한 존재일 수밖에 없다는 사실을 인정했다.

「정말 흥미로운 이야기였소. 하지만 이 이야기와 간디가 무슨 관련이 있는 거죠?」

다니엘이 물었다.

「현명함이지요, 현명함. 진실로 복잡한 문제에 직면했을 때 신께서는 해결책을 내놓으신다는 거지요. 평범하지 않고, 뛰어난 해결책을 말입니다. 지금 간디가 하고 있는 일이 그렇습니다. 정부를 미치게 만들고 있지요.」

부대표관이 대답했다.

「당신도 그를 존경하는 것처럼 들리는군요.」

「그가 아니라, 그의 방식을 존중합니다. 우리 정부가 이보다 더 큰 위협을 당한 적은 없을 것입니다. 사실 간디는 신화적인 존재입니다. 다루기 어려운 인도 국민들을 하나로 묶어 효과적인 대항을 하고 있으니 말입니다.」

「그가 영국의 지배에서 인도를 해방시킬 수 있을 거라고 생각합니까?」

다니엘이 조용히 물었다.

「그 질문에는 대답할 수 없습니다.」

부대표관은 대답했다. 그들은 조용히 커피를 마셨다. 잠시 후, 나라심한이 말했다.

「다시 말하지만, 분명한 건 우리 정부에 간디만큼 위협을 줄 수 있는 사람은 없다는 겁니다. 그는 폭력과 비폭력, 진실과 기만을 융화시켰습니다. 그의 비협력 운동에 대처할 방법이 없습니다. 그가 실수하기를 기다리는 것 외에는 우리가 할 수 있는 일이 무엇일까요?」

「행운을 빌어 드리지요. 하지만 학생들은 빨리 학교로 돌려보내야
합니다. 간디가 영국을 몰아낸다고 하더라도, 우리가 나라를 이끌
어 나가기 위해서는 교육받은 젊은이들이 필요할 테니까요.」
다니엘이 자리에서 일어나며 말했다.
「아, 영국이 그렇게까지 빨리 이 나라에서 떠날 거라고는 생각하지
않습니다. 영국에서도 간디를 어떻게 해야 할지 해답을 곧 찾을 테
니 말입니다.」
「아마 당신 말대로 되겠지요. 하지만 난 그런 문제를 걱정할 시간
이 없습니다. 일족 공동체를 만드는 일만으로도 정신이 없으니. 한
가지 확신하는 게 있다면 어떤 정치적인 문제도 이 일을 방해할 수
는 없다는 거지요.」

　비협력 운동이 시작된 지 1년이 지났다. 정부는 저항 세력을 거칠
게 다루기 시작했다. 영국 왕이 인도 여행을 하겠다는 결정을 내린 뒤
로 특히 심해졌다. 인도인들은 검은 깃발을 든 데모 행진을 연일 벌여
서 영국 왕 방문에 대한 불쾌감을 표출했다. 체바타르에는 그 영향이
미치지 않았다. 다니엘이 자신의 계획을 순조롭게 진행하기 위해 어
떤 형태의 정치적인 모임도 금지했기 때문이었다. 새벽부터 저녁까지
계속 일한 끝에, 브라운과 산토샴은 예정한 기일을 두 달 넘기고 엄청
난 공사를 마칠 수 있었다. 이 대저택은 특이한 형태를 지니고 있었
다. 위에서 보면 거대한 팔미라 야자나무의 잎과 비슷하고, 차 대는
곳부터 흔들리는 원통 모양으로 쉰여덟 개의 방이 뒤쪽으로 뻗어 있
었다. 흰 석회와 강모래, 우유와 발효시킨 카두카와 자게리 물을 섞어
바른 벽은 대리석처럼 반짝거렸다. 저택 주위를 망고 숲이 에워쌌다.

호사스러운 개관식이 열렸다. 무너진 옛 자리에 새롭게 지은 교회에서 간단하게 감사 예배를 올린 후, 저택으로 돌아와 축하연을 계속했다. 새로 온 신부가 축복의 말씀을 올리자, 다니엘이 간단한 연설을 했다.

「동생 생일에 맞춰 저택으로 들어오지 못해서 안타깝습니다. 체바타르로 돌아올 결심을 하게 한 사람은 아론이었으니까요. 하지만 우리가 약간 늦은 것을 아론도 용서해 줄 거라고 생각합니다. 이 멋있는 저택은 기다릴 만한 가치가 있었으니까요.」

그는 브라운과 산토샴을 찾은 뒤, 사람들 앞에서 두 사람의 노고를 치하했다.

「이곳 이름을 짓는 것은 무엇보다도 중요한 일이라고 생각합니다. 이 집은 우리 가족의 몇 년간의 노력의 결실이기 때문입니다. 이 저택의 이름을 찾기 위해 몇 달 동안 고민해 보았습니다. 우리의 희망과 소망이 어우러져야 할 뿐 아니라 그 이상으로 이곳의 본질을 나타내는 이름이어야 하기 때문입니다. 오랜 기도와 생각 끝에 저는 가장 적합하다고 생각되는 이름을 찾았습니다. 자랑스러운 선조들에 대한 추억과 명예를 보여 주고, 이곳을 발판으로 우리가 도약할 수 있는 그런 이름을 말입니다. 형제자매 여러분, 그리고 어르신들, 친척 여러분, 진정 기쁜 마음으로 이 집의 이름을 발표하겠습니다. 앞으로 이 저택은 '닐람 일룸', 즉 '푸른 망고의 집'으로 불릴 것입니다.」

공경희

1965년 서울 출생. 서울대 영문과 졸업. 전문번역가.
옮긴 책으로는 《시간의 모래밭》《그래서 그들은 바다로 갔다》
《코마》《메디슨 카운티의 다리》《모리와 함께한 화요일》
《교수와 광인》《마음을 비우면 세상이 보인다》
《마음을 바꾸면 인생이 변한다》《푸른 망고의 집》(전2권) 등이 있다.

푸른 망고의 집 ①

초판 1쇄 인쇄일 · 2003년 11월 20일
초판 1쇄 발행일 · 2003년 11월 25일
지은이 · 데이비드 데이비다르
옮긴이 · 공경희
펴낸이 · 임성규
펴낸곳 · 문이당

등록 · 1988. 11. 5. 제 1-832호
주소 · 서울시 성북구 동소문동 4가 111번지
전화 · 928-8741~3(영) 927-4991~2(편)
팩스 · 925-5406
ⓒ 데이비드 데이비다르, 2003

홈페이지 http://www.munidang.com
전자우편 webmaster@munidang.com

ISBN 89-7456-238-3 04890
ISBN 89-7456-237-5 04890 (전2권)